朱燕 著
ZHUJIAWANG

朱家旺

作家出版社

这本书送给朱旺

目录 *Contents*

第 1 章　一条迷你型泰迪熊狗

朱家旺是一条狗，准确地说是一条迷你型泰迪熊狗，2007 年 5 月 7 日出生于北京昌平的一家狗舍里。本来我跟这条狗没有任何关系，但我有一个好朋友叫李言，他也是我的同事，我们同在北京综艺广播电台做主持人，他主持着《宠物乐园》和《汽车与生活》两个栏目，我主持着《每周一书》和《今夜星光无限》两个栏目。

我叫朱家迪，见到朱家旺那天，它刚满月。

FM66.8 兆赫，今夜星光无限……亲爱的听众朋友，我是主持人阿迪……今天是周五，今天的最后一个小时，明天的第一个小时，阿迪会陪着你，一起度过这不眠之夜……

2007 年 6 月 8 日，这天是我 33 岁的生日。

我知道有很多人跟我一样，还是一个人。一个人吃饭，一个人睡觉，一个人逛街，一个人在这座城市里过着一个人的生日……今天，我一个人过了一天。工作前我喝了一小杯红酒，因为今天是我的生日……今天也是《今夜星光无限》正式播音的第五年。我记得五年前，领导要求做一档夜间情感节目，在节目名称上编辑部里有很多的提议，那时我刚刚和女朋友分手，我知道对于一个单身来说，最难熬的是夜晚，特别是周五周六的晚上。于是这档《今夜星光无限》的播音节目就定在了每个周五周六的晚上最后一个小时和第二天的第一个小时……"All I ask of you"是电影《歌剧魅影》里的一首歌，也是我非常喜欢的一首歌，在我 33 岁生日这天，我把它送给大家。

No more talk of darkness / Forget these wide-eyed fears / I'm here, nothing can harm you / my words will warm and calm you / Let me be your freedom / let daylight dry your tears / I'm here, with you beside you / to guard you and to guide you.

我单身了五年，但是我不愿意承认我很孤独。

我来自南方的一个省会城市，在北京读的大学，毕业后进了北京综艺广播电台做主持人。

FM66.8 兆赫，今夜星光无限……不知不觉两个小时就要过去了，一首《小薇》后阿迪将结束今晚的播音……祝你好梦，晚安。

有一个美丽的小女孩 / 她的名字叫作小薇 / 她有双温柔的眼睛 / 她悄悄偷走我的心 / 小薇啊 / 你可知道我多爱你 / 我要带你飞到天上去 / 看那星星多美丽 / 摘下一颗亲手送给你

凌晨一点，我结束播音后回到办公室，刚拧开门，就看见李言双手托着一条小狗得意地冲我笑着说："Happy birthday！"

画面很温馨、很惊喜，但是，和李言大学同窗四年，又同时进了这家广播电台工作，我们同一间办公室，认识 15 年了，送我生日礼物好像还是头一次。

"搞什么鬼！"我将手中的资料放在桌上，"现在 9 号，生日过了。"

"刚过一个小时嘛。"李言站起，走到我的桌前，"我特地来给你过生日的。"说着将小狗放在我的桌上，"这是送给你的。"

"送给我？"我小心翼翼地用双手将小狗捧起。

我第一次见这么小的狗，卷卷的绒毛，圆圆的眼睛，黑黑的小鼻头，它大概是困了，小脑袋总想往我的手掌心里钻。我将它捧到眼前，我的鼻子顶着它的小鼻子，它有些害怕地扭动着它的小脑袋，但又想亲近我，它的小鼻子在我的脸上嗅着，湿湿的、凉凉的。突然，它伸出舌头舔了我的鼻子一下，我忙收回脑袋。

"喜欢就好好地对它。"李言坐回到他的桌旁。

我承认，它很可爱。只是，李言为什么大半夜里会送条狗来？我抱着小狗坐下。李言和我不一样，他是地道的北京人，他和妈妈一起住，他不会孤独。他一直在交女朋友，从大学到工作，他交往时间最长的女朋友不到一年。他没体验过孤独的滋味。

"为什么呀？"我问。

"什么为什么？"李言看着我，"为什么送你狗，是吧？"

李言的小眼睛转了起来，他的所有机灵劲儿都在他那双小眼睛上。

"阿迪，你一个人在北京。我虽然是你最好的朋友，但有时候也顾不上陪你……所以我想，有条小狗陪着你我会很安慰。"李言的这段话装得很像那么回事，不了解的人肯定会被他的真诚打动。

我仔细打量着李言的那双小眼睛，说："没有眼泪，不够真诚。"

李言"啧"了一声，有些生气地将眼睛投向办公桌的一角，又望回我："你怎么可以这样伤害我呢？"他提高嗓音，"我今天出差回京，一下飞机就去接狗……"说到这里，顿了一下，突然结巴起来，"然、然后……嗯，就来找你了。"

李言结巴了，露馅了吧，我根本不相信他大半夜里跑来是为了给我过生日，还送我生日礼物，还是一条狗，一个活物。我看着李言，他开始还接我的目光，在我学着他的样子眯着眼睛看他的时候，他的那对小眼睛开始左突右闪了。

"和女朋友吵架了？"我非常肯定地问。

李言一愣："你——"但马上又说，"没有，我们好着呢。"

"那——周五的晚上，你为什么不去女朋友那里？"我半靠在椅子上笑着，"并且还是刚刚出差回来。"

"来给你过生日啊。"李言强调着，"真是来请你喝酒的。你过生日，我怎么能不来呢。"

我摇头不语。

"好朋友过生日嘛。"李言有些沉不住气了，指指我怀里的小狗，"给你送狗啊。"

我继续摇头，说："电台里所有的人都知道，你李言每交一个女朋友，一定会送她一条狗。"我突然明白了，指着李言，"又分手了？"

李言吞吞唾沫，不知道该怎么说，脸红一阵白一阵，冲我尴尬地笑了笑。

"你太不负责任了。"我有些急了，"每次你和女朋友分手之后，狗就不知所终。上次那条哈士奇就这么丢的吧。"我有些难过，"让你做《宠物乐园》的主持人就是——作孽。"

"哎、哎……怎么就作孽了，"李言很不服气，"我工作不努力吗？我主持节目的广告是电台里最多的。"

"我是说狗丢的事——"

"就那一条狗丢了，好吧啊。"李言又有些自责和内疚，小声说着，"那哈士奇本来就傻。"说着起身从我怀里抱过小狗，"你不要拉倒，我会对它负责的，我会对它负责到底的。"

我看看小狗又看看李言，他的脸通红，感觉受了很大的委屈，我放平声音问道："又为什么呀？"

"别提了！"李言很窝火，"我他妈刚被人赶出来了……"

"赶出来？"这很意外噢，李言可是电台里有名的富二代，一直都是女孩子们抢占的香饽饽，谁舍得将一个大钱袋赶出家门呢？

好吧，我往回捋捋这件事。

六个小时前，李言从上海回到北京，刚下飞机就接到妈妈柳如的电话。

"到北京了吗？"柳如急切地说，"到了就赶紧来餐厅，我给你说说明天天津分店开业的事。"

李言 9 岁时父亲生病去世，柳如没有再嫁，独自一人将李言抚养长大。柳如 49 岁的时候办了早退开起了餐厅，取名"百姓人家"。经过七年的创业，现在已经在北京开了五家连锁餐厅。明天，"百姓人家"第六家连锁餐厅将在天津开业。

"妈，您还在餐厅啊……"李言说，"这么晚了，您早点回家休息吧，我知道该怎么做。"

"明天有几位天津的政要人员到场，而你又是第一次以公司的董事身份亮相。"柳如说，"你这么大了，要替妈担当了。"

"行了，妈，我已经提前回京了，能让我歇歇吗？再说今天是周五。"李言不耐烦了，"明天中午前我肯定赶到。"又怕妈妈不相信，强调说，"我和舅舅说好了，和他一起开车过去。"

柳如叹了口气："那好吧，不要玩太晚了。"

"放心吧，妈。"

挂上妈妈的电话后，李言马上又拨了一个电话，在电话接通的刹那，他的脸上洋溢着灿烂的微笑。

"小丽宝贝儿，想我了吗？"

电话里叫小丽的女子先"啊"了一声，随即马上甜甜地问："你在哪里呀？"

"嘿嘿。"李言笑着，"我知道你想我，我就提前回来了。"

小丽又"啊"了一声，仍问："你在哪儿呢？"

"猜猜。"李言不等小丽回答，马上说，"我刚下飞机。"

"啊——要我接你吗？"小丽问。

"不用，我先回家取车，然后接狗，再到你这里来。"

"真的，太好了。"小丽发出惊喜的声音，"今天就可以看到我的狗狗了……"

"嘿嘿。"李言开心地笑着,"你先想想给它取个什么名字吧。"

"好的,你开车慢点……"

挂上小丽的电话后,李言甜蜜地"啧"了下嘴巴,乐得向出租车停靠处走去。四个小时后,一辆豪华的白色路虎停在了国贸边的一幢27层的公寓楼前,李言左手抱着一条小泰迪熊狗下了车,右手拿出一个黑色单肩包斜挎在身上,接着打开后座拎出一个超大的灰色帆布袋,锁上车门。李言向公寓楼走去。

电梯直接到了9层,来到一个门前,按响门铃后李言单手将毛茸茸的小狗托到了眼前。门开了,"啊——"一个女子非常夸张的尖叫声。李言很受用。

"信守承诺。"李言得意地将小狗递给小丽。

"太可爱了,太——可爱了。"小丽捧过小狗亲着,随即又在李言的脸上狠狠地啄了两下,"爱你,亲爱的。"

李言使劲地抱着小丽回亲了两下,俩人进了屋。

进屋后,李言从灰色帆布袋里掏出一个小狗垫放在沙发边的地上:"这是它睡觉的地方,等天冷了,我会给它买个大棉窝。"

李言向小丽介绍完关于养狗的常识后,他似乎也累了,抱着小丽和小狗窝进了沙发。

"给它起个什么名字呢?"小丽靠着李言,李言靠在沙发上,一只手拨弄着小丽的头发。

"来之前打电话给你,不是让你想好名字吗?"李言说。

"你就喜欢突然袭击,车展不是明天才结束吗?"小丽撒着娇,"我以为你明天才会回来。"

"本来是明天的机票,但一想到今天是周五,就提前回来了。"李言使劲将小丽和小狗往怀里揽了揽,"我想你了……"李言蹭蹭小丽的脸,轻轻吻她的耳垂。

小丽怕痒地缩了缩脖子:"你一定累了,先洗个澡吧。"

"累什么啊!"李言接过小狗放在地上,"明天一早我还要赶去天津，时间很紧噢。"

"天津？又出差？"

李言没有回答，稍一使劲将小丽按倒在沙发上。李言喜欢从脸开始亲，然后是耳垂、脖子，最后才是嘴。小丽的脸有点咸，耳垂软软的凉凉的，脖子酸酸的应该是汗味。亲到小丽嘴的时候，一股淡淡又微烈的烟草味道迫使李言停了下来，他皱皱眉头。小丽是从来不吸烟的，今天这是怎么了？心情不好？有什么事？

"你吸烟了？"李言关心地问。

小丽一愣："没、没有啊。"

"你平时不是最讨厌我吸烟？"李言说着将手伸进小丽的白色T恤里，她没有穿内衣，李言有些小激动，又开始亲她，依旧是从脸开始，然后是耳垂、脖子……李言嘴上亲着，手在小丽的T恤里游走。

小丽的皮肤很黏，小肚肚上都是汗。交往的这三个月，李言已经知道小丽很爱干净，她习惯早晨出门前洗一次澡，下午下班回家后再洗一次澡。只是今天，李言到这里时，已经晚上十点多了，她竟然没有洗澡。这可是夏天。

"你还喝酒了。"李言多亲了小丽的嘴几下，又用鼻子闻了闻，肯定而关切地说，"一定是有什么事，告诉我。"

"还是先洗个澡吧，我陪你一起洗。"小丽从T恤里拿出李言的手。

"一周没见你了，做了再洗。"李言脱去自己的T恤，再次将小丽放倒在沙发上，然后整个脑袋埋进了小丽的胸前。突然，李言"呀"了一声，抬头奇怪地看着小丽。

"怎么了？"有些喘气的小丽推开李言整理着T恤，突然想起了小狗，便低头四下找寻，最后在沙发下发现蜷成一团的小狗。

"出来！小宝贝，出来，我给你好吃的。"小丽趴在地上唤着小狗，试图将它抓出来，小狗在沙发下躲闪着。

此刻，李言已从沙发上站起，环视着整个屋子。进门半个多小时了，他只顾跟小丽亲热及交代怎么养小狗，却没去注意这个屋子和以往有什么不同。

这套大一居的公寓是小丽租的，开放式的厨房和卧室，时尚的装修、豪华的家具。沙发左侧是一个宽大的落地窗，此刻小狗已从沙发下蹿出躲到了落地窗帘下。小丽追着它。

沙发的前方是一张双人床，白色床单似乎刻意地铺过，李言走过去，拿起一个枕头拍了拍。床，太干净了。

李言正准备放下枕头时，身后的小丽问："可以给它吃狗粮吗？"

"可以，但要先用温水泡一泡。"李言轻轻地回答，顺便将枕头拿到鼻子处嗅着。

"你困了吧，"小丽过来说，"我们洗个澡就睡吧。"

"我来之前谁在这里？"李言转过头来问，"忙得你连澡也没有洗。"

"什么？"小丽愣了一下，但随即问，"你什么意思？"

"我来之前的那个男人是谁？"李言生气而快速地问，"他吸烟很厉害吧？头油也很重吧？"

"什么男人？"小丽生气了，"你他妈说什么呢？！"

"说什么！"李言大声嚷着，"我来之前——谁他妈在这里？！"

这天夜里，约十一点的样子，国贸边的一幢27层的公寓楼里突然传出一个女人嘶喊的声音："滚、滚出去——"

尖厉的声音划破寂静的夜空，随后，一个光着上身的男人被人从公寓楼第9层的一个房门里推出，紧接着扔出了一双运动鞋，又是一件T恤……

"你不要太过分了……"男人话未说完，一个包从屋里飞出，正打在他的脸上，他一下子火了，"你他妈跟别的男人睡了，还怕我说——"男人愤怒地推着大门，大门猛地打开，一个头发散乱的、穿着T恤短裤的女子冲出房门。

"你哪只眼睛看到我跟别的男人睡了？"女人质问。

男人没有证据但很肯定："我来之前你他妈就是和别人睡了。"

"放你妈的狗屁！滚，我不想再看到你。"女人说完，闪身回屋，门"咚"地撞上了。

"臭婆娘，妈的——"男人冲着房门骂着，然后回头看着地上的运动鞋、T 恤和他的包，"你他妈跟别的男人睡了，还有理了……"男人捡起地上的 T 恤，正准备穿时，房门又"呼"地打开了。

女人右手托着一条极小极小的狗走了出来："给，带走你的臭狗崽子——滚得远远的！"

男人连忙去接那条小狗，在快要接住时，女人将小狗扔给了他。男人慌乱地用 T 恤包住了小狗，刚接住小狗，一个大帆布袋又扔了出来，男人没接住，帆布袋摔在地上，狗粮、零食、狗垫"噼里啪啦"地撒落一地。男人气得正要冲过去，女人已返回屋里，大门"咚"地又撞上了。男人抱着小狗，气愤地想踢房门一脚，但最终脚只是狠狠地跺在了地上。

"靠、靠、靠……妈的，臭婆娘！"

夜晚清冷的街头，路灯发着昏黄的光，马路上，寥寥无几的车辆急速穿过。路边，白色路虎里，李言一口口地吸着烟，偶尔回头仰望那幢 27 层的公寓楼。

"妈的，竟然把老子赶了出来——"李言骂着。

小狗坐在副驾驶座上，很害怕，"咦咦"叫着寻找能够躲藏的地方。李言将它放在前窗驾驶台处，小狗更害怕了，颤抖着身体嗅着来回走着。妈的，真是倒霉透了。李言心里有股气憋着很不爽，他看着小狗，一口口吸着烟，又将烟雾一口口吐出车窗外。

现在去哪里呢？难道回家？可这条狗怎么办呢？

李言无聊地打开收音机，一个极其温和动听的男声缓慢传出。在午夜的这个时候，听到这样的声音，再躁动的人也会立刻平静踏实下来……

切莫再提到那黑暗，忘了这些惊吓和恐惧，我在此，没有什么能伤害你。我的话语将温暖你，平静你。让我使你免于恐惧，让日光擦干你的泪水，我在此，就在你的身旁。守护你，指引你……FM66.8兆赫，今夜星光无限，我是主持人阿迪。刚才一个听众打来电话，她祝我生日快乐，并顺便问我，为什么每年生日都会放这首"All I ask of you"？看来这是一个忠实的听众。为什么？为什么呢？其实这部《歌剧魅影》，就存放在我的电脑里，它是我烦闷时的背景音乐，它是我落寞时交流的朋友……这部电影我看了无数次，每一次都会让我感动不已，沉浸其中，不能自拔。我心疼Phantom也心疼我自己……我还心疼收音机前正在听广播的、和我一样的单身朋友——我忠实的听众。爱，对于Phantom是得不到的奢侈品。Christine是Phantom倾注生命去爱的女孩，但当知道得不到Christine的爱情时，他绝望而悲凉的眼神，我一直都记得。

亲爱的听众朋友，今天是我33岁的生日，我把我最喜欢的歌送给大家。我希望每个人都能找到属于自己的爱情，我希望周五周六的晚上，你们能和爱的人在一起，我希望有人陪你……

听着听着，李言的眼睛竟然有些湿润。许久，他将手中的烟头扔出车窗外。

"真是能煽情。"李言吸吸鼻子，将小狗从驾驶台上抱下，摸摸它的头，安抚它的小身子，然后放在了副驾驶座处。发动汽车，白色路虎"嗡"地上了马路，前方调头，快速有目的地向前开着……

第 2 章 它有了一个名字叫"球球"

　　三里屯位于朝阳区中西部，因距内城三里而得名。20 世纪六七十年代建成外交公寓群后，三里屯一带逐渐发展成为驻华外交人员聚居、购物和外事活动的重要社区。

　　三里屯酒吧街是北京夜生活的主要场所之一。酒吧街由一条马路分成南街和北街，北街因发展早，相对要比南街热闹得多。现在凌晨一点多，北街依旧灯红酒绿、人头攒动。南街过去一百米左右，在一座大厦的后面，有一幢灰白色的四层小楼，这里就是北京综艺广播电台的办公楼。

　　"老千烧烤"在办公楼附近的一个小巷子里，巷子与三里屯南街垂直相交。从巷子口进去约五十米就能看到一个很小的门脸，撩门进去有五张小桌子，门脸前面靠近路边另摆有两张小桌子，各配有两把椅子。"老千烧烤"的生意很好，这跟老板的厚道及他的烧烤味道有关，肉均匀、新鲜，来吃的多是回头客及被回头客带来的客人。

　　这个时间，"老千烧烤"的烤炉依旧冒着烟，零零散散的客人来了吃，吃了走。我和李言坐在门口的一张桌子上，要了羊肉串、鸡翅、腰子、馒头片和啤酒……满满一桌子。小狗坐在李言的怀里，闻到肉味有些敏感，小脑袋使劲地往桌上张望着。

　　"你——就凭她身上的烟酒味你就判定，你来之前，她和别的男人睡过了？"我边吃边问。

李言看了我一眼，瘪瘪嘴："你有多久没和女人一起了？"

"怎么了？"我很不解，"有关系吗？"

李言往嘴里塞了一串肉："直觉。什么叫直觉？"

"那万一错了呢？"我也吃了一串肉。

李言"哼"了一声，不屑地笑了："我是谁？"又指指自己的一只眼，"毒！"

"那倒是。"我承认，李言的眼睛这方面很毒。我拿酒瓶轻轻地碰碰他的啤酒瓶，"欢迎恢复单身——又。"

听我强调了"又"字，李言自嘲地笑了。"生日快乐。"他说。

我们各自喝酒，吃了一会儿。

"我不会冤枉她的。嘴里有味还能辩解，我……"李言欲言又止，抓过瓶子喝了一大口酒，很生气地说，"我他妈……"他指指自己的嘴，又拍拍胸，"这里，不仅有另一个男人的口水味……还……"

李言说不下去了，生气又委屈，也因喝了些酒，突然一拳头击在桌上，小木桌左摇右晃，我忙用双手按住桌子。趴在李言腿上的小狗受到震动掉下摔在地上，我又去抱起小狗，揉着它的小身子。

"分手了，不说了。"我递给李言一串肉。

"不说了——"李言接过肉串一口气塞进嘴里，边嚼边说，"放心，哥哥我很快就会有新女朋友的。"

"当然，爱我们的人已经在路上了。"

我刚说完这话，李言振作地抬起身子："说得好，我们一定很快能找到爱我们的人。"

"只是……"我摸摸怀里的小狗，"以后别再给女朋友送狗了。"

"喜欢狗的女人细心会疼人。"李言说。

"哪个疼你了？"我反问。

"我那是没碰到好女人。"

夜更深了，旁边的桌子来了三男一女四个非洲人，看上去是刚从某个夜店里出来的，他们也点了满满一桌子烤串。

"这是什么狗？"我看着怀里睡去的小狗。

"泰迪熊。"

"还真像个小熊一样，"我摸摸小狗的头，"它多大了？"

小狗睁开眼睛看看我又睡去了。

"刚满月。"李言掰着手指，"31 天，不，现在应该是 32 天。"

"这么小，能养活吗？"

"这是迷你型泰迪熊狗，就这么大，"李言用手比画着，"也只能长这么大。小丽说就喜欢泰迪熊狗。"说到小丽李言又很生气，"妈的，她要什么给什么，只要有卖的，可她竟然背着我偷人，还把老子赶了出来……"

看李言的样子，我知道他并不是心疼钱，而是想不通，像他这样肯为女人花钱的主儿也会被人劈腿，但细想想，我又忍不住"嘿嘿"笑了起来。李言皱皱眉踢了我一下："什么意思……我被赶出来了，你还乐？"

我就更乐了，哈哈大笑地问："恶心不恶心？"

"什么恶心？"李言不解。

我指指李言的嘴又指指他的胸："别人的口水恶心吗？"

李言一下子明白过来："恶心恶心，就是恶心……"他用啤酒使劲地漱了漱口。

正说笑着，口袋里的手机响了起来，我拿出手机看到来电的名字时愣住了。

"这么晚，谁的电话？"李言问。

我犹豫着没有回答。

"你怎么不接电话？谁啊？"李言看我的表情，琢磨着，"不会是——马芳芳吧？"

见我不说话，李言大概是觉得自己猜对了："她不是去日本了吗，你们还联系啊？"

"偶尔 QQ 上会打个招呼。"我拿起一串肉，电话还在响。

"接电话啊——"李言指着我的手机说。

"这么晚了，有什么事啊？"

"这么晚了，才会有事。"李言似乎比我更兴奋，"接啊，快接啊——"

我没有说话，也没有接电话，电话停止了呼叫。

李言有些失落："哎，你们到底为什么分手？是马台长不同意吗？"

"性格不合。"我淡淡地说着，拿起酒瓶和李言对碰了一下，又看看怀里的小狗，"你准备把它怎么办？"

李言沉思片刻："嗯……今天你生日，也算有缘，就当你的生日礼物好了。"

"你也太随意了，我这么一个单身汉，哪能养狗。出差怎么办？晚上工作怎么办？"我指着小狗说，"这是责任！"

"那倒也是。"李言把小狗抱过去亲亲，"我更不能养，我出差比你多。我和我妈住在一起，我妈身体还不好……"李言说着想起什么看看手表，"我妈的第六家餐厅今天中午开业，我还得赶到天津。"

"天津？"我看手机上的时间，"哟，快三点了，我们散吧？"

"没事，再喝会儿。"李言说，"我舅舅早晨来家里接我。"

"那你也得睡会儿嘛。"

"车上睡吧。"

听李言这么说我也不勉强，他每一次和女朋友分手，我都得陪他喝几天酒，等他说够了，气消了，就会去寻找新的女朋友。

"要不——把这条小狗送回去吧？"我说。

"送回去？啊呸——"李言说，"我可不想再看到那个贱女人。"

"我是说从哪里拿的，送到哪里去。"

"不行不行不行……"李言百般不愿意地说，"我答应给这家宠物店做五期的宣传，那老板才同意给我的。"李言伸出一个巴掌，"五期啊，免费的。我再送回去，那真是亏大了。"

"那……"我也不知道怎么办了，"你得给它找个好人家，它这么小……"

李言看看我又看看小狗："不过，这狗今天你得带回去。"

"我？为什么？"

"我肯定不能带条狗去天津吧，我也不能把它搁家里，它这么小，没人管会饿死的。"李言不等我说话，又抢着说，"我晚上就来接它。"

"我今天晚上还有工作。"我着急地说。

今天是周六，今晚《今夜星光无限》还要播音。

"我下午就回来接它。"李言说得很肯定。

我根本不相信李言的话，我肯定不能帮他带狗，正要说话，手机响了一声，有短信进来，我点开，显示：**生日快乐！**

李言头都没抬，说："又是马芳芳吧？她是不是回来了？"

"广告。"我已经没心思想李言的事了。

李言冷冷笑着："不会撒谎就别撒。"

我瞅了李言一眼，将手机放回口袋："是，一个月前她就回北京了。"

"真的？那你们什么意思？和好了？"李言连连问。

"分手快一年了，和什么好？"我吃饱了，但还是用手拨弄着桌上剩下的肉串，"做朋友罢了。"

"我根本不相信分手了还能做朋友，深更半夜、凌晨三点电话短信，这是朋友吗？"李言说，"难怪不想帮我带狗，有美人相约啊！"

"行、行行……我帮你带一天狗，但你晚上一定要来接走它。"我说着又有些生气，"为什么我的播音工作必须现场，而你们的就可以录播？"

"因为你的是情感节目，现场感觉更真实。"李言说着抹抹眼睛，"刚才我听着都流泪了——"

"去！"

正说着，有车由巷子口开进，我坐的位置是背对着巷子口，就感觉有一条巨大的光束从身后扫来。李言忙捂住双眼，大叫着："靠，谁啊？开这么大的灯？"

随着李言的叫声，昏黑的巷子被点亮了。

我也回过头来，拿手遮额头，希望能看清进来的车，但瞬间，眼睛也晃花了。

车到近前，却没有继续，而是停住了，这正好给了李言质问的机会："关灯、关大灯……会开车吗?！"李言嚷着，也是因为喝了酒，他的声音很大。

车灯立刻关了，同时熄了火。李言似乎还不解气，"噌"地站起，冲到车前，但却什么也没有说，而是站住了。

那是一辆黑色保时捷敞篷跑车，是的，很漂亮的车。但这不是重点，重点是黑色保时捷敞篷跑车上坐着的一位长发女子。在车大灯熄灭的时候，昏暗的巷子因这位女子再次被点亮，似乎，这位女子比那熄灭的车大灯更亮、更耀眼。

车门开了，长发女子下了车，浓浓的眼影、长睫毛，大长腿，高跟鞋，五分牛仔短裤，吊带背心。她下车后，瞟了一眼车旁傻傻站着的李言，然后走了过去，走到了烧烤炉前。

"老板，羊肉串和鸡翅各 50 串。"长发女子轻轻地说，"带走。"

"好咧——"胖老板高兴地说，"那边有凳子，您坐着等会儿。"

"不用了，我站一会儿。"

长发女子就站在我们桌边的不远处，背对着我们。她的背很漂亮，她有一个紧翘的屁股。她的头发一定是刚洗过的，不断传来的是淡淡的香水裹着肌肤的甜味。我也不禁深吸了口气。

李言还傻傻地站在那里，我招呼他回桌前，但他没有理会，而是走到长发女子的身边："嗨，美女，这是我们的桌子，你可以坐在这里等。"

我一惊，但也不奇怪，李言经常这样，大方地和他所认为需要的女人打招呼，在这方面我比他羞涩得多。

长发女子头都没回，更没有说话。

李言并不甘心："这么高的跟，站着很累的。"

长发女子看了看李言，李言眯着眼笑着看她。

"谢谢，不累。"正说着，我怀里的小狗突然"咦、咦"叫着往前凑。

"哇，好可爱啊！"长发女子叫出声来。

李言从我怀里抱起小狗，递给长发女子："喏——"

长发女子犹豫着，最终还是抱了过去。小狗很会讨人喜欢，具体地说是很会讨女人的喜欢，它"哼哼唧唧"地就那样轻易地钻进了一个女人的怀里，而一个刚刚还冷漠的女人瞬间就开始亲昵地抚摸着它柔弱的身子。所以，我想，或许，李言送狗给女人是对的，一个温顺弱小的生命本身更容易代替一个强悍的男人去获取一个女人的垂爱。

"喜欢就送给你好了。"李言说。

我张大嘴巴，超级佩服李言的反应，他在对付女人方面的确坚决而果断。

"真的？"长发女子不相信。

"真的！"李言很肯定。

"那，"长发女子有些犹豫，"多少钱？我给你钱。"

"只送不卖。"李言自信而坚定。

"那……我真抱走了？"长发女子试探着。

李言微微一笑："你可以抱走它，只需要告诉我你的电话。"

长发女子乐了，将小狗放回到李言的手里，干脆而又调侃地说："甭想！"

这时，长发女子烧烤的食物好了，她拿上后很得意地回到了那辆黑色保时捷跑车上。

"美女，你这是去哪里呀？"李言问。

"去找地方开心啰——"

"这么晚了，很不安全的。"李言说着魅惑地笑了，"特别是一个漂亮的女人和这么漂亮的车。"

"哈——哈。"长发女子笑着打着车。

"我叫李言，告诉我你的名字，它就归你了——"李言突然追上前大声地说。

一条狗的价值其实就是这么简单。

一条狗的命运也是这么由人决定的。

长发女子没有立刻开走车子，李言一定是打动了她，她侧头看着李言和他怀里的狗。李言率性而又骄傲地用一只手将小狗向前托起，然后递向长发女子。

小巷，路边。

6月的凌晨，微风扫过街头，袅袅的轻烟带着孜然的香味在空气中飘荡——昏暗的路灯遮不住黑色保时捷的光芒，艳俗的浓妆挡不住妙龄女子天生的丽质；一个自信而骄傲的男人托着一条对未来懵懂的小狗，他希望再次的狩猎能像以往一样大获成功。

他当然失败了。

"谢谢了，我会找到属于我的狗，但这条不是。"长发女子说完后，黑色保时捷跑车的大灯再次亮起，前方调头，晃瞎我和李言的双眼后骄傲地驶出巷子向右拐去。

李言一直看着那辆黑色保时捷跑车消失了，才缓缓地收回小狗重新抱在怀里坐下。

"你说，她会是个什么样的女人？"李言轻声而又不甘心地问。

"二奶？情妇？小三儿？"我说完又觉得那是一个意思，情妇和二奶、小三儿区别不大，但我又不愿意看到李言失落的样子，"富二代。"我肯定地点点头，"和你一样，是个富二代。"

李言也点头："富二代，没错，我就喜欢富二代。"

李言拿起啤酒瓶仰脖喝了一大口，又将啤酒瓶伸向小狗的嘴边，小狗躲开了。

"你说它像个'球'吗？"李言突然指着小狗圆圆的身子问。我愣住了，一时不明白他的意思。

"球球，从现在起你就叫'球球'。"李言说。

于是，这条刚满月的小泰迪熊狗有了一个名字——球球。

"球球，你说，这种烤肉串的地方也能碰到美女，会是桃花运吗？"李言问球球。

球球茫然，它在李言的手里挣扎着。

"祝我好运，小球球。"

我感觉到李言的变化，我了解李言就像他了解我一样。

"你打算养它？"我问。

"是的。这是一条能带来桃花运的狗。"李言亲了亲球球，然后看着我，"你说得对，爱我们的人已经在路上了。"

"呵呵。"我笑了，"你认真点。"

"我当然认真，这是我的狗，它叫球球。"李言看着我，有些醉意，"我要找个富二代。我李言的老婆必须是个富二代。"又冲着球球，"对吧，球球。"

"行——"我问，"只是你要怎么找呢？"

"嗯……"李言茫然地用手指着巷子口，"那里……那里……右拐……"

我"嘿嘿嘿"地笑了，我也有些醉了。

这样的凌晨，湿热的天气，冰冻啤酒的凉意在肚子里回旋，两个 33 岁的单身男人，一条刚满月的小泰迪熊狗，微弱的街灯。

"该回家了……"我轻轻地说。

李言点点头，看看怀里紧闭双眼的小狗，然后将它递给我。我刚接过，小狗突然睁大眼睛看着我，黑黑的眼珠泛着金色的光芒。我有些发呆，不明白小狗怎么会有这样的眼睛，但当我要看仔细时，小狗微微闭了下眼睛，又恢复到黑色。

"球球，跟我回家。"我抱紧小狗，我根本不会想到，这天以后，我的生活将因怀里的这条小狗而彻底改变。

第3章　第一次养狗

我不知道睡了多久。

我四仰八叉地躺在床上，嘴半张着，上身裸露，下身仅穿着一条短裤。有一丝小风透过纱窗吹了进来，我的脚趾动了动，摸了摸肚子，缓慢地睁开眼，又是一个自然醒。

床头柜上的闹钟无声地走着，现在是：13点25分。

这是一套一室一厅的小房子，我四年前买的，楼高27层，我在顶层。卧室不大，刚够放一张双人床、一个三门衣柜和两个床头柜。窗是飘窗，有半个平米大小。客厅有二十来平米，连着阳台，有一个很大的落地窗。

我光脚下了床，走到飘窗前，看了看阴沉湿闷的天空，好像要下雨了。出卧室走到客厅，正面的墙上有一面竖长条形镜子，我在镜子前站住，用手指梳理着长发，然后扎起。挺胸、收腹。

对了，我有一头过耳的长发，留了三年，我觉得挺帅的。只是哥们儿这么帅，怎么就找不到老婆呢？

镜子过去向里是门厅，约三平米，正对着是大门，右边是厨房。镜子右侧靠墙边是一张三人沙发。镜子左侧、越过门厅一米多就是卫生间了。我在客厅走动的时候，沙发下有一个小黑点在跟着我移动，待我进卫生间后，那个小黑点往前探探，原来是个小黑鼻头，再往前探，露出一个毛茸茸的小脑袋。

是那条刚满月的深咖啡色小泰迪熊狗球球。

三人沙发前有一个茶几，茶几上乱七八糟堆放着一些杂志、报纸和吃剩的薯条袋，茶几的第二层有一堆 DVD 光盘、CD 光盘、遥控器和一个游戏手柄。茶几前方一米远有一个电视柜，上面摆放着一台34 英寸的等离子电视机。靠近阳台的墙边立着一个近两米高的暖气片，暖气片旁架着一辆漂亮的黑色公路自行车。

球球从沙发下出来，到处嗅着。沙发的右边是它的粉色狗垫，前面的茶几下有两粒已经干了的屎团，它嗅了嗅，走到茶几的另一边，撒了一泡尿，然后继续向前。电视柜下方也有一小摊快干了的尿液，它嗅嗅，转头向卫生间的方向爬去。卫生间左侧的整面墙是一套组合书柜，上面整齐地摆放着书和各种光盘。书柜前靠近卧室的那面墙摆放着一张长条形的四人餐桌，餐桌两边各有两把椅子，餐桌上放着好多书和一台笔记本电脑。球球在餐桌底下到处嗅着，转了几圈后拉了一小条屎团。

球球又爬到门厅，大门边地上的一张报纸上放着黄、蓝两个塑料小盆，黄色盆里盛着水，蓝色盆里是空的。小家伙在蓝盆里探探，又去黄盆里喝了几口水，这时，卫生间的门响了一下，小家伙像个球一样急速地滚回到了沙发下，转眼不见踪迹。

我打开卫生间的门，但并没有马上出来，而是站在门口的水池边刷牙、洗脸，然后才从卫生间里出来。

走到餐桌前打开笔记本电脑，登上 QQ，在一个单身 QQ 群里胡乱地打下一串字：**单身男，33 岁，求 25 岁以上单身女子一枚。**

我将此内容复制，粘贴到自己加入的所有 QQ 群里，然后进了厨房，打开冰箱，里面只有几片火腿肉片。电脑里不断地传来 QQ 的声音，我将火腿肉片放在桌上，顺便看看 QQ 群里大家在聊什么。有人在发布淘宝店的广告，有人要转让一辆自行车，一位网友问我是不是想女人想疯了，我回复说就是想女人想疯了。

我倒了杯水又回到电脑前，一个单身群里有位女网友私下找我，问我单身多久了。我立刻回复女网友说自己单身五年多，同时问对方多大了。对方回复 27 岁，单身，来北京六年了。女网友要和我视频，我想自己现在连上衣都没穿，再说也不想太快暴露自己的身份和相貌。于是回复说摄像头坏了，但麦克风是好的，可以语音聊天。

我俩就语音聊天。从天气聊到物价，从物价聊到工作、生活，聊到开心的时候，我说哪天约她出来吃饭。女网友答应了，但仍旧要求和我视频。我说摄像头真坏了，如果对方不介意，我可以传张照片给她看。女网友同意了。我又对女网友说，你的摄像头没坏，能不能通过视频看看你呀。片刻，女网友让我先传照片。我很快从网上下载了一张男人的照片发了过去。接着，女网友打开了视频，我看到了一个胖胖的穿着 T 恤衫的女子坐在电脑前冲我招手，短头发，戴着眼镜，年龄看着大于 27 岁。

三四秒的工夫，女网友关了摄像头。我突然感觉好无聊，看看时间快三点了，不知不觉一个小时过去了，可自己还没有吃饭，晚上还有播音工作，一下子特别泄气。

我给女网友发去一条信息：**你很可爱，今天先到这里，再聊**。信息发过去后不等对方回复我就下线了。

网络太不靠谱了，首先人与人之间就不信任，其次找个好女人犹如大海捞针，浪费了我近一个小时，最后发现是一个根本不合适的女人。

我叹着气，很讨厌自己刚才的行为，这样聊天能找到女朋友吗？我质问自己的同时，发誓再也不在网上发帖子找女朋友了，但我知道，隔一段时间我还会这么做。

我把火腿肉片拿起正准备塞进嘴里时，突然感觉有股臭味，仔细闻闻火腿肉片也没有异味，但家里的确有臭味。我低头找寻时就看见餐桌下边的那一坨屎，离自己光着的脚很近，我猛然想起什么，站起。沙发边的狗垫上空荡荡的，自己早晨带回家的那条刚满月的泰迪熊狗呢？

"球球——"我轻声叫声，但刚叫一声，就看到茶几和电视柜旁的屎尿，立刻很受惊，大声吼着，"球——球，你这条臭狗，随地大小便！"

竟然没看到狗，我又去卧室里找了找，没有。我有些烦了，妈的，李言，把这么大的一个包袱甩给我。我从卫生间扯出好些卫生纸，清理客厅里的狗尿和狗屎。

沙发下，小心地探出一个小黑点，慢慢地随着我在移动。我看到了，在沙发边趴下，向球球伸出手："来，小家伙，不打你。"

球球试探着从沙发下探出身子，我抓住它的一只小爪将它拉了出来："饿了吧。对不起，我把你给忘了。"

我将球球抱到门边，放在它的食盆前，小家伙立刻在蓝盆里探着舔着。我从鞋柜上拿下一个大纸袋，取出里面的狗粮，抓了一把扔进蓝盆里。刚扔下，突然想起李言说过狗粮要泡软后才能给小狗吃，但低头时发现狗粮已经没了，被球球吃完了。

"还没泡呢，你会噎着的。"

球球的眼睛只是死死地盯着我手里的狗粮袋。

"我给你泡一泡，你再吃。"

我拿起蓝色食盆，往里又放了一把狗粮，去找水时，发现家里最后的一瓶水已经被我喝了。球球一直跟着我手里的食盆，我看它刚吃了没泡的狗粮也没有不舒服，于是将蓝色食盆又放回到报纸上，但还未等我站起，盆里的狗粮又没了。

我惊讶地看着空空的食盆，和依旧盯着狗粮袋子的小狗。不明白它是吃饱了，还是饿极了，还要不要给它吃呢？突然又想起，李言交代过一天喂它四次，一次 20 粒狗粮。我计算着，如果一天四次，除去睡觉八个小时，那就是四个小时喂一次。我数了数，20 粒狗粮在手心里就一小撮，刚才自己喂了两把，一把至少有五六十粒。它一天的狗粮都吃完了，还要喂吗？可它的表情，就像没吃一样。

我又抓了一小撮狗粮放在手心上，数了数，40 多粒。我放回一点到袋子里，然后将手中的狗粮倒入盆中，瞬间，狗粮又没有了，球球又痴痴地看着狗粮袋。

"即使饿极了，吃三把也够了吧？"我低头看着球球，它竟然抬头讨好地冲我微笑着，希望能再倒些狗粮。真是可爱，我摸摸它的头，"喝点水就饱了。"我将球球抱到黄色水盆前，但球球又移到蓝色食盆前冲我笑着。

我站起身："不能再给你吃了，你会撑死的。"

我背着双肩包，左手拎着一个大帆布袋右手抱着球球出现在播音室时，导播陈大力很稀奇地"哟"了一声："你养狗了？"

"别提了！"我正一肚子的火。

信誓旦旦说晚上来接球球的李言，一个多小时前打来电话说今晚赶不回北京了，让我再帮他带一晚球球，并发誓说明天一早一定来接它。

我很生气，但也没有办法，只能再带一晚。只是我一出门，球球就不干，门一关上，它就在屋里叫唤，人进电梯里还能听到它凄厉的叫声。你想啊，这么叫一晚，别说小狗受不了，隔壁邻居也会疯掉了，我心一软就把它带到电台里来了。

"李言的狗，我帮他带几天。"我跟陈大力说。

"噢——他准备送女朋友的吧？"陈大力抱过球球，"它真可爱。"

"那一会儿就让它和你在外面待着吧。"我说。

"行，没问题。"

凌晨，播音完后，我从播音室里出来，陈大力指指沙发上的球球，它的睡态很是可爱，我看着笑了："这真是个累赘，不明白怎么会有那么多人要养狗，给自己找麻烦。"

球球听到声音，睁开眼，晃动着脑袋，想下沙发，但沙发高了点，它急得来回走着。我过去将它抱起放在地上，它立刻就跟着我的脚步走动起来。

"真黏人。"我背上双肩包，拿起帆布袋，准备离开。

"要不要我送你，这么晚很难打到车的。"陈大力说。

"不用了，我就在办公室的沙发上待一晚，明早再回家。"我抱起球球。

陈大力帮我打开导播室门:"拜——"

"拜,你也早点回家吧。"我出了导播室。

带着球球回到办公室时,我已困得不行了,将球球的狗垫、食盆、水盆摆放在地上,自己简单地刷牙洗脸后,放了一摞书在沙发上当枕头。但刚躺下,手机就响了,看到来电显示,我困意全无,犹豫着还是接了电话。

"嗨——"我坐了起来,有些紧张。

"你播音完了吧?"对方一点也不客气,"我在你办公室楼下,我在等你。"

我一惊,站了起来:"啊,我……你……"

"你下来吧,我送你回家。"对方的口气不容置辩,说完就挂了电话。

我也就在办公室里站了十几秒,就快速地将球球的东西收拾进帆布袋,然后背着双肩包,拿着帆布袋抱着球球关灯离开了办公室。

办公大楼的左侧,停着一辆白色的宝马车,看到这辆车我又有些局促,深呼吸,左右看看,才缓慢地靠近了那辆车。车窗摇下,露出一个女子的脸:长发、细眉、小嘴、小脸……她的一切都很小巧,除了那双眼睛。

我紧张得有些喘气:"芳芳,你好——好久不见。"

"本来不想给你打电话,想吓唬你一下,可广播都结束好久了,也没有看你下来,就只好给你打电话了。"马芳芳的声音轻细而柔软。

"本来是,因为……啊……"我说得语无伦次,"这也吓到我了。"

"上车吧。"马芳芳说。

"嗯。"我答应着,先将手中的帆布袋和双肩包放在车的后座上,然后抱着球球坐进了副驾驶。

"哟,哪来的狗?"马芳芳问。

"噢——是李言的,他去天津了,明早他就来接它……"我想了想又说,"他只是说说,明天不一定能赶回来。"说到这里,我又有些不好意思，"李言这个人吧，很不守信用的，本来是说今晚接走的……"

马芳芳并没有去听我说什么，她似乎在想什么，她轻轻地将车子发动起来，白色宝马缓慢地驶出小院。

这个时间，马路上几乎没有车，汽车匀速向前，拐弯上了主路。我淡定了些，摸摸怀里的小狗，又看看一旁开车的马芳芳，问："怎么突然想到来找我？"

"嗯……一直想来。"马芳芳说，"我们有一年没见面了吧？"

"8个月零8天。"我说。

马芳芳侧头看了我一眼，很快又直视前方。白色宝马减速出了主路，拐进一条马路，越过护城河的桥面，停在了一个小区门口。

"我今晚不想回去了。"马芳芳问，"能住你这里吗？"

"啊？啊！嗯……"我的心胡乱蹦跳起来，抱紧怀里的球球。

打开房门，进屋开灯，将球球放在地上，我从鞋柜里找出一双木屐，放在马芳芳的脚边。

"哈，我的拖鞋还在。"马芳芳说，"我以为你早扔了。"

"家里很少有人来，所以……也没人穿过。"

我虽没直接强调没有女人穿过，但我的意思马芳芳已经听明白了，她站在门口看着我，也不穿鞋，也不说话。

我冲她笑笑，伸手过去关大门，但就在大门关上的瞬间，我的脖子被马芳芳搂住了。湿湿的、软软的，那一定是马芳芳的嘴唇；痒痒的、柔柔的，那一定是马芳芳呼出的热气。

"你真好。"马芳芳松开了我，弯腰去换木屐。

我也傻笑着去换拖鞋，然后从帆布袋中拿出报纸，将球球的黄蓝两个小盆放在报纸上。球球立刻跑过去，在两个盆之间转悠。我抓了一把狗粮放进蓝盆里，瞬间就被球球吃光了，我又打开一瓶矿泉水倒满黄色水盆。

我照顾球球的时候，马芳芳已在屋子里转悠了一圈："没什么变化。"马芳芳看着我，"一看就是个单身汉的家。"

"哈——本来就是个单身汉。"我喝着手中的矿泉水问，"你喝点什么？"

马芳芳却向卫生间走去："给我找件 T 恤，要大一些，我要冲个澡。"

"噢。"感觉有血往头顶上冲，我在客厅里呆站着，听到卫生间传出"哗哗"的水声，这才进卧室找了件自己的大 T 恤。

卫生间的门虚掩着，但我还是敲了敲门，说："T 恤！"

一只淋了水的手从门边伸出，我将 T 恤放在那只手中，手又缩了回去。我走到沙发前，茫然地整理着茶几上的杂志、报纸、遥控器、DVD 光盘……我打开电视，电视里播放着什么古装剧，其实也没有看进去。球球过来在脚边嗅着，然后趴在它的垫子上。我起身去厨房，球球立刻又跟上。我从冰箱里拿出两罐啤酒，回到沙发边，打开一罐，喝了一口，又想起什么，去卧室找了条干净的大毛巾。

我再次来到卫生间前，轻轻地敲了敲门："哎……给你找了条大毛巾。"

没有人回应，也没有听到水声，我正准备离开时，卫生间的门打开，马芳芳走了出来。

"我用了你的毛巾。"马芳芳说，"你去洗吧。"

"啊——"我看着马芳芳，那件 T 恤的确够长够大，遮住了她的大腿。

"你困了上床去睡吧，我睡沙发。"我说完这话，就觉得自己很蠢，"渴了那儿有啤酒。"我又说了一句蠢话。

马芳芳没有理我，径直进了卧室。整个洗澡的过程中我都在骂自己蠢，直到从卫生间里出来。客厅里，电视还开着，但卧室黑着灯，门已关，里面没有动静，马芳芳好像已经睡了。球球看到我出来，立刻来到我的脚边。

我在沙发上坐了下来。

她睡着了吗？我想，我真的睡沙发？我要进去吗？她为什么来找我？她希望我进去吗？我进去她会赶我吗？……我他妈到底要不要上床？

我关了电视，关了客厅里的灯，靠在沙发上，看着卧室的门。

真的不进去吗？就在沙发上睡？自己不想进去？不想吗？……进去会怎样？……难道自己不喜欢她吗？难道她不喜欢自己吗？不喜欢自己她就不会来了。我喜欢她，一直都喜欢。我爱她，一直没有忘记。噌！我站起，向卧室门走去。

轻轻地推开房门，马芳芳背对着门睡在靠窗的那一侧，身体藏在毛巾被下。我走到床前，看着马芳芳的背影，然后在床的另一边轻轻地躺下。但刚躺下，马芳芳就回过身子，看着我。

"你不是睡沙发吗？"

"我……"

马芳芳打开毛巾被，我吞了口唾沫，正要移近些时，我的身体被拉了一下，我顺势抱住了马芳芳。床抖动得很厉害的时候，一个小身影从客厅来到卧室门边，莹光闪闪的双眼惊恐地看着床上的两个人，然后小身影迅速地钻进了床底下。

第4章 我不想成为一个孤独的人

如果你与众不同，你就一定会孤独。

这是19世纪英国作家阿道司·赫胥黎（Aldous Leonard Huxley）的一句名言。这是我的QQ签名。

我想做一个与众不同的人，但是我不想成为一个孤独的人。

很早，马芳芳醒来后就离开了，但我却睡不着了，像是在做梦。几个小时前，家里有条刚满月的小狗，有个女人在床上，现在就像梦醒来一样，小狗还在，女人却没有了。家和过去的每一天一样，只有我一个人。

只是，我不想梦醒来。躺在床上，我的身体舒展着，大大地舒展着。微闭着眼睛，用最舒服的姿势仰面躺在床上，回忆着每一个细节，充分地想象——她还在我身边，还躺在我怀里。如果你也像我一样是个单身男子，一个单身了很久的男人，你就会懂得我现在的心情。我和一个我一直爱的女人，刚刚做了一件让人快乐的事。

"嘭、嘭、嘭……"突然的敲门声，惊得我睁开眼睛，接着就是"汪、汪、汪"的狗叫声从床下传出，直奔向大门口。

难道是马芳芳又回来了？我有些惊喜地坐起，这时，传来李言的声音："阿迪，开门了——"

我叹了口气，又躺下了，我多么希望是马芳芳又回来了啊！不想起床，讨厌有人打扰我的美梦，只是，球球在叫，李言在敲门。我下床随手套了一件 T 恤，但还未走到门边，门就打开了。我因怕家门钥匙丢了或锁家里了，所以放了一把钥匙在李言那里。李言也很负责，随身携带着。

"嗓子都喊破了，还以为你不在家。"李言怪我没有及时给他开门。

看看墙上的挂钟，快一点了。球球看到李言，开心地撒着欢匍匐到他的脚边。

"小宝贝，想我了吧。"李言抱起球球，却没有马上进屋，而是拾起地下的五六张名片，"哟，你这小区里能收到这个啊。"

我扫了一眼李言手上的名片，见怪不怪了："这玩意儿哪里都有。你家门口没有？"

"我家门口还真没有。"李言抱着球球换鞋进屋嘴里还叨唠手上的名片，"快乐天堂、大学生妹、上门服务；这张高级白领、熟手按摩、随叫随到；哎，这张有趣，总服务台、全国热线、只有你想不到的没有你不需要的……"李言将名片扔茶几上，"我沿途过来，小吃街对面的那一条街全是洗头洗脚房，等红灯的时候，我还看到几个洗脚房门口站着一个个妙龄少女，穿的都是吊带背心……"李言用手比画着，"原来你这里就是北京的红灯区啊，我说你怎么一直单身。"

我打着哈欠，指着地上的狗盆狗垫子说："把你的包袱快带走，我还困着呢。"

李言却突然凑近我打量着。

"怎么了？"我看自己。我穿的是马芳芳穿过的那件 T 恤，她走前脱在房间里了。可这也没什么不对的，这也是我的 T 恤。我进卧室套了条牛仔短裤，再出来时，李言还在打量我。

"气色出奇地好，"又闭眼在我身上嗅了嗅，"一股爽到的味道……"

我推开李言，他睁大眼睛指着我："你不会……真叫小姐了吧？"

"啊呸！胡说八道什么。"我的睡睡都被李言吓走了，"我这是吃得香睡得足，哪像你整日瞎混不分白天黑夜，你气色能好吗？"

"别骗哥哥了。哥哥这双眼……"李言用两个手指晃晃自己的眼睛,"坦白吧,和谁,不然我报警了,电台著名主持人叫小姐……"

"哈——"我看着李言,摇摇头,看来真的是什么也瞒不过他的那对小眼睛。我仔细看看李言的眼睛:"你这是人眼吗?怎么感觉像摄像头似的。"

李言得意地坐在沙发上,抱着球球说:"那就坦白吧,噢……"李言突然又像发现新大陆般张大嘴巴,"不会是——"

我不好意思地点点头:"是,我和……马芳芳又见面了。"

"我了个去——"李言惊喜,"这么说,你们……重归于好了。"

我"嘿嘿"笑着:"你要不要吃点东西……"我站起往厨房走去。

"我不饿——"李言在我身后说,"问到关键就打岔。"

李言起身进了卫生间,球球立刻跟上,但在客厅中央却转身奔向它的蓝色食盆。我拿着面包、果酱、酸奶一出厨房就看到蹲在食盆前的球球正眼巴巴地看着我,就想起,还没有喂它。

"对不起,小家伙,又把你给忘了。"我将面包、果酱、酸奶放在茶几上,然后拿出狗粮袋,抓了一大把狗粮放进了蓝色食盆里。还是那样,人未站起,球球已将狗粮一扫而空。

"多吃点,吃饱了好滚蛋。"我又抓了一把,球球依旧瞬间吃光。

"你怎么不泡泡?"李言突然站在我面前,吓了我一跳。

"它吃得挺好的。"我说,"狗粮泡了就不好吃了。"

"它会噎着的。"

"噎着了吗?"我指指球球,"你看它噎着了吗?"

"你虐待小动物啊。"李言抱起球球用手顺顺它的背,似乎是在帮球球消化食物。

"行行行,"我拍拍手,"你自己喂吧,我不伺候了。"

李言抱着球球又坐回沙发上。这时,他看到茶几上的面包,便放下球球,开始吃面包。球球立刻扶着他的腿,想吃。

"这个你不能吃的。"李言往面包上抹着果酱冲我说,"现在可以说说马芳芳了吧。"

我又不好意思地笑了。

"怎么一说到她你就脸红，看来你是真喜欢她。"

我开了盒酸奶递给李言，也给自己开了一盒："我有一点不明白……"

"嗯——"李言吃着面包示意我往下说。

"你说吧，她主动来找我……"

我刚说这一句，李言激动地拍了下茶几："还是人家主动的，你够牛的……"见我看着他，忙又说，"你说你说，我不打断你。"

我就接着说："她主动来找我，主动要求留下，可是……"

"可是什么？"李言还是忍不住地接话茬儿。

"可是早晨醒来，我感觉她看我的眼神又是那样的陌生。"我皱起眉头，"我就想知道她为什么会主动来找我，在我们分手8个月后。"

"你没问她？"

"没问得太直接，她也没有说具体为什么，只是说心情不好，和她爸爸吵架了，吵得很凶。"我摊开双手，"就是这样。"

"完了？"李言不相信。

"完了。"我确定地说，"都告诉你了。"

"那接下来呢？"

我想了想："离开时，她说电话联系。"

"怎么感觉像一夜情似的。"李言说。

"一夜情？"

"肯定不会是的。"李言忙又安慰我，"你俩天生就是一对。"

我咬了下嘴唇，我也不知道接下来该怎么办。

"哎，你们去年到底为什么分手？问你好多次了。"李言问，"是马台长不同意吗？"

我摇头。

"不管了，你俩如果相爱，谁不同意都不管用。"李言说，"大胆地追，我挺你。"

"你觉得她会喜欢我吗？"我很不自信。

"什么叫会？"李言说，"她肯定喜欢你。不喜欢你会主动来找你？不喜欢你和老爸吵架后就想到来你这里寻求安慰？"李言郑重地说，"当一个女人受伤时想到的第一个男人就是她心里爱着的那个人。"

"真的？"我又有些开心。

"真的。"李言抱起旁边的球球，"我说这条狗能带来桃花运吧，你还别不信。"

我笑了："那我是不是应该主动一点？"

"必须的！你肯定不能等女方再主动。"

我点点头："我真的喜欢她。"我又强调，"不，我爱她。"

李言激动地拍拍手，咬着牙说："那就干脆来狠一点，向她求婚。"

"啊！"

"对，求婚。"李言很得意自己的主意，"你 33 岁了，她也应该有……"

"28，我比她大 5 岁。"

"28 岁。"李言说，"这是个尴尬的年龄，30 岁以前的女人还能说是一朵花，但一过了 30 岁，可就立刻跌价成豆腐渣了。"

"观念真老土，你还是主持人呢。"我不屑地说。

"这观念可不老土，这是现实。"李言说，"难道你不想结婚，你不想娶她？"

我看着李言，不可否认，我动心了。

"没准她想嫁呢，挑来选去你最合适。"

"可是……"我琢磨着，"我们还没有真正和好，这突然求婚好像进度太快。"

"还没真正和好？这、你俩都——这样了。"李言指着卧室里的床说，"我都怀疑你们就没有真正分手过。哎，你告诉我你们为什么分手？到底是真分假分，没准人家没分，你自己倒觉得分了。"

"我们真是分手了。"我说着摸摸额头。

"别摸额头，你一摸额头就心虚。"李言说，"为什么分手不愿意说，那你告诉我，你们怎么认识的？"

"嗯……"我看着李言，"算了，顺其自然吧。"

"你这人真没劲。"李言站起，"把球球的东西清好，我马上带它回家。"

"别啊，这都中午了，吃了饭再走。"我跟着站起，"我请你吃韩国烤肉。"

李言没有理我，径直向门边的帆布袋走去，将球球的食盆水盆放进袋中后，他突然又冒出一句："男人就要果断。"

球球见清理它的东西激动地哼叫起来，李言就抱起它，瞟了我一眼，接着说："如果有一天，我爱上一个女人，我就送一枚 Tiffany 的钻戒给她。"

李言像是在自言自语，但我知道他是说给我听的。

打开大门，李言抱着球球出去，球球似乎有些不舍得，想往我怀里来。我摸摸它的头："你觉得求婚真的合适吗？"

李言一听又来劲了："男人睡女人是需要，娶她才是真爱。"又觉得自己说得不妥，"我最恶心一些男人喜欢一个女人就奔几千里海边捡个什么破鹅卵石、花他妈几天时间做个魔方头像、弄一心形蜡烛摆在大街上大喊'嫁给我吧……'傻货！我要是女人才不会嫁给这种男人。什么是诚意？就是拿一枚钻戒砸过去。她就是不喜欢你，冲着这么漂亮的钻戒她也会犹豫一下。对吧？"李言冲我抬了抬下巴。

我点点头"嗯"了一声。

李言更来劲了："王府井有家 Tiffany 的专卖店，我有个哥们儿在那里，我让他给你优惠点。"李言说着就像他要求婚一样，将球球递给我，挎着帆布袋，掏出手机，翻找片刻后说，"我把他的名片发给你了，你就说我的名字，他一定会给你打折。"

"谢谢。"

"咱哥们儿，谢什么。不过，"李言接过球球，"我只能帮你这么多了。"那口气，就像他帮我找到了老婆一样。

我还是点头："谢谢，回头，我也帮你找个好老婆。"

"说定了啊，你要帮我。"李言托起球球，"哎，这条狗会不会真能带来桃花运？"

"你养着不就知道了。"

"嘿嘿。"李言笑着亲亲球球，"一定要给我带来桃花运啊！"

李言抱着球球拎着帆布袋走两步又站住回头看着我说："台长的女婿，以后我都得巴结你了。"摇摇头表示不服气，但临走前仍不忘叮嘱我，"浪漫点啊，需要哥们儿就招呼一声。"

我拼命点头。

李言抱着球球走了。我又躺回到床上，抱着那床毛巾被，向马芳芳求婚？想着李言的话，我心里美滋滋的又有着说不出的忐忑。

我承认，李言的话让我动心了，33 岁了，我真的想有一个家。但我也知道，在追求女性上，我很屄。这一点我特别佩服李言，我能像他一样厚脸皮就好了。

我抱着毛巾被深深地嗅着，那上面还有马芳芳的体香。那就不屄一次，向马芳芳求婚！我猛地坐起，跳下床，抖开毛巾被，叠得整整齐齐地摆在床上。

买钻戒，求婚去！

李言将球球接回去三天，他也就养了它三天。

第四天是周四，早晨，我刚走到办公室门口就听到"汪汪汪"的声音，推开门一个毛茸茸的小家伙扑到我的脚边，接着就听到李言的声音："嗨，早晨好！"

我抱起球球："把狗带单位来了，你不怕领导说啊？"

"谁敢说？有你啊！"李言说着做了个请的姿势，"台长女婿，您请！"

"哎、哎，可不能这么说啊。"我忙制止李言，"没谱的事，别闹成了个笑话。"

"笑话？谁敢笑话。"李言咧着嘴，凑上前，"怎样？求婚怎样？我昨晚给你打电话，你没接，一定是求婚去了。"

"求什么婚啊？"我把球球放在地上，"跟谁求啊？"

听我这么一说，李言皱皱眉头："怎么了？求婚失败了？"

"我——还没求。"我有些尴尬。

"这样啊……"李言打量着我，"你……没什么事吧？"

"我能有什么事。"我摸摸脸，进办公室前，我一再让自己保持一个良好的状态。

李言的那对小眼睛又眯了起来，他看我好半天，看得我有些毛了。

"嘛呢？工作吧，"我翻出抽屉里的资料本，"马上开例会了。"

李言就不说话了。

每周四上午的例会就是每个编辑及播音员汇报自己上周的工作及马上要播音的选题，参加例会的有台长、总编室主任、播音室主任、播音员、编辑、导播等。

每次开会前台长或总编室主任会先讲一下电台里近期的工作安排、宣传导向及注意事项，提醒大家编辑和播音时哪些能播哪些不能播，最后就是编辑及播音员们报选题。

我主持的读书栏目《每周一书》就是每周推荐一本书和一个作者，很简单，书以社科类为主，由出版社提供，一般不会有导向问题。情感栏目就是《今夜星光无限》了。这个栏目稍微麻烦点，每期要有主题，围绕主题配有歌曲、对话，而对话更多是临场发挥的。我这周两期的主题分别是"失恋"和"第三者"。

我报出选题的时候，马台长意味深长地看了我一眼，李言则在一旁眯着那双小眼睛做出若有所思的表情。

例会结束时就到中午了，往会议室外走的时候，李言过来轻轻地碰了我一下："哎，怎么报个'失恋'的选题？"

"情感栏目嘛，失恋啊，单相思啊，恋爱啊……定期都得来一轮。"我说得漫不经心。

"这么简单？"李言的声音压得低低的。

"不然，你以为呢？"

说着我们走到了楼梯口，这是第四层，会议室、播音室、录音室及财务室、人事办公室等在这一层，往下第三层是领导们的办公室，马台长的办公室就在第三层。第二层是编辑室和播音员的办公室，一层有传达室、保安室、资料室、对外联络室等。

安子是财务主管，她正从楼下上来，见到李言就问："带来了吗？"

"带来了。"李言说。

"我跟你下去看看。"安子说着又跟着我们往下走。

"看什么？"我问。

"球球。"李言回答。

我一愣，正要细问时，马台长从身后走了过来："小朱啊……"马台长说，"你到我办公室来一下。"

我"啊"了一声，和李言对望了一眼，就跟着马台长去了他的办公室。

那天，李言接球球走后，我去王府井买了 Tiffany 的钻戒，准备向马芳芳求婚。我想象和模拟着电影里很多浪漫的求婚镜头，但都觉得放在现实中挺傻的。于是就打算请马芳芳吃饭，然后直接向她求婚。

和马芳芳约好周三一起吃晚饭，也就是昨天，约在她公司附近的一家餐厅。我五点半就在那家餐厅里等她了，但一直等到七点她都没有出现。她的手机一直无法接通，我一着急就将电话打到了她的家里。马台长接的，他很惊讶我找马芳芳，他很客气地告诉我，马芳芳还没有回家，他让我打她手机。

马芳芳的手机依旧打不通，我就给她发短信，告诉她我在餐厅里等她，她没有回短信。我不知道发生了什么事，会让她失约，且没有回复我的电话和短信。

八点我离开了那家餐厅，我庆幸自己没有买花，偏偏这时李言打来电话，我没有接。晚上九点，我鬼使神差地来到马芳芳家楼下，我想今晚无论如何都要见到她。快十点的时候，一辆黑色奥迪 A6 停在了马芳芳家楼下。马芳芳从车上下来，回头吻了吻开车送她回家的那个男子，然后一直目送着奥迪车离开。

那一刻，我骂自己就是个尿货，怎么就不敢站在她家楼下等她，而是要躲在对面的拉面馆里呢？而现在，我怎么就不能上前去质问她：为什么要来找我？既然已经分手了，既然有喜欢的人，那天晚上为什么要留宿在我的家里？而今晚，约好了一起吃饭，为什么放我鸽子？我真的是那么不重要的人吗？

跟着马台长进办公室后，他让我坐下，我很紧张，这是要长谈吗？我在他办公桌的对面坐了下来。

"小朱啊，你来电台多久了？"马台长问。

没有提马芳芳，我一直在想怎么回复他马芳芳的事。

"11年了。"我说。

"你也是电台里的老人了，我得给你加些担子。"马台长微笑地看着我，"你年龄也不小了，也该在电台里挑起一些责任。"

"噢——"我等着马台长往下说。

"我准备成立一个新的播音部门，将夜间栏目统一管理。你想想，给我个计划。"马台长说。

"嗯……好。"我点头。

"那下周一给我。"

"行。"我想谈话应该完了，领导很忙，我准备告辞。

"嗯……"马台长还有话要说，"昨晚找到马芳芳了吗？"他问。

"啊……啊，没、没有。"我说。

"你和芳芳怎么了？我以为你们已经结束了。"马台长说，"昨晚接到你的电话很意外。"

"啊……其实也没什么事……真没什么事。"我不知道该说些什么。

"我知道作为一个外地人，在北京很不容易，你也一直很努力，"马台长的手指在桌上轻轻地敲着，"我会尽量给电台里的年轻人多些机会，你要把握好。"

我听着。

"有什么想法可以直接跟我说。"马台长说。

我点头表示明白。

回到办公室，李言眯着一双小眼睛就凑过来了，我知道他要问什么，但我不想在办公室里说。我拿起手机："走，吃饭去。"

大概是我的表情很严肃，本来嘻嘻笑着的李言立刻严肃起来，他抱起球球。我想说餐厅不准狗进，但一想小狗离不开人，把它独自放在办公室里它一定会叫，惊动了同事和领导反而不好。我便打开了办公室的门，让李言和球球先出去。

正午时分，太阳很烈，办公楼外一股热气。

"哎，马台长找你什么事？"出了办公楼，李言就问。

我看了李言一眼，摸摸球球，它立刻将头凑了过来。我问："安子要收养球球？"

"安子的大学同学想养条狗，一说球球，两口子挺满意的，下班后和安子一起给他们送过去。"李言说，"说真的，我挺舍不得将它送人的，可它太爱叫了，它一叫我妈心脏就痛。"

"你这么忙，也不适合养狗。"我突然有些不舍，抱过球球，"如果不是单身，养条狗其实还是挺好的。"

"还说这是条能带来桃花运的狗，这么些天，除了拉屎撒尿就是惹我妈不开心。"李言笑了笑，"今早也不知道为什么，它冲着我妈的房门叫个不停，当时我妈的心就痛了起来。我让她去医院，她也不去，吃了点药就上班去了。"

"你妈太辛苦了，"我看看李言，"现在要管理六家餐厅了吧？"

"是，我妈希望我去帮她。"李言说，"我这次可能会真的辞职。"

李言辞职这事也说了有两三年了。两年前，柳如心脏做搭桥手术时，他就说要辞职帮妈妈打理餐厅，后来，又觉得还是喜欢播音工作便作罢了。

出了电台大楼向北过马路就是三里屯北街，和李言进了街左边的一家肯德基，我去买汉堡，李言抱着球球找位置。人很多，我买好了食物，回头却发现找位置的李言还傻傻地站在那里望着窗外。

见我过来，李言有些激动："哎、哎……你看到对面的那辆车没有？"

"车？"我望向窗外，马路对面，一家酒吧门口，停着一辆黑色的保时捷。

"怎么了？"我问。

"把汉堡打包，我们到对面去吃。"不等我回答，李言已抱着球球出了肯德基。

我打包好汉堡走到马路对面找到李言时，他已抱着球球围着那辆保时捷转了好几圈。见我过来，他肯定地说："一定是那辆车。"

我知道李言说的是哪辆车了，便说："北京这款保时捷车应该不少，你怎么肯定就是这辆呢？"

"等车主来了不就知道了吗？"李言说完前后左右地扫了一眼，就进了旁边的那家酒吧。我只能跟着进去。

酒吧里除了吧台前有个正在吃面的服务生外，没有其他人。中午泡吧人也不多，所以，服务生看见我拎着两份汉堡、李言抱着一条小泰迪熊狗进来，也没有说什么，继续吃他的面。李言也不客气，在窗边找了个桌子，摊开汉堡就大口吃了起来。

汉堡吃完了，饮料也喝完了，那辆保时捷的车主还没有回来。

"要不，先回单位吧。"我说，"没准下班后再来，车还在这里。"

李言摇摇头，很坚定："我不想再错过了，我今天一定要等到她。"李言怕我要先回单位，立刻又说，"你也不许走啊，你说过要帮我找个好老婆的。"

我还能说什么，只能陪着他了。

"叫点酒，叫点酒。"李言看上去有些焦躁，我便叫了两瓶啤酒。

服务生很快开了两瓶科罗娜过来，我递给李言一瓶，和他碰碰："少喝点啊，下午你还要和安子开车送狗呢。"

李言点头，喝酒："对了，马台长找你干什么？和马芳芳有关吧？"

看着李言一脸鸡贼相，我摇摇头说："有关系，也没有关系。"

"这怎么说？"

"马台长找我是要我做一个工作计划。"我看着李言，"我昨天是约了马芳芳，但没有求婚，我们只是吃了一顿饭而已。"我摸摸额头，有些心虚。

"为什么？"

我想了想，实话实说："我觉得她并不爱我。"

"这怎么可能？"

"这怎么不可能？"

"你们都……啊……"李言两手比画着，"那样了。"

"谁说两个人那样了就一定相爱？"

"别人不会，但你……"李言指着我，"你都不知道，去年你和马芳芳在一起的那段日子，全世界的人都知道你恋爱了。"

"可那是去年。"

"那你们去年为什么分手？"李言追问，"是马台长不同意吧？"

我摇摇头："我觉得她爱的那个人不是我。"

"你觉得？"李言不信，"人家是台长的女儿，开宝马，挣得比你多，一有委屈就投到你怀里，这不是爱你是什么？"

我竟无言以对。

"你不要太自以为是了。"李言说，"你是人长得帅些，个子高高的，电台知名主持人，但你要知道，娶了台长的女儿，你的人生会不一样的。"

我有些不服气了："我从没想过要靠女人。"

"不是……"李言觉得我误会了，我也觉得我俩聊岔了。

"两码事。"我让自己平静些，"我可能是有些不自信。"

"她到底做了什么会让你有这种感觉？"李言问。

"她……"我想到马芳芳昨晚从那辆奥迪车下来时，吻了吻那个送她回家的男子，我就不愿意再说下去了。

"她什么？"

李言继续追问，这时，一个女子推门进来，长发、墨镜、黑色无袖连衣裙、高跟鞋。女子走到吧台前，对服务生说："给我一瓶杰克·丹尼。"说完径直向角落里的一张桌子走去。

"太酷了，一瓶杰克·丹尼。"李言张大嘴巴，然后笑了，"我喜欢。"

李言正要站起，我一把抓住他："你不找你的保时捷了？"

李言就想起自己来这里的目的了，他看看窗外的那辆黑色保时捷，又看看角落里坐着的黑裙墨镜的女子，很纠结，很矛盾，在挣扎。

"单身女人，大白天进酒吧喝酒一定是情感问题，并且，"李言的腿抖了起来，他压低声音说，"这个时候的女人是最脆弱的……"

"如果你现在泡这个女子，那个保时捷出现了你怎么办？"我问。

李言再次看了眼窗外的保时捷，摸摸下巴："谁知道她什么时候来？谁知道这辆车是不是她的？"

"如果喜欢就要坚信，坚信你能找到。"说完这话我自己也惊了一下，看来在对待马芳芳的情感问题上，我是真的不自信。

李言深呼出口气，看着我："我就欣赏你这一点，认准了就死心塌地。"

是的，我认准了马芳芳，我死心塌地地爱她，可她爱我吗？

"但是，有时死心眼也不见得是对的。"李言话音未落，酒吧门再次被推开，一双穿着蓝色匡威布鞋的脚踏进了酒吧，接着一个扎着马尾、黑色 T 恤、白色牛仔七分裤的女子慢腾腾地走了进来。

李言的两只小眼睛顿时发光，使劲地拍了一下我的左胳膊，当时我的左胳膊就从桌上滑了下来，好让人窝火。

"阿迪，你是对的，坚信能等到，她就会出现。"李言站起冲着吧台而去。

我也看到了进来的那个女子，与那天晚上相比，此刻，她简衣素颜，但更显得靡颜腻理。看着奔过去搭讪的李言，我自叹不如地笑了，我想这也是缘分，他坚持等到了。

十分钟后，李言回到桌位上，一脸的得意："我拿到她的电话了，她叫米米，是这家酒吧的老板。"

我对李言搭讪的本事心悦诚服，所以，有些东西是大胆追求来的。

米米很快要离开酒吧了，她来到桌前向我们告别，李言又干了一件让我五体投地的事，他冲米米说："米米，我要追求你！"

米米抬了抬眉毛，睁大眼睛，转身走到门边，然后回头冲李言竖起右手大拇指，离开。

"你怎么这么说，人家万一不是单身呢？万一结婚了呢？万一……"还未等我说完，李言就打断了我。

"她一定是我的！"李言双手抱拳使劲地击了一下，"没有万一！"随后，操起酒瓶和我碰了一下，一口干掉酒，擦擦嘴，自信而坚定地看着我，"她注定是我的。"

这是个能给人带来信心的家伙，我也一口干掉瓶里的酒，擦擦嘴说："支持你，加油！"

李言笑了，他就像喝醉了般抓起球球使劲地亲了亲："你真是条能带来桃花运的狗狗，这么快就帮我找到了她。"说着，李言又想起什么，"真不想将它送人，妈的，都答应安子了。"

"能给它找个好人家也是积德，再说，你已经找到你的保时捷了。"

"对、对。"李言看着我，"所以，如果你爱马芳芳就去追，如果她有别人，就抢回来。你要认定她就是你的，你朱家迪的，谁反对都不行。"

李言这句话很励志，我又动心了。

"好了，"李言又扫了一眼角落里正一口口喝着杰克·丹尼的黑裙墨镜女子，"本来想建议你去追求她的，但你有马芳芳。"李言说得好虚伪，"从现在开始，我要以你为榜样，专心专一，"说着用手指敲敲桌子，"追求米米。"

"好。"我笑着站起，"那回单位送狗了。"

酒吧外，李言两眼不停地上下打量着酒吧上的门牌，问："这酒吧叫什么名字，怎么没有牌子？"

"问一下服务生不就知道了。"我正要问服务生，李言一把抓住了我，左手食指很用力地指向酒吧的左上角，那里有四个不大的粉色有机玻璃字母粘贴在黑色的玻璃墙外。

"FOOL，多帅的名字。"李言笑得好傻，"以后这里就是我们的常驻酒吧。"

FOOL——人在某一段时间都想让自己变成傻瓜。

我和李言离开时，透过玻璃窗我看到酒吧里那个喝杰克·丹尼的女子，碰巧她也在看我们。

第 5 章 球球被收养的人家退了回来

人和人的命运不一样，狗和狗的命运也不一样。

有的人一出生就是富二代、官二代，一生的前程已被家人铺好，锦衣玉食；有的狗一出生就被人呵护，细心照顾，一辈子无忧无虑，直至终老。

知道泰迪熊是从一部《人工智能》的电影中来的，里面有一只寂寞的玩具熊对一心想成为真正的人的机器人大卫说"I'm Teddy……I'm Teddy"。当时，我没想到有一种狗跟这种玩具熊长得一模一样，更没想到有一天我的单身生活会因为这样一条泰迪熊狗而结束。

其实，泰迪熊狗人见人爱，它们聪明、活泼、机警、可爱……可不知为什么球球的命运就是坎坷，它前后被李言送了三户人家，但在这三户人家里都没能留下来。

要说李言算是很负责的送狗人了，他亲自和安子一起将球球送到安子的大学同学家，之后，只要关于养狗的问题，对方什么时候打电话过来，他都耐心地答复。中途，他还去看了一次球球，买了不少东西，回来说那夫妻俩对球球挺好的，给它买了好多玩具，还开车带它出去玩，但一个月之后，球球被退了回来。

这一个月对我来说，惨淡而黑暗：寂静的长夜，思念和伤感相互陪伴，一种诱惑，不断地迫使我去想一个人。

我一直想和马芳芳认真地谈一次，但这一个月里，我没有机会见到马芳芳。她总在出差，不是上海就是深圳，上周她发短信回复我说她去台湾了，回来联系我。最开始我还给她打电话，一次说她马上要登机了，一次说她在外地见客户，一次说她在开会，还有一次是晚上，说她在洗澡，稍后回电我，但之后她并没有回复我电话，我就没有再打了。

立秋后，天气依旧干热、燥闷，但雨水多了起来。《每周一书》每周四中午十二点播放，每周二下午我会提前录好两期的内容。今天是周二。早晨起床就感觉到天气阴沉郁闷，但一直等到中午也没见雨下来。午饭后，天却晴了，太阳出来了。于是，我决定骑车去单位。

我的业余生活中有一项爱好就是骑自行车，大学期间参加过三次公路自行车拉力赛，虽然没取得什么名次，但都骑完了全程。工作后，我仍然喜欢自行车，现在的这辆黑色公路赛车就是我花了近两万元钱自己攒的车，它就是我的"保时捷"。

戴上头盔，戴上手套，戴上耳机，挎上腰包，刚出门还挺帅气的，但骑车到一半的路程时天突然阴了下来，还没等反应过来，雨哗啦啦，天像破了一样，人立刻成了落汤鸡。前方天桥下站了好些避雨的人，我也冲了过去，躲了天桥下。

无聊，看天看雨，看手机，又想到了马芳芳。我知道这一个月她在躲我，她大概后悔那晚来找我。可是她为什么要这样做呢？她不应该是那种见异思迁的女人。奥迪车上的那个男人又是谁？我发现我一点也不了解她，我竟然还准备向她求婚。

我把玩着手机犹豫着，但还是给她写了条短信：**近期忙什么**。想了想我又把短信删了。雨还在下，小了一些。或者我应该直接点，李言常说追女人要果断，那就我不跟她绕弯子了。于是，我又写了一条短信：**芳芳，我爱你**。写完了，仔细检查了一遍，其实就那么几个字，正要发时，突然有电话进来。

"哥们儿，在哪里呢？"

是李言打来的，我知道短信又白写了，攒了半天的勇气被他的电话打没了。

"桥底下蹲着呢。"我没好气地说。

"怎么躲桥底下了。"李言明白过来,"骑车啊?"

"是啊!我穷买不起车嘛。"

李言竟然没听出我的脾气,他接着说:"你知道上个月收养球球的那对夫妻吗?"

"嗯。"我有印象,安子的大学同学。

"他老婆怀孕了。"李言说。

"那跟你有什么关系?"我问。

"我靠!"李言听出我的不高兴了,但他竟然忍住了,"那王八蛋把球球送回给安子了。"李言一下子低沉下来,"安子又送回给我了。"

"噢……"我听了也有些生气,"这夫妻俩怎么能这样,太不负责任了。"

"还算庆幸,他们没直接扔了。"

"那倒是,那你就养着吧,别再送人了。"

"先别说这个,你再帮我带带。"李言说,"台里安排我去参加成都的一个车展,明天一早就得飞过去。"

我有些犹豫,本来马芳芳的事就很让人心烦,现在李言又让我帮他带狗。为什么一定要找我带?其他同事呢?安子也可以带的,还有李言的其他朋友,他妈妈,他舅舅……

"就两天,我周五就回来了。"李言着急地说,"你带过它,或许会给它些安慰,毕竟它是被抛弃了。"

一听这话,我就不好意思拒绝了,于是和李言说好,他先带球球去洗澡,给它打疫苗,晚上把球球送到我家来。

雨停后,天又晴了,太阳跟着也出来了,就像什么事也没发生过一样,除了地上的一些积水证明刚下过一场暴雨。

到单位的时候快一点了,照例先去传达室收取信件,满满一大摞。我两万元攒的自行车肯定不会给它配锁,回家搁家里,上班搁办公室里。传达室王师傅见我推着自行车,便帮我将信件捆好了,挂在车把手上。传达室门口的那面墙是一个告示墙，电台里有什么重要事情都会贴在告示墙上，这样进进出出的同事们就能一眼看到。

电台是一座老式四层小楼，除了一个货梯在有货物时启动外，平时我们上上下下都是自己走楼梯。我推着挂着信件的自行车来到楼梯前，正准备提自行车上楼时，漂亮的办公室主任郭小彤拎着一张纸兴冲冲地下楼来。看到我，高兴地打着招呼：

"朱主任，恭喜了。"

我一愣，没明白，郭小彤就将手里的那张纸伸给我看："你的任命书。"

那张纸原来是一份打印的红头任命书，上面写着我的年龄、学历、职称、进入电台的工作时间和任命我为北京综艺广播电台综合第四编辑室主任。

"上周才开的会，领导们说还要上报给上级部门的，"我有些惊喜，但还是装作矜持，"没想到这周任命书就下来了。"

"当然了，我一直在帮你催着。"郭小彤讨好着，"副处啊，这次可是连升两级。"

"谢谢谢谢，辛苦郭主任了。"

"请客啊——"

"一定一定，您说哪天就哪天。"

"什么请客啊？"李言拎着包抱着球球下楼来，走到告示墙前，看到郭小彤刚刚贴上去的任命书，读了一遍后突然看着我，酸酸地说："恭喜啊！"

李言说完抱着球球就出了大楼，我觉得不对，将自行车靠在一边追了出去。

"李言——"在大楼外，我叫住李言。

球球长大了一点，但还是条很小的狗狗，它很亲热地将脑袋伸向我嗅着，我逗着它，并问李言："晚上要不要一起吃饭？"

"今晚就请客啊，"李言歪着嘴，"看来你还得升啊！"

知道李言在讽刺我，我们同时进入电台工作，他工作也很努力。

"你晚上不是要送球球来吗，顺便一起吃晚饭呗。"

"庆祝你升职啊？"李言看着我。

"什么升职啊？"我装作轻松，"咱哥俩之间吃顿饭还要找理由吗？"

"哎，我想不通啊——"因为是在外面，也因为旁边没有人，李言的不平就爆发了，"我工作也很辛苦，我出差比你多，凭什么你一下子就升主任还是副处，我才是个副科级。"

"我就是走狗屎运，其实你各方面能力都比我强。"我是说真的，"你看你那两个栏目，收听率多高啊，还给电台带来了不少广告费。"

"看来朝中有人能做官，和台长女儿谈恋爱好处还真多。"李言说，"你这还没求婚呢，就提主任了，真要结婚了，你还不要做台长了。"

本来我升职李言没升我还有些内疚，但他提到马芳芳我就不爽了："哪儿跟哪儿了，你不吃晚饭拉倒，我也没时间帮你带狗。"

我说完要走，李言见我生气了，又拉住我："哎，哎，你升职了，总得要人发发牢骚吧。"

我就站住了。

李言悻悻地说："哪敢得罪你了，这以后还得靠你罩着呢。"

我就笑了："晚上一起吃饭？"

"不吃了，我现在带球球去洗澡打针，还要帮我妈妈去医院开点药，这种天气她心脏就会不舒服。"李言用手轻轻地托了托球球，"我晚上尽量早点把它送到你家。"

"行。"

李言上了车，准备离去前突然来了一句："球球没找到新家前，你就得带着。谁让你升职了——"

哎，这就有点不讲理了。我正要上前理论，李言一踩油门跑了。

就在李言的白色路虎驶出院子时，身后有人叫我："小朱啊——"回头，马台长从大楼前的楼梯上下来，后面跟着他的司机小张。

"马台长好，您要出门啊？"我打着招呼。

"去开个会。"马台长说话的时候，小张走向院子里的一辆黑色帕萨特，上了车，打开空调。马台长没有立刻跟过去，而是在我跟前站住了。

"你和芳芳最近怎样了？"

"啊，我、我、我……"马台长问得太直接，我措手不及，"她……一直在出差。"

"出差？"马台长皱皱眉头。

"我、我、我……还没有见到她。"我肯定地点头，"没有见到。"

马台长思索着什么，向前走了几步，又站住，眼睛侧向大楼门前的公告墙，接着看向我，顿了一下才说："你是个好苗子，努力、上进，但一下子提到了副处，很多人都看着呢。"

我心一紧，也马上点头："明白，明白，谢谢马台长的提醒。"

马台长没有再说什么，转身走向那辆黑色的帕萨特。看着马台长的车驶离了院子，我才向大楼里走去，站在那面公告墙前，再看到那张红头打印的任命书，我已没有了先前升职的兴奋，反而感觉到一股无形的压力扑面而来。我不喜欢这种感觉，我不喜欢将工作和私生活搅在一起。抬着自行车慢慢上楼的时候，我好害怕辜负了马台长的好意和栽培。

晚上十点多李言把球球送来了，不知是心疼还是自责，他给它买了好些零食和玩具，并很仔细地交代我："这是报纸，垫在地上，它会在上面拉屎撒尿，如果它不听话，你可以将报纸卷成小卷轻轻地拍打它的背部。轻啊，是轻轻地打，主要是让它明白，而不是真打……这是狗粮，一天喂三次，一次最多50粒，用温水泡软了再给它吃，千万不要给它吃多了，小狗对食物是没个够的……"

"知道了，我又不是第一次带它。"我说。

"这是食盆，这是水盆，水盆里要保证每天的水新鲜……"

还是那个大帆布袋子，还是蓝黄两个盆。李言每说一件事就掏出一件东西来，他每掏出一件东西球球就会过去闻闻，像是知道那是它的东西似的。

"这是它的球，它很爱玩球。"李言说到这里球球很配合地扑向它的球。

"如果你能陪它玩球，它会很开心的。"李言拿起球向落地窗扔去，球球立刻跑过去将球叼在嘴里。它真的很开心，它圆鼓鼓的小身子像个线团一样在客厅里奔来跑去。

李言在我家里巡视了片刻，最后将两张报纸铺在了厕所的地上，他比上一次送球球来认真了许多。

"让它在厕所里拉屎撒尿吧，"李言看了我一眼，"如果带它出去玩，尽量让它少和别的狗接触，疫苗还没打完。"

"这次你像亲爹。"我笑着说，"别再送人了，你就养着吧。"

"我也想养它。"李言在沙发上坐了下来，摇摇头，"我再找人家一定问清楚了，有没有孩子，会不会抛弃它。"

我也理解李言，家里、工作，养条狗的确不现实。我拿了罐饮料给他："你妈妈身体怎样？"

"老是胸口痛，医生一直让她住院观察，可吃了药后，不痛了，她就不想去了。"李言叹着气说，"现在家里休息呢。"顿了一下李言又说，"她要能好好休息也行，心脏就得靠养。"

"等你出差回来我去看看你妈妈。"我抱着球球在李言的对面坐了下来。

"还是先把你自己的事忙好吧。"李言喝着饮料，"看来马台长也不是真反对你和马芳芳的交往，瞧，主任也当上了。"

我看了李言一眼，想到下午在电台大楼门口碰到马台长的事，想到他的期望和马芳芳的躲避，瞬间感觉那股无形的压力又扑面而来。

"我最讨厌私生活和工作扯在一起的，"我说，"我只是想找个老婆罢了。"

"如果马台长不反对，应该没问题了吧？"李言试探着，"跟她谈过了吗？"

"这个月她一直在出差。"我摸摸额头，"她回来就跟她谈。"

李言看着我，我又摸了摸后颈。

他顿了顿："好事多磨，你们肯定能成的。"

我笑了，知道李言是在安慰我："别说我的事了，你追米米怎样了？"

自从上次在"FOOL"酒吧碰到米米后，李言就展开了追求模式，算一算也有一个多月了。打电话、约吃饭、送礼物……似乎都不管用，后来李言就天天泡在酒吧里，有时还帮忙招呼客人，李言说酒吧里的很多客人以为他就是服务生。

"追女人从来没有这么失败过，滴水不进，软硬不吃，她就不给你单独相处的机会。"李言说，"富二代原来这么难追。"

"不会吧。"我不相信，李言的情商可是很高的，"我还准备向你请教怎么搞定马芳芳呢，你千万不要告诉我你没辙了。"

"真是没辙了。"李言说，"我已黔驴技穷。"

"你不能妥协，"我故意说，"你一直是我追求女人的标杆和动力。"

"去！"李言笑了，"我是彻底没戏，你是最后冲刺。"

"你怎么彻底没戏了。"

"我怀疑她有男朋友。"李言有点落寞。

这就不好办了，但我还是想给李言打打气："有男朋友怎么了，结了婚喜欢都得抢过来。"

我说完这话，李言愣了一下，我自己也吓了一跳。

"有道理。"李言看着我，"那你还犹豫什么，管她马芳芳是不是躲着你，喜欢就抢过来当老婆。"

说完这话，李言不好意思地冲我笑笑。我没有告诉他马芳芳这个月一直在躲着我，看来他早猜到了。

我轻"哼"了一声："抢也要能力，有资本。"

"自信一点，你这么优秀。"李言将饮料罐冲我晃晃，然后一饮而尽，抹抹嘴巴问，"我出差回来能听到你的好消息吗？"

"我尽量努力吧。"

李言笑了，握紧拳头，做了个加油的动作："抢！"

再次来到我的家，球球就像昨天才离开一样，每个角落看看，每个地方闻闻，突然，它在电视柜旁蹲了下来，紧接着，我闻到尿腺的味道。果然，它离开的地方，有一摊黄色的尿液。我大喊了一声"球球"冲了过去，它立刻吓得缩到一边，耳朵耷拉着，小尾巴夹着。我叹了口气，在尿上放了张纸巾，然后将沾着尿液的纸巾拿到厕所，放在那张报纸上。我抱起受惊的球球来到厕所，让它闻了闻那张沾着尿液的纸巾，然后指着报纸说："在这里撒尿，不然，我会打你的。"不知道球球是否懂我的话，反正它跟着我寸步不离，倒也有趣。

一个人待久了，会有各种各样在别人眼里的怪癖。比如：我喜欢听电影，就像有人喜欢听音乐一样。在 DVD 机里放上喜欢的电影，随它播放着，我只需要家里有声音，我熟悉的声音，偶尔经过电视机前，会看到我熟悉的影像。

打开一罐啤酒，坐在落地窗前，看着远处高矮不齐的灯光，听着电影《肖申克的救赎》，听见安迪对瑞德说"反正只能二选一，要么忙着活，要么忙着死……"时，我从落地窗前移到电视机前看一会儿，听安迪又说"有些东西是石墙关不住的……比如希望……"希望！我又坐回落地窗前。33 岁了，我希望有个家，有个人能陪我一起逛街买菜、做饭，在需要时能相互抱抱。

李言临走前说"不争取怎么知道是不是你的"。拿着手机，想起上午那条未发出的短信，我又重新写了一条：**回北京了吗？** 犹豫着还是发出去了。等了十多分钟，没有回复，意料之中。我往球球水盆里倒了些清水，快十二点了，我准备睡了。刚上床，手机闪了一下。忙打开，马芳芳的短信：**刚回，你在干吗？**

一下子高兴起来，像得到什么奖励一样，抱起球球从卧室跳到客厅。很快，我给马芳芳回复短信：**明天晚上请你吃饭吧，吃你爱吃的川菜。**

马芳芳回复：**我累了，再联系。晚安。**

我回复：**晚安。**

放下电话，困意全无。虽然马芳芳没有答应明天一起吃晚饭，但她回复我短信了。

"来，小球球，我陪你玩球。"我拾起地上的球，本来躺在地上的球球一下子激动起来，过来要抢它的球，我将球向落地窗前扔去，球球立刻跑过去叼起，但并不过来。我示意球球将球叼回给我，它不。我只好过去抢，然后再丢。几个来回后，我累了，坐回到落地窗前，球球还在试探着让我和它抢球玩。

"明天一定要约她出来，"我冲球球说，"明天可以见到马芳芳了。"

躺在床上，很兴奋，想着明天怎么约马芳芳，是不是要向她求婚。我拿出了那枚钻戒，反复打量着。钻戒非常漂亮，不知道马芳芳会不会喜欢。乱七八糟地想着，这一夜竟然失眠了。

手机响的时候，我的头昏沉沉的。是李言打来的，他都到成都了。他很不服气地说："看看我多辛苦，都开始工作了，可是你还没有起床。"

原来中午了。"说吧，什么事？"我懒懒地说着。

话音刚落，电话里响起一声尖叫："朱家迪，你这个坏蛋——"

我立刻醒了："你——谁啊？"

依旧是尖厉的声音："你说我是谁？"

这次我听出来了："王星星——"我惊喜地说，"化成灰我都知道你是谁。"

"你这个坏蛋，干吗呢？也不找我玩儿。"王星星说。

王星星是我和李言的大学同学，大学期间她经常穿着一件米黄色的长风衣，披着长发，拿着一部尼康 FM2 在校园里左拍拍右拍拍，迷得我和李言丢魂失魄的。我俩都喜欢过王星星，但最终我们三个人成了好朋友。

"你怎么在成都？"我问，"你不是去法国了吗？"

"回国有一个月了，一直特别忙。"王星星说，"今天来车展是给一个朋友公司的车拍些照片，没想到碰到了李言。"

"厉害啊，现在是摄影大师了。"

"你们俩才厉害，著名播音员。"

"哈哈。"我自嘲地笑着,"回北京我请你吃饭。"

"好呀。"王星星说,"不过,今天先吃李言,听说他现在老有钱了。"

"对,对,使劲吃,他可是个富二代。"

电话又转回到李言的手里,就听到他低沉诡秘的声音:"知道吗?哥们儿,王星星还是单身。"

我"噢"了一声,但马上想到过去因王星星的事,李言经常给我下套,便说:"不要趁我不在骚扰人家啊,咱俩可是有协议的。"

"谁跟你有协议?"李言说,"我刚跟她说你要结婚了。"

"我靠——"话未说完,李言就挂了电话。

这混蛋李言,拿着手机靠着床沿,看看窗外暴烈的太阳,幸好我不用坐班,今天不去电台了。球球扶着床沿站直身子看着我,看到它,我张大嘴巴,又忘了它的存在。

我光着脚来到客厅,客厅中央,蓝色食盆翻倒在地上,盆边已被咬烂。小家伙开始造反了。赶紧喂了球球,又给它换了干净的水。吃饱喝足后,球球咬着一个球,在客厅里跑来跑去,呼来吼去,玩得很嗨。我也不管它,径直去了卫生间。小便如开闸的水龙头奔向便池,刷牙的时候,突然又很心疼自己。

33 岁了,一个人这样还要有多久?

给马芳芳发了几条短信,她都没有回复。打电话过去,她给断掉了,我就没好意思再打,猜测她工作时不方便接电话。一个下午过得很茫然,无所事事,干什么也定不下心来。五点的时候,我知道约马芳芳吃晚饭肯定没戏了,即使她现在同意我也来不及准备。于是吃了碗泡面,喂了球球,然后带着球球下了楼。与其在家里六神无主,不如出门转转。

楼下,平时空旷的草地上多了些孩子,看到可爱的球球,有小孩上来逗它。球球冲小孩子大声叫着,我怕吓着了孩子,便带着球球往小区外走。

马芳芳现在应该下班了,我拿出手机,给她发了条短信:**晚上我**

去你家找你吧?

出了小区就是马路,马路对面有一家烟店,球球欢蹦跳跃地跟在我的身后,我们进了烟店。这时,手机铃声响起,是马芳芳的电话。我赶紧接通。

"你什么意思,朱家迪?"听到马芳芳斥责的声音,我愣住了,不知道发生了什么事,但感觉她很生气,"这是我们两人的事,你为什么要说给我爸爸听。"

"我、我说什么了?"

"你知道你说什么了!我出不出差干你什么事,你能成熟点吗?"马芳芳叫嚣着,"听着朱家迪,我们之间的事跟我父母没有关系,我最讨厌利用我的人。"

马芳芳说完就挂了电话,我却被僵在那里。我说什么了?我跟马台长说什么了?我怎么利用她了?我将电话拨回去,我要和马芳芳说清楚。她断掉了,接着她关机了。

我好生气,这都他妈什么事,我招谁惹谁了?我气呼呼地在原地转了一圈,买了包中南海,点燃一支烟走出烟店。突然一声猛烈的急刹车,我听到一个女人尖叫的声音,惊得我四下看着,不知道又发生了什么事。

一个长发戴着黑色墨镜的女子抱着球球走了过来:"这是你的狗吗?"

"噢,谢谢。"我接过球球,我发现墨镜女子的脚边也牵着一条深咖啡色的小泰迪熊狗。

"这么小的狗你不拴着也不抱着,差点被车撞了你知道吗?你太不负责任了!"墨镜女子训斥着我。

我一下子火了,前后不到五分钟,莫名地被两个女人呵斥。"干你屁事!"我抱着球球过马路。过了马路后我站住了,回头再看一眼那蒙了一脸的墨镜女子,我突然想起在哪里见过她。她不就是那天和李言在 FOOL 酒吧里碰到的那个、一个人叫了一瓶杰克·丹尼的女子吗?她还是戴着那个黑色墨镜。

墨镜女子见我不仅不感谢她，还骂她多管闲事。这会儿见我站住了回头看她，以为我要向她道歉，很不屑地牵着她的狗走了。我也抱着球球回家了，今天真是倒霉的一天。

那天晚上，我做了一个梦：梦里马芳芳穿着我的那件大 T 恤躺在床上，肤若美瓷、柳腰花态。她一会儿质问我为什么跟马台长说她出差的事，一会儿她拉着我的手，打开毛巾被，说："进来吧。"她的皮肤细嫩光滑，待我要进去时，她又猛地推开我，瞪圆眼睛，大声说，"这是我们两个人的事，跟我父母没有关系。"我受惊地躲开，她又拉回我，"进来吧，你不是一直喜欢我吗……"我血液沸腾，"我爱你，芳芳，嫁给我吧。"

醒来时，发现自己遗精了，上大学后，我就再也没有遗精过。我好难过。

每个人心里都有那么一段故事，无法述说，就只能在深夜里对自己倾诉。FM66.8 兆赫，今夜星光无限……亲爱的听众朋友，我是主持人阿迪……今天是周五，今天的最后一个小时，明天的第一个小时，阿迪会陪着你，一起度过这不眠之夜……

有一个听众朋友来信说：他一直喜欢的一个女子，在某天夜里突然来找他，他们发生了关系。这之后他发现自己一直爱着这个女子，他想跟她表白，却一直没有机会……

与你的目光有过凝聚 / 和你的微笑有过交替 / 没有你的允许 / 我已经爱上你 / 也许你根本没有注意 / 也许你已经记在心里 / 如何解开这个没有答案的谜 / 跟着你的足迹 / 拉近我的距离 / 怎么说出第一句 / 这是个好大的难题……

刚才是一首阿杜的歌《我已经爱上你》，都说女人有情才会有性，这位听众朋友不确定这个女子是否喜欢他，但感觉她一直在躲着他，他不知道接下来该怎么办。

　　我把梦撕了一页 / 不懂明天该怎么写 / 冷冷的街，冷冷的灯，照着谁 / 一场雨湿了一夜 / 你的温柔该怎么给 / 冷冷的风，冷冷地吹，不停歇 / 哪个人在天桥下 / 留下等待工作的电话号码 / 我想问他，多少人打给他 / 随手放开电话上 / 那本指引迷途心灵的密码 / 我的未来依然没有解答……

　　阿杜的《撕夜》表达了一个人孤单过夜的心情，寂寞难耐，很想夜晚快点过去；它同时也表达了一个人对爱情的向往，对白天的期待，"撕夜"也是对夜晚孤独的宣泄……FM66.8 兆赫，今夜星光无限……

晚上，播音结束时，陈大力抱着球球走进播音室。"今天播音真棒，只是刚才有听众打电话进来，问你为什么一晚上都在放阿杜的歌。"

"好听嘛。"我收拾着桌子上的 CD 和资料。

"它今天可不老实，一直在折腾，还嚎叫。"陈大力是在说球球。

"嗯……"我叹着气，"李言这个骗子，说早晨来接它，可直到中午才打来电话说明天早晨才能赶回北京。"

"不过它还是蛮可爱的。"陈大力将球球递给我，"抱着它就不叫了。"我接过球球，准备离开，陈大力又说，"要不要一起喝一杯？"

陈大力是有家室的人，他夜里很少和我们一起喝酒。"改天吧。"我将资料和 CD 放进双肩包里。

"拜——"陈大力说。

我真的困了，就想早点回家，躺在床上好好地睡一觉，但抱着球球刚走出大楼，就看到院子里停着一辆白色的宝马车。我想都没想，就走了过去。

车窗摇下，马芳芳说："上车吧，我送你回家。"

不可能拒绝，我一直想见她。

车拐出院子，马芳芳看了眼在我怀里折腾的球球："又帮李言带狗？"

"是。"我不敢多说，我就想知道这个晚上她找我又是为了什么。

"我一直在听你的广播。"马芳芳说到这里笑了，"我都习惯听你的广播了。"

"噢。"我还是不敢多嘴，怕说错话，推测她是听了广播后才决定来找我的。

球球在怀里安静下来，它也困了。我们没有再说话，车一直开到小区门口。

"阿迪，"车停住后，马芳芳说，"从小到大，我爸爸总是替我安排一切，我知道他给我的都是最好的，但……我不一定都会喜欢。"

我点点头，表示明白。

"阿迪，你是个好人。"马芳芳说完这话，我愣住了，望向她。她有些不好意思，眼神闪烁游离。

"谢谢你送我回家。"我抱着球球下了车，又去后座上拿过自己的双肩包背上。

"阿迪，你是个好人——"马芳芳又说。

"没事了，你赶紧回家吧。"我说。

看着马芳芳的车离开后，我抱着球球往家里走。你是个好人，你是个好人，你是个好人……听到马芳芳说我是个好人，我竟会如此难过。我明白这个好人的意思，这句话后面还有一句就是"你并不是我想嫁的那个人"。途经楼下的小卖部时，我进去买了一瓶杰克·丹尼。既然，只是当我是个好人，那天晚上就不应该留下。

第6章　我把怒气都撒在球球身上

　　醒来时已是中午，发现自己躺在客厅的地板上，旁边有一个空酒瓶。球球见我醒来，"咦咦"叫着，它饿了。我打电话给李言，他没有接电话。今天周六，车展也结束了，他应该回北京了。我胡乱地往球球盆里扔了几把狗粮，就去洗澡换衣服。出门前，粗暴地推开想跟着我出门的球球。"走开，自己待在家里。"不顾它的尖叫，锁上门就走了。

　　既然李言不管你，我又为什么要去在乎一条根本不应该待在我家里的小狗呢？等电梯的时候，仍可以听到球球凄厉的叫声，一怒之下，回到家里打开大门，球球以为我是回来接它，开心地扑向我，我一掌将它推出老远："你再叫，我打死你！"我的样子很凶，它缩成一团，试着想靠近我，我抬高手掌，它畏缩着退后。我指着它说："听清楚了，再听到你的叫声我就把你扔出去。"临走前，我还是往它的食盆里又扔下几把狗粮，将水盆倒满水。

　　凌晨，播音结束时和陈大力在电台里抽了两支烟，聊了一会儿才告别回家。途经家楼下的小卖部时，我又买了一瓶杰克·丹尼。回到家，门口很静，但在我将钥匙插向锁孔的瞬间，屋内"咦咦汪汪"地叫了起来，接着可以听到门口有跳跃的声音。打开门，球球如一个线团扑到怀里，翻腾、打滚、叫着、跳着……抱着它，心顿时有些暖意。

　　关上大门还未开灯，我就闻到一股恶臭。打开灯，果然，客厅正中有一坨屎，旁边有三摊尿，但最让人生气的是，从厕所门口到厕所里，满地的碎纸片。一整卷纸被球球咬碎，垃圾桶被它顶翻，从厕所到厨房都是臭味。我再也忍不住了，狂吼起来：

"你这个狗东西，你想毁了我的家吗？"我将球球扔在地上，它打了个滚，知道我生气了，飞快地躲在了餐桌下。

"你给我出来。我揍死你！"我卷了一个报纸，跪在地上，打向球球。餐桌下只有四把椅子，它左闪右躲，最后无处可躲，便缩在一把椅子下任我打它。见它不躲了，打了几下出气后便去清理屎团和碎纸片，但越清理越气，突然抓起球球打开大门将它扔了出去。

"滚、滚得远远的，想去哪里去哪里。"我关上大门。片刻，我又打开大门，球球缩在墙边，尽量小地缩成一团。我一下子又很自责：多大的事儿，干吗要跟这么一条小狗生气呢？我蹲下向球球伸出手："这一次我原谅你，没有下次的。"

球球耷拉着耳朵，弓着身子，垂着尾巴，慢慢地走近我，待我抚摸它时，它的尾巴欢实地摇着，拼命地舔我的手掌，讨好我。其实想想，狗是蛮可怜的。它讨好人只是想得到一个安定的住所，想吃两口好的，说白了，想让投胎为狗的这一生顺顺当当、快快活活地过完。然而，人何尝不是这样呢。当一个人拼命去讨好某个人的时候，也会情不自禁地可怜起来。就好比我一直在讨好马芳芳，她知道我想要什么，她一定很可怜我。

我躲在车里，手握着香槟，想要给你，生日的惊喜……

这是我的手机来电新铃声，是李言打来的。

"你什么时候带走你的狗！"我大声吼着，"它把我的家都给毁了……"

李言愣了一下，但很快说："哥们儿、哥们儿，辛苦两天，有什么损失我赔。"

我一下子语塞，别说是毁了一卷纸，就算球球真惹了什么大麻烦，我能让李言赔吗？

"说事吧，这么晚了。"我放缓口气，李言这么晚打电话给我一定是有事。

"我那个——"大概是刚被我的吼声吓住了，李言有些犹豫了。

"我刚进家门，看到厕所里一地的纸，厨房垃圾桶也翻倒在地，一下子有些不能接受。"我这也算是跟李言道歉了，"你怎么了，发生什么事了？"我轻声问。

李言这才轻松下来，用一种特神秘的语调问我："阿迪，你知道刚才我做什么了？"

我立刻警惕起来，琢磨着李言的语调和口吻，有些得意，还有些兴奋。

李言又问："阿迪，问你个问题，你通常和一个女人认识多久才会和她发生关系？"

我感觉李言刚喝了酒，还不少，便问："你到底怎么了？"

"我刚和米米啪啪了，你觉得是不是太快了。"李言的话语里既快乐又满是失落。

"呃——嗯——"这是一个很让人吃惊的消息。李言去成都前还说他和米米没戏了，他黔驴技穷了，可这刚回北京，两人就在一起了。

"这是大好事，你小子太厉害了。"我有些嫉妒，但还是问，"你怎么做到的？"

我其实没有想听细节的心情，好在李言似乎现在也不想说了。"我再打给你吧，"他说，"太晚了。"

"好。"放下电话，我呆站了一会儿，我忘了问李言什么时候来接球球。

那天晚上，我又喝完了一瓶杰克·丹尼。躺在地板上，看着手机里和马芳芳的短信，一条条地念着。我去年也和她分手过，可是这一次为什么这样难过。球球一会儿躺在我的手臂旁，一会儿过来看看我。在它又一次在我的脸上逗留时，我一把抓过它，抱在怀里。它的小身体，竟是那样的温暖。

我一直记得：

2006年的夏天，我32岁生日后的某一天，马台长给了我一张电影票，他说票是他女儿给他的。是的，我是这样认识马芳芳的。怎么来形容她呢？她的皮肤很白很滑，她的声音细而沉，她的嘴唇很薄很软……有人曾经形容嘴唇薄的女人能言善辩。马芳芳是很能说，她很瘦，她的身体很温暖，她说："阿迪，听你的节目有两年了，是我恳求爸爸把你介绍给我的……"

我受宠若惊。

她说："阿迪，你知道自己的声音吗？"

我摇摇头。

"阿迪，你的声音能让孤独的人走出困境，能让寂寞的人不再寂寞，周末的夜晚听见你的声音，就仿佛孤独寂寞的夜空里有一个人在静静地陪着你，跟你说话……"马芳芳的嘴唇微张着，她的眼睛黑而空洞，好深好远，我一下子就陷进去了。

"你怎么会有这样的嘴唇，怎么会有这样的眼睛，你在想什么……"我完全被她迷住了，那一阵子我很快乐，我以为找到了爱情。

和马芳芳谈恋爱后，她说"手机不准关机，不可以找不到你"。于是我再也没有关过手机。我早起汇报，睡前短信，并且心甘情愿地主动交出了QQ号的密码。我认为自己是一个让女人很放心的男人，虽然我是双子座。星座上说双子座有一颗很花的心。我把心的正反面都给马芳芳看，想向她证明我不花心。

李言说花心没什么不好，花心说明热爱生活。李言说对女人宠爱要有度，过于服从只会丧失自我。李言是金牛座。星座杂志上说，金牛座胸襟大方且开朗，即使遭受失败也不会垂头丧气。有强健的体魄，容易受到女性的青睐，很像李言。马芳芳是天秤座，星座上说，双子座和天秤座配对率极高，很容易一见钟情，成功率给的是一百分。

那时我就认定马芳芳是上天赐给我的礼物，虽然我们只交往了两个月，但她对我很好，非常热情。好几个周末的晚上，我播音时，她就在楼下等着我下班，这种场景原来我以为只有梦境中才会出现。

然而，就在我死心塌地地准备和马芳芳好下去时，她的工作忙了起来，经常加班、出差。有一天，马芳芳说，公司定期会派员工去日本培训三个月，下一批里可能会有她。我觉得这是好事，也就外企才会给员工这种充电的机会，但马芳芳却说她不想去，她想辞职，她不想在这家公司干了。马芳芳当时的表情很落寞、很烦很躁。我以为她是工作上有什么不顺心的事，或是同事关系的问题，就安慰她："公司上班都这样，每家公司有每家公司的问题。"

李言曾说哄女人最好的方式就是买买买，刚好那阵子好多商场在换季打折，我便约马芳芳一起去了。但马芳芳明显心不在焉，一会儿看看手机，发个短信；一会儿看看手机，不接电话。我拉着她试了一件 Replay 的上衣，看她穿着好看，我便要买单，她说贵了，阿迪，快三千了。我坚持买给了她。这时，马芳芳的手机又响了，我说接吧，你为什么老不接电话呢。她把手机关了。

其实那一阵子马芳芳很反常，我真的是个很木讷的人，直到有一天上班，马台长对我说，以后和芳芳不要玩得那么晚，也不要让她喝酒，酒后驾车很危险，我才知道，马芳芳的身边有另外一个男人。因为我俩一起时，她从不喝酒。

马芳芳要去上海出差，飞机是上午十一点起飞的，十二点的时候，我鬼使神差地拨通了她的手机，她断掉了，我也没再打，我想飞机行驶过程中关手机这个常识她是知道的。那几天，她到底跟谁一起不想我打扰，我没问过她。

我一如既往地对马芳芳好，请她吃她爱吃的川菜。吃饭的时候，我都能感觉到她口袋里手机的振动。后来她去卫生间里待了 20 多分钟才回来，我知道这 20 多分钟她一定是在和谁通话。

我问李言觉得我怎样，我站直了："你说实话，各方面你都评价一下。"

"挺好啊。"李言不解地看着我。

"你觉得我——"我问，"你觉得我是个什么样的人，女孩子会喜欢我吗？"

"你很好哇，长期骑车身体很结实健康。"李言调侃地说，"各方面都不错，就是没我帅，我俩在一起，女孩子多半会喜欢我。"

我"呵呵"地笑着，我什么时候变得如此不自信了。

我除了我爱你比你爱我多以外，没有任何条件优于你……FM66.8 兆赫，今夜星光无限。亲爱的听众朋友，我是阿迪，今天的最后一个小时，明天的第一个小时，阿迪会陪着你度过这不眠之夜……

本来，事先准备了莫文蔚的《阴天》，但临时将这首歌换了，因为歌词里有一句：**你俩无缘**。我换上了张震岳的《退让》：

站在街上 / 我待到天亮 / 你的情况 / 我还是想管 / 而你撒谎 / 走的模样 / 为何还是那么好看……不敢多想 / 这个夜晚 / 你又为谁在化妆……我原来难过的表情 / 谁看来都平凡 / 泪水在眼眶 / 模糊一面墙 / 我却深陷在回忆的海洋 / 我不知道应该怎么办 / 但是却微笑着退让 / 收不回的喜欢……

10 月 9 日是马芳芳的生日，我准备请她吃晚饭。我提前订了玫瑰，买了条珍珠项链，我想把她拴住。马芳芳说每年的生日，晚饭都是和父母一起吃，她说孩子的出生日就是母亲的受难日，她想陪着父母。她冲我媚笑着："我们吃中饭吧。"

我看着她，我想看清楚她，马芳芳的眼神闪烁游离害怕被我捉住。一本心理学书上说：一个人的眼神飘忽不定不敢正视你的时候，她在撒谎，她内疚，她心愧……可这件事该如何解决呢？

和马芳芳交往的这两个月，我很开心。我将真情和爱全给了她，我以为她如我喜欢她一样喜欢我，但是，我可能误会了马芳芳。

我对马芳芳说："我们认识时间不长，但我真的很喜欢你。我、我觉得你也应该是喜欢我的。"其实我也不知道该说些什么，我只是不想彼此这样折磨下去。"芳芳，如果你觉得我们不合适，你就告诉我，没关系的……我们无冤无仇，我想你也不会伤害我，我更不会伤害你。但无论发生了什么事，或者你有什么话都可以直接告诉我……"

马芳芳哭了。

"我们分手吧。"

和马芳芳分手是我提出来的。

她没有问理由。

2007 年 6 月 8 日，我 33 岁生日那天，李言带来了一条刚出生 31 天的泰迪熊狗，他给它起名球球。随后，分手了 8 个多月的马芳芳又来找我，并主动留宿在我家里。我以为这次我们可以认真地交往下去。但当她说我是个好人时，才明白，我只是她的一个备胎。我骂自己贱，恨自己笨，如此的悟性，受伤了两次却依然放不下。

李言一直没有来接球球，我也没有再催他。一、我冲他发过一次脾气了，他一定知道我希望他快些接走球球；二、我不想听他和米米热恋的事情。

周四上午的选题例会我第一次迟到了。其实头一天的晚上，我都决定不再喝酒了，要早点睡觉，但下楼遛球球的时候，还是忍不住在小卖部买了一瓶杰克·丹尼。回到家，我准备只喝一杯就洗澡睡觉，但不知不觉中我又喝完了一瓶。

我赶到电台时，选题例会已经开始了半个多小时。马台长只是用余光扫了我一眼，便接着听同事汇报选题。李言指指他身边的一个空椅子，我便坐了过去。轮到我报选题的时候，才想起，因着急开会，没有先回办公室拿资料，两手空空地直接到了会议室。

从没有这样窘迫过，大家都在等着我报选题。我思索着准备的资料，说这个周末打算做异地恋和单相思，然后我就忘了我要说什么了，便反复强调异地恋这个选题。

"现在异地恋似乎也过时了，近两年年轻人谈恋爱很现实的。"总编辑室主任张强说，"有什么特别突出有意思的案例吗？"

"嗯……陆陆续续收到过这方面的读者来信，还是有很特别的故事……"我摆弄着手机，以往汇报选题，我都会举两个例子。

"那你说说。"张主任说。

"嗯……"大脑一片混沌。

正当我艰难地想着自己搜集的读者来信时，马台长突然说："行了，时间有限，今天不听你的故事了。你也是老主持人了，内容一定要健康向上的。另外……"马台长顿了一下，"插播音乐时要多方选择，不能整个节目下来，就一个歌手的歌。"

我一愣，难道马台长上期也听了我的广播？不然，他怎么知道我整个晚上只放了一个歌手的歌。我想是不是要解释一下，但还没等我说话，就听到马台长说："下一个该谁了？"

选题会结束后，和李言一起回办公室，路上，他说有几个想收养球球的人家，但这次他要选择一下再决定将球球送给谁。

"再不能像上次那样，刚养一个月就退了回来。"李言这么说着，似乎是在向我解释他之所以没有来接球球，是还没确定谁来收养它。

我本来想说，不管谁收养，你先接走球球，但我早起连水都没喝一口就赶到单位了，现在口干舌燥，就想喝水。到了办公室门口，才发现，我没带钥匙。李言疑惑地看了我一眼，打开门。

进办公室后，我飞快地拿起水杯，水杯里有几天前喝剩的茶，茶叶已干干地粘在杯壁上。办公室外就是水房，我拿着水杯和抹布在水池边洗着，仔仔细细，里里外外，洗完后发现没拿茶叶，就进办公室拿了茶叶罐回到水池边。将茶叶用开水冲洗了两下，我就拿着茶叶罐回到了办公室，放下茶叶罐却想起水杯还留在水房。于是又去水房拿水杯，回到办公室，发现水杯里只有洗好的茶叶，却没有加入开水。我有些发愣地看着水杯，这来来去去几趟，竟然都没能泡好茶水。

"你怎么失魂落魄的？"李言从我手中拿过茶杯，"刚才报选题也是丢三落四、心不在焉的，就好像人来了，魂飞了。"

"啊——"我张张嘴，却没说什么。

李言拿着我的水杯去水房帮我接了开水回到办公室。"喝点茶清醒一下，眼睛都是肿的。"李言仔细地打量着我，"昨晚干什么坏事了，这么虚。"

我接过水杯，吹吹漂浮在上面的茶叶，好烫。

"哎，说点让你兴奋的事。"李言坐下，他瞬间就有些小兴奋。

知道他要说米米了，我真不想听，但还是装出兴奋地说："对了，快说说，你怎么搞定米米的？太让人嫉妒了。"

"我以为你不想知道。"李言递给我一支烟，"现在才问。"

"这几天不是帮你带狗吗？脑子里全是它。"

李言却摆摆手："不是说这个，"但又有些按捺不住的得意，说，"送她回家。我靠，她住在富华别墅区里。看来，她家真是有钱。所以，她才会那么……"

"怎么了？"我让自己打足精神。

"妈的，太没天理了。"李言说米米把他睡了，竟然几天都不搭理他。

"你以前不也是这样对待女孩子的吗？"

"以前，我和女孩子一起后，她们都呼天喊地地跑来找我。这倒好，几天了，一个电话也没有。"

"看来有钱人都是这德行。"我笑着说，"她不找你，你可以去找她呀。"

"是的噢。"李言歪嘴笑了，"我这就给她打电话。"

李言很快就约了米米，他叫我一起去吃饭，我真没心情："我不当电灯泡了，你们好好吃吧，只是球球……"

"噢，噢——"李言扫了我一眼，有些不好意思，"就这两天，我定下人家就来接它。"见我没说话，李言放低声音，很轻很轻地说，"我刚约了米米，带条狗约会不太方便，是吧？"

看着李言讨好的样子，能说什么呢？"行，我先走了，你玩得开心点。"我说。

"一起吃个饭呗，你回家也没什么事。"李言还在挽留，但我又有了新的发现，我的家门钥匙也没带。真是屋漏偏遇连夜雨，太他妈倒霉了。

"钥匙。"我冲李言伸出手。

"什么钥匙？"李言不解。

"我家门钥匙忘带了。"说完后，都懒得看李言，我可以想象他看我的眼神。

"家门钥匙？噢，噢——"李言拿出自己的钥匙包，从里面找出一把钥匙取下递给我，但待我要接时，他又收了回去。

"你——还好吧？"李言问。

我一把拿过钥匙："我好得很。"

李言没再说什么，我就回家了。

回到家，球球在我脚边又叫又跳的，抱起它，莫名地有些感动，似乎就家里的这个小东西对我最热情。

没有吃午饭，但也感觉不到饿。看到阳台地上一排排的空酒瓶子，我决定从今天起不再喝酒，也不再想马芳芳。我要重新安排我的生活。我要说到做到，不买酒不喝酒。

喂饱了球球，也不想待在家里，便带它出门了。天湿闷，有些热，我们出了小区，我在前面走，球球在后面跟着。它有时跑我前面，有时跑到马路上，马路上车多，我便往护城河的方向走去。护城河离小区不过五分钟的路程，这里有一大片草坪。这个时间，人很少，河边有两个老人在放风筝。我找了一个树荫处坐下，球球四处嗅着。我靠在树上看了一会儿老人放风筝，想着这几天所经历的事，不知不觉中微闭眼睛打起瞌睡来。

突然，远处传来狗的叫声，睁开眼却没有看到球球，我马上站起，四下找寻，就看到不远处，球球正低头干着什么。我叫了一声"球球"，跑了过去。听到我的声音，看到我过来，球球突然很急地咬住地上的东西，拼命地咀嚼下咽，原来它在吃东西。

"吃什么！吃什么呢？"我大声叫着。

好像是谁掉下的一个吃了一半的鸡翅。球球似乎怕我抢，低吼着不准我靠近，并飞快地吃光了那个鸡翅。本来我没有生气，但当我发现那块遗落鸡翅的地方有一群蚂蚁正受惊地四处飞窜时，我吓了一跳，再看球球的嘴，顿时怒火冲天，一巴掌打在了它的嘴上。

"你他妈的，一嘴的蚂蚁……"我拍打着球球的嘴，但蚂蚁随着我的打击，有的掉到了地上，有的钻进球球的长毛里，偏偏这时，球球舌头还不停地舔着嘴，也不知有多少蚂蚁此刻已被它吃进了嘴里。我生气地抓起球球头顶的毛，用手扇打它嘴上的蚂蚁，但我一扇打，球球的舌头舔得更快了。我气急败坏地向它的小脑袋使劲地拍下去："你个蠢狗，傻了，什么垃圾都往嘴里塞，家里没吃的啊……"啪啪啪——我又打在它的嘴上。

"住手！"

不知谁叫了一声，我停住手。

"它这么小经得起你打吗？"一个女子冲到近前，"你怎么可以虐待小动物，你太坏了！"

"我——"又是她，戴黑色墨镜的女子，她的脚边还是那条深咖啡色的泰迪熊狗，看来她就住在附近，她应该也是来遛狗的。

"它——"我指指球球，本想说它乱吃地上的东西、它嘴上有蚂蚁，但发现，球球嘴上的蚂蚁已看不见了，有的被我拍掉了，有的被球球吃进了嘴里，还有的藏进了它的毛发里。抬头，墨镜女子已抱着她的狗离开了。

"有病吧。"我轻轻地说。

球球经过我的一番拍打，很厌地蹲在脚边，我抱起它，揉揉它的小身子："地上的东西很脏的，你要吃什么我买给你。"球球害怕又委屈地将头往我怀里拱，原来狗狗是这样想要人疼它。我又很自责，抱着它往回走。

球球第二次来我家待了 18 天，李言是找好了收养它的人家后才接走它。那段时间，因为马芳芳的事，我特别容易发怒，对球球很不好，它挨了很多打。每每想到这些，我都特别内疚。

球球有一个很糟糕的童年。

第7章 球球又被退了回来

收养球球的第二户人家里有一个 8 岁的小女孩。对于这家人，李言很是啧瑟："三口之家，二百多平米的大房子，两口子做外贸生意，年收入近千万，真正的中产家庭……这次我可给球球找了个好人家。"

"那就好。"

李言来接球球那天是个周五的中午，进门时，球球依旧是"欢声笑语"地欢迎他，但随后就扑向我，让我抱它。李言有些嫉妒说球球没有以前和他亲了。这也很正常，18 天时间，是我在养它、陪它玩、带它出门散步。它已经四个月大了，开始有了家的意识。

李言抱起球球在我的家里巡视了一圈，他看到阳台地上的那一排空酒瓶，又看看我，抖着腿说："杰克·丹尼威士忌，12345……18 个，"李言扫了我一眼，"你真是能喝啊。"

"怎么了？"我说，"帮你带了 18 天的狗。"

"那是叫我赔你酒呢还是陪你喝酒呢？"

"不需要。"我摇头，开始收拾着球球的物品。

"什么叫不需要，"李言一脸的不服，"喝酒的时候不叫上我，有意思吗？"

我没说话，拿起球球的窝准备装进它的大帆布袋里，球球突然尖叫起来，在李言的手里折腾着。

"怎么了？这是怎么了？"李言惊恐地抓牢手中的球球，但球球挣扎得更厉害了。

我忙接过球球哄着它："你要去一个好人家了，比我好，有更多的时间陪你，也……"我突然有些内疚，"也不会打你骂你。"

李言正将球球的饭盆水盆装进袋里，听到我的话，他的手停住了，抬头看我，特别意味深长。我以为他是怪我打球球，便躲开了他的目光。

"哎，你知道吗？米米说了几次，让你去她酒吧里玩。"李言说，"要不，今晚去，咱哥俩好好喝喝。"

"今晚我有播音的。"

"正好啊，播音完去，我们等你。"

"等你俩感情稳定了我再去。"

我打开了大门，送他们出去。等电梯的时候，球球倒是安静了。我和李言都没说话，那一刻，静得很奇怪。

李言"咳"了一下，说："你吧，别老宅在家里。"

"啊——"我答应着。

"最近没跟你那些车友骑车？"

"都忙着呢！"

李言突然又想起什么，说："我和米米的感情怎么不稳定了，我们好着呢。"

"那不挺好的。"我看着电梯的指示灯，说得漫不经心。

"你知道吗？米米是个画家，还小有名气。"李言又有些得意。

"难怪看着那么文艺。"我有些羡慕，还有些嫉妒，"你这次可要认真点。"

"我很认真的。"电梯来了，李言抱着球球准备进去，"别一个人在家喝酒，什么事都可以找哥们儿。"我愣了一下。李言走进电梯，又似乎漫不经心地轻声说，"戒指是可以退的，那么贵。"

我琢磨着李言的话，想说什么，张张嘴也不知说什么好，就这样看着电梯门关上了。就在电梯门关上的瞬间，球球突然发出歇斯底里的长啸，接着听到李言安抚它的声音。直到回到家里，我还可以感觉到球球凄厉的叫声。

FM66.8兆赫，今夜星光无限，我是主持人阿迪。亲爱的听众朋友，今天是周五，今天的最后一个小时，明天的第一个小时，阿迪会陪着你一起度过这不眠之夜。

遇一人白首，择一城终老，予一己真心，盼一生偕老。爱情最完美的结局，是能够遇到一个共度一生、白头偕老的人，找到一个桃源之地与相爱之人终老此生。拿出自己的真心，盼望对方也是一片真心对自己。时光静好，与君语；细水长流，与君同；繁华落尽，与君老……

天空越蔚蓝 / 越怕抬头看 / 电影越圆满 / 就越觉得伤感 / 有越多的时间 / 就越觉得不安 / 因为我总是孤单 / 过着孤单的日子 / 喜欢的人不出现 / 出现的人不喜欢 / 我想我会一直孤单……

这首刘若英的《一辈子的孤单》是很多单身朋友心灵的写照和慰藉。想来这一生，总会有那么一个人，牵着你的手，将爱融入生命，倾一世温柔，与你一起待霜染白发，陪你看细水长流……

我想我会一直孤单 / 这一辈子都这么孤单 / 我想我会一直孤单 / 这样孤单一辈子 / 当孤单已经变成一种习惯 / 习惯到我已经不再去想该怎么办 / 就算心烦意乱 / 就算没有人做伴……

一辈子孤单？写这首歌的人当时一定是失恋了，就像我现在一样，拿出了真心，却未能得到一颗真心，对爱情失望，就认为自己会一辈子孤单。播音室里很静，耳边听着这首《一辈子的孤单》，直到歌曲唱完，我才取下耳麦走出播音室。

"今天'一个人的恋爱'这个主题很棒，"陈大力说，"比'单相思'好。"

"听众喜欢就好。"

"一定会喜欢。"

回办公室的路上，看到手机里有李言的短信，他让我播音完直接去"FOOL"酒吧，他和米米在等我喝酒。但我很累，不想再说话了。打车回家的途中接到李言的电话，我说有些头痛，想回家睡觉。他没有坚持，只是让我早点休息，要喝酒一定找他。临挂电话时李言突然来了一句："别一个人闷着，你都有抑郁症状了。"

"什么抑郁？"我没明白，但马上反驳他，"你才抑郁了——"

"反正别再酗酒了——"

"谁酗酒了？我靠——"

那头李言已挂了电话，我郁闷了片刻，突然领悟到好朋友的心意。李言是觉得我失恋了，他看到我家里阳台上的空酒瓶，他想疏导我，他想安慰我，所以一再地邀请我去酒吧喝酒。抑郁症。我真的抑郁了？

我把家里的空酒瓶全都清理了。但下楼扔酒瓶时，我又走到小卖部的门口。在吸了一支烟后，我还是进去买了一瓶杰克·丹尼。喝一小杯不算酗酒吧？

人是很容易放纵自己的，并给自己找无数个理由。

回到家，没有球球的热烈欢迎，没有它的上下扑腾，空荡荡的家，似一个巨大的黑洞几乎要吞噬我。黑暗中，我坐到落地窗前，打开酒瓶，一口口喝着杰克·丹尼……

进入9月，夜晚开始凉了。我被一股凉风吹醒的时候，发现自己又躺在了阳台地上，半个脑袋都湿漉漉的。抹了一把脸坐起，才发现下雨了，挺大的，淅沥沥的雨声拍打着落地窗，雨滴透过敞开的窗子洒在我脸上。

我想站起关窗子，但挣扎着几次都没能站起来，一定是躺久了，腿和背都有些受凉。我挪到了墙边，靠着墙，望着窗外的雨和脚边的空酒瓶，叹了口气，真没出息，多大点事，不就是失恋了吗？大老爷们儿。我摸着自己的脸，这么帅这么好这么善良，还怕找不到老婆吗？手机显示四点四十七分，没有电话没有短信，没有人在乎我现在怎样，那我又为什么要这样折磨自己呢？

"球球——"我刚叫了一声就停住了。我怎么忘了，球球已经不在这里了，它被人收养了。

许久，我站了起来，把阳台窗关了。我是个成年人，这件事到此为止。我给自己泡了碗面吃，又冲了个澡，就上床去睡了。再醒来已是下午一点，雨早停了，天大晴。伸了个懒腰，新的一天，新的开始。

"小米粥店"在护城河边，我吃了两碗百合粥、一份地三鲜和一小碟咸菜，很舒服很爽，然后沿着护城河慢慢走着，消消食。河边的红砖路上不时有人、快递车、自行车、电瓶车通过。有人在草地上练瑜珈。迎面一个戴黑色墨镜的女子走了过来，想躲已来不及，装作看风景打算擦肩而过，但她那条小泰迪熊狗却欢快地跑到我的脚边嗅着。我身上应该还有球球的味道。

我想去摸那条小狗，想逗逗它，但刚弯下腰，手还未碰到那条小狗，就听到一声严厉的呵斥声：

"你的狗呢？"

我就停住了，皱着眉，想狠狠地回击她一句，可脑子转了半天也不知道该说什么。想告诉她球球是别人寄养在我这里的，但又想我凭什么要跟她解释。我站直身子，快速地从她身边经过。

"你站住，你把你的狗怎么了？"

这个女人真是有病，她竟然拦住不让我走。神经病。我在心里骂着。不理她，继续向前。

"你不许走。"没想到她追了上来，"你虐待小狗，你把它抛弃了？"她的表情就像我抛弃了她一样。

还是不理她。让她发怒去。绕过她继续往前走，她竟然抓住了我的衣领，这个没品的女人。

"你把它怎么样了？"

我站住，看着这个无聊的女人，怎么这么些天了，她就戴这一副墨镜。

"我把它炖了。听清楚了，"我一字一句地在她耳边说，"我把它红烧了。"

"你——"黑色墨镜女子指着我，张大嘴巴，突然悲伤地哭号起来。这下我蒙了，路边骑电瓶车的人停住了，练瑜珈的女子也往这边看着。大家一定是误会了，我和这个疯女人一点关系也没有。

我将女人的手从我的衣领处扯开，她又抓住了我的胳膊："你不许走——"

真是不可理喻。我抓住她的手，使劲地一推，她向后跌坐在草地上。我知道自己手重了，正要去扶她，她的小狗冲我大声"汪汪汪"地扑了过来，她一把将她的狗抱在怀里痛哭起来。这一下，我彻底傻了。我发现练瑜珈的女子站起向这边走来。我向后退着，然后快速地走开，我只想离开这个是非之地。直到走到家楼下，进了电梯，我才平稳下来。这时，又觉得自己就这样离开了有些不妥，不知道她会怎样。但又一想，哪有这样的女人，素不相识，胡乱指责他人，老是用她的道德标准去衡量别人。这样想着，心里又稍安了些。

回到家里突然有些思念球球，不知道在新家里过得怎样。当然，一定会比我这里好，至少不会挨打挨骂，李言曾告诉我那家人很疼它。但没想到的是，一个月后，球球又被退了回来。

李言跟我说这事的时候，我就气得大声吼起来："你不是说小女孩爱球球爱得不得了吗？什么都想给它吃，经常陪它玩，吃饭也抱着，睡觉也抱着。她的父母看孩子喜欢也很开心，光感谢的短信就给你发了好几条——"

"是啊，是啊，"李言也很生气，"就是因为乱给它吃东西，他们今天中午回家时发现家里地板上全是球球拉的屎，一圈圈的，于是就给我打电话，说不养了，让我立刻接走。"

"立刻？"我看着李言。

"是，立刻。"李言翻着小眼睛骂道，"妈的——"

"这都他妈什么人，生病了就退回来，这可是条生命啊——"我气得也爆了粗口。

周四，上午开完选题会后，李言就将我拉到了"FOOL"酒吧，说是有重要的事情要告诉我。看来，李言和米米处得不错，现在有什么事见什么人他都约在"FOOL"酒吧里。

"你有什么重要的事情要宣布，不会是要结婚了吧？"我说着故意四下找寻，"米米呢？怎么没看到她？"

李言眯着两只小眼睛瞅着我，很生气很不屑："结婚那是重要的事吗？"李言顿了一下，"结婚是大事，人生大事。"

中午的时间，酒吧里很安静，除了吧台边服务生在忙碌外，没有别人。

"那是什么重要的事？"我正问着，米米从外面进来，手里提着一个大塑料袋。

"你好，朱家迪。"米米大大方方地叫着我的名字。我忙站起。

这应该算是我和米米的第三次见面，但感觉李言跟她说了不少我的事，估计我失恋的事、我喝酒的事，李言都告诉她了。想到这里，有些埋怨地看看李言。李言不明白，还冲我得意地眨眨他的那对小眼睛。

"你好，米米——"我向米米伸出手，她正从塑料袋里往外拿着餐盒，我有些尴尬地收回手，顺便接住了她的餐盒。

"李言，你不是说叫的外卖吗？怎么能让女士去买饭，多不好意思啊。"我说。

"什么不好意思，都是自己人。"李言说话的口气就像他是这家酒吧的老板一样，他转身冲吧台的那个服务生叫着，"小付，西瓜汁好了吗？"

"来了——"小付将刚榨好的一大壶西瓜汁和三个杯子端了过来。

"我不在这里吃，两个杯子就行了。"米米让小付拿走一个杯子。

"一起吃啊。"我说。

"不，我还有事，你俩也正好谈事。"米米说。

李言也冲我眨着眼，意思是我俩有重要的事要谈。米米将剩下的饭盒给了小付后就告辞了。我觉得米米非常懂事，同时也为李言高兴。

"她真不错，这次把握好噢。"我说。

"当然了，"李言突然压低声音说，"我近期准备带她去见见我妈。"

"要见家长了，看来你这次是认真了。"我知道李言虽然交过不少女朋友，但带去见他妈妈的几乎没有。

"嗯。"李言使劲地点点头，"必须的。"

我也饿了，打开餐盒，我俩"呼呼"地吃着。

"可以说你的重要事了。"我边吃边说。

"你有注意到我近期播音的汽车栏目内容吗？"李言问。

挺难为情的，我都不怎么听自家电台的广播，但我知道李言的汽车栏目是电台里接广告最多的栏目之一。

"你要是听了就会注意到，"李言突然严肃起来，"我做了很多期关于二手车的资讯。"

"二手车？软广告？"我问。

李言点点头："我预计未来二手车市场会相当火爆。"

"嗯——"我没有汽车，住的地方交通方便，所以一直也没觉得生活中需要汽车。

"有一家一直合作的二手车公司老板要移民，让我帮着找个下家将公司转让了。"李言说着小眼睛眯成缝看着我。李言的那对小眼睛一眯起来，如果是在谈正事，那一定是他蓄谋已久的事。

"嗯。"我等着李言往下说。

"我想接过来。"李言说完看着我。

我也看着他，他又冲我点点头，肯定着。

"这次，你是真的要辞职了，是吗？"

李言还是点头，并且带着微笑。其实，李言如果马上辞职，全电台里没有一个人会感到惊讶，大家只会说"闹了这么多年，终于还是辞职了"，谁都知道，李言的妈妈有六家餐厅等着他接管，并且他妈妈的心脏一直不好。但我了解李言，对汽车的狂热和他喜爱的播音工作是他一直没有辞职的真正原因。

"六家餐厅还不够你折腾的，要去接手什么二手车公司，你忙得过来吗？"

我一定是说到重点了，李言看了我几眼，欲言又止。

"怎么了？"我将吃剩的餐盒收了起来。

"和我一起做怎样？"李言突然说。

我愣住了："别开玩笑了，我哪里是做生意的料。"我看着李言笑了，"你就好好地帮帮你妈妈，把连锁餐厅做到全中国、全世界去，也很牛啊。"

"餐厅？"李言摇摇头，"我对打理餐厅兴趣真不大，再说餐厅的生意有我舅舅帮着我妈呢。"李言又看着我，"阿迪，相信我，二手车生意绝对挣钱，我主持了七年的汽车频道，我有足够的货源和人脉。"

这点我当然相信，只是事情太突然，我正不知如何回答时，李言的手机响了。趁他接电话的工夫，我将吃剩的餐盒收拾好，小付说给他，但我还是顺手拿出酒吧，扔垃圾桶里了。待我回来时，李言拿着手机傻傻愣愣地看着我，一副不可思议的表情。我以为是因为我刚才的拒绝，于是说："开二手车公司这事从长计议，先不要考虑我，你自己多想想……"

"不是——"李言的表情似乎有些愤怒，"球球、球球……"

我一惊："球球怎么了？"

球球第二次被收养的人家退了回来。李言气得不行，也没有心情再说他的重要事了，气鼓鼓地出了"FOOL"酒吧。

我一直庆幸自己无意中买的房竟是一个交通便利、配套成熟的适宜居住的地方，两条地铁线、十多条公交路线、周边四个量贩式大超市以及三家大型购物商场，无论打车还是坐公交、去机场坐火车都很方便。最重要的是，离我工作的电台不到十公里。

李言去接球球前，我告诉他我还是可以帮着带几天狗的，李言"嗯嗯"几声就急急地开车走了。回家的路上，想着晚上李言会送球球来，而家里什么吃的都没有，出地铁后我就直接去了超市。

今天超市里人格外多，还有一周就是十一国庆节了，到处都贴着促销的广告标语。酸奶、牛奶、面包、快餐面、饮料，一一拿进购物车。超市里有专门的进口食品区，买了一瓶韩国的蜂蜜柚子茶，推着车在洋酒柜前停了下来。超市里的杰克·丹尼要比楼下小卖部里便宜不少，要不要买几瓶回去呢？想了想，最终只是买了半打啤酒。我再这样一天一瓶杰克·丹尼就真是酗酒了，即使马芳芳不选择我，我也要把自己的生活打理好。在熟食区，买了卤猪蹄和牛肉，正准备离开时，旁边一个女子大声呵斥的声音惊到了我。

"什么都是你妈妈说、你妈妈说，如果是你妈妈的意思，我去见她，听她亲口说。"说话的女子虽然此刻没有戴黑色墨镜，但我还是认出了她，不就是那个喜欢呵斥别人、养着一条深咖啡色泰迪熊狗狗的女子吗？她真是喜欢呵斥别人，并且嗓门很大。被她呵斥的是一个瘦瘦高高的年轻男子，戴着一副近视眼镜，手里推着的购物车空空的，看来他们还没来得及买什么。

"我妈——"瘦高个男子明显不满意女子当着这么多人呵斥他，他有些不自在，压着内心的怒火，"其实我也是这么想的。"

"那到底是你的意思，还是你妈妈的意思！"墨镜女子声音更大，语气里火力十足。

"呵——"瘦高个男子很重地呼出一口气，似乎不想忍了，"就是这个意思，你觉得怎样？"

旁边停住脚看的人又多了两个，墨镜女子似乎一点也不在乎，她大声说："不怎样！如果你坚持听你妈妈的，那就分手好了。不要拖泥带水的，一点意思也没有！"

墨镜女子说着转身要走，突然看到我，她愣了一下站住了。我以为她一定会尴尬，有些幸灾乐祸，没想到她竟然挑衅地看着我，慢慢地抬起了下巴。这是要冲着我来吗？我忙避开她的目光，不敢多待，推着购物车就要离开，但离开时，也回头冲她抬了抬下巴，并且瘪瘪嘴，不等她反应，立刻逃了。好可怕的女人，那个瘦高个男子应该是她的男朋友，够倒霉的。

拎着大包小包出超市时，我心情很好。我想球球来后，就带它去护城河边散步，就让这个墨镜女子看到球球现在好好的，看你还能说什么。这样想着，不由得又担心起球球的身体。李言带它去宠物医院了，不知道病情怎样。

一直等到晚上七点，李言也没有来，难道球球病得很重？给李言打电话，他正和米米在一起，说球球只是拉肚子，吃两天药应该就没事了，然后就挂了电话。李言没有说要送球球过来，难道他打算将球球送给米米养？是啊，米米现在是他的女朋友，李言喜欢送女朋友狗的习惯一直也没有改。

我正准备再给李言打过去，问问他是不是不送球球过来了，想想还是算了，只要球球没事，他的狗怎么处理是他的事，但我多少还是有些失落，毕竟做好了带狗的心理准备。

晚上，坐在阳台的落地窗前，听着DVD机里播放着已经看过很多遍的电影《美国往事》：**当我对所有的事情都厌倦的时候，我就会想到你，想到你在世界的某个地方生活着，存在着，我就愿意忍受一切。你的存在对我很重要。**

看着夜景，吃着卤猪蹄和牛肉，喝着啤酒，一个人随时间流逝……

啤酒真是没有力量，半打快喝完了，一点醉意也没有，头脑很清醒，看来我的酒量增长了不少。**如果人类有尾巴的话，说起来有点不好意思，只要和你在一起，一定会止不住摇起来的。**

明天又是周五了，明天晚上又有播音。想着有一个人一定会听我的广播，我拿出手机翻着她的每一条短信，第一条到最后一条。

"芳芳，为什么要这样对我呢，我们可以互不相干的。"我轻轻地说着，看着手机里的短信，想她，想她的唇，想她的身体……

半打啤酒喝完了，时间才刚过十点。下了楼，小区里还有不少的人。出了小区，车流、人流并不比白天少。随便瞎逛着，竟然走到了被李言称作"红灯区"的那条街道。我这是怎么了，潜意识里我想干什么？但我明白，我不可以干什么。

去年的这个时候，我也来过这里。

去年，我是骑自行车来的。那是和马芳芳第一次分手后，我骑车回家。很晚了，街上的车辆和行人寥寥无几，但我就是不想回家，不想一个人待着。在无人的街道上慢慢骑行，微风习习吹过，那股清凉的自然风能吹走汗珠却无法吹灭体内无形的燥热和年轻男人的冲动。自行车拐进一条街，这条街不像其他的街道已经熄灯沉睡，它很热闹，红灯闪烁，人影绰绰。我早就知道北京已繁华到有"橱窗女郎"，但从她们身边经过时还是有些心慌意乱。那条街其实白天也经过无数次，但都没有像这个夜晚这样漫长，我像个初夜的处男一样不敢随处张望，但我的余光流连地扫过橱窗里外坐着站着走动的一个个穿吊带背心的女郎。我知道有人在看我，有人在冲我招手，有人叫我停下来聊聊。傻瓜也知道这个时间经过这条街的男人不会仅仅只是想吹吹夜风。所有的男人骨子里都摆脱不了动物本能，这是个必然，但我还是将车骑到了街的尽头。我知道自己不会再骑回去，但我也不想就这样结束这个夜晚。一个粗野的男子从一个贴着鬼脸的小门脸里出来，一副满足和满意的表情。那是家文身店，我刹住车，我为年轻的身体找到了一个突破口。

两只胳膊上各文着一条彩龙的文身师一点睡意也没有，他似乎更习惯晚上干活。"想文什么？"他一点也不吃惊我的到来。

"会很疼吗？"我问。

"你会喜欢的。"文身师肯定地说。

文身师说得没错，我真的很喜欢那种丝丝的痛楚，我真的很喜欢那种痛后所带来的快乐。我在腰上文了一只小雪豹的图腾。据说雪豹都是独来独往的。

还是那条街道的最后一个门脸，挑帘进去，还是那个两只胳膊上各文着一条彩龙的文身师。

"什么地方文着最痛？"我问。

文身师没有表情地看着我，拍拍他的心："这里。"

心最痛。

"那就文在胸口吧。"我说。

离开文身店时，已是晚上十一点多了。胸口火辣的痛感，那里有刚文上去的英文"miss you"。

你或许也知道单身久了的男人是最经不起诱惑的，特别是在受到诱惑之后，真的会在某些时候很想她，想她的笑、她的温柔……很多的时候，想得心都会痛。

Miss you。

心好痛。

难道我真的抑郁了？

　　最好不相见，如此便可不相恋；最好不相知，如此便可不相思。FM66.8兆赫，今夜星光无限，我是主持人阿迪。如果累了就睡吧，梦见想见的人，道声晚安，一起睡。晚安，全世界晚安，或许我应该跟你说，你就是我的全世界……只是我没有机会。

每次播音时，我总想象着有一个人在听我的广播，而我每一次都是说给她听的。

10月9日是马芳芳的生日，我一直没有联系她，但晚上的时候，我还是忍不住给她发去短信祝她生日快乐。她很快回复了，说谢谢。就这两个字，我竟然很开心。只是瞬间，又感觉空荡荡的。寂寞，无边的寂寞，满屋都藏不住，厨房、卫生间、卧室——满大街都是寂寞。

那一阵子，我像一只没有脚的鸟儿，还没有翅膀。

假如你想要一件东西，就放它走。它若能回来找你，就永远属于你；它若不回来，那根本就不是你的。

第二天早晨醒来，我从手机里调出马芳芳的短信，一条条地删了，又从手机里调出她的电话号码，删了。

第 8 章　能要狗命的犬瘟热病

犬瘟热，也叫细小病毒或是叫犬细小病毒（英文缩写 CPV），是一种对于小狗来说杀伤力很大的急性传染病。

2007 年年底，在球球 7 个月大的时候，它感染上了细小病毒，它又被抛弃了。

球球被第二户收养它的人家退回来后，我一直以为李言把球球送给米米了。直到第二周，李言来电台办辞职手续时，我才知道他已将球球送给了他舅舅的朋友，一对退休的老夫妻。这对老夫妻孩子都大了，老两口单独住，家里没有小孩。听上去，这对老夫妻似乎是球球最好的选择、最后的归宿，但我依然觉得球球的命运挺波折的。

"这样将它送来送去，不知道它会是怎样的感受。"我说。

后来，我正式收养球球时，它敏感、小心、警惕、好叫，总是一副随时害怕受伤害的样子，我想就是因为被送来送去的缘故，使它没有安全感。所以，如果承担不了责任，履行不了好好照顾一条狗的承诺，就不要轻易地去饲养一条狗。

"我对它还是很负责的，我带它看病，又亲自把它送到了那对老夫妻的家。"李言说。

不管怎样，球球又有了个新家。此后，没有再从李言那里听到关于球球的消息。我以为从此它就过上了平安幸福的宠物生活了，我也以为从此就和这条狗没有联系了。直到这年年底，有一天夜里，李言将生命垂危的球球又抱到了我的家里。

而这期间，我的生活依旧平淡无奇，但我周围的朋友都有些小小的变化。比如：王星星的个人摄影展《轮回》在798隆重展出。再比如：李言和米米分手了。

李言从电台辞职后，突然开始热衷于给我介绍女朋友。他认为我情绪低落、喜欢独处、对周围的事情不感兴趣、终日闷闷不乐、不想做事、不愿和人接触交往、悲观消极……所有我的这些反常行为都是因为失恋而患上了抑郁症。

"治疗抑郁症最好的方法，就是忘掉马芳芳，多交几个女朋友。"李言说，"忙着应付各个女朋友，哪有时间抑郁啊。"

张小莉是名摄影记者，中等个子，圆脸，齐耳短发，戴着一副黑框近视眼镜。她不算很漂亮，但是那种很有味道的女人。

李言说："31岁，单身未婚，跟你很配吧。"

在我的印象里，这是李言第一次给我介绍女朋友。随后，在王星星的个人摄影展上，李言又鼓励我追求王星星，这在过去是想都不要想的事。李言的种种行径，让我很肯定地相信米米已经是他的不二选择，而他俩也一定是情投意合、好事将近，不然，他也不敢鼓动米米将她的闺蜜介绍给我认识。只是可惜，那段时间，我的工作忙了起来。

李言辞职后，我接手了他的《汽车与生活》频道。现在每周要主持三个栏目，加上提主任后要承担部分管理工作，平时不定期地还要参加电台里的各种会议，工作量一下子增大了好几倍。忙碌中，不经意地好像有些费尽心机想要忘掉的人似乎真的就忘记了。还有，这期间李言一直想拉着我开二手车公司，但因为他妈妈柳如的强烈反对暂时作罢。

李言介绍我和张小莉认识后，我一直没有联系她，不是她不好，是我真的很忙。半个月后，一个周日的中午，张小莉打来电话，问我晚上想不想去看电影，说她有些兑换券，快过期了。我这才想起来，李言给我介绍了个女朋友。

既然女士要请我看电影，那我就请她吃晚饭吧。我们约在了东方新天地的电影院，不过真没什么好看的电影，后来选择了姜文的《太阳照常升起》。买好了电影票，我们先去吃饭。在地下一层的大食代，张小莉点了我家乡武汉的热干面，于是我也点了热干面，还要了些武汉小吃。

吃饭的时候，张小莉说周末听了我的广播，她没想到收音机里我的声音竟然那样柔软而富有磁性。我的声音好听，但也没有张小莉说得那么好。我听出来她对我的好感，我也感觉到她对我的喜欢，然后她问我："你播音时为什么会有一种无法言表的忧伤呢？"

"忧伤？"我想了想，"可能跟夜晚有关系吧。"

"不过，我很喜欢你的声音，听你的广播很温暖。"张小莉看着我，她的笑容让人很踏实，我也冲她笑了笑。

电影是晚上七点四十五分开始的，看了约半个小时，有电话打进来，我不认识的号码，就断掉了。过了一会儿，手机又在口袋里振动起来，我觉得挺没礼貌的，想去关了手机，却发现这次是李言的电话。刚接通，就听到李言醉醺醺的声音："你他妈、你他妈怎么不接电话啊？"

"我在看电影呢。"我悄声说。

电话里，李言骂骂咧咧，我听不清也不明白他在说什么，他绕来绕去就一句话："我真是天下最傻的笨蛋……我真愚蠢……"后面很多的话我就听不清了，于是我出了放映厅。

"李言，你怎么了？……你在哪里，我过来找你？"

过了好久，电话里传来一个女人的声音："蓝莲花。他喝醉了——"

张小莉也出了放映厅，问我怎么了。我特别抱歉，说我的好朋友好像有点麻烦，我要立刻赶过去。我请她继续看电影。

张小莉想说什么，但最终还是点点头。

蓝莲花酒吧上下三层，一二层是散座，三层是包房。我在三层包房里找到李言时，他的身子在地上，脚在沙发上，一旁的地上东倒西歪着两个红酒瓶子，还有一瓶剩下一半的。

"看来是喝了两瓶干红了。"我对跟着进来的服务员说。

"还有四盘干果。"服务员更正着。

"刚才你接的电话？"

"嗯。"

"那谢谢了，我这就带他走。"我将李言扶到沙发上，想背他下去。

"三千元。"服务员说。

"什么？"我没听清。

"他一共消费了三千元。"服务员重复了一遍。

这次我听清了，我看了一眼又从沙发上滑落到地上的李言，心里骂着臭小子，然后问服务员："能刷卡吗？"

她说能。

蓝莲花的楼梯窄，李言死沉沉的，我连背带扛，吃奶的劲都用上了，终于将李言弄上了他的白色路虎。

李言的家是北京老式塔楼，我好不容易背着他到电梯口才看到贴在电梯边的"电梯维修中"的告示，顿时瘫坐在地上。李言家住八层，虽不高，但我想自己怎么也不可能将他背上去的。于是，我又费了好大的劲将李言背回车里，一身的汗。我喝了点水，也喂李言喝水，他"哼哼"地摆摆头，不喝，但看他呼吸顺畅我稍放心了些。

点燃了一支烟，看着躺在后座上的李言，有半个多月没见了，他瘦了不少，看来他很辛苦。只是发生了什么事呢，能让他把自己喝成这样？

男人喝醉酒，要么因为事业要么因为爱情。

想到和张小莉未看完的电影，给她发了条短信，再次向她道歉。这时，李言的手机突然响了，是他妈妈柳如打来的。我接了，告诉柳阿姨李言去卫生间了。柳如见是我接的电话，就极其放心，大概也想到李言是喝多了或怎么着，说了句"你们两个孩子别玩得太晚"便挂了电话。

李言不可能是因为工作喝醉，这段时间一直在帮他妈妈管理餐厅，餐厅运营正常。他只能是因为爱情喝醉酒，一个人喝了两瓶干红，看来打击还不小。

我靠在副驾驶座上，李言躺在后座上，我想不明白这个花花公子和米米之间能发生什么事。半个月前，王星星邀请我和李言参加她在798的摄影展，摄影展上意外地碰到了米米。我开始以为米米是李言带去的，后来才知道，米米是王星星邀请来的。她们认识很多年了。

因为王星星？也不太可能。我和李言也只是在大学期间追求过王星星，但从大三开始，我们仨人就以好朋友相处了。再说，米米也不像是计较男友前任的那种人，何况王星星也不是前任。

难道李言又朝三暮四，被米米抓个正着？这也不太可能，以李言近期的表现，他对米米是认真的，并且还要带她去见柳如。那是柳阿姨不同意他俩在一起？更不可能，柳阿姨知道李言交了女朋友高兴都来不及，哪能不同意？

李言这家伙，到底怎么了？

第二天醒来时，太阳透过车窗直照在我的脸上。我擦擦汗水和口水，发现李言不在后座上，而车停的地方已不是李言家楼下。我正疑惑时，手机响了，一接通就听到李言的声音："下车，进来吃饭。"

下了车，发现车停在一家小吃店的门口，而李言正坐在小吃店里靠窗的位置向我招手。

小吃店里，李言面前的桌上，有四碗粥、二盘炒面、四张饼、两个炒菜、四个凉菜……满满一桌。

"这么多，吃得了吗？"我问。

"我饿死了。"李言说。

真是饿了，也不说什么了，坐下便吃。很快，满满一桌子的粥、饼和菜都吃光了。李言放下筷子，重重地吐出一口气，像是吃累了。我也放下筷子，看着他。

"怎么感觉又困了？"李言晃晃脑袋。

"那赶紧回家睡吧。"我说。

出了小吃店，来到车前，李言递给我一支烟："不好意思，辛苦了你一晚上。"

我接过烟，就着李言的打火机点燃，然后说："还替你付了三千元酒钱。"

"是吗？"李言叼着烟，从口袋里掏出钱包，打开，里面只有零散的几百元钱，"都给你。"

我推开李言的手："又为什么啊？"

李言收回手，将钱包放进口袋，猛吸两口烟看着我："什么为什么？"

我将半截烟掐灭，扔在一旁的垃圾桶上，拍拍手说："不想说我先走了。"

"怎么就走了，我还找你有事呢。"李言拦住我，"二手车公司现在报了个最低价，怎样？合伙干吧，你只要出 20 万，我给你 20% 的股份。"

"20 万？"

"你不会连 20 万也没有吧？"

我不解地看着李言："你手上不会连 20 万也没有吧？"

"我肯定有，我只是觉得这个公司，我俩可以一起干。"李言将烟头扔了，"一起挣钱不好吗？"

"那你——"我看着李言，每次失恋他都会叨叨叨地说个不停，直到下一个女朋友出现，可是这一次，他竟然一言不发。"你和米米分手了？"我问，"为什么？"

李言看着我，许久，"嗨"了一声说："也该分手了，交往三四个月了……"

"你……不是还带她见你妈妈吗？"

说到这个，李言似乎很生气："事先都说好了，去餐厅见我妈妈。但临到门口她又不想见了，弄得我好没面子。我可是第一次带女朋友见妈妈。"

"所以就分手了？"我问。

李言看着我，一摆手："放心吧，咱哥们很快就会有新的女朋友。"说完一脸坏笑，满眼疲惫。

我叹了口气，说："咱俩怎么又变成光棍了。"

"张小莉对你蛮上心的，向我打听了你好多的事。"李言说，"你努把力，就不是光棍了。"

我本想说昨晚和张小莉的约会就是被他打断的，但话到嘴边停下了。

"别操我的心了。"我说。

"你得抓紧了，"李言说，"王星星也有男朋友了，一个法国人。"

"你怎么知道？"

"我……"李言犹豫了片刻说，"我前天见到她和她男友了。"

看来，王星星应该知道李言和米米分手的真正原因。我没让李言送我，我自己打车回家了。回到家，冲了个澡后就给王星星打电话，我想知道李言和米米为什么分手。

王星星说："米米的事圈里没有不知道的……她大二就跟一个华侨同居了，那个华侨负担她所有的费用，给她买名牌，带她出国玩，买房买车……出钱给她办画展……"

听到王星星的话，我特别惊讶。我一直以为米米是富二代，原来她一直是被人包养着，所以她有保时捷开有别墅住有酒吧经营。

"你也喜欢这种八卦？"王星星问，"还是你也喜欢刘米米？"

原来她姓刘。

"我只是觉得他们挺可惜的。"我说，"李言和米米分手了。"

"分手了？"

"是。"

"他们在一起我都很奇怪。你知道吗？"王星星说，"米米和那个华侨在一起也有七八了，从没听说米米和别的男人在一起过。"

"缘分吧——"我不想聊李言的八卦了，至少我已经知道这次李言认真了，看来米米也应该是认真的。

"听说你交男朋友了？"我问。

"对啊，你又不追我。"王星星又撒娇起来。

"你从不给我机会。"我说。

"装吧，"王星星说，"我回来这么久，你连主动请我吃饭都没有。真抠，李言就比你大方。"

"他比我有钱嘛。"

挂了王星星的电话后，我把电话打给了张小莉，毕竟昨晚电影没看完就走了很不礼貌，我想跟她约个时间，请她吃饭。

张小莉说她马上要出差一周，说一周后，我们再约。我答应了，但一周后我就忘了这事。很快冬天就来了。

这一年的冬天来得特别早。冬至那天，北京下了入冬以来的第一场雪，特别大，特别冷。李言在电话里说，真该和你一起去丽江，冷死了。

"不是有暖气吗？"我说。

"有暖气也冷。"

我是12月初来丽江的。我一直想去一个地方，想忘掉一些事情。12月是丽江古城最好的时候，我向马台长请年假，我有好几年都没有休年假了。马台长交代我将工作安顿好，他特批了我20天的探亲假。

世界上最遥远的距离，不是相爱的人不能在一起，而是明明不能停止思念，却装作对方从未走进自己的心间。FM66.8兆赫，今夜星光无限。亲爱的听众朋友，接下来一个月的时间，阿迪不能和你现场连线了。阿迪会事先录制好内容，相信，无论在哪里，阿迪都会陪着你一起度过这不眠之夜……冬夜漫漫，注意保暖……

陈大力告诉我好多听众打电话进来，问我下个月要去哪里，是不是《今夜星光无限》要换主持人了，以后还能打电话进来找我诉说情感问题吗？陈大力说我快成情感专家了，他有时在外面听着都感动得一塌糊涂。

"阿迪，你没有女朋友打死我都不信，你听听你播音时的声音，太招女孩子心疼了。"陈大力说。

我对这些都不意外，快六年了，我已习惯了听众们的来信和电话，只是意外地收到了马芳芳的短信：**你有空吗？我想见你。**

我在犹豫要不要见她，但我知道她的车一定停在办公楼下。每次她都是这样自信：她需要我的时候，我一定会出现；她想见我的时候，我肯定会见她；她说她想我，她不需要我回答，她百分之百地判断我一定更想念她。只是，为什么这样的一个女人，她需要掌控着一切来证明自己爱的价值与权力呢？

还是这样的夜晚，还是那辆白色的宝马轿车，还是我一直心心念念的她。我有些害怕再进入到那辆车里，我害怕而又希望日子能回到之前的那一天晚上。而就在我犹豫时，马芳芳从车里出来了，她那么轻易地就将我抱在了怀里。

其实，一个女人得到一个男人有时并不是一定要扑到他的怀里，如果一个女人能将一个男人搂在怀里时她就已经得到了他。

"我想你——"马芳芳说。

我立刻丢盔弃甲，我承认，我太害怕温柔了，太需要一个人温暖的呵护，太容易被打倒了。马芳芳说我是个好男人，她问我都跟谁一起去丽江，她让我一个人注意安全，她说丽江是个好地方，她说了好多。我没有让她送我回家。

去丽江前，我去看柳阿姨。另外，李言怕我反悔，想让我在临走前把二手车公司的入股协议和他签了。李言说他也有好多的心事，他也要去丽江想心事。

我笑了："我可不想和一个大老爷们一起待在丽江，万一我要艳遇什么的，多碍事啊。"

"我不去，你能有艳遇吗？"李言说。

"你去了，我肯定不会有艳遇。"

"又诋毁我。"

我很喜欢李言的妈妈。大学实习时曾在李言家里住过一段时间。那时，柳如还没有开餐厅，她烧得一手好菜，每天变着花样做给我们吃。

柳如见我来看她很高兴，她抱着我送的花说："我就喜欢花。阿迪，小言从来不知道买花哄我。"

"老妈——"李言指着我说，"最笨的就是送花了。"

"笨你也没送过，"柳如说李言，"所以你光棍。"

"他不也是光棍吗？"李言指着我不服气地说，"我比阿迪讨女孩子喜欢多了。"

"又骗我。"柳如冲我说，"前段时间说交了一个女朋友要带给我看，我等啊等啊，到现在，连朵花都没等到。"

听到妈妈的话，李言低下了头，有种怨气在眼里闪现。我忙岔开话题："阿姨，追李言的女孩子可多了，他这是谨慎。"

柳如有些置气地轻捶了李言的肩一下，然后把我拉到厨房，从蒸锅里端出一小碗粥来："快趁热吃了，这是刚炖好的燕窝。"

"不，不……阿姨，我不吃，这是您吃的。"我忙推辞。

柳如拉住我："还有好几碗呢，我一个人也吃不了，你帮我吃点。"

我不好意思地接过碗，燕窝温温的，很好入嘴。一旁的李言怪声怪气地说："老妈太偏心了，我要吃都不给我吃。"

柳如摸摸儿子的头："来，你也吃一碗。"

"我不急，我晚上吃。"

"晚上你才不会吃，"柳如端了一碗给儿子，"现在就吃，必须吃。"

李言只好接过了那碗燕窝。吃完了燕窝，和李言去了他的房间，他给我看入股协议。

"条件很优惠噢，现在这家公司的资源及储存的车辆，估值200万。"李言说。

我相信李言的判断，这段时间主持《汽车与生活》，我能感觉到未来汽车市场的兴旺。我拿出一张卡，说："这卡里有40万，我所有的积蓄，准备结婚用的，我都给你。"

"真的？"李言欣喜地看着我，"太够哥们儿了，我正缺钱呢！"

李言准备拿卡，我按住那张卡说："我要40%的股份。"

李言的小眼睛瞪圆了："太狠了吧！"

"和你合作是有风险的。"我说，"行，就入股，不行，就不入股了。"

"30%。"李言说。

我想了想："成交。"

我正准备签协议，柳如推门进来，在我和李言发愣的工夫，柳如说："我出100万，我要51%的股份。"

"妈——"李言着急了，"您别捣乱了，您不是一直反对我做二手车公司吗？"

"是反对，但是阿迪加入进来，我就放心了。"

"那您也不用占股份了。"李言说，"您还要控股？"

"你要钱吗？"柳如反问儿子。

李言咬咬牙，对着柳如和我说："您51%，他30%，我只剩19%了。"

"那你不是没钱吗？"柳如说。

"好吧——"李言看着我和柳阿姨，"你俩这是趁火打劫。"

很多去过丽江的人都不想离开，我也是，在那里，躺在院子里的竹椅上晒太阳或想一个女人是同样快乐的事。那段时间，北京很冷，下了那个冬天的第一场雪。但此时，美丽的丽江鲜花依旧绽放，温暖的客栈里香气弥漫，梦幻般的生活，那是飘在空中的日子。真不想回家，真想待下去，但凡来过丽江的人大概都会闪出这样的念头，但多数的人都会理智地选择回家，回到现实中去。

20天后，我回到了北京，天寒地冻，丽江的温暖和北京的寒冷形成巨大的落差。我回到家的第二天晚上，凌晨一点，我洗了澡，准备睡觉时，听到了敲门声。事先没有电话，没有短信，李言抱着球球站在门口，他很不好意思，他的眼睛都是红的，他说："我真没办法。

球球病了。"

"又病了？"

球球还真是一副病恹恹的样子，摸它，它有些激动，但突然地咳嗽起来，不停地咳，像得了肺痨的人一样。

"我刚带它去看了，这是医生开的药。"李言说着将一个塑料袋递给我。

"怎么了？"我问，"不是那对老夫妻收养它了吗？"

"别提了，"李言气坏了，"都他妈什么人啊！就上周变天下大雪，那么冷，带这么小的狗出去玩。嗨，玩病了，也不带去看。看着快死了，要我过去把狗拿走。"李言一下子难过起来，"你不知道，我去接它的时候，它浑身无力地趴在门外的墙角边，去他妈的，连屋都不让它进。"李言的声音都哽咽了，"阿迪，甭说了，我先搁你这里几天。"

"行，没问题。"我说，"它到底什么病啊？"

"应——应该是犬瘟热。"李言有些愧疚，"我妈病了，住院了，我还要马上赶到医院去……"

"柳阿姨怎么了？"我急急地问。

"心脏病犯了，早晨送进的医院。"

"行，球球你就交给我了，你快去医院。"

李言点点头："不知为什么，也就把它放你这里我放心。"

看见李言要走，球球突然发力咬住李言的裤腿不让他走，李言狠心掰开它走了。李言走后，球球一直趴在门边呜咽着，直到听不到李言的脚步声。我想去摸它，想抱它，但没想到球球会躲开我的抚摸，它蹿进卧室，躲到床下不出来。我想拉它出来，它发出怒吼咬住我的手指，但马上又松开了。

我看手指没有伤但有些疼，我很吃惊也很生气："你敢咬我！"我想揍它，抬起手又放下。

狗这东西，聪明得很，它什么都明白，除了不能说话，心里什么都知道。它知道自己被送来送去，你嫌弃它，你爱它，你喜欢它，你厌恶它……它都明白，它努力地讨好人不过是想能长留在一个家里，安度此生。而此刻，它知道自己又被抛弃了。那是我生平第一次看到狗忧郁的眼神，空洞无助的失望，对未来不明的绝望……

球球后来从床底下爬了出来，它是因为剧烈的咳嗽不得不从床底下出来。它晃动着幼小的身子，使劲地咳着，低着头就像嗓子眼有什么东西想咳出来似的，但什么也没有咳出，然后它喘着气走到它的窝边。

李言带来了它的竹窝，上面有些泥块。我见球球要进窝，便将窝拿到卫生间擦干净。但当我拎着干净的竹窝从卫生间里出来时，发现球球已努力地来到落地窗前，向黑暗的天空张望着……

我永远忘不了那个冬天的夜晚：水蒸气在窗上一串串结成珠儿地往下流着，一大片雾气凝聚在窗子的底部。一个小小的身影被黑暗的天空映射在窗前，它端坐着，费力地仰起头，望着窗外黑乎乎的天空……

我站住了，我看到了球球的眼睛，满眼的忧郁、不安、惶惑，宽大的落地窗前，它弱小的身影显得那样无助。它的眼睛空洞、茫然，一点希望也没有，它感觉不到自己还有未来，它不知道自己能否活下去，它不知道以后的生活将如何继续……

我的心一颤：出生后短短的七个月，它被人送来送去，人们的冷暖绝情，小小的它已体验遍了。它本来应该是被人抱在怀里的宠物，它聪明可爱、漂亮机警，但现在，这些讨人喜欢的优势都没能让它长留在一个家里，得到一份宠爱，它的未来还会被送来送去。它很不安，它不知道将来到底会怎样，它的命运从它出生的那一刻起就决定在饲养它的人的手里。它没有权力也没有任何机会来决定自己的未来。它又在咳嗽、呕吐，它还拉肚子，每次咳嗽都会带来一阵呕吐，一摊摊黄色的东西吐了出来，接着它拉肚子，它倒是知道去找报纸，它都站不稳了，它还转着身子想将屁股对准报纸……

我好心疼它。

网上的资料显示：犬瘟热，也叫细小病毒或是叫犬细小病毒，小狗感染细小病毒的表现和急性肠胃炎很像，呕吐、拉稀、便血、精神不振等，需要禁食和水，而多数小狗感染细小病毒后会有生命危险。

突然间，我特别在意这个小生命，好害怕它死去。我看着它，它也远远地看着我，满眼的希望和祈求。它又开始很凶地咳着，我抱着它睡在沙发上，让它躺在我的肚子上。我想好好地宠宠它，我还没有认真地宠过它。此刻的它小心翼翼的，想咳的时候不敢咳，然而越忍越想咳，反而咳得更重。它想呕吐，它无力的身子滚到地上，呕吐出来的黄水一串串的。吐出来后，它怕我打它，躲到一边。它轻得抓上去除了毛就是骨头。我再次抱起它，用纸巾擦擦它的嘴，轻轻地吻了一下它的额头，让它放心，不管它怎样，我不会骂它，更不会打它。它稍安了些，舔我的手背，舔了又怕我嫌它脏忙又闭上嘴想从我的身上跳下去，但我感觉球球还是想让我抱着它，于是我轻轻地阻止它离开我的肚子，让它躺着更舒服些。

那天晚上，球球很痛苦，每隔十来分钟它就想呕吐，要咳嗽。我将李言开的药喂它吃了，然后抱着它在沙发上睡了一夜，它一咳嗽我就抚摸它，轻轻地拍打它的背部，抚摸它的脑袋。有一瞬间，我抚摸它脑袋的时候感觉手湿湿的，它在流泪……我惊呆了，轻轻地抚摸着它说："球球，如果……你能挺过去，我就收养你，我发誓，我一定会保护好你。"说这话的时候，我感觉心揪得发痛。我想多给它点温暖，便侧着身子，让它躺在我的怀里，一直轻轻地抚摸着它。

第二天，球球咳嗽好了一些，我有些欣慰，又喂它吃了些药。李言打来电话我只是说球球很好，让他安心照顾他妈妈。晚上，我依旧抱着球球睡在沙发上。

第三天，球球不咳了，我欣喜不已。我没有给它吃任何东西。晚上，它围着我转，想让我抱着它在沙发上睡觉。

第四天，早晨，我去超市买了两斤排骨，拿出一小块，去了骨头，用奶锅煮烂了，放凉了，放在它食盆里，它闻了闻，但没吃。晚上，我回到了床上。半夜里，有个小小的温温的舌头在轻轻地舔我露在被子外的手，睁开眼，球球"咦咦"地轻声叫着，好像是要告诉我它病好了。我轻轻地抱起它，来到客厅，发现饭盆是空的，那块排骨已被它吃光了。

"以后，这里就是你的家。"我对球球说。

小小的它蜷缩在我的怀里，瞬间，从没有过的暖意在心中蔓延……

第9章　给球球办狗证起名朱家旺

我从来没有想到过，有一天，我的生活会因一条泰迪熊狗而改变。我决定正式收养球球，而就在这时，李言的妈妈去世了。

心脏病，来得快，去得也快。得了心脏病，一定不能劳累，不能着急，不能生气，合理调理饮食，适当地运动。

李言辞职后，承担起管理餐厅的大部分工作，也的确是让妈妈有更多的时间在家里静养。但柳如工作惯了，一时半会儿也歇不下来，同时，也想辅助李言尽快全面接手业务。

球球第三次送到我家里来的那天，李言的妈妈因为早晨起床后心脏痛被送往医院，在医院输了几天液后，感觉好些，就出院了。其实这些年，李言虽然没有直接管理餐厅，但来来去去，对餐厅的各项流水和业务也是相当了解了，只是年底给员工分红发奖金这块，还需要妈妈来亲自操办。

这天下午，柳如和会计对账后，开了一个奖金分配会议，回到办公室，有些困意，她便躺在沙发上，闭上了眼睛，就再也没有醒来。

李言哭得一塌糊涂，特别是在亲戚们说到他妈妈的好的时候，他便无法忍住地痛哭流涕，和亲戚们哭成一团。我不知道一个男人也能有这么多的泪水，同时也发现李言脆弱和细心的一面。后来，李言想是哭累了，也乏了，再有亲戚说到他妈妈如何辛苦、有钱后如何资助他们时，李言就抱着亲戚拍拍他们的肩，说"谢谢，谢谢你们来送我妈妈……"但那天李言的小姨从国外赶来，下了车行李都没来得及拿就跌跌撞撞地找李言，一见面就抱住了他。开始李言还故作镇静，但随后俩人号啕大哭起来。

李言的妈妈办丧事期间，我一直陪着他，帮他招呼一下亲朋好友。头一天，我出门前喂饱了球球，在它的食盆水盆里都放了水，因为我会回来得很晚。

我换衣服的时候，球球就像意识到什么，它"咦咦"叫着，然后哆哆嗦嗦抖着身子，叫声越来越大。我刚抱起它，它的两只前爪立刻环抱着我的一只胳膊，不让我走。我发现，这一场病后，球球娇气了不少。网上说狗狗不让主人出门时，好好跟它说，狗狗会明白。我最近经常上网搜索养狗的常识。

"球球，乖，我必须要出去，"我抚摸着它，"李言的妈妈去世了，我要去帮帮他。"

我的安抚不是很管用，我关上大门的一瞬间，球球在里面使劲地挠门，咦咦呀呀汪汪乱叫，但我还是走了。

李言家里进进出出很多人，我只认识他的舅舅。晚上，李言的很多亲戚都留下来守夜。我想有那么多的亲戚陪着李言，就先回家照顾球球。

我离开李言家时，他千叮万嘱让我早点来，可我人还未到家李言的电话就过来了："你到哪里了？你要不要过来？这里好多人，我忙不过来……"

我匆忙喂了球球，又赶回李言的家。其实李言的亲戚们都很体恤他，自己照顾自己。李言的舅舅一直负责餐饮，接送亲戚，倒茶递水。李言只是茫然地坐在那里，时不时看看手机，双眼无助地寻找着什么。看见我，李言一下子冲过来："哎呀，总算到了，快快，又来了好些人。你饿不饿？吃点宵夜吧，我还没吃晚饭呢，走，一起吃。"

第二天，我抽空回家将球球送到了宠物店，然后就在李言家里，一直陪着他。果然，看到我在，李言踏实了许多。

李言母亲的葬礼后，亲戚们陆陆续续地走了，朋友们也各自散去。李言虽不再号啕大哭了，但脸上仍旧阴阴郁郁，时不时偷偷擦擦眼睛，毕竟从此家里就他一个人了。我陪李言回到家，和他一起整理亲戚们留下的物件，收拾妥帖。午夜的时候，飘飘扬扬下起了雪。

"Happy new year！"李言突然轻轻地说。

我一下子想起，现在已是新的一年了，自己真糊涂，还不如悲伤中的李言细心。

"新年快乐！"我忙说。

"去年的这个时候，我妈妈做的搭桥手术……"李言的眼里满是忧伤。

窗外的雪越下越大，黑暗的天空能清晰地看到白色的雪花在漫天飞舞。

"好大的雪，不知道这场雪是有意还是无意。"失母的伤痛让李言很自责，"……那天去接手财务才知道，我妈给我留了好多的存款，还有基金、郊外的别墅……你说我要这么多钱干什么？她才 57 岁，她那么辛苦拼命赚钱干什么？我能花多少？"

李言说着眼泪又禁不住地流下来了，他擦了擦眼睛，又说："我就一混蛋，我要是早些帮帮她，她也不至于累病了……她一直希望我结婚生子，成家立业，我就是没有听她的……她太宠我，我怎么着都随我，只要我不犯法就行……我就是他妈的一混蛋……"

我泡了壶热茶，陪李言坐着，听他说。

稍好些后，李言说："出去走走。"

穿上羽绒服，戴上围巾、帽子、手套，我和李言来到户外，雪花跳得更欢了，在我们四周纷纷落下。

"下雪真好。"李言用手接着雪花。

"你妈妈肯定是希望你过好，幸福开心，找个好女人给她生个孙子。"我说。

"好女人？"李言看着我，"到哪里去找好女人？你看，交了那么多的女友，怎么我家有事，没一个过来陪陪我。可见，就没认识一个好女人……其实我非常孤独。你肯定不理解，我会孤独。"

我不是不理解，我是不相信，我知道孤独的滋味。下班后，一个人回到家，没有人等你，没有人陪你说话，没有人陪你吃饭。家里走时啥样，回家时就是啥样，如果你不洗碗，没有人会替你洗，你不可能偷懒，你的事情永远都得自己去做。我记得有一次发高烧，半夜醒来，特别想喝口热水，但我知道我得亲自下床去烧才有水喝。然后就是假期，有几天假期，就得一个人待上几天……

只是李言说他很孤独，我还是很惊讶。很多的周末，他会问我要不要去看电影、要不要去郊外露营、要不要去爬山……他约了几个女子一起。但周末的晚上我要工作，我哪里也不能去。有时假期，我根本找不着李言，他和女朋友去泰国了，他又和女朋友去日本了……总之他肯定不在北京，他和女朋友在一起。李言会孤独？我不相信。

"你肯定不信，我会孤独。"李言又说。

"我们哥俩都努把力，今年争取找个老婆结婚，这样就不会孤独了……"我说。

"谁不想有个家啊。"李言说。

两点了。因为说起孤独，我突然想到了球球，不知道在宠物店里它过得怎样。我怎么会在这个时候想起它？或许有它就不会再孤独。远处，一个男人穿着军大衣戴着雷锋帽在一个烤炉旁边烤着肉边喝着小二，那淡青色的烟雾像条蛇影穿过越来越密集的雪花向天空盘延，孜然的香味和男人逍遥的神情让我和李言走近了他。他一定是出来做烧烤生意的，结果下了雪，没了生意，于是自烤自饮自乐，在新年第一天的凌晨里。

"真是好景好肉好运气，喝两口！"李言说。

"嗯。"我点点头。

李言把男人的肉串翻看了一下，说："就烤肉串，来一百串，辣辣的。"

"好咧——"男人见有了生意，兴致一下子高了起来。

我和李言一人一瓶小二，男人边烤我们边吃，肉串很辣酒很暖，我和李言喝一口酒吃一串肉碰一下酒瓶说声"Happy new year"……

一瓶小二一百串肉下肚后，三个男人都哈着酒气，李言两眼冒光。"再来一瓶？"他问。

"行。"

"你接着烤，一起吃！"李言冲那男人说。

男人兴致更高了："哥们，酒算我的……"

我和李言都乐了。

三瓶小二下肚后，我有些头晕了，看着李言问："再来一瓶？"

李言只是笑，远处一辆出租车缓慢地开过来，李言伸手拦下，打开车门，示意我进去。

"怎么了？接着喝啊。"我说。

李言使劲地拥抱了我一下："谢谢！"他推我进了出租车，"好好休息，这些天辛苦你了。"

"有事给我电话。"我说。

出租车开出好远，我回头，发现李言还站在那里，心里突然一凉，孤独——从现在开始李言就是一个人了。我纯粹是下意识地，就是那么自然地，我想到，现在唯一能让李言不感到孤独的应该是一个女人。

早晨很早我就去宠物店接球球，看到它关在一个脏兮兮的小狗笼子里，缩成一团，特别可怜。看见我，它激动地猛扑笼子，弄得旁边的狗粮撒了一地。宠物店老板说球球从送来就没有吃一粒狗粮，我忙将狗粮放在手里喂它，它都吃了。宠物店老板说球球是想主人了，但我猜测它大概是以为自己又被抛弃了。

"它该做美容了，它的毛又长又乱。"宠物店老板又说。

我以前不知道狗需要做美容，特别是泰迪熊狗。一开始我也不相信宠物店老板的推荐，280 元给狗剪一次毛叫作美容，打劫呢！我剪一次头才 60 元还带按摩捶背。可看到做完美容后的球球是那么的漂亮，我真怀疑这是之前的那条泰迪熊狗。它的两只黑眼睛忽闪忽闪的，帅气又机灵。宠物店老板说球球的毛发非常好，它就像照片里的模特狗一样。"你要给它吃些钙片，让它保持毛发的亮度……"在宠物店老板的忽悠下，做完美容的球球有了两件新棉衣、新窝、新饭盆、新水盆、新玩具球……唯一理智的是，我拒绝了宠物店老板推荐的狗鞋。

把球球和给它买的东西搬回家已是下午了，正准备煮泡面的时候，李言打来电话："嘛呢？"

"你怎样？还好吧。"我说。

也不知为什么，接李言的电话时有些心虚。今天凌晨的时候，在漫天雪花中，我和李言喝着酒吃着肉串，然后他将我送上了出租车。我回头时，看到李言一个人孤孤单单地站在凄冷的街灯下，他的身影斜斜短短地映在雪地里。我知道孤独的滋味，我知道此刻有一个女人一定能温暖他，于是我去了"FOOL"酒吧，将李言妈妈去世的消息告诉了米米。我不知道米米有没有去看他，但想起这事，我有些愧疚，怕李言怪我。

"你觉得我会好吗？"李言反问，感觉是在怪罪我。

"嗯——我决定收养球球了。"我说。

"那就是说球球——你、不打算还我了？"

"你不是一直希望我收养它吗？"

"你想清楚，"李言说，"你是否有决心给它一个安定的家，是否无论它调皮捣蛋生病你都不会嫌弃它，是否无论搬迁工作生活不愉快你都不会迁怒于它、不会抛弃它……"

"不会。"

"还有你要恋爱，要交女朋友，要结婚，要生孩子……你都不会抛弃它。"李言说，"一定要想清楚了，照顾一条狗很麻烦的。"

"我想清楚了，以后，我的家就是它的家。"

"那行，再退回来我可不收了。"李言说。

我笑了："估计你没有机会了。"

停了片刻，李言又说，很认真地："阿迪，谢谢你。"

"啊——"我踏实了许多，"不客气，我也很喜欢它的。"

李言顿了一下，声音有些哽咽："好好休息，我再给你电话。"

此刻，李言拿着手机穿着睡衣站在客厅里，挂了我的电话后他去了卫生间。从卫生间里出来，他轻轻地推开卧室的门，在门外看了眼床上熟睡的米米。片刻，李言退出卧室，去了另一个房间，那是妈妈柳如的房间。李言环视着妈妈的房间，这里，再也不会有最爱他的妈妈了。李言打开衣柜，一件件拨弄着妈妈的衣服。

出了妈妈的房间，李言又来到客厅，在妈妈的遗像前停住了。他仔细地端详着，用湿纸巾擦了擦相框然后走到饮水机前倒了杯水，一饮而尽。放下杯子，李言推开卧室门走了进去。

李言站在床前看着床上熟睡的米米，帮她掖掖被子，又忍不住低头亲了亲她的脸，米米"哼哼"着翻了个身接着睡。李言看了一会儿，然后脱去睡衣上床，抱住米米开始亲她。李言习惯从脸开始亲，然后是耳垂……他的动作越来越大，米米终于被弄醒了。

"人还困着呢……"米米娇嗔着，但也在迎合着。

李言似乎不顾一切，似乎只有这样，似乎什么都不在乎了……他满头大汗地从身后抱住米米，在她的耳边突然说："我养你……"

虚娇的米米回头看李言，似是而非地摇摇头，又闭上了眼睛。

把米米叫来陪李言，我不知道是对还是错。我知道一个人的滋味，我知道什么是孤独，我知道李言需要长长的时间摆脱失母的痛楚。我相信他对米米曾是认真的，只是，我特别怕将来有一天，李言会怪我，米米也会怪我。

之后的日子，我开始抚养球球。我知道照顾一条狗真的是很麻烦。钟点工每周来一次，周三的早晨，做两个小时。钟点工说养狗太脏了，你干吗要弄条狗回来养？麻烦死了。

"你看，沙发下全是它藏的小骨头。"钟点工从沙发下扫出五六块小骨头，这是有一天晚上我吃卤猪蹄吐出的骨头，因为有咸味，我没有给球球吃，但我扔垃圾桶里了。

钟点工说楼里她做清洁的哪些家养狗了，怎样怎样。她说有一家养了两条哈士奇，还养了孩子，她真不愿意帮那家人干活，乱得不得了，两条大狗和两个大人一个孩子经常睡在一张床上。

"那是怎么个乱噢，你不知道，满地毛不说，那两条狗好大了，还在家里拉屎撒尿。"钟点工是安徽人，浓浓的口音，给我做清洁有一年多了。

"是吗？"我庆幸球球是条不掉毛的泰迪熊狗。

"就是的，臭死了，一进她家就能闻到一股狗的屎尿味，恶心死了！"

"球球拉屎撒尿都不多，它知道在厕所里拉。"我说。

"那也脏啊！"钟点工说，"你要买点84消毒液回来，家里养狗，要经常消毒的。"

"好的好的。"

"哎，你的拖鞋断了？"

"不会吧？我昨天才买的。"我拿起拖鞋，带子好像新咬断的，我又发现鞋柜边的一双GUCCI皮鞋也被咬了。这双鞋虽然是打折时买的，但也很贵啊。正心疼时，另一头，球球正在咬地板的踢脚线。

"你住嘴！你怎么像个老鼠，见什么咬什么！"在我的厉声下，球球立刻钻到桌子下面躲了起来。

我决定不打它，但骂它总是可以的，何况它犯错了。"你这个败家狗——"我指着球球骂着。后来，"败家狗"成了球球的另一个名字，因为，它不停地败家。

"这个椅子也被咬了，还有桌面，"钟点工说，"它这是磨牙。"

我终于知道养条狗有多麻烦。当然，它也有给人带来快乐的时候。

"吃饭了，我们吃饭啰！"我刚拿起狗粮，球球立刻蹲在了它的饭盆边。我最喜欢这个时候逗它，一粒粒地扔进狗盆里，它着急地一粒粒地吃着，然后微笑讨好地看着我。逗了一会儿，我才将一把狗粮扔进狗盆里，看着它瞬间将狗粮一扫而空。

轮到我吃东西了，球球闻声就跑过来，然后目不转睛地盯着我手中的酸奶和面包片，一副馋馋的样子。"这些你吃不了的。"我拿面包和酸奶故意在球球的鼻子前晃着，它使劲地嗅着，对我手中的食物超级感兴趣。我也终于知道一条小狗有多馋了，任何的响声它都会怀疑我在背着它吃东西。

"这是塑料袋……"一个塑料袋的响声过后，桌下立刻钻出一个小脑袋，然后球球直立着身子不屈不挠地看我是否又在吃东西。我跟它解释，塑料袋是不能吃的，并主动给它闻了闻，但球球并不罢休，一直跟着我确定我将塑料袋扔进垃圾桶了为止。

冬季是新鲜瓜子上市的时节，刚出炉的葵花子香喷喷的，诱得你不买不行。我喜欢吃这种现炒现卖的瓜子。球球也想吃瓜子，我就给它吃了粒瓜子仁，它吃了还要。我就扔给它一颗瓜子，它竟然咬开瓜子，吃了瓜子仁，把壳留在地上。有些意思。我试着把花生也给它一颗，它也用牙咬开将花生仁吃了，留下花生壳在地上。我给李言打电话，冲他炫耀："球球会自己吃瓜子、花生、板栗……还会学我的样子跷二郎腿，能自己吃大半个橙子了，根本不用我剥皮……"

李言冷笑地回复："球球要是能吃完瓜子、花生后将壳放进垃圾桶里那才真是条好狗。"

我知道李言嫉妒了，我也没想到一条狗能给我带来这么多的快乐。

"你不要瞎给它吃东西，免得又吃坏了肚子。"李言叮嘱我，并开始显摆他宠物专家的特长，"你要训练它出去拉屎撒尿，狗也要出去透透气的。你还要教育它有礼貌，狗不对，都是主人的错……"

新年过后，电台里都在传闻马台长要高升调到局里去了，新台长可能会从电台内部选拔，弄得大家都很激动，一时间，每个部门似乎都在加班，每个人都那么努力。这一年，由于智能手机的诞生，宣告网络视频时代即将来临，广播收听率在逐步下降。于是台领导通过开会决定，取消《每周一书》栏目，《今夜星光无限》由每周两期改为周五的晚上一期，夜间直播的栏目增加了医药、前列腺、肝病、养生品等明显带有广告性质的内容。我趁机向领导们提出将《今夜星光无限》改为录播，但仍然没有得到批准。

FM66.8 兆赫，今夜星光无限。我是主持人阿迪。新的一年开始了，亲爱的听众朋友一定会有新的计划，但无论是工作、生活、学习等等哪方面的计划，阿迪都希望你注意身体……新年伊始，阿迪的家里增加了一位新成员，它叫球球，一条七个月大的泰迪熊狗……它非常聪明，它会自己剥壳吃瓜子、花生，它爱吃苹果、香蕉，它喜欢玩球……

我播音的时候，透过播音室的隔音玻璃能看到拴在暖气管旁张牙舞爪的球球，它一直向前折腾着，即使听不见，从它的表情就可以感觉到它想离开暖气管，它一直在"咦咦"地尖叫，它不准任何人靠近它，谁想靠近它，它都会发出警告的低吼声。我对播音室外的同事一再地道歉。我希望球球能快些安静并习惯下来。我想让它知道，我工作的时候，虽然它和我只隔着一层玻璃，它可以看到我，却无法靠近我，但至少我没有将它孤孤单单地留在黑暗的家里。

太阳好的时候，我给球球穿上棉袄，我带它出去散步。它很聪明，很快就知道在外面上厕所了，但同时，它也知道每天至少有两次出去玩的机会。所以，一到时间，它就会催着我带它出去玩。

那天在护城河边，远远地看到了一条深咖啡色的泰迪熊狗，球球飞快地跑了过去，我也立刻认出了这条狗，竟然有些小激动。只是跟着这条狗的是一个50多岁的妇人，我又有些失望。

妇人见球球跑过来，死死拽着它的狗冲我说："快把你家的狗牵走，会打架的。"

球球倒不管这些，两条小狗肆无忌惮地亲热玩耍起来。

"它俩很熟噢。"妇人有些放心了。

"嗯。"我点头。

"你也住附近吧？"妇人带有江浙地带的口音。

"嗯。"

"你的狗好看。"妇人打量着我，"它叫什么？公的母的？"

"球球。公的。"我抱起球球，我不想和一个老妇人多聊，我没有那么宽的心，这条狗的主人曾经对我又吼又叫的。

"我们家狗狗叫林美美，是母的。"妇人真是爱说。

林美美？我心动了一下，我是不是也要给球球起个大名？

"这是我女儿的狗，她出国了，我刚从苏州来，来帮她带狗的。"妇人又说。

我"噢"了一声，可惜那个嚣张蛮横的女人看不到安然无恙的球球。我失望的表情，妇人大概是看出来了，她接着说："春节前我女儿就回来了。"

其实她女儿去哪里，什么时候回来干我什么事，我可不想见到那个女人，那么坏的脾气，见谁骂谁。我抱着球球走了。

生活中你会碰到各种各样的人，马路上、商店里、超市中、公车上、卫生间等位的途中……擦肩而过的人数不胜数。你记不下所有的人，你根本不知道谁会与你有关联，你永远不会明白什么人会跟你的一生牵扯在一起……我那时怎么也不会想到这个妇人会跟我的未来联系在一起。

后来，我总能在护城河边碰到这个妇人。她挺爱叨叨的，所以，我又知道了她姓解，我就叫她解大妈。我也知道她女儿——那个爱发脾气的女人叫林俏，在一家广告公司上班。解大妈也挺爱问的，问我住哪里，在哪工作，问我多大。有时挺不想理她，可球球喜欢和林美美一起玩，解大妈又总能找到我们。护城河边就那么大的地方，能躲开人却躲不开狗。后来想，妇人问这么多也可能是怕我是个坏人，于是干脆一五一十地告诉了她。

北京一年四季都会有大风，尤其冬天，七八级北风"呼呼"地围着楼顶转圈。天气预报几天前就发出了七级大风的蓝色预警，今天傍晚还有中到大雪，我就没有带球球出去。

在家里，站在落地窗前拿着相机拍着被风吹得湛蓝无云的天空，突然听到"嗞嗞"的声音，看时，发现球球正咬着它的棉窝一点点地往暖气边拖。我笑了，这小家伙倒是知道自己找温暖的地方。我便用相机拍球球：它将窝拖到暖气边，满意地躺在窝里，睡了一会儿后，大概又觉得热了，四脚朝天地伸展着身子，它太可爱了……后来球球发现我在拍它，从窝里出来，趴在地板上搭着二郎腿饶有兴趣地看着我手里的相机。估计相机的红光刺到了它的眼睛，它又立刻跳回窝里，将屁股对着我。

下午，风小了些，我决定去超市采购点食物。我戴帽子穿衣服的时候，球球还是会紧张地"咦咦"尖叫，一声接一声，围着我叫。我摸摸它的头说："我去超市买点吃的，一会儿就回来。"

锁大门时，还是会听到球球拼命挠门的声音，我不知道该怎么解决这个问题，它不会永远这样不准我出门吧。超市里人很多，我也无心多待，快速买了些食物就回家了。

到家门口，倒是没有听到球球的叫声，但我刚把钥匙插进锁孔就听到球球在屋里"汪汪汪"地狂叫起来，门打开一条缝，一个小脑袋便挤着门缝探了出来，接着一个小身影直接就往我怀里跳。我抱起它，它又从我身上跳下，冲我"汪汪"地叫着。我蹲下，它跑向我身后，我转向身后，它又"汪汪"跑向我的侧面，等我转向侧面时，它又跑向后面。总之这么来回几趟后，我一下子按住了球球的身子，再次将它抱了起来，它这才停止了"汪汪"声，但依旧是不知道如何表达它看到我回家时的喜悦心情。

突然，我看到门上有几道血印子，上面还有新鲜的血迹，我一惊，抓起球球的爪子，指甲有流血的痕迹，一定是我刚才出门时它挠门抓伤的。再仔细看门，还有以前留下的已经干了的血迹，看来，我每次出门它都将指甲挠出了血。

"你这是何苦呢。"我给球球的爪子擦了些碘伏，"你这样离不开人，会很受罪的。"

上药的时候，球球很乖地躺在我的大腿上。"要知道，我已经收养你了，这个家是我们俩的，但我要工作挣钱，我不可能每天待在家里，所以，你要习惯，要做条乖狗，明白吗？"我说话的时候，球球会摆动着头看着我，似乎是想弄明白我所说的话，我摸摸它的头，

"我会对你好的，我会对你负责的。"

球球突然从我腿上跳到地上，翻过身子，仰躺着，将肚皮露给我。一本宠物书上说，狗狗这个样子是在示弱、在讨好、在撒娇……肚子是狗狗最薄弱的地方，它袒露出来，它已完全信任我。

我突然想到刚刚离开家时球球撕心裂肺地喊叫，想到过去它寄养在我家里时，我曾经因它随地大小便打过它，因与马芳芳之间的不痛快而迁怒于它……我一下子好内疚，那么一点小东西，为了生存，为了长留在一个家里，为了有口稳定的饭，它讨好卖乖，努力地适应他人，去承受着世间的这一切。

"你信任我？谢谢。"我摸摸球球的小肚子，"知道吗，你现在姓朱了，我给你起个大名吧，叫什么呢？"

球球起身转了一圈，突然冲着我"汪汪"叫着，似乎在和我对话。

"汪汪。好，就叫'旺'，这个字好。'旺'，你是朱家的汪，我就叫你'朱家旺'……你健康我兴旺。"我说。

球球晃动着它毛茸茸的小脑袋，接着它后退两步坐下看着我。

"你喜欢这个名字，是吧？"我笑了，用大拇指抚摸着朱家旺的额心处，我发现每当这么抚摸它时，它就温顺地垂下它的眼睑。"朱家旺，希望你身强体壮，不要再生病，我发誓会护佑你平安地度过这一生。"

朱家旺，小名球球，2007年5月7日出生，雄性，小型观赏犬……

抱着朱家旺从派出所里出来，我给它看狗证："瞧，这是你的北京市户口，我要让你堂堂正正地活在这个世界上。"

"你叫'朱家迪'，它叫'朱家旺'，'家'字辈，你们什么关系？"李言调侃地问。

"我们是家人。"我抱着朱家旺说，"我们是兄弟。"

有时我想：为什么这样一条人见人爱的泰迪熊狗就是送不出去呢？这注定就是我的狗，这是我和朱家旺的缘。

第 10 章　为朱家旺买车

　　时间细碎地穿过手掌，绵延不断……有时你很茫然地想抓住一段，有时日子空虚得让你不知所措，21 岁……27 岁……31 岁……33岁……我一直不敢明确地肯定自己年轻最轻狂的日子是怎么就这样过去了，回想起来似乎什么都不曾发生过，什么也没有留下。

　　直到 33 岁的那个夏天：一条深咖啡色的泰迪熊小狗，一身松软卷曲的绒毛，黑黑的小鼻头，圆圆的眼睛……它什么也不曾做，哼哼唧唧就将这个夏天永远地留在了我的记忆里。

　　我有时叫它球球，有时叫它朱家旺。在以后的故事中，它就是主人公"朱家旺"。

　　我和朱家旺，我们在逐渐熟悉。我在学习怎样照顾好一条小狗，怎样保护它，怎样教育它有礼貌。而朱家旺，它在学习怎么适应我。是的，它在适应我。或者说它在监视我，在研究我。它经常眼睛一眨不眨地蹲在旁边看着我。当我发现它时，它已经这么看了我好久。那时我多数是在上网或者在玩游戏，无论我玩多久，它就看着我多久，直到我关注到它，抱起它，陪它玩。

　　收养朱家旺后，生活一下子忙碌起来，也增加了不少开支，其中最大的开支就是买车。很早以前，李言就说，北京这么大，没有车可不行。但我住的地方交通便利，上班有地铁，而平时唯一的户外爱好就是骑自行车，所以我一直不觉得自己需要汽车。

收养朱家旺前，我和李言合伙买下了一家二手车公司，我起名为"言迪安二手车经营有限责任公司"。那时，李言的妈妈柳如还在世，她提议让我做法定代表人。李言表示无所谓，但我不同意。一、李言爱车，我不懂车；二、开这家公司是李言的意思，我只是合伙人；三、这家公司未来的经营多数是靠李言……我做法定代表人，不合道理。

但柳如坚持，她跟我说李言无兄弟姐妹，她了解李言。柳如说得很委婉，她说："阿迪，我虽然就李言一个孩子，但我想请你把他当兄弟，你要帮他。"柳如说得很认真，我就同意了。我一直以为柳如让我做法定代表人，只是因为她并不在乎这家二手车公司，她入股是因为她宠李言，后来我才领悟到一个母亲的良苦用心。

接手言迪安二手车公司的时候，李言就让我挑辆车，但我觉得去电台有地铁，去公司也有地铁，开车还堵车，还要愁停车的位置，便作罢。

那天在地铁里，看到一个女孩，她将一个双肩包背在前面。经过她身边时，看见女孩的双肩包里露出一个毛茸茸的小脑袋，一条小狗狗睁着圆圆的眼睛静静地看着过往的人流，乖极了。女孩告诉我小狗狗的品种是约克夏，她是带它去上班的。立刻，我就想这样带着朱家旺上班也一定很有意思，它既不用独自待在家里，我也很方便。

但当我第二天准备带着朱家旺坐地铁上班时，发现它根本就不愿意待在包里，放进去就出来，放进去就汪汪叫。我想那就不用包，拿外套裹着它上地铁。但让我再次意外的是刚一出门朱家旺就惶恐不安，不知道我要带它去哪里，它根本不可能安安静静地窝在我的怀里。一进地铁，看到那么多的人在周围晃来晃去，它"汪汪汪"地大声叫着，全地铁的人那一刻都知道我的怀里有一条狗……我不得不带着朱家旺打车到了电台。

这时我第一次萌发想买辆车的念头。

春节前是各单位最忙的时候，电台里忙着年底总结、开会、评先进、算奖金，我作为主任第一次参加了电台评先进的会议。会议后，马台长把我叫到了办公室，他说我瘦了。我自己没觉得，估计是这段时间忙着电台和二手车公司的工作。

"不会是生什么病了吧？"马台长还是那么地关心我。

"噢，我收养了一条狗，它挺折腾人的。"我说。

还好，马台长没有特别纠结我是否生病，他只是问我对未来有什么考虑。原来马台长真的要调走了，临走前，他准备将我的职称再往上提一级到正处。我挺感动的，我并没有成为他的女婿，他还这样帮我。

"你一直很努力，"马台长说，"好好地干，你年轻，会有很多机会的。"

这一次，马台长和我聊的时间有些长，大概是因为要走了，他没有过去那么严厉，真的是和蔼可亲。有时我想，如果能娶马芳芳，那我的人生该多么完美啊！只是可惜，生活总是不尽如人意。我和马台长聊到了电台未来的发展，聊到了传统播音和数字化播音对广播的影响。我在马台长办公室的时候，李言的电话一个接一个，将手机放口袋里都能感觉到它在不停地振动。

出了马台长的办公室，我就给李言打电话："你烦不烦啊！电话一个接一个，我不接肯定是不方便啊。"

"啊——大白天的有什么不方便。"李言怪声怪气地说，"大家都在等着朱总来安排工作呢。"

"不就是吃个午饭嘛。"

为了不辜负柳如的信任，从做法定代表人的那一天开始，我就研究各种品牌的汽车性能和在国内外的销售情况，和李言一起稳住原公司的货源并开发新的货源。我绞尽脑汁地宣传言迪安二手车公司，电台工作以外的时间我都花在了二手车公司的经营管理和销售上，我发现对于二手车，进口的比国产的好卖得多。春节前，也是汽车销售的旺季，我和李言抓紧从广东进了一批二手进口车。

肖华是原公司的副总经理，我和李言接手这家二手车公司后，原来的员工几乎都留下了，同时，我又聘请了三个维修工人。我安排肖华全权负责车辆的维修和保养，要求从言迪安公司售出的二手车在性能上和新车一模一样。上周一周的时间，公司卖出去9辆二手车。这让李言兴奋不已，他说要庆祝一下。

柳如去世后，我曾向李言提议将法定代表人变更为他的名字，但李言却说，他妈妈说这家公司只有我是法定代表人，才有可能经营得好。现在，见我将公司管理得井井有条，李言说他妈妈是天底下最聪明的妈妈。

言迪安二手车公司在五环外，办公条件差，没有暖气，所以，李言多数时间还是在"百姓人家"餐厅里办公。"百姓人家"旗舰店在亚运村，上下二层，生意特别火爆。李言在办公室里设了一个私人小包间，我每次来都在他的小包间里吃饭。

中午时间很难打车，所以我还是来晚了。小包间里热气腾腾，除了李言外，公司的肖华和几个业务员也在，李言的旁边空着一个位置，但他让我坐在了他的对面。

"就等你了。"李言有些不高兴，"我特么不明白，卖车的人不开车，公司里那么多二手车，你随便挑一辆先开着不行吗？"

"你不是说车如老婆吗，"我说，"我当然得挑辆喜欢的开了。"

"先找一辆过渡一下，再慢慢寻找自己喜欢的。"李言说。

我摇头。李言给我倒酒，还是茅台，他可真是舍得。

"不管了，罚酒。"李言在我面前倒满三杯，他又高兴起来，"不是罚酒，是庆祝啊——"

"还没到庆祝的时候吧，"我说，"公司才刚走上正轨。"

"已经很棒了，一周卖了9辆车。"肖华说，"这都破纪录了。"

"喝完三杯，再谈正事。"李言说完，肖华等人也起哄。

我喝完第三杯的时候，米米进来了，我愣了一下，冲她点点头，算是打招呼了。

那晚，我去"FOOL"酒吧告知米米李言的妈妈去世了，之后我从李言平时的言谈举止里知道他们又在一起了。今天和米米见面，却是他们又在一起后的第一次。其实我和米米见面也不多，但每一次她都给我留下了很深的印象，这一次，她沉默、乖巧，一点也不像一个酒吧老板，更不像我印象中的米米。她也冲我点点头，便坐在了李言的身边。

再往下喝酒，就没有那么畅快了。我有些怪李言，女朋友来，也不事先告知一下。李言一脸无所谓的样子，开始大声夸我，并发表对公司未来一系列的承诺和想法，什么要做全国最大的二手车公司，要研发汽车改装零配件，也有很多大话和空话。米米一副事不关己的表情，吃了些素菜，剥了几只基围虾放在了李言的碗里。李言竟然没有丝毫的推让，吃了。

饭后，肖华和业务员先回公司了，我准备回电台，桌上有些吃剩的牛肉和鸡肉，我觉得扔了可惜，就准备打包回去给朱家旺吃。米米说她来打包，李言也说让我别管，米米就出去拿餐盒了。我总觉得李言和米米之间怪怪的，当然，也可能是我瞎敏感。

"你们……还不错吧？"我问李言。

"不错啊，"李言得意地凑近我说，"她搬到我家来了。"

"同居了？"我很羡慕，"你动作真快。"

"她……不跟我住跟谁住。"李言咬咬嘴唇，眨眨他的小眼睛，一丝不经意的愤怨闪过。我莫名地有些担忧。

"噢，对了，"李言又想起什么，"有一辆宝马 Z4 明天到，让肖华亲自帮我全面检查一下，那几乎是辆新车。"李言眯眯他的小眼睛，"给米米的。"

我点头，我希望李言和米米好好的。

对于养狗，我还是没有经验。晚上我回到家，我将打包回来的牛肉和鸡肉给朱家旺吃了。我没有意识到这只是条不满周岁的未成年狗，只想到它喜欢吃就多给它吃了点。结果，第二天早晨，当我被一股奇臭熏醒时我就知道错了。开始我还以为是厕所地漏出了什么问题，我迷迷瞪瞪地下床，朱家旺没有像以往那样欢迎我起床。不知道它在哪里，我也没找它。我来到了客厅，臭味越来越浓，然后，我就惊得说不出话来。客厅的地板上，一团一团的全是屎，就像有人拿着一坨屎满地盖章一样，整整齐齐，规规矩矩，满满地盖了一客厅。

"球——球！你个王八狗——"我气得大声叫着，"这都是你弄的吧——你这个臭东西，臭狗，你在哪里？你给我出来！"我大声叫着，还好家不大，很快发现缩在餐桌下面的朱家旺。难怪起床时它没有来欢迎，原来是犯了如此大的错误。

我很凶地将朱家旺从餐桌下揪了出来，真想狠打它一顿的，但我发现最臭的根源就是它。它臭得远超茅坑里的屎了。我忍住臭，扒拉着它，发现它的屁股上全是屎团，恶心死了。朱家旺一定是昨晚吃了太多的肉，不消化，就拉肚子了。而屁股上的毛又多挂着了屎，所以它想在地板上擦干净，于是，地板上，它用它的屎屁股一个个盖着屎印的章……我终于知道养一条狗有多烦心了……当时，想把它从27层楼扔下去的心都有。

没时间教训它了，我得先送它去医院。我用塑料袋包住了朱家旺的屁股，然后带着它打车去医院。出租车司机怎么都不准我上车，我给了司机一百元，恳求他说狗病了，出租车司机这才将我们送到离家最近的一家宠物医院。

兽医上下打量了一下朱家旺，就把它屁股上的毛剪光了，留了一团带屎的毛去化验，结果是肠炎。开了些药，告诉我怎么喂它吃。这家医院的服务态度很好，也很专业，但结账时，我发现狗得了一个肠炎，就要了我八百元钱，心里很不平，但也只是抱怨。交了钱，带朱家旺出来，再打车回家的时候，竟然没有一个司机准我们上车。我只好抱着朱家旺一步步地走回家。这时，我痛下决心，为朱家旺买辆车。

李言知道我终于决定买辆车了，很高兴，将自己看中的一辆二手宝马X5推荐给我。"开了不到一万公里，几乎是新车，非常棒。"李言说，"你现在是老板了，开这辆车也很配。"

但我觉得这是我的第一辆车，又是为了朱家旺买车，所以得买一辆适合我们的车。这辆车虽然是二手的，但对于我还是贵了些。

"男人没有不爱车的，可以拥有很多辆。"李言说，"先不要考虑钱，什么时候有了什么时候再付，公司也不在乎你这辆车钱。"

我觉得这样不妥，虽然是自己的公司，但货款也是要两清的。我没有要那辆宝马X5，每天还是坐地铁上下班。

李言送给米米的那辆宝马Z4上好牌照后，李言就带着米米来取车了。我让肖华带米米去试车。米米似乎没有那么开心，淡淡的。我以为米米是嫌弃那是辆二手车，但李言却瞪着那双小眼睛说："她凭什么嫌弃二手车，她自己都是二手的。"

我惊讶地看着李言，李言忙又说："她不开心是因为我让她把'FOOL'酒吧关了。"

"好好的，为什么要关了？"

李言很少来公司，所以，有些职员并不认识他。我让一位叫唐燕的女职员过来给我们泡一壶茶，我给她介绍说李言是公司的董事长，唐燕吓得差点被开水烫了。李言就安慰唐燕，让她不要听我的。唐燕出去后，李言打量着办公室，对我管理办公室挺满意，但又觉得是自己的眼光好，看中了我做合伙人。

"对了，和张小莉怎样了？"李言像是突然想起来似的，"昨天她来我餐厅吃饭，还问你来着。"

上次看电影后，我想要约张小莉，但因工作太多，也是我犯懒，一拖就两个多月过去了。"那天晚上我和她正看电影呢，你丫闹分手。"我说，"现在你们倒和好了，我还是单身。"

"真的？"李言故意装傻，"那找时间再约约她，你俩挺搭的。"

"你为什么要让米米关了'FOOL'酒吧呢？"我回到一开始的话题。

"我只是觉得一个女人经营酒吧不太好。"

"女人怎么了？"我看着李言，"以前没发现你挺大男子主义的。"

"没有啊。"李言忙解释，"我只是想，她学油画的，何不安心画画呢？"李言的小眼睛又忽闪起来，看来是有些心虚，"当个画家不好吗？我愿意全力支持她当画家，免得别人说三道四。"

看来这是李言的心病，他是害怕米米在别人眼里是被人包养过的女人，他好面子，他在意。想到这个，我又觉得自己做错了。

"我也只是跟她建议，如果不关，那就扩大经营，我入资进去。"李言不服气地说，"哎，我往酒吧入资，多好的事，她也不同意。想不通噢——"

"怎么了，又想开酒吧了？"我说，"餐厅和二手车还不够你折腾的？"

正说着，米米试车回来了，她对车挺满意的，冲我笑着说："谢谢阿迪，我很喜欢。"

"喜欢就好。"我说。

"啊——可算让你满意了。"李言上前搂着米米的肩对我说，"你不知道，阿迪，最近我给她买什么她都不满意，可难哄了。"

我们就笑了。

"那我先走了。"米米说着李言上去要和她吻别，米米笑着推开他，又对我说，"阿迪，晚上来酒吧玩吧，我正式邀请你。"

"对了，约上张小莉。"李言补了一句。

送米米走后，我看着李言："你俩商量好的？"

"这是心有灵犀。"李言又得意起来。

"那你俩现在什么关系？"

李言咬着舌尖，想了半天，最后叹了口气说："我也不知道。"

回到办公室后，和李言坐回沙发继续喝茶。"跟你商量点事。"李言说。

"啊——"我看着李言，不知道他有什么大事要这么慎重地和我商量。

"那宝马 X5 你真不要？"

"不要。"

"那——我开走了？"

我看着李言，很奇怪他这个问题，这还要和我商量吗？"行啊。"我说。

"我发现你卖车真有一套。"李言说，"再帮我把路虎卖了。"

"为什么啊？你那路虎不比宝马 X5 差，"我说，"开了不到一年吧。"

"你要是喜欢就便宜给你。"李言不等我回答忙又说，"那宝马 X5 和 Z4 是情侣车，幸亏你没要。为感谢你，那路虎 5 万就行，但要现金啊。"

我笑了，站了起来。

"5 万不会也没有吧？"李言不相信地看着我。

正说着，肖华走了进来："朱总，外面有人找李总。"

李言忙问："是不是开着一辆牧马人？"

"对，对。"肖华点头。

"是我约的。"李言站起，"走，给你看一辆特别酷的车。"

和李言一起走到停车场，我就看到一辆黑色的牧马人吉普车。几天前，我在一本汽车杂志上看到过这款车——牧马人——"二战"时期美国军用吉普车。我一眼就喜欢上了，觉得这才是适合我和朱家旺的车。

"棒吧。"李言抚摸着车身，"去年的新款牧马人，2.4 排量，国内今年会引进这款车，但却是 3.6 排量的。"

"你怎么没放我这里卖？"我说。

"一个歌星点名要的这款车，我托亲戚从香港弄来的。这是新车，这款牧马人不会在国内销售的。"

"那还能再弄一辆进来吗？"我问。

"很难了。"李言看了我一眼，"男人都会喜欢这款车。"

我围着车转了好几圈，真是很喜欢。

"酷吧。黑色，两门，车顶可以掀开，前车窗可以放下，这车开到街上，回头率绝对高。"李言介绍着。我依旧围着车打转，真是有些一见如故、爱不释手。

李言看出来我对这辆车的喜爱，他拉开我："别看了，今天刚把进口手续办下来，我来就是通知那歌星拿证件来办手续的。"

"真不能再弄一辆？"我又问。

"真弄不来了。"李言面露难色，"报关时间太长了，上车牌也得托好多关系。"

我叹了口气，既然得不到就不看了。我回到办公室，刚坐下，李言就跟了进来。

"阿迪……既然你这么喜欢这辆车，"李言将一把钥匙放在我桌前，"那这车就给你吧。"

我睁大眼睛："真的假的？"

"真的。"李言说，"这车还真像你的风格，也特别适合球球。"

"那你怎么跟那歌星交代？"

"我给他弄辆别的车吧。"

"太够意思了。"我开心地抓起钥匙，"谢谢哥们，我先去试试车。"

我跑到停车场，小心地打开车门，坐了进去，轻轻打着车子，满脸喜悦地冲车外的李言说："谢谢哥们，我开走了——"

开着牧马人回家的路上，我开心得都要飘起来了。原来有车的感觉是这样的好，尤其是自己喜欢的车。开着开着，我突然想，李言一定是故意的。他从香港弄辆新车过来，他猜到我会喜欢，但又不肯定。于是将他的路虎车作为我的备选，既顾全我的面子又顺理成章，这个李言，也是心思缜密。

我以为朱家旺见到牧马人汽车会犹豫一下，最起码会让我抱，但没想到车门一开，它就自己蹦上了车，直接坐到了副驾驶的座位上。看来，它过去的主人开车带它出去玩过，没准它一直在嫌弃我没有车。这条癞皮狗。

我带着朱家旺在地库里转了一圈，给它秀了一下收音机，又秀了一下 CD。朱家旺也很兴奋，时而跑到后座看看，时而又回到副驾驶座，但它却知道不来骚扰我开车，真是条聪明的狗狗。

李言打电话过来说晚上八点在"FOOL"酒吧里见，他已约好了张小莉，但要我顺路去接她。其实我对张小莉的印象挺好的，人不错，工作不错，上次电影没看完就走了是我的责任，我应该主动约她。

"有些女人要迅速拿下，再说，都是成年人，干吗老是一个人呢？"李言说，"没准人家张小莉也是这个意思，相处着，谁也没说一定要和你结婚。"

"不奔着结婚的目的那谈什么恋爱、交什么女朋友啊？"

我说完李言急了："你真不明白我的意思？"

"明白明白，"我笑了，"我会把握好机会的，成年人嘛，做成年人该做的事。"

"我为了你的事也是操碎了心。"李言说。

"看来，今晚和张小莉的见面是预谋的。是吧，和米米策划好的？"

"你就活该打一辈子光棍。"李言负气地说，"这么冷的天，一个人睡觉有意思吗，天天对着那些 A 片……"

我打断李言的话："人身攻击啊，赤裸裸的人身攻击！"

晚上，我准时去接张小莉。她穿了一件黑色羽绒服、白色衬衣，还是那么休闲和随意，但她消瘦了些，也漂亮不少。她说这次跟拍奥运组委会特别忙，报社的编辑记者都出动了，做了很多组专题。

"FOOL"酒吧没什么人，就像我和张小莉的专场，我们随便聊着。李言和米米没有来打扰我们，只是在我和张小莉离开酒吧时，李言悄悄地说："明天听你的好消息啊。"

我点点头，冲他眨着眼睛，彼此都有种要做坏事的兴奋。但到了张小莉家楼下，我还是客气地让张小莉早点休息。她点点头，在我车前站了片刻，我们就告别了。开车回家的路上，我想李言一定会骂我孬货一个，活该单身。30 多岁的单身男女，明明彼此都很孤单，明明彼此都有需要，谁说在一起了就一定要结婚呢？谁说一定要相爱才在一起呢？但是我做不到，即使不用负责我也做不到……虽然这么想着，但内心也恨自己太孬。

刚回到家，手机就响了，一遍一遍，很陌生的电话号码，我断掉了，仍在响，我只好接了。是那位解大妈打来的，她怎么会有我的手机号？我跟她又不熟，找我干什么？

解大妈说林美美拉肚子，拉了一晚上，又吐又拉，她不知道该怎么办，问附近哪有宠物医院。真不想搭理她，这事跟我也没什么关系啊，但潜意识里又不忍心。这么晚了，她从外地来京，想必很多地方都不熟。最终我还是开车带着解大妈和林美美去了附近的宠物医院。医生看了看，怀疑是在外面吃了不干净的东西。解大妈想起带林美美去过菜市场，没准是在那里吃的。

医生当时喂了些药，也开了些药让带回家吃，坚持吃三天，医药费一共四百元。医生把药单子递给了我，我拿着单子犹豫着，但又不好意思将单子递给一个老人家，想了想，就把钱付了。回来的路上，解大妈一直没有提医药费的事。我也不好意思提，心里很憋屈，想想，算了，不跟一个老人计较了。

车到解大妈住的小区，离我住的小区就隔着一条马路。解大妈说她住二楼，然后拿出五百元钱给我，说有一百元是车钱。我留下四百元，坚持还给了她一百元。我又觉得这个解大妈还是不错的。

第二天是周五，晚上有播音工作，我一大早就赶到电台整理晚上要播的内容。陈大力过来问朱家旺怎样，什么病。我才知道解大妈昨晚将电话打到了电台导播室，絮絮叨叨地说狗病了，陈大力以为朱家旺病了就将我的手机号给了解大妈。

这个解大妈还真是有意思。

有车是挺方便的。吃完午饭我就回家接上了朱家旺，然后带它去了二手车公司。因为晚上有播音工作，带着它播音完也不用那么着急地赶回家。

朱家旺第一次跟着我来公司，一路上快乐得不行。公司的员工看到它也很喜欢，都逗它玩，它先是惊吓，随后发现在公司里可以随便地跑来跑去，又很开心。

李言竟然在公司，他也不嫌弃这里没有暖气了。他看到朱家旺很是兴奋，抱着它使劲地亲了亲，说："宝贝儿，想死我了。"然后冲我说，"等你一早晨了。"说完在电脑上飞快地敲击着。我过去看了看，他在 QQ 上与人正聊得欢。

"等我做什么？"我把朱家旺的水盆放在办公室的门边，又倒满了水。

李言不理我，依旧在 QQ 上与人聊着。肖华有几笔报销单进来找我签字，经过李言的桌子时停住问："李总，如何？"李言挥挥手，他就出去了。

桌上有新到的汽车杂志，我拿起翻看着。第一页卷首语里，主编说他养了条狗，他很爱这条狗。为了证明他的爱，他每天下班回家都要和狗静静地待几分钟后才去干其他的事。

"真是瞎掰。"我说。

李言似乎与人聊完了，他从电脑前抬起头，问："谁瞎掰？"

"这个主编一定从未亲自养过狗。"我指着杂志说，"但凡亲自养过狗，他一定会知道，当你下班回到家里时，你的狗是不可能在你怀里静静地待上几分钟的。当它听到或闻到你回家的气息后，它就开始躁动，开始尖叫；当你打开门的一刹那，它会扑向你怀里，它要和你亲热，它要舔你，它已不知道如何表达对你回到家来的热烈欢迎。"我越说越动情，"它打滚，它哼哼哼地撒娇，它将最薄弱的肚子袒露给你，它信任你，它需要你的抚爱，需要你的安慰，它要向你表达，它等待你一天了。"

"瞧你激动的，球球就是这样欢迎你回家吧。"李言抱起朱家旺说，"看后面，那个最重要。"

我便翻向最后面，是关于二手车的信息。"广告噢，靠谱吗？"我问。

"我刚和一个广东的车商聊了聊，得见面看货才能确定是否靠谱。"李言逗着朱家旺。

"你打算去一趟？"

"春节后再说吧。"李言凑近我，"昨晚怎样？"

"嗯——"又问到了我的痛处，"你来公司不会就为这个吧。"

李言"啧"了一下，说："当然不是啊，你这么会卖车，货源得充足啊。"说着仔细打量着我，"有些疲惫，但好像也不是……"

"得得得，别研究我。"我打断李言，"还是说货源吧，怎样？"

"春节前可能就这样了，"李言说，"春节后看情况咱俩去一趟。"

我点点头。

"你和张小莉昨晚怎样了？"李言又忍不住问。

"没怎样！"我躲开李言的那双小眼睛，贼亮贼亮的，怎样也逃不脱。

"她拒绝了？"李言不相信，"不会吧，我觉得她会比你更主动。"

"俗不俗？"我看着李言，"难道和一个女人约会就是要和她——那个吗？"

"难道我们谈情说爱的最终目的不是为了——那个吗？不要跟我说你不想。"李言反问。

"我想，我当然想啊——"

"你不会还惦记着马芳芳吧？"李言突然问。

我一愣，我真是忘了她，但李言这么一说，我就有些急了，从他手里抱回朱家旺："多久没联系了。"

"那看来你是不喜欢张小莉。"

"我没有不喜欢，只是还没有感觉。"我说，"没准哪天'突'地感觉就到了。"

"那得多发展几个。"李言琢磨着，"米米单身同学多，我让她介绍几个。"

"你俩别把心操碎了。"我冷不丁地说。

李言瞪了我一眼，拿起羽绒服，挥挥手说："走了，免得心真操碎了。"

李言走了，我安心地看了会儿杂志，这时手机响了，又是解大妈。解大妈问我几点回家，她煲了鸡汤一个人吃不了，问我晚上能不能去帮她吃点。我立刻明白解大妈是想感激我昨晚陪她去宠物医院给林美美看病。这倒是个不愿意欠人情的大妈。我谢谢她，告诉解大妈晚上我有工作要播音。解大妈又说明天中午去她家喝鸡汤，她再三说她一个人吃不了。我想了想就同意了。临挂电话时，解大妈叮嘱我说，不用那么准点去，什么时候睡起了什么时候去。这还真是个暖心的大妈。

刚放下解大妈的电话，手机又响了，当看到那个手机号的时候，我立刻知道是谁了。有些号码，哪怕不存在手机里，哪怕删了无数遍，但当手机响起时，你才知道，这个号码一直存在你的心里。

"你怎么不加我飞信啊？"电话一接通，就听到马芳芳那熟悉的娇嗔的声音，即使她在责问我，我都很开心。

"什么飞信？"我不明白。

"看短信看短信！"马芳芳说着挂了电话。

我这才看到手机里有加飞信的信息，于是我就加了马芳芳。马芳芳告诉我飞信是一种可以通过网络和手机互发短信的软件，她也是刚刚用。原来马芳芳和父母在三亚玩，她说每天见父母的朋友，很没意思，就待在酒店里，想找人聊天于是想到了我。

马芳芳说："没影响你工作吧？"

我忙说："没影响。我正没事呢。"

马芳芳说："我都待了十天了，烦死了，想回北京了，想吃麻辣渔乡的馋嘴蛙了。"

我立刻说："回来我请你吃啊。"但随后有些后悔。我又找贱。

马芳芳说："好呀好呀，不许反悔。"

我说："不反悔。"

人世沧桑，猜不透谁是谁，看不透谁是谁。梦有过，失去过，放弃过，渴望过，留恋过，幻想过，绝望过，痛苦过同时拥有过，依旧寻不到属于自己的温柔。FM66.8兆赫，今夜星光无限，我是主持人阿迪。今天的主题是"单相思"……亲爱的听众朋友，这个世界上一定有你努力也得不到的人，所以，喜欢就好，不要再去奢求你们会在一起，时时刻刻告诉自己喜欢就好……

播音室外，陈大力将朱家旺放在了桌子上，这样，它能趴在桌上透过隔音玻璃看到直播间的我，距离近了些，它安静了不少。

播音完，和朱家旺一起清理资料下楼回家，它在地上跟着我小跑着，一会儿跑到我前面，一会儿跑到我后面，始终不离左右。听着它轻碎的脚步声，看着它小小的身影，昏暗的楼道里，有它陪伴真好。打开车门，它立刻跳了上去，端坐在副驾驶座上，满满的暖意。不再是一个人孤孤单单地回家，不再是冰冷空洞黑暗的家。

周六，十一点起床时，手机里有解大妈的短信留言，她让我去她家前告诉她一声。铺在厕所的报纸上有朱家旺拉的两粒小屎团，它已经知道在报纸上大小便了。我随手清理了报纸，然后刷牙洗脸。打开电脑的时候，突然想起很久没在 QQ 群里找单身女子聊天了，看来工作忙挺好的。

解大妈的鸡汤煲得真是不错，我很久没有喝到这么纯的鸡汤了。解大妈人真好，我喝鸡汤的时候，她也弄了些鸡肉给朱家旺和林美美吃。那天在解大妈家里，我吃到了特别美味的江南菜：糖醋排骨、东坡肉、鸡汤蔬菜泡饭……吃得我眼泪都要下来了。真的有种妈妈的味道。

吃完饭，我带朱家旺离开前，顺便帮解大妈将林美美也遛了。这以后，朱家旺出了小区蹬着小腿就要往林美美家的小区里奔，它要去找林美美，而我一带它去，解大妈一定会留我吃饭。我有时也迷糊，到底是朱家旺想去她家还是自己想去。

每年春节，单位里会发些食用油、大米、水果什么的，我一个人总是吃不完。这天单位里每个人又发了两箱苹果、两壶橄榄油、两袋大米，我想平时在解大妈家蹭了不少饭，就拿了一壶橄榄油、一袋大米和一箱苹果送给她。我带着朱家旺抱着这三样沉甸甸的东西去敲解大妈家的大门时，没想到开门的是林俏，我一下子紧张起来。林美美倒是很热情地迎接朱家旺，两条狗习惯性地奔向林美美的小窝。

"你？有事吗？"林俏很疑惑我的到来，还是一脸的衰相。

我抱着苹果、油、大米很辛苦，又不好马上放下。解大妈听着声音从里面出来，"阿迪啊。"解大妈看到我抱着的东西，"快放下，快放下……你拿这些东西干什么，瞎花钱。"

"大妈，单位分的，我一个人吃不完……"我放下东西就要带朱家旺走。

"走什么啊，我今天烧了猪蹄，来来，吃了饭再回去……"解大妈坚持让我在家里吃饭，但我还是抱着朱家旺跑了。

第11章　超级黏人的朱家旺

　　刚立春，小区里的迎春花就开了，小小的黄花很可爱。以前我从没注意到小区里这么漂亮，有花园，有椅子，有假山和水。早晨我和朱家旺会穿过假山和水，穿过花园，在椅子上坐会儿，然后回家。傍晚，我下班回家后，会带朱家旺去护城河边。已经有好多天没见到解大妈和林美美了，估计她回苏州了。

　　立春后就是春节，我一下子闲了下来。以往春节会回武汉，但今年春节母亲早早地就和我打过招呼，她要和哥嫂、侄儿一起去欧洲旅行。正好，南方的冬天太冷，我担心朱家旺会受不了。

　　公司多数职员都是河北近郊的，小年后就陆陆续续地放假回去了。李言和米米预订了去日本的航班，见我在北京过年，假惺惺地问要不要一起去。我才不做电灯泡。

　　腊月二十八后，街上的人就少了许多。虽然有朱家旺陪伴，但还是有些寂寞，这个时候才觉得朋友太少。许久没上的QQ群里，有个单身女子在讲黄段子，我也跟着其他群友一起鼓动她多说些。看来在北京过春节的外地人也不少。

　　带朱家旺出门，去宠物店买狗粮，又被老板忽悠着买了一件大红色的唐装款棉袄。宠物店老板说过年就要穿新衣，这款红棉袄卖得特别好。不过，大红色的棉袄穿在朱家旺身上的确喜庆，顿时有了过新年的气氛。

护城河边空无一人，想想也是，大过年的，除了我这样的单身汉，谁会在外面闲逛。突然，朱家旺离开我的视线向前快速跑了起来，我连忙跟上。是林美美，它也穿了一件和朱家旺一样的红棉袄。看来宠物店老板说的是真的，这款红棉袄的确卖得很好。

跟在林美美身后是个戴着黑色墨镜的女子——解大妈的女儿林俏。我见到她还是有些怵，她咄咄逼人地指责我虐待小狗的样子记忆犹新。但又想，现在看到朱家旺好好的，她应该明白误会我了。她要是道歉什么的，我也跟她道个歉，那天把她推倒在地也是无心的。

冬天草坪上的枯草像小孩子的黄头发，软不拉叽地伏在地面上。泰迪熊狗的精力就是旺盛，两条小狗穿着红棉袄像两条跳跃的小火苗追着跑着，偶尔会带起一阵灰雾，飘飘扬扬。林俏一直远远地看着两条小狗，我觉得应该主动些，想了很多借口：问问解大妈是不是回苏州了，问问她怎么不回苏州过年，问问林美美养了多久。我在心里反复想着好些问题。但走到跟前，却说"你看我的狗好好的吧，你竟然以为我虐待小狗"。我说完就后悔了。果然，她的脸立刻黑了下来，上前抱起林美美，走了。

我靠，臭脸。我很生气，同时也骂自己，说什么不好，提那不开心的事干吗。

大年三十这天，天气阴霾，傍晚时开始下小雪。我早早地从超市里买好了各种卤菜，准备和朱家旺一起吃年夜饭。

在落地窗前摆好桌子，烫了壶黄酒，和朱家旺对坐着，给了它一块羊排，它起劲地啃着，不准我靠近。电视里一直在播放着春运的消息，回家过年的民工，奔波在路上的人群。我坐在落地窗前喝烫热的黄酒、啃吃着卤肉，看雪花自天而降，未落到窗边就化了。又觉得自己很幸运，至少我在温暖的暖气房里，至少我的身边有朱家旺陪伴。八点准时开始春晚，各种锣鼓的声音，主持人穿红戴朵地拜年，把过年的气氛搅得很浓。"叮咚"，手机里开始有拜年的短信发来，千篇一律，每年都是这样。慢慢回复着，也是礼节性的。

给远在欧洲旅行的妈妈打电话，却打不通，于是也发了条短信拜年。李言发来了一条彩信图片，北海道冒着热气的温泉水。拜年的同时，也炫耀他和米米在泡温泉、在恩爱。

我回复他一条彩信图片，是抱着羊排啃着的朱家旺，同时说我要看他们泡温泉的裸照。李言就发来了两对泡在水里的脚丫子，并留言：叫你来你不来，在家好好玩狗吧。

真没劲。我突起性子，给朱家旺穿衣，出门，趁着夜色，我们开车看看北京大年三十的夜晚。

街上没有行人，零星地能看到车开过，都是赶着回家吃团圆饭的。

我想起一首歌：

速度七十迈 / 心情是自由自在 / 希望终点是爱琴海 / 全力奔跑梦在彼岸 / 我们想漫游世界 / 看奇迹就在眼前 / 等待夕阳染红了天 / 肩并着肩许下心愿……

将车速开到七十迈，围着四环跑了一圈后，我和朱家旺来到蓝色港湾的灯光节。红的紫的蓝的绿的，五彩斑斓的灯光中一圈圈的光环，上下飞舞的雪花像萤火虫飞来飞去。很美。

我侧头看朱家旺，它端坐在副驾驶座上，眼睛直视前方，一动不动。大概眼前的美景也感染到了它，它的双眼清澈透亮。突然它也侧头看我，温情脉脉，眼波流转。我靠，它竟然笑了。我也笑了，摸摸它的头，说："有你不再孤单。"只是，如果身边有个喜爱的女子更好，我们相拥一起看雪花。想想都甜。

大年初一的早晨，大概是邻居家来了客人，朱家旺不停地叫着，我不得不起床，有些烦地看着活蹦乱跳围着我转圈的朱家旺："你少叫两声会死掉吗？老子想多睡会儿都不可能。"

从卫生间里出来就带朱家旺出门，朱家旺一出门就冲着一个带孩子的女子大声叫着，我立刻抱起朱家旺向女子道歉："对不起，对不起，大过年的，让你受惊了。"

女子没说什么，瞪了我一眼带着孩子走了。

我训斥着朱家旺："你再叫我就揍死你！"

朱家旺见我真生气了，低着头垂着眼夹着尾巴灰溜溜地跟在我身后。遛完朱家旺回到家，我本想再睡会儿，可躺了会儿又睡不着，于是打开电脑，上了 QQ。单身群里好安静，也是，大年初一，谁上网聊天啊，都在睡懒觉或者和人睡觉。网上有人评价春晚的节目，我看的时候，朱家旺时不时地叼着它的球过来放在我的脚边、腿边、手边……见我不理它还用爪子扒拉我的胳膊，想让我陪它玩球。

"你烦不烦……"我推开朱家旺，朱家旺"哼哼"地趴到一边，目不转睛地看着我，想忽略它都不行。我只好陪朱家旺扔了会儿球，然后我去打游戏。刚打一会儿，朱家旺又过来了，不停地换着角度盯着我，目不转睛，要引起我的注意。我受不了，彻底烦了："你真讨厌，我要是不在家呢？你是不是就自己玩？"

朱家旺叼着球进了窝里，但过不了多久，又叼着球过来，坐在了我的侧面，眼睛盯着我。我只好停止游戏："再陪你两分钟，你就睡觉去。"

我刚说完，朱家旺就激动地蹦起，将球放在我的脚边，我捡起球朝远处扔去，朱家旺捡回来给我，我再扔出去。两三次后，我又回到电脑前玩游戏。朱家旺叼着球"哼哼"地趴在了我的脚边。我不理它，它依旧那样目不转睛地看着我。太他妈黏人了，真烦！我突然捡起球狠狠地向远处扔去，待朱家旺捡到球要跑回到我身边时，我突然指着它说："不许再过来，滚得远远的，讨厌死你了——滚开！"

朱家旺嘴里叼着球刹住脚，看着我，满眼的委屈，那无辜的表情又让人心疼。我不由得心一软，过去将它抱起："球球，我平时不在家里时你干吗现在就干吗，你就当我不在家，行吗？"

我拿了根肉条塞进朱家旺嘴里，它"吧唧吧唧"地吃着。

"乖，你现在睡觉啊，晚上我开车带你出去玩。"我将朱家旺放进它的窝里。

朱家旺在窝里趴了一小会儿，又跑到落地窗前看了看风景，接着又来到镜子前，通过镜子看着我。我无奈地看着朱家旺："你可不可以不要这样盯着我，你忙你自己的嘛。你到厨房去转转，到厕所去看看，你老盯着我干吗？滚开！再盯着我就揍你！"我大声骂着。朱家旺知道自己招人烦了，它远远地趴在了电视柜旁。

游戏打累了，我合上电脑。朱家旺又跟过来冲我讨好地晃着尾巴，并翻身露出肚子撒着欢弹着腿。我看着它叹气，想了想，我决定出门。

我去了宜家家居，人不少。我来是想看看有没有大一点高一些的餐桌。家里的餐桌我一直当书桌用，以前吃饭我是在沙发的茶几上，更多的时候我是坐在客厅的落地窗前。我很喜欢客厅这个封闭的阳台，就在阳台上放了两块大棉垫子和一个小茶几。小茶几不足小腿高，我喜欢在这里边吃饭边看外面的街景。但有了朱家旺后，再在小茶几上吃饭就不方便了，它站起就可以看到我碗里吃的是什么，它的鼻子还要到处闻，它对什么食物都表现出极大的兴趣。

我看到一个小碎花的沙发套不错，配我的沙发正好，便将它放进了购物车。现在家里多了一条狗，我感觉房子一下子小了许多，也徒增了许多的不便和麻烦。比如：以前沙发套半年洗一次，现在因朱家旺经常会跳上沙发所以每月就得洗一次。

没看到合适的桌子，我又拿了两个节能灯、一盒七号电池，正准备下楼结款时，一辆购物车引起了我的注意。车是一对年轻的男女推着，他们很亲热，两人合力推着不重的购物车。他们并不特别，特别的是购物车里的一个黑色小包里探出的一个小脑袋，它那么静静地待着，忽闪着两只黑黑的眼珠，它太可爱了，它太乖了。但凡有人注意到了它，也都会原谅它的出现。我跟着看了好一会儿，那是条黑色的小泰迪熊狗，有七八个月大，有人用手摸它，它也不叫，驯服地低下头任人抚摸。我看着很无奈地叹了口气，朱家旺是永远都不可能这样静静地待在一个包里，坐在购物车上的，它就没想过要成为一条人见人爱的乖狗，它怎么就那么烦人呢？我怎么收养了一条这样让人讨厌的狗呢？我要怎样才能让它乖一点呢？

从收银台出来，有点饿了，买了杯可乐和一个热狗。我站在小吧台前吃热狗的时候，一个女孩过来递给我一张宣传单。这是一个动物保护协会的宣传单，单子的内容是：

《狗狗的一天》。

宣传单以漫画的形式讲述了一条狗的一天：早晨比主人醒得早，等待主人起床，送主人上班；在家里思念和等待主人下班回家；而主人下班回家后仍不可能陪它，还要忙自己的事；夜里主人累了睡了，狗狗的一天也过去了……

宣传单里有句话这样写的：

我只是你的宠物而已，你有很多朋友，你有跟恋人说不完的情话……你一定会抱怨，难道我就不能不黏着你、安静一点吗？可是除了你，我没有别人了啊！今天一过，我能和你在一起的时间就又少了一天啊！

我一下子就想到了朱家旺，想到它每天都是这样孤孤单单地待在家里等我回家。我好内疚，我不能因为自己心情不好就烦它。

宣传单的最后还有句话：

你选择了它们，是需要；它们被你选择，是一辈子。你有无数次的"需要"，但它们的"一辈子"只有一次，而且时长有限。你就是它们的一辈子，十几二十年。

我快速地吃完热狗，我想快点回家去陪朱家旺。回家前，我在宠物店给朱家旺买了两个小布偶。

初四的晚上，马芳芳飞信找我：过年好，阿迪，我回北京了。

我还是很激动，但又很犹豫，我要主动约她吗？她要是拒绝呢？或者她又只是说着玩呢？我还没想清楚，马芳芳的电话就追来了："干吗呢？也不回我飞信。"

听到马芳芳柔柔的质问声，我心里暖暖的。"正准备回呢。"我说。

"明天中午请我吃麻辣渔乡，"马芳芳根本不由我反驳，娇声说，"我馋死了——"

"好的，好的。"我说，"我来接你吧。"

放下电话，就觉得自己贱，立马答应了，还不忘显摆一下自己现在有车了。说归说，但心里还是很开心，又能见到马芳芳了。照镜子，头发长了许多，本想过完年剪的，不知道明天发廊是否营业。穿西装，太正式了，还是穿羽绒服吧。皮鞋还是皮靴？挑了一双棕色的高帮皮靴。把明天要穿的衣服搭配好后，我看到衣柜抽屉里的一个首饰盒。

抱着朱家旺躺在沙发上，打开首饰盒，拿出那枚 Tiffany 的钻戒，我对朱家旺说："你一定觉得我很傻，是天底下最大的白痴，花这么多的钱买个戒指却不知道要送给谁。"我将戒指在自己的手指上戴了戴，又在朱家旺的爪子上比画着，"我是不是特别傻？"

第二天初五，天作美，楼下的发廊开业了。修剪了头发，扎了个小辫，刮了胡子。穿戴整齐后，抚摸着一直紧张跟着我的朱家旺，安慰它说"陪了你四五天了，今天放我半天假总可以吧"，就出门了。

一路上都提醒自己，只是吃顿饭，不要想太多，就当普通朋友见面好了，但见到马芳芳的一刹那，还是忍不住上前紧紧地抱住了她。她还是用的力士洗发水，还有六神沐浴液。

马芳芳真是爱吃辣，她说在三亚吃海鲜都吃腻了。我点了两大份馋嘴蛙，几乎是她一个人干掉的。我不太能吃辣，我用醋蘸着一点点地吃，吃一口喝大半杯酸梅汤。

"你真厉害。"我说，"这么能吃辣也没看你脸上长包。"

"呵呵，保养得还行吧。"马芳芳边吃边摸摸脸无耻地问，"我漂亮吗？"

"漂亮。不漂亮谁愿意陪你吃这么辣的东西。"我边说边将盆里的牛蛙挑出放在马芳芳的盘里。麻辣渔乡的馋嘴蛙隔三岔五地涨价，但分量却越来越少。

"阿迪，你其实是个特别好的男人。"吃完饭出来，马芳芳挽着我，我们沿着马路瞎逛着。

我说："但就不适合做你的丈夫。"

"谁说你不合适了。"马芳芳说，"我爸可喜欢你了，在我面前夸你 N 次。"

"不是说是你看中我的吗？原来是你爸先看中我的。"

"当然是我看中你了，所以才让我爸介绍你给我认识的。"

"但我——"我犹豫着，还是说了，"只是个备胎。"

马芳芳的脸沉了一下，我忙又挤挤她，讨好地笑着："是不是啊，是不是啊，我不介意不是你最喜欢的那个。"

"哪里，我是真喜欢你。"马芳芳口是心非地说。

"别拿我开心了。"我说，"不过，我爱听，谁不爱听好话呢。"

马芳芳突然站住说："阿迪，要不我们结婚吧。"

马芳芳手很紧地挽着我的胳膊，所以她一站住，连带着我也停住了。

"好不好？"她问。

我愣了愣，看着她，不知道她要什么花招："凭什么啊？凭什么我们要结婚啊？"

"其实我们俩挺合适的，你看。"马芳芳掰着手指说，"你 34 岁，我 29 岁……"

"33 岁半好不好？"我更正。

"好，33 岁半，"马芳芳说，"你一米八一，我一米六五；你体重多少？"

"75 公斤。"我说。

"我 50 公斤。"马芳芳说，"看看多配。"

马芳芳又走了起来，我跟着她走。"是啊。我俩是挺配。"我说，

"你有病呢，我就神经；你爱吃辣，我爱陪着你吃辣……你爱撒谎，我从来都不戳穿。"

"讨厌。到底结不结？"马芳芳又站住了，我不得不跟着也站住了。

"结！为什么不？要不，今晚咱先试试……"我很邪恶地看着马芳芳。

"我是认真的。"马芳芳大声说。

"我也是。"我说，"过去在农村，准女婿上门，为什么丈母娘让他砍柴、喂猪、干体力活，那就是想看看这未过门的女婿体力如何。说白了，就是能力怎样，免得不行，自己闺女嫁给他吃亏。"

"咱这是现代社会，城市！"马芳芳说。

"是啊。咱城市人，读过书的，知道体力和能力是两回事，我们就直接练，免得你嫁过来后发现不行吃亏。"我靠近马芳芳吹着她的耳朵说。

马芳芳用手挠挠耳朵，说："咱又不是没试过。"

"那不一样，时间过去这么久了，什么都在变，这不久前还是 XP 系统，今年就 VISTA 了，这刚习惯 VISTA，听说 WIN7 就要来了，看看变化多快啊。"我不依不饶地说。

"那不行就离婚呗。"马芳芳说。

"这还没结就离，哎，你到底是结婚不结婚？"我紧紧地抱住马芳芳，"耍我呢！"

马芳芳在我怀里像根面条一样柔软，她捏着我的鼻子，嗲声说："以前看你挺老实的，现在怎么这么贫。"

我放开马芳芳："以前那是被你压抑的，一直没机会发挥。"

"那我凭什么嫁给你啊，你连婚都没求过。"马芳芳说。

我站住，抽出马芳芳挽着的胳膊，郑重地握着她的双手："我爱你，芳芳，我真的非常爱你，我一直都在爱你。从没有忘记过你……嫁给我好不好？"

马芳芳问："然后呢？"

"然后，我们就结婚啊。就回家，回家就那个……"我说着比画着。

马芳芳就打我："我就知道你没正经，求婚是要有戒指的，你有吗？"

"有！"我肯定地说。

"在哪里？"马芳芳伸出手来向我要戒指。

"跟我回家就有。"我是说真的，但马芳芳却以为我在逗她。

"你再不正经我就不理你了……"她推了我一下，又拉了回去。

我抓住她的手看着她笑，我不明白，我这么认真她都看不出来吗，还是她根本就无心去看。

"逗你玩儿呢。"我说，"我送你回家吧。"

我搂着她的肩，她抱着我的腰，我们像一对情侣一样走向那辆黑色的牧马人吉普车。

"你的车真酷，什么时候带我去兜兜风？"马芳芳说。

"好的，我给你电话吧。"我说。

回到家，沙发上有一泡屎，厕所里有一摊尿。我气得找朱家旺，它早已躲到了桌下。沙发套可是新换上的，这一定是故意的，近段时间，朱家旺白天都不会在家里撒尿，这是生气我出去玩没带它。

"不要以为我舍不得打你。"我高高举起一本杂志，朱家旺立马翻身躺在地上，露出肚子，两只前爪作揖求饶。

"你个王八狗，我今天心情好，不打你。"我将朱家旺抱起来揉着它的小身子。我想，马芳芳今天是什么意思呢？我需要再进一步吗？但如果我进一步她又退了，怎么办？我摸摸我的小心脏，其实，就这样，做朋友也挺好。

初七，李言回来了，跟我打电话说给我带了好些礼物，约我晚上一起吃饭。看来假期他和米米过得不错。当时我正在做一份关于公司未来经营的计划，就说上班后再给我吧。

对于开这家二手车公司，我非常感激李言，一开始是他诱导我、找我合伙开公司，但现在是我对经营这家公司有了极大的热情和信心，所以，春节期间我做了一套"公司未来经营规划可行性方案"。初九的晚上，我将方案发给了李言，让他赶紧看看。初十，公司的员工都回来上班了，我和李言请大家在"百姓人家"吃了个"收心饭"。饭桌上他表现得还好，但吃完饭，我问他方案看了没有时，他却垂头丧气地跟我说他打算和米米分手了。

这个不按常规打牌的人，就是这样，你谈工作，他聊生活，经常不经意地不分场合地打出一张牌，往小里说是任性，往大里说就是不成熟。我看着李言，他耷拉着脑袋，情绪低落。李言的一路情史我也很清楚，如果真要分手就直接分了，还说什么打算。

"几天前还秀恩爱泡温泉，撒一路的狗粮，这一回来怎么就打算分手了？"我问，"送我的礼物呢？说好上班给我的。"

"噢，"李言说，"礼物都被米米拿到'FOOL'酒吧去了，她晚上请你去酒吧。"

"你俩搞什么鬼啊——"我说，"你这边要分手，那边她又请我去酒吧玩？"我本来想聊完公司的正事后说说春节和马芳芳又见面的事，也想听听李言的建议，但现在我不打算说了。

"又不是请你一个人，好多朋友。"李言说着长叹一声，"唉——帮我想想，我要不要和她分手。"

原来，昨天米米在家里接到一个电话，一个女人打来的，让米米退还她丈夫给米米买的别墅和车。李言知道了就很生气，问米米是不是还和那华侨有来往，两人争吵一番后米米就走了。李言认为米米脚踩两只船，这边跟着他，那边还跟着那个美籍华人，所以，他想分手。

"你不要意气用事，分手你舍得吗？"我说。

李言冷笑着："有什么舍不得的，我还怕找不到女朋友？"

"这样这样，"我说，"晚上不是要去酒吧吗？再谈谈，要分手也得清楚为什么，对吧？"

李言点点头，说："只要她和那华侨一刀两断，把别墅和车退还给人家。"李言拍拍胸脯，"我既往不咎，这些东西我会给她买。"

"明白，明白，"我说，"你抽空赶紧把那个计划看了，我等你意见呢。"

说实话，我现在每天晚上回到家都挺累的，尤其养了朱家旺后，遛完它没什么重要的事我就不太想出门了，在家看看书、听听音乐，想想公司和电台的事。可米米邀请我晚上去酒吧，又涉及李言和她的事，我就不能不去了。

傍晚遛朱家旺的时候，我还在想，晚上怎么劝劝米米把别墅和车退还给人家呢，很明显，李言还是在乎米米的。

意外地在护城河边碰到了解大妈，好久没见，我很亲热地叫了声"解大妈"，原来内心里我是很亲近这位大妈的。解大妈没有带林美美，而是和一个年龄相仿的男子在护城河边散步。解大妈看到我也很高兴，介绍那男子是她的老伴。解大妈还是那么爱叨叨，说她和老伴过完十五就要回苏州了。解大妈的老伴——那位老林大叔一直没言语，表情也是淡淡的，远没解大妈那样亲和。看来，林俏随她爹的性格，都那么不讨喜。

晚上，出门去"FOOL"酒吧的时候，朱家旺霸着大门不依不饶，它一定知道我是出去玩的。想到那晚回家时沙发上的那泡屎，想到今晚见米米有条狗会不会气氛就不那么紧张了，我决定带朱家旺去酒吧。我对朱家旺说"我带你去酒吧，你要乖乖的，不听话就送你回来，让你一个人待在家里"。朱家旺似乎明白了，一路上它都很乖。但到了"FOOL"酒吧，我就后悔了，穿得太随意，都没打扮一下。我不知道这个晚上是米米精心策划的一个小型聚会，来的都是她的朋友。我有些怪李言，事先也不通报一下，尤其是见到了田歌。

田歌是米米的一个闺蜜。米米说她和田歌的关系有些类似我和李言，她们也是从大学开始做朋友，一直到现在。

田歌有一头大波浪的长发，瘦高个，很白，很有女人味；单眼皮，弯眉，典型的东方女子长相。最重要的是：她和我一样是单身。米米介绍田歌说：著名画家，以国画见长，现任职于中央美院。我对她太有好感了。

朱家旺还是紧张、惶恐，对所有的人都很警惕，抱着敌对的态度。我特后悔不该带朱家旺来，我把它拴在椅子下，但它总是想坐在椅子上挨着我。米米就把它抱在了椅子上，说酒吧里的人都喜欢狗，它来了还增加气氛。田歌给朱家旺吃了几条鱿鱼丝，说她小时候也养过狗。

看大家是真的不嫌弃朱家旺，我也就放心地让它坐在我的旁边。我们坐的是一个八人半圆形大卡座，我左侧靠里是朱家旺，右侧是李言，对面是田歌和一对男女。李言偶尔喝喝酒，和那对男女说说话，偶尔提醒我一下，不要见色忘友。因为我和田歌聊得挺欢实，她也喜欢骑自行车，大学时她也参加过自行车公路赛。这太意外了，我们约着哪天一起去骑车。

米米拿着好多礼物分了一圈后回到我们的卡座上，将四个礼品袋分给我、田歌还有那对男女。

"都是一样的，"米米拍拍手，看看我们，"礼物送完了，可以安心聊天喝酒了。"

米米扫了一眼李言，李言横了她一眼，一脸不高兴地看向桌上的酒。米米也没介意，在他对面坐了下来。我因为要开车，一直喝着红茶，我就端着茶杯和大家碰杯。

米米劝酒的时候，李言虽然不说话，但一直很配合地在喝酒，喝了几圈后，米米突然拿过他的酒杯："别喝酒了，你还要开车呢！"米米一口喝干净李言杯中的酒，将我的茶倒了一杯在酒杯里递给李言，"难不成要我开车啊。"

李言没有反对，但真的就没有再喝酒了。真逗，我没看过李言这样。

又喝了两杯酒后，米米说："这里都是我和李言最好的朋友，我的事情大家都听说了，但不一定知道我的真实想法。"米米低着头，看着手中的酒杯，"我19岁时在一个画展上认识了老高，他是个知名画家，比我大16岁，有钱又有才华。他来中国前就已和妻子分居了两年，来中国碰到我后就和妻子离婚了。"说到这里，米米冲李言摊开双手，"你一直不相信我是他离婚后才和他在一起的，我的朋友们都知道。我和他在一起8年，我很爱他感激他，我从他身上学了不少东西，但一年前我和他分手了。"

我没想到米米是说这事，一下子有些尴尬。我看李言一直低着头，手指划拨着桌上的酒杯。我又看看桌上其他的人，都很沉默，都在静静地听着。

米米接着说："我跟他分手只是觉得和他在一起没什么意思了，他身上已没什么东西可以吸引我的了……以前，除了钱以外，他还很有才华，但是后来，他也不画画了，专心于他的进出口生意。有一天我突然发现他头也秃了，肚子也大了，一脸的皱纹，躺在床上张着嘴一身的肥肉……"米米说着笑了起来，对着我们这些男人说，"对不起啊，各位帅哥，千万千万不要以为就只有男人在意女人的身材，其实女人也在意。"

我下意识地摸摸肚子，还好，经常骑车，还有些腹肌。一抬头，发现李言和对面的那位男子也在摸自己的肚子。我就笑了，我一点也不了解米米，今天算是领教了。

"我不是第三者，当然，我也不是大家眼中的良家妇女，但也不要觉得我坏、我贱，只有弱者才会将责任全部推给别人，只是无知的蠢货才会觉得男人出轨、男人没钱甚至男人……"米米顿了一下，"反正男人变坏都是女人的错。"

"没……没有，我没这么想。"李言突然说。

"李言——"米米说。

听到米米叫自己的名字，李言不自在地看了她一眼，又看了我一眼。

"我挺在乎你的。"米米又说。

"我也……"李言说着停住了，摆摆手，"我没有说你不好，只是干吗留着他的东西……"

"李言，我和你在一起的时候，我是单身，我没有对不起谁，我也没有错。老高离婚后，他前妻一直找我麻烦，我告诉她，我不是第三者，他们离婚跟我没关系。她知道老高和我分手后，又向我要别墅和车。"米米笑了，"别墅和车是他们离婚后老高送给我的，跟她有什么关系，我为什么要还？"

我点点头。

李言踢了我一脚，轻声说："你这么快就被洗脑了。"

"在这件事上，我没觉得米米有什么道德问题。她和老高在一起，比老高和她前妻在一起的时间都长，唯一的区别就是她没有和老高领证。"田歌说，"相爱的时候，两人是心甘情愿在一起的，送东西也是心甘情愿的。再说，他前妻以什么身份来向米米索要前夫送给别的女人的东西？"

"就是，老高都没要。"我附和着，那一对男女也点头。

李言这次是使劲地踩了我的脚一下，真疼。我只好又说："老话说得好，人穷要穷得有志气。"

"贫穷有什么尊严可言。"米米说。

我竟然觉得她说得好有道理，我看了李言一眼，感觉他的那对小眼睛在左右转着。

"我所有得到的东西都是正常得到的，别墅和车我不会退还的。"米米说完拿出一把车钥匙递给李言，"这是你送的车，你的意思是要还给你了？"

"没有没有。"李言跳了起来，径直坐到了米米的身边，搂着她的肩说："有什么好还的，一辆车、一套房子而已，凭什么还啊？前妻前夫，离婚了，还来要房子，呸！不还！"

李言变得真快。我突然觉得，李言和米米真的很配。我又很开心，我冲田歌笑着，举起茶杯与她碰杯。

第 12 章　朱家旺变成了香槟色

有一天，我带朱家旺去宠物店做美容，幸亏我是一直守在宠物店里，否则，我真怀疑宠物店老板给我换了条狗。抱进美容室时，朱家旺是深咖啡色的，出来时，它已完全成了一条香槟色的泰迪熊狗狗了。还好，它的叫声我熟悉，我很快确定这条香槟色的狗是朱家旺了。我抱着它，来回上下左右地打量。

"怎么就变颜色了，难道你以前被人染色了？"我不明白，"上次做美容也没变色啊。"

朱家旺紧紧贴在我的胸前，谁也不能再碰它。

"好像香槟色更适合它，它真漂亮。"宠物店老板多少带点讨好的意思。

"你什么样我都喜欢，只要你健康。"我对朱家旺说。

我把客厅靠窗的那面墙布置了一下，做成一个照片墙。第一张就放上朱家旺的照片，它蹲在食盆前冲我微笑，希望我再给它点狗粮的照片。然后是它洗澡的、啃骨头的、玩球的、奔跑的照片，接着放我和朱家旺的照片，贴好后，抱起脚边的朱家旺说："这里是我们的家，以后，我会把我们的点点滴滴贴到这里。"我指着照片，"看看你自己，是怎样从一条深咖啡色的泰迪熊狗狗蜕变成一条香槟色狗狗的……"

2008年是美好的一年。8月份，中国首次承办的奥运会将在北京举行，广播电台的很多内容很早就开始向奥运靠拢。

春节后，马台长就调到局里去了，原总编室主任张强任新的台长。张台长上任后的第一件事就是给台里每位主持人配备了一台笔记本电脑；第二，给每个员工发放了3000元"元宵节"的过节费；第三件事就是要对整个电台的广播内容进行改革，"创收创利润"是他的口号。

正月十五那天，我约了田歌一起去后海。那天很冷，后海的湖水还结着冰块，我俩租了一辆双人自行车围着后海转了一圈，随后我请她吃了烤肉。她看上去很开心，说她家里有辆公路自行车，说天气再暖和些，可以去朝阳公园里骑车。真是好主意。

第二天一大早我将整整一个冬天都没有骑的自行车拿出来擦干净，给链条上油，调节车速……我做这些事的时候，朱家旺先是一前一后地跟着我，后来干脆趴在一边看着我，它不知道我想干什么。在我去卫生间洗手的时候，朱家旺悄悄上前闻闻踏板，又站直身子想够车座，但它不够高度。我洗完手，出门试车。朱家旺"汪汪"大叫着挡住大门，我做出要打它的样子，它退到沙发边，紧靠沙发蹲着，浑身抖了起来。

"别装了，有什么害怕的。"我指指自行车说，"骑车怎么带你？你自己看看。"我等电梯的时候，还可以听到朱家旺在家里不甘心的"呜呜"声，它知道我是出去玩，不是上班。它心眼真多。

外面的阳光很舒服，骑车行进在太阳底下暖烘烘的。护城河边，有人和狗在玩飞盘，有人牵着狗在散步。一个老人拖着一个用旧行李拉杆箱改装的宠物车，三条品种不一的小型狗狗挤在行李箱里，老人家慢慢拖着它们来到河边。到了一块空地上，老人停下，三条狗懂事地从行李箱里一一跳下。老人找了个台阶坐下，舒服地吸着烟晒着太阳，而那三条小狗自顾自地玩耍。我想，应该带朱家旺来户外晒晒太阳。

　　浪漫是什么？是送花？是雨中漫步？是楼前伫立不去？如果两个人彼此倾心相爱，什么事都不做，静静相对都会感觉是浪漫的。否则，即使两个人坐到月亮上拍拖，也是感觉不到浪漫的。FM66.8兆赫，今夜星光无限。亲爱的听众朋友，今天中午的阳光特别舒服和温暖，骑行在路上，阳光照在身上，暖洋洋的……有人说春天的太阳能晒去冬天的阴郁和烦恼，你有没有去试试……今夜星光无限。亲爱的听众朋友，今天的最后一个小时，明天的第一个小时，阿迪会一直在这里陪着你……

　　淘宝上有一种专为宠物狗定制的背包，像个乌龟壳似的，可以将狗的整个身体装在背包里，而四个爪子和尾巴在外面。我给朱家旺买了一个，这样，我就可以背着它，我们一起骑车、晒太阳，最重要的是它可以和我一起看风景。

　　开始朱家旺不愿意进入那个背包里，但因为四个爪子和尾巴在外面，身子固定在包里，它动弹不了，所以我很快就将它背在了背上。随后我发现，走路背着它可以，骑车时整个身子是趴在车上，而朱家旺装进背包背在身后是四脚朝天地躺在我的背上，它不愿意也不舒服更不高兴，于是我又将它挂在胸前。我发现挂在胸前好，虽然我的脖子会累一点，但因为在我的胸前，朱家旺安静了不少，而它的身子也是正的，并且，时不时地我可以托一下它的身子，摸摸它的头。我将自行车骑得很慢，口袋里装着朱家旺爱吃的肉条，偶尔给它吃一根。太阳晒在我们身上暖暖的。顿时，我们都觉得很开心。红灯时，我停住车，低头亲亲朱家旺，它的脸靠近我的脸，它很享受这种亲近，感觉没有被抛弃。路上有不少人驻足看我们，有人拿手机拍我们，有人在公车上冲我们招手。开始朱家旺有些紧张，但两边的风景立刻吸引了它，它很有兴致地看着。

　　在护城河边，我看到一条穿着红棉袄的泰迪熊狗，同时我看到了戴着墨镜的林俏。我是故意的，故意从林俏和林美美身边经过。我听到林美美的叫声，我感觉到朱家旺往下俯身看着、寻找着，余光中，有一个女人手搭额头一直追随着我们的身影。我没有停下，缓慢而骄傲地骑行。

有个成语是怎么说来着，望其项背。我知道用在这里并不合适，但我就是要让林俏看看我们趾高气扬、傲慢自大的背影。

后来，林俏告诉我，她就是从那一刻开始喜欢我的。

朱家旺来家几个月了，刚收养它时，它总是寸步不离地跟着我。我坐下，它就在脚边偎着，我睡觉，它立刻在床下躺着。半夜里我去卫生间，它懵懵懂懂地眼睛半睁着就跟了过来，然后在我的脚边"吧嗒"躺下接着睡。我回床上，它闭着眼睛又跟上了……

现在朱家旺不再跟着我走来走去了，它会趴在客厅中央看着我。家不大，我几乎都在它的视线范围内。但如果我在某一个地方固定下来，比如：沙发、落地窗、厨房……哪怕是卫生间，那朱家旺一定会过来趴我的脚边，它总要待在我的身边。

有人做了测试，说泰迪熊狗的智商在所有品种的狗狗中排第二。朱家旺的确很聪明。我只不过跟它说过一次这样的话"我肯定是要出门上班的，我得出去挣钱，不然我们吃什么"，以后，我再上班朱家旺就没有大喊大叫阻止我出门了。它会根据我穿的衣服来判定我是去上班还是出去玩，还是下楼买些吃的就回来。如果是上班，朱家旺就会安静地躲在沙发边或书桌旁看着我关门离开；如果是出去玩朱家旺会守在门口"汪汪"地叫，不依不饶；如果是下楼买点东西，朱家旺会在我打开家门的一瞬间蹿出去，看着我，意思很明确，它也要去……

有时我想不通，朱家旺怎么就知道我要干什么，去哪里。我问李言："你说说看，我躺在沙发上看书，我看得累了，我只是想要不要陪它玩会儿。哎，我就只是想想，我身子都没动，头都没抬，它就像能扫描到我的脑电波一样，立刻就叼着一个球过来放在我的脚边。"

"泰迪熊就是聪明，它的智商很高。"李言说。

"智商再高也不可能钻到人脑子里吧。还有，有时想上卫生间，我人还未起身，它已先去卫生间里等我了，它是怎么做到的？"

"这个……就有待你和科学家们去研究发现了。"李言大概觉得这根本不是个问题，"我——不知道。"

"你不是宠物专家吗？我只是想知道为什么我要做什么球球都能事先感觉到。"

我有时问得李言烦了，他没好气地说："因为它每天除了研究你就没有别的事情可以做！"

这倒是说对了。不过，养一条狗真的很锻炼一个人的耐心和责任感。现在，我已不再讨厌处理朱家旺的屎尿了，也习惯了每天早晚带它出门遛弯。

"我今早出门的时候，球球突然抖得厉害，害怕地看着房间的一个地方，还往后退。我不明白它的意思，但感觉它很害怕，我顺着它的眼睛看去，家里也没什么东西。会不会是有些东西我们看不见但小狗看得见呢？"

"难道你一上班家里的小鬼都出来欺负它了？"李言反问。

"那天回家发现我的枕头少了一个。原来球球趁我不在家跳上床将枕头拖到它窝里去了……这臭狗，估计惦记我这个枕头很久了……我总在想——我不在家的时候，它到底在干什么？我想在家里装个摄像头，我要看看从我离开家那刻起到我回到家时球球都在干什么。"

"你和你的狗，不是你研究它就是它研究你。说点正事吧，"李言拿着我做的方案说，"你的'公司未来经营规划的可行性方案'写得特别好，尤其给二手车做网站这个想法。"

每次见到李言我都会叨叨叨地说半天朱家旺的事，也不管他爱听不爱听。还好，每次李言都会耐心地听着，直到我说得太起劲刹不住了，他才打断我。

我调整思路，开始谈工作。我认为做网站是未来一个大的趋势，将来人们可以先通过网络来了解车和车市场，但网站开始会很烧钱，我计划二手车网站作为未来融资的项目。我分析了一下：目前中国，一二线城市，多数人家庭用车还是会买新车。新车一般开到五至十年，才有可能转卖。而二三线城市，房子是家庭的主要投资，车是第二刚需品，但只要买肯定是新车。所以，一、随着家庭用车的需求量日益增大，二手车的未来市场会很大，但国产车收旧车便宜，卖得也便宜，利润空间极小。我认为公司集中精力在二手高档进口车上。二、利用网络建立汽车平台，介绍国内外各类汽车品牌和种类，给车主提供正确的日常汽车的维护及保养常识，成立各品牌车友会便于车主们自主交流。三、用我们的特长，做网络广播……

"广播？"李言说，"现在广播听众越来越少了，网络广播会有听众吗？"

"所有关心车的人，应该都会想从各种渠道获得养车及车辆的信息。"我说，"而对于开车的人来说，听会更便捷，未来收音的群体不会减少，只是换了流通的载体。"我指指手机，"智能手机将成为人们生活的主载体，而且播音是我们长项……"

"嗯，你还真是有经营头脑。"李言说，"我妈妈说你会是我事业上的得力帮手，还真是的。"

我也有些得意："是谁说的：母亲是一条长长的路，无论你走到哪里，她都伴你延伸、成长。那悠悠的牵挂，那谆谆的叮咛，为你指点迷津，排除旅途荆棘。"

正聊着工作，有电话进来，不熟悉的电话，我断掉了，电话又打进来，我接通后才知道是解大妈打来的。我没有存解大妈的电话，因为我不觉得和她会再有什么交集。并且，这个大妈，不管什么时候拿起电话就打，也不管我是否方便。

解大妈说她要回苏州了，问我能不能帮忙带几天狗。我觉得这个要求有些过分。我们还不能算是邻居，我们只是住得近，只是打过交道，但这个交道也过去有段时间了。而帮忙带狗，这得要多大的交情，并且，林俏干吗呢？那是她的狗。

解大妈见我半天没动静，又说，林俏要送他们夫妇俩回苏州，而将林美美送宠物店又不放心，想着这几天也能和朱家旺做个伴，但希望不要给我添太大的麻烦。

我特别为难，带吧，林俏那德行，不带吧，解大妈人又挺好。拒绝也不是，不拒绝也不是。我一直没有说话，解大妈又说了，如果行，她晚上就送过来，如果不行就算了。我真不忍心拒绝一个老人家。

"几天啊？"我很不情愿地问。

"两天，就两天。"解大妈高兴地说，"以后，你要是出差，俏俏也可以帮你带狗。"

算了吧，还不够受气的。

放下电话，李言见我一脸的不高兴，忙问："怎么了，谁的电话？男的女的？"

我都不知道从何说起，一个大妈，还是外地的大妈，竟然让我帮着带狗。说出来，李言一定会笑死的。

"没事了，"我说，"一个邻居的老太太。"

李言就没兴趣打听了，挥挥手，问我和田歌进展到哪一步了。我告诉他我们一起骑了单车看了电影，陪她去了一个画展，大概约了三次吧。

"三次还没搞定？"李言吃惊地叫着，我最讨厌他这副嘴脸了。

"谈恋爱嘛，不就是慢慢地谈。"我没好气地说。

"慢慢谈，黄花菜都凉了。"李言说，"性爱性爱，趁着年轻就要享受。没准，两个人做着做着就爱上了。"

"你和米米就是这么爱上的？"

"对，我们特带劲，什么花样都有。"李言故意地，"噢——你是单身，跟你说这些有些不合时宜噢。"

"你就是个动物！"我的心情一下子不好了。

晚上八点多，解大妈来了，她左手牵着林美美，右手拎着一个大塑料袋。我以为袋里是林美美的东西，谁知她拿出来的却是一大锅糖醋排骨和卤猪蹄。

解大妈连屋都没进，就在门口递给我，说她没有带林美美的东西，朱家旺吃什么就给林美美吃什么。那口锅东西吃完了，回头让林俏接林美美时带回去就行。

不过是带两天狗，多大的事，也不用送这么多吃的。我说太多了，我就留一点，但解大妈说什么也不再带走了。我们说话的时候，朱家旺已和林美美进屋玩去了。

其实多带一条狗麻烦并不大，林美美是条成年狗，还是条小母狗，它也不会随地大小便，并且，有它在家，朱家旺也不黏我了。两条狗追来跑去，一会儿躺窝里，一会儿去阳台看风景，有时，都觉得我是多余的。林美美在家的这两天，我很轻松，我只需要在食盆水盆里放上水和食物，出门遛弯时多带一条狗。我上班时，朱家旺和林美美远远地躺在窝里看我，也不来纠缠我。只是回家的时候，两条狗还是会激动一番。我都想，是不是再养一条狗陪朱家旺，但立刻否定了。

两天后的晚上，林俏准时来接林美美，她先打了个电话，确定我在家后，她就来了。单独见林俏，我还是有些绷着，毕竟之前不是很愉快。林俏来时，林美美和朱家旺都激动得不行了，尤其是林美美，叫声都变调了，那狂喜感就好像我虐待了它一样。难道小母狗见到主人都是这样？朱家旺还是很爷们的，蹦上蹦下，直往林俏怀里钻。

林俏两只手都拎着东西，说是解大妈带给我的苏州特产：有茶叶、点心、豆腐干、蛋卷……满满地堆在沙发和茶几上，家里顿时像开小卖部的。

"我没那么爱吃零食。"我忙说，"你都拿走吧。"

林俏根本就没听我说什么，她放下东西后非常不客气地屋里屋外打量着，连拖鞋都没换。她走到落地窗前，说视野挺好，瞟了一眼卧室，走到照片墙旁看了片刻，说创意不错，又看了我一眼，说你单身啊。

我没说话，心想干你屁事。

林俏从沙发上抄起一袋蜜汁豆腐干，说这个下酒最好，你喝酒吗？我没有理她，我不知道她要干吗，既然来接狗的是不是可以带着林美美走了？林俏走到我的小酒柜旁，看到了杰克·丹尼，嘀咕着你也喜欢喝杰克·丹尼。

这个女人太逗了！我懒得理她，心里却说，你该走了，该走了。果然，她自己也觉得无趣了。她说："锅呢？"

"什么锅？"我不解。

林俏用手比画了一个大锅的意思，我突然想起解大妈送林美美来时带了一大锅的糖醋排骨和卤猪蹄。我立刻从厨房里找出了大锅，装进一个大塑料袋，然后递给林俏。

林俏抱着林美美，朱家旺不干，要跟在后面。我也抱起朱家旺，送林俏离开。临走前，林俏说："明天我请你吃饭。"

"为什么？"我不明白，还要见吗？狗也带了，东西也收下了。

"谢谢你帮我带狗啊。"

"不用，你不是送了这么多的零食嘛。"

"我知道这附近有家烤鱼不错。明天你几点下班？"林俏问。

吃饭就吃饭，有什么大不了的，谁怕谁。"六点。"我说。

"六点半，我在楼下等你。"林俏说。

我问李言，你有跟不喜欢的女人一起吃过饭吗？李言回答很干脆，没有不喜欢的。算了，这个问题和他没法聊，也不知从何聊起。太片断，一会儿她，一会儿她妈，一会儿她的狗……我都想不通怎么就和林俏联系到了一起，晚上还要一起吃饭。我安慰自己，不过一顿便饭，吃完了或许以后也不会和她再有什么交集了。

通常公司下班后，我会和肖华总结一下一天的工作并交代第二天的工作，我才离开公司，但今天我提前下班了。到了家，先遛朱家旺然后去发廊洗了头，换了件衬衣。不管怎样，既然答应了人家一起吃饭，那还是体面点好。

快六点半的时候，接到林俏的电话，说让我直接去餐厅。我安抚好朱家旺就出门了。其实家周围的餐厅我也很熟，只是走到路上心里还是有些忐忑，我怎么就同意跟林俏一起吃饭呢？这聊什么，一顿饭的时间也不短。穿过那条红灯区，发现都拆了，有的改烟店了，有的在重新装修。估计是奥运会要来了，整个北京城都在整顿。

这家烤鱼坊是新开的，生意很好，林俏早到了，她小声说她是先来抢座的，说完她诡秘地笑了。她这一笑，让我轻松了不少。然后她又说，她不太能吃辣所以点了泡椒烤鱼。

"三斤的鲤鱼，咱俩够吃吧？"林俏问。

"够了够了，我晚上吃得不多。"我说。

配菜林俏都点好了，根本就没有问我，啤酒也是她点的。不过这样挺好，我也不太会点菜。倒上酒，先碰杯，她说感谢我替她带林美美，我点头。我就是来吃饭的，也不敢瞎说，万一说错了，又惹她不高兴。闷头吃了会儿鱼后，她看着我，问："是不是文艺圈的男人都喜欢扎个小辫？"

我停下筷子，看着她，问："文艺圈？是——什么圈？"

"随便问问，"她说，"那就文化圈吧。"

我摸着头："我这头发留了好多年了，不好看？"

"好看。"她说，"每天梳头发一定很麻烦。"

"习惯就好。"我看着她，也问道，"那你为什么总戴个墨镜，还就一款。"

她看着我，问："想知道？"

我点头。

她就笑了，说："因为我就这一款墨镜，我买不起那么多的墨镜。"

她哈哈笑着，我也笑了，又觉得和她这么吃饭也挺好的。

"我以前觉得你对狗不好，误会你了。"她说。

"以前……"我想了想还是说了，"以前的确对球球不好，那时候是朋友寄养在我这里，我心情不好老拿它撒气……"我想到了第一次见朱家旺的样子，它第一次来我家的情景，它一次次送走后又被退回，我笑着摇摇头，"我刚正式收养它，还在学着养狗。你呢，养林美美多久了？"

"一年多了。"林俏深呼出口气，她似乎不想多谈林美美，又说回到朱家旺，"我记得它以前是深咖啡色的。"

"是，"我笑了，"我也不知道怎么就变成香槟色了。"

林俏也笑了，她还给我夹了一块鱼。"香槟色也挺好看。"她说。

我觉得林俏这个人还是不错的。"我以前觉得你脾气不好，"我想了想，笑着说，"你还是脾气不好。"

"好吧，以后不冲你发脾气，免得你不帮我带狗了。"

还要带啊，我心里叫苦，不要再有下次了。鱼吃完的时候，我坚持把账结了。不过是帮她带了两天狗，解大妈也送吃的来，她也带了那么多的零食。再说我怎么能让女人来结账呢？林俏不好意思，说改天再请我吃日本料理。

"别请来请去的。这么近，大家邻居，想吃就约约呗。"我竟然说出这样的话。

"好啊。"她也竟然同意了。

朱家旺很快就习惯了那个背包，一看到我推自行车，它就很激动，它想要穿着背包和我一起骑车去晒太阳。我骑车的时候，朱家旺也不叫不闹了，很自在地待在那个"乌龟壳"里，欣赏着街景，它逐渐习惯了人们看到它时的惊讶和喜悦。

到了电台，朱家旺也不乱叫了。我播音的时候，它就在播音室外等着，但我感觉朱家旺更喜欢跟着我去公司，因为公司里的员工总会从各种地方拿出小肉干来喂它。李言认为我应该结婚生个孩子，他说我会是个好父亲的。

"田歌是个非常不错的结婚对象。"李言说。

我发现自己是个挺被动的人，我不太会李言的直接和霸道。或者男女双方交往，有一方必须主动、霸道才能成事。

那天，等电梯的时候，一个打扮时尚的女子抱着一条黑色的小狗过来，她看了看我，我也看了看她和那条小狗。女子长相气质都不错，我想要不要打个招呼，但马上一想，一幢楼还是同一层的，算了，于是直挺挺地站在电梯前一声不吭，直到电梯来，才显示一点男人的风度："你先上吧。"

女子抱着狗进电梯了，我侧身站在一旁。可能我身上也有狗味，小狗一直想往我这边来，女子抱歉地冲我笑着，然后主动告诉我她刚搬来，小狗五个月大，还不太懂事。

我"啊，嗯"着，口气却很生硬。我想这样不好，再主动说点什么，却一句话也想不出，平时播音时那么多温柔感人的话都不知哪里去了。

上班的路上，心里很不爽，骂自己笨了：长得很差吗？工作很差吗？人品很差吗？对一个女子有好感就打招呼嘛，随便说点什么有那么难吗？问问狗什么品种，公的母的。一个楼层的，分手前就这么冷冷地走了。她一定以为自己对她不感兴趣或是个很难打交道的男人，看来这也是自己单身的重要原因之一。

下次再见一定要主动些，夸夸她的狗也行，然后可以进一步接触，如果她是单身请她吃饭，脸皮厚一些，男人嘛。再往下，可以邀请她来家里做客，如果她不反对，有机会抱抱她，亲亲她……当然，这都只是想想而已。

"田歌是很好，可是我不知道该怎么再进一步。"我看着李言，"怎么能让脸皮厚一点？"

李言很漠然地看着我，翻着他那对小眼睛："别说什么脸皮厚，情商差就是情商差。"

我想反驳，却无语。

李言说"FOOL"酒吧的东侧新开了一家烤翅吧，这个周六叫上米米和田歌，一起去吃烧烤。我不明白怎么突然要吃烧烤，我是想请李言出个主意帮忙尽快追到田歌，再说吃烧烤一喝一闹，又喝得醉醺醺地回家。

"说你情商差你还来劲了。"李言语重心长地说，"喝多了正好让田歌送你回家啊。"

"噢——"我觉得这个主意不错。

李言又给我增加信心："田歌一定对你也有好感，不然不会你一约她就出来。你要主动。瓜熟蒂落的事……"李言叹了口气，"操碎了心。"

"我靠！"

周六，我提前让钟点工收拾好了家，给朱家旺洗了澡，去超市买了些牛奶和小点心。临出门时，交代朱家旺晚上会带美女回家，它一定要热情，不许捣乱。

烤翅吧离"FOOL"酒吧不到五分钟的距离，很多的食客，还有等位的。李言先到了，他看到这么好的生意，觉得"FOOL"酒吧也可以做烧烤生意。我觉得"FOOL"酒吧还是单纯一些，做酒吧挺好。米米和田歌来之前，李言提醒我一会儿聊天不许提狗，只聊感情。我点头，告诉李言我都准备好了。

米米带来了一瓶原味伏特加，田歌穿了一条黑色的羊毛绒裙。我说吃烧烤那么大的味穿这条裙子糟蹋了，米米让我赔田歌一条，我说好。一切都很顺利，还有米米和李言这对活宝吵起来就要分手，好起来不分场合地亲热，两个人腻在一起像一个人。今天当着我和田歌的面更是像故意做给我们看的。你给我一串肉，我喂你吃一口，时不时地两个人还要亲一下。

我倒没什么，田歌红着脸有些不自在。我冲田歌挤挤眼，轻声说："这么多人看着，他们都不在意，咱干吗要脸红？"

田歌就好了一些。也许是喝了些酒，我摸了摸田歌的裙子，质量很好，我还摸了摸她的长卷发，有淡淡的香味。

"你用的什么香水？"我轻声问。

这时，一个熟悉的声音从我后侧右边的角落里传来："我喝不下了，肚子要撑破了。"我回头看到一个女子晃晃悠悠地站起，绊倒了桌上的啤酒瓶，扶了前桌男人的肩一把，强行站直了身子向卫生间走去。

是马芳芳，她也来吃烧烤。我看了看和她同桌的两名男子，我不认识马芳芳的朋友。

"香奈儿5号。"田歌说。

"噢——"我点头。

李言给大家倒酒，我向卫生间的方向望去。

"来吧，开心万岁。"李言又和大家碰杯，米米让他少喝点，但他真是喝开了，手舞足蹈的。

我抿了一小口，我看到马芳芳慢慢地从卫生间里出来回到了座位上。座位上的那两名男子马上又给马芳芳倒酒："来，芳芳，不醉不归。"两名男子一左一右紧紧贴着马芳芳，一名男子的手搂着她的肩，脸都贴到她的耳根、头发了。我有些坐不住了。

"看什么呢？"李言碰了我一下，"这么大个美女坐在你面前你还到处乱看，喝酒喝酒。"

"噢。"我象征性地喝了一口酒，但禁不住又望向马芳芳那桌。

田歌也顺着我的目光看到了被两个男人夹在中间的马芳芳，很快，大家都注意到了角落这张桌子旁的两男一女，都当热闹一样地看。李言本来在喝酒，见大家都在看，他也看。

"那女的好眼熟啊，是……"李言推了我一下，他认出来马芳芳了，"他们在灌她酒——"

我已经站了起来，走过去。拉开搂着马芳芳腰的那只手，推开了搂着她的肩的那名男子。马芳芳的头失重地靠在了我的腰上。

"你谁啊，你要干吗？"两名男子站了起来。

"她都说不能喝了，你们还在灌！"我大声说。

"你是谁？"其中一名男子要扯我的手，我一下子掐住他的脖子推开他。

"我是她男朋友，明白吗！"我大声说。

马芳芳的神志还算清醒，她还认识我，她站起来捧着我的脸："阿迪。"她搂住了我的脖子，"我好想你……"马芳芳抱着我哭了起来。

李言也过来了："她喝醉了。"

"我先送她回家。"我说完很抱歉地看了看田歌，对李言说，"辛苦你们送田歌回家。"

田歌没有说话，马芳芳东倒西歪在我的怀里，我搂着她出了烤翅吧。

马芳芳一直在哭，流着眼泪。我将车开到了她家楼下，停住车，拿出纸巾替她擦干净脸。我不知道她到底喝了多少酒，她时而清醒，时而说"给他打电话，叫他来"。

她要叫谁来？我要扶马芳芳下车时，她突然说："我不要回家，我不想回家。"

"不回家去哪里？你喝多了，芳芳。"我说。

"去你那里，去你家。"马芳芳说着倒在了我的腿上。

我想她现在这个样子回家还真不行，我无法跟马台长解释她怎么变成这样，我只能带她回家。我将车开回家，在地下车库停车时，马芳芳微睁了下眼，问："这是哪里？"

我告诉她这是我家的地下车库。看来马芳芳对我非常放心，她立刻就安静了。我扶她下车时，她搂住我的脖子紧紧地贴着我，眼睛都不睁开，但她一身的酒气，经过的人都知道这是个喝醉了的女人。

电梯到地下一层时，出来了几个人，我扶着马芳芳进去，她搂着我的脖子，脸埋进我的胸前。电梯门正要关上时，林俏抱着林美美突然跑了过来，又按开了电梯。林俏奇怪地看着我及怀里的马芳芳，我也奇怪地看着她和她的狗。她到我的小区里来干什么，这么晚了，遛狗也不用来这里。

"哎——"我算是跟林俏打招呼了。

林俏没理我，她进了电梯，大概是想看清楚马芳芳的脸，她偏着头，我故意将马芳芳的头搂紧点。到19层时，林俏准备出去了，她又看了看我和马芳芳，她一定在想我和马芳芳的关系，这么晚了我带一个醉醺醺的女人回家，我会是个什么样的男人？

朱家旺出奇地乖，开门时它"汪汪汪"地叫了几声，当看到我抱着喝醉了的马芳芳后，它便安静了，跟着我，看我把马芳芳放在沙发上，我给马芳芳脱鞋时它就帮着咬鞋跟。真是条善良的小狗。我摸摸它的头，让它自己玩去。它就回到了窝里，看着我忙前忙后。

我先是给马芳芳泡了杯茶，茶能醒酒，并且，喝了酒的人清醒后会口干舌燥。我泡茶的时候，马芳芳大概是酒劲上来了，突然从沙发上滚到了地上，开始吐，衣服上地板上脸上手上……我拿出一卷纸给她擦嘴擦脸擦衣服上的污渍，再把她抱到沙发上。我去拿毛巾的时候，她又从沙发上滚下来。这一次，她推倒了电视机，掀了台灯，她满屋找电话……她说"叫那王八蛋来——"然后她又迷糊了。

我又把她抱到了沙发上，她开始嚷，我安慰着她。我说马上来，他马上来。其实我也不知道她要叫谁来。等她好了些，我喂她喝了些茶，帮她脱外套、用毛巾替她擦脸，一点点清理她头发上的呕吐物。我在马芳芳身上搭了床毛毯，坐在阳台的棉垫子上远远地看着她。

我第三次清洗了毛巾擦拭马芳芳的脸和头发时，她睁开了眼，我赶紧又给她喂了些茶，她喝了茶后说："阿迪，帮我打个电话，叫他来！"说着马芳芳抱着我又哭了起来。

"叫谁来？"我轻声问。

"李浩诚。"她在我怀里说。

这个晚上我认识了一个男人，一个叫"李浩诚"的男人。他在马芳芳心中占据了七年的时间，以后还会一直占据着。这个晚上我才知道这几年我给谁做了备胎。

马芳芳大学毕业后聘入一家日本公司，她一进公司就认识了李浩诚，他是她的上司。用马芳芳的话说，他对刚进入职场的她非常照顾，关爱呵护她，让她感到温暖。他给了她一个男人所能给女人的一切，除了婚姻，因为他有妻子和儿子。马芳芳爱他，但却不能和他长相厮守，并且家里人都反对她和李浩诚在一起，她也觉得李浩诚不可能离婚娶她，于是她和李浩诚分手了，随后马台长将我介绍给了她。马芳芳说我是个好男人，但她忘不了李浩诚，两人因工作关系经常碰面，所以她非常痛苦。她去日本学习是为了躲开李浩诚，但回国后见到李浩诚又死灰复燃，旧情复发。她很纠结。本以为辞职换一家公司她就会忘了李浩诚，但没想到仍然会思念他。马芳芳说："上个月在新加坡他答应我回国就跟妻子离婚，可现在一回家他就变卦了……他真是个王八蛋！"

后来我把马芳芳抱到了床上，给她盖上了被子，闹了一晚上，她也累了，呼呼睡了。李言打来电话，问我在哪里。我说在家。停了好久，李言说你也不问问田歌怎样，我就问田歌怎样了。

"米米送她回去了，但米米还没有回来。"李言长叹了口气，"你啊，一遇到马芳芳就他妈完蛋了——算了，保重。"李言挂了电话。

家里只有杰克·丹尼，我抓起了它，坐在卧室飘窗上，看着睡在床上的马芳芳。朱家旺趴在我的脚边，看一眼马芳芳又看一眼我。我一口口地喝着杰克·丹尼，体会到它滑过喉咙的灼热，感受到它在唇齿间流连……

有人说：上帝很公平的，它一只手给你什么，另一只手一定会拿走些什么。那么，上帝，你从我手中拿走什么东西的时候，你又打算将什么东西给我呢？

酒很热，心很痛。坐在窗前，有些凉。我发觉喝酒没什么不好，至少，它能让你的身体温暖一些。

在这个初春的夜晚。

第 13 章　一个孤星入命的人

　　我住的小区有五幢楼，两个花园，还有供孩子们玩耍的小操场，供老人运动的健身场所和一条人工小湖。以前忙进忙出，不觉得人多，也不觉得狗多，现在天暖和了，才发现，小区里的狗还真不少，我见到过的哈士奇就有四条、贵妇有六条、雪纳瑞有五条，还有腊肠、博美、京巴等，泰迪熊狗最多，有条叫豆包的泰迪熊狗和朱家旺玩得很好。

　　我记得刚搬进来时，进进出出的要么是外国人要么是年轻小两口，孩子都少，感觉挺时尚的一个小区。可是现在突然发现电梯里老人多了，花前月下一夜之间一个个大大小小的孩子像是从地底里冒出一样，占据着小区的各个角落。我带朱家旺散步的时候，经常可以看到好多的孩子，有的孩子怕狗，有的孩子喜欢追逐逗狗。

　　对于酒精，我从没有拒绝，也没有热爱到没有就不行的地步。半年多前，因为马芳芳，我曾经酗酒过一段时间，那段时间我抑郁了。后来，我删掉了马芳芳所有的信息，我以为自己好了。

　　"李浩诚"这个男人，我曾见过他在一辆奥迪车上的模糊影像，马芳芳从没有直接谈过他，所以有时，我欺骗自己可以忽略掉这个人。然而，当知道这个人的名字时，当马芳芳半醉半醒地诉说那段折磨了她七年的情感时，却从来没想过，最受伤的那个人是我。

　　一个人的时候，有的人喜欢在黑暗的房间里听歌，听自己喜欢的某个歌手的某首歌；有的人喜欢坐在酒吧里，坐在一群陌生人中拿杯酒，坐一晚上，发呆；有的人喜欢散步，沿着街道漫无目的一条街一条街地逛着；有的人喜欢开着电视，叼着一支烟但从不点燃，也从没看清电视里到底播的是什么……

王家卫导演的电影《东邪西毒》，听了无数遍的开头和结尾，听孤单的张国荣说："我叫欧阳峰，我的职业就是帮人解决烦恼……看你的年龄已有四十出头了，呐，这四十多年来，总有些事情你不愿意再提，或是有些人你不愿意再见，又或者有个人曾经对不起你，也许你想过……要杀了他们……不过你不敢。哈，又或者你觉得不值得，其实杀人很容易的……"

我知道杀一个人真的是很容易的，有时候都不需要用刀。我也知道杀一个男人最简单的方法是什么，就是在他最孤单的时候给他温暖，然后再毫不留情地离开他，让他瞬间绝望！

那天晚上，我从烤翅吧里将马芳芳带走后，我有几天很沉默，不想说话。聪明的李言猜到了结局，他担心我又会酗酒抑郁，他想着法儿安慰我：

"阿迪，我在公司呢，你不用天天过来……阿迪，晚上去'FOOL'酒吧玩吧，米米请了支地下乐队，好多原创歌曲，特带劲……"

我告诉李言我没事，我不会有事。那几天，我白天工作，晚上，我会坐在27层落地窗前，看街景，喝杰克·丹尼，听张国荣说"我是一个孤星入命的人"……我觉得自己就是一个孤星入命的人。我喝酒的时候，那条现在已是香槟色的迷你型泰迪熊狗朱家旺或坐或趴在我的身边，时而用它的身体偎着我，时而会靠在我的腿上。它寸步不离且带着忧郁的眼神看着我，它替我担心，它见过我喝醉的样子，它陪着我在房子里的任何一个角落，我低头时，朱家旺永远在我的脚边。

"没有人比你更忠实！"我亲亲朱家旺的头，"我不会那么傻伤害自己的身体了。"我说，"我不是在想她，我在想这件事。"我又倒了一杯杰克·丹尼，味道真的很好。"我只是在家喝，我在外面没有喝酒，没有人知道我的事情，除了你。"

朱家旺"哼哼"两声在我的面前趴下，搭着二郎腿看着我，它的眼神特别柔和。

"你要是能说句话多好。"我向朱家旺伸出手，它立刻匍匐在我的手下，我便抚摸它，从头摸到它的背、它的尾巴，反反复复，"我没事的，有你，我不会有事……"

DVD 机里依旧放的是《东邪西毒》，张国荣说："那天晚上我突然很想喝酒，结果我喝了那半坛'醉生梦死'……其实'醉生梦死'只不过是她跟我开的一个玩笑……"

我有时希望从没有认识过马芳芳，我希望这只是她跟我开的一个玩笑。

"好了，不喝了。"我对朱家旺说，"我们下楼去走走。"我套上风衣，朱家旺立刻激动起来。

抱着朱家旺坐电梯到 19 层时，门开了，林俏抱着林美美进来，她奇怪地看着我，我也奇怪地看着她。她不住在这个小区，这么晚了，连着两次在电梯里碰到她。

"你怎么这么晚遛狗？"林俏问。

我下班回来就遛过朱家旺了，现在只不过想出门走走，并且，我不想和人说话。

见我没说话，林俏抬抬手中的塑料袋，说："我来拿东西。"我看到袋上印着"安利"两个字，就明白她是来买安利产品的。

"你这个小区里，好多人在做代购。"林俏又说。

"是吗？"我算是回答她了，我几乎不跟邻居们来往，所以也不知道谁在做代购，代购什么。

朱家旺和林美美在电梯里见到的刹那激动地要奔向对方，我使劲地抱住朱家旺，林俏也没有让林美美下地。到了一层，我说声"再见"就抱着朱家旺出了电梯。我猜想林俏会坐到地下一层，从地下车库的出口是可以直接到她的小区的，但林俏却跟着我出了电梯，并放下了林美美。林美美立刻冲过来扒着我的腿要找朱家旺，还发出尖叫声，朱家旺回应着，在我的手中挣扎起来。我只好放朱家旺下地，两条小狗一前一后跑出大楼。

花园里有些凉，有微风轻轻吹过，我将双手插入风衣口袋里，追着朱家旺的身影，我的脚步很大，拉开林俏有半人的距离。

"你心情不好？"身后的林俏突然问。

我只好放慢脚步："没有啊。"

我看到朱家旺和林美美已到达人工小湖旁，小湖旁有一条哈士奇和一条金毛在玩着，旁边狗的主人看到两条小狗过来，估计是准备回家了，便牵着两条大狗走了。我站在小湖边，看着朱家旺和林美美。

"那天电梯里碰到的那个女人是你女朋友吧？"林俏又问。

这个女人倒是挺像她妈妈的，话多，还爱打听。

"啊。"我说。

"你不是单身吗？"

"应该是——前女友。"我说。

"看得出来你很在意她。"林俏又说。

"有吗？我们分手很久了。"我说，"那天她只是喝醉了。"

"所以，旧情复燃了……"

我看着林俏，她管得太宽了。

"别紧张，我只是关心你。"林俏说，"没准我可以帮帮你了。"

帮我？太可笑了。我向前走，准备带朱家旺离开。

"哎，朱家迪，"她竟然直呼我的大名，很少有人这样叫我的名字，硬邦邦的，那口气就像、像我欠她什么似的。

我站住了，看向她。

"你们俩挺配的。"林俏轻声说，那语气又让人听了很舒服，"长相、身高、气质，看得出，她很依赖你。"

"很——依赖我？"我有些怀疑地问，"能看出她依赖我？"

"当然，当然。"林俏笑着说，"看得出她和你在一起很有安全感。"

这倒是真的，不知为何，我竟然有些喜悦。我在湖边的椅子上坐了下来，林俏也坐了下来，我们静静地看着朱家旺和林美美在湖边玩着。

"我前女友，"我竟然告诉林俏，"她有心上人，只是出了点小状况。"

"噢——"林俏有些意外。

"我那天只是碰到她喝醉了，怕她在外面出事，所以才带她回家。"我想了想，又说，"我也在与别人交往，刚认识不久。"我说的是田歌，想到她有些歉意。虽然李言替我道歉过了，但我也该亲自跟她道歉，该约约她。

"你，"林俏停了片刻，说，"你真是个——奇怪的男人。"

"奇怪？"我不解。

"又傻又笨。"林俏笑着说。

"哎！"我生气了，刚对她有些好感，她就这么说我。

"我要回家了，明天我还要上班呢。"林俏站起，走向林美美，拴住它，然后冲我说，"你也早点回家吧。"

这女人怎么这样，刚想聊会儿，她就要走了。

林俏临走前，又撂下一句："明天我找你喝酒啊。"

真有病。看着林俏的背影，抱起朱家旺，我也回家了。

张台长一定是抽羊角风了，说过去大家太懒散，现在要重点抓劳动纪律，从4月份开始，电台里所有的员工每天早九点晚五点打卡上下班。规定出台后，大家感觉很不合理，特别是我们这些晚上工作的主持人，所以，这第一天打卡上班我就迟到了。

到了单位发现楼门口站了好多人，都是主持人和编辑。张台长将所有迟到的人聚集在会议室里训话，说制定了劳动纪律，多数员工都能按时来打卡上班，就你们这些主持人和编辑不遵守，你们是电台的主力，你们的工资待遇是电台里最好的，更应该遵守劳动纪律，所以第一天每个迟到的人扣500元钱，以示惩戒。陈大力睡眼惺忪地抱怨他昨晚忙到三点才回家，可一大早又要赶来打卡，连7岁的女儿都没管就来了，还要扣钱吗？张台长说，这次一视同仁。以后，凡是夜间直播的编辑和主持人可以去人事部门提前请假告知。张台长说得振振有词，说从遵守劳动纪律入手做一名守纪律讲规矩的合格员工。道理是这样，但这毕竟是文化单位，工作性质不同。我心里也很不服，过去虽然不坐班，但我经常没日没夜地工作，电台里随叫随到，那现在打卡了，是不是就可以准点上下班呢？还有晚上是不是就可以不用工作了？周末是不是也能待在家里了？张台长大概也发现了这次出台的劳动纪律有很多漏洞，但又不肯承认，于是强制性地说，不想遵守劳动纪律可以换岗不做主持人。

我打电话给李言，告知电台劳动纪律这事，不过还好，因为周五晚上要播音，我周一可以休息，没想到李言却觉得很好。

"你晚上不能一个人喝酒了，迟到了要扣钱的。"李言笑着说。

听到李言的话，我很感动，他还在担心我一个人喝酒。突地我想起一句诗来，我说："何时一樽酒，重与细论文。"

"啥？"李言顿了一下，马上说，"我去！还文绉绉的，周五吧？"

"周五晚上我要播音。"我说。

"那播音完过来。周六你不是休息吗？"

我想起一件事，便说："李言，周六是清明节，我陪你一起去看看你妈妈吧。"

李言立刻沉默了，随即有些哽咽地答应着："好。"

下午五点的时候，几乎所有的编辑和主持人准时出现在打卡机旁，大家都很遵守劳动纪律，打卡下班。看来 500 元钱的惩戒很管用。

随后，我去了二手车公司，晚上是"百姓人家"餐厅最忙的时候，我在公司李言还是放心一些。二手车公司虽然正点是六点下班，但有些顾客也是下了班才过来看车、试车，多晚业务员都得陪着。所以，到最后一个顾客离开时，已是晚上九点，和肖华简单地在路边小店吃了碗牛肉面就回家了。

我一直以为林俏要找我喝酒，不过是她随口一说而已，但刚在地下车库停好车，就看到林俏抱着她的林美美过来了。

"你们单位每天都下班这么晚吗？"林俏问。

我看看时间，也问她："你都代购了些什么？每天都过来取。"

"我过来找你喝酒的。"林俏侧了下身子，用嘴努努她身后的双肩包，"我都带来了。"

我一愣，喝酒，这是要去哪里喝？我家吗？让一个女人去家里，这么晚了，我可不太愿意。我在前面走，林俏在后面跟着我。到了电梯口，我看着她，正想说"要不你在楼下等我，我带朱家旺下来"，她却先说了。

"我帮你去遛朱家旺吧，你休息整理一下，我包里有猪蹄和花生米，都是我做的。"

我又愣住了，还有些不好意思。看看人家细心周到，相比自己未免有些小心眼了，不就是一起喝顿酒嘛，又不是没喝过，我家里她也不是第一次来。

就按林俏说的，她带朱家旺和林美美下楼了，我洗了把脸，简单收拾了下茶几，将林俏带来的猪蹄和花生米还有啤酒摆上了。半个多小时后，林俏带着朱家旺和林美美回来了，另外，她还打包了一份馄饨，她怕我没吃晚饭，让我先吃碗馄饨再喝酒。这又让我感动了一把，体贴大气，我还有什么可计较的呢。

我帮林俏将啤酒倒上了，她说猪蹄是第一次卤，她妈妈手把手教的。

"难道解大妈知道你要来我这里喝酒？"我问。

"啊——"林俏觉得这没什么，但我有些窘，感觉像背着家长做了坏事一样。吃着馄饨就琢磨了，这林俏到底想干吗？

猪蹄卤得不错，但花生米炸得狠了些，有些煳味。

"你什么星座？"喝着酒，林俏问。

"双子座。"我说。

"她呢？"林俏又问。

"谁？"

"你前女友啊，我帮你看看你们是否合适。"

"合不合适都是前女友了。"

"这个——姻缘没牵手时，什么都有可能。"林俏边说边从她的猪蹄上咬了点肉喂朱家旺和林美美，两条小狗早就着急地在旁边蹲着想吃。

"天秤座。"我说。

林俏就开始分析了，还说得有板有眼："双子座男的性格是从容不迫，和蔼可亲。适合从事脑力劳动。对爱情常常疑虑重重，喜欢用讽刺作为保护自己的武器。双子座的男性希望生活是无忧无虑的，喜欢工作时间是不受约束的。双子座的弱点是好动和缺乏耐心。

"天秤座女的性格脆弱而温柔，容易相处，有些自我陶醉。爱情是生活中至关重要的大事，颇有惹人注目的魅力。喜欢依赖另一半。天秤女如果不是为了爱情而生存，那么就会为艺术而献身。"

林俏说双子座的男性很容易对天秤座的女性产生好感，双子座男妙趣横生、海阔天空和富有超级幻想色彩的谈吐会把天秤女带入一个梦寐以求的境界。而天秤座的女性感情细腻，富有激情，热情好客，喜欢交际，天秤女会丰富双子男的生活意境。

林俏最后总结说："你和马芳芳应该是非常合适的一对。"

"真的？"我不是很相信，"我觉得和马芳芳在一起时看似一对，但心却很难走在一起。"我看着林俏，还是说了我和马芳芳的事，"她一直喜欢的是另外一个男人"。

"你是备胎啊？"林俏大呼小叫的。

我很受伤地瞪了她一眼，都想请她出去了。

"啊，对不起对不起，"林俏忙更正说，"那是她还未觉悟，不明白自己到底需要什么。也是你功夫下得不够。"

"我还要怎么下功夫。"我突然想到了田歌，便说，"算了，不说她。分析下田歌，她是摩羯座。"

"田歌是谁？"林俏问。

"我刚认识的一个女子，我正打算追求她。"我说。

"那就不用分析了。"林俏很干脆地说，"你们不合适。"

"为什么？"我问。

"因为你不需要。"

"我需要。"

"双子座就是花心,不能想着这个又约那个。"

"我哪里是花心,我是在选择。"

"选择?"林俏说,"先别选了,把马芳芳的事弄清楚吧。"

"马芳芳的事我已经弄清楚了。"我看着林俏,她却摇摇头。

这个女人,她怎么会明白我和马芳芳的事呢。那晚,我把喝醉酒的马芳芳带回家,照顾了她一晚。事后,她给我打过电话,也发过短信。电话我接了,但短信我没有回复。我觉得我和马芳芳已经不合适了,我不愿意再去想她,因为每想她一次,我都会心疼自己一次。

和林俏喝完三罐啤酒后,她就回去了,这晚我睡得很踏实。

早晨还是起晚了,来不及遛朱家旺,带着它开车往单位赶,总算赶上了打卡。然后带着朱家旺去电台附近吃早餐,却没想到碰到了好多的同事。吃完早餐回到单位时,又在水池边看到有同事在洗脸刷牙,心里好笑,一个打卡上下班把大家逼成这样。

我给田歌打电话,想请她吃晚饭。田歌说她这些天在忙她的画展,忙完后再见。下午录制《汽车与生活》栏目,以往都是录两期的,可是今天刚录完一期,就到五点了。陈大力说什么也不录了,他要准点下班,他要接女儿。打卡处,同事们竟然在排队打卡,这样下去,电台晚上灯火通明的日子是看不到了。我想找时间和张台长谈一谈。

因为带着朱家旺,所以在二手车公司多待了会儿,晚上回家,在地下车库停车的时候,我想会不会又碰到林俏,其实我挺感谢她陪我聊天的。

晚上,洗澡上床,接到李言的电话,他说周末有个浙江车商到北京,到时候一起吃饭。我顺便告诉李言我约田歌见面,但她好像不想见我。李言让我耐心些。挂了李言的电话,我还是想找个人说话,便将电话打给田歌,我告诉她工作很累,但和她打打电话会很好。田歌大概是突然有些心疼我,她说要不要过来看看我,她现在有空。

太突然，我一下子很紧张，小肚子有些抽筋，犹豫片刻说："太晚了，明天一早要去单位打卡。"

田歌就让我早点休息。挂了田歌的电话后，我看了一眼躺在床边的朱家旺，它见我看它，立刻坐起看着我，眼神关切，带着询问。

"你是不是觉我很傻，送上门来还拒绝。"我看着朱家旺，"太突然了，我还没有准备好。当然，人家可能也没那意思，只是想来看看我。"

林俏说双子座做事有些犹豫会不会就是指这个呢？我躺在床上，想着刚才如果同意田歌过来会怎样。林俏说我又傻又笨，我可能真是有点傻。快睡着的时候，冷不丁手机又响了，是马芳芳打来的。她倒是什么都不顾忌地给我打电话，管它黑天白夜，她想打就打过来。

"什么事？"我还是接了。

"睡了？"马芳芳问。

"几点了，你自己看看。"我说。

"那你睡吧，我挂了。"马芳芳的声音可怜兮兮的。

我又有些心软："你说吧，我醒了。"

马芳芳就毫不客气地说起来。无非就是那么点事，李浩诚又来找她，他要离婚了，正在和前妻办手续，马芳芳问她要不要嫁给他。我说如此不能舍弃又等了这么多年，就嫁给他吧。我说这些的时候竟然一点醋意也没有，甚至我希望她早一点结婚，如意地嫁给李浩诚。

马芳芳说李浩诚就是个"混蛋"……"混蛋"好似骂李浩诚，但我听着感觉是在夸他一样。马芳芳又说我是个好男人，她说如果没有李浩诚她一定会嫁给我。我"呵呵"笑着，我已不在乎她嫁给谁了，我也不再去想她是否真的想嫁给我，我困了。

和马芳芳挂电话时凌晨一点多，我得马上睡了，但睡下没多久，马芳芳又打来电话。这次通话有一个多小时，中途她换了一次电池，我戴上了耳机，并提醒她也戴上耳机。我说用耳机说话方便些，你可以躺在床上，而且不会伤大脑。

马芳芳这次给我打电话是因为她找不到李浩诚。她说李浩诚以往出差，都会用酒店的电话打给她报平安，但这次李浩诚一直用的手机，有几次她打他的手机都没接。马芳芳说，过去，她和李浩诚在酒店里私会时，李浩诚就常常不接他妻子的电话，也不将酒店的电话告诉他的妻子。

"但是每次出差，酒店的电话他一定会告诉我的。"马芳芳说。

我告诉马芳芳，男人出差在外其实挺烦女人没事就打扰的。"你应该相信他，从'李浩诚'这个名字就可以看出这是个事业型男人，很有责任感。放心吧，他会好好爱你的。何况你这么好。"我这样恭维着马芳芳，她心里舒服多了，她告诉我，李浩诚有一个十岁的儿子，她不介意做后妈。马芳芳说她和他七年的爱情终于有了结果……她会做个好妻子的……后来，我的手机没电了，马芳芳也困了，我们结束了通话。而此刻，我一点睡意也没有了。我给手机充电，一点点想着刚才电话的内容，很失落，觉得自己真的像个傻子一样。

林俏说：双子座的人总是爱逞强；双子座的人总是遇强愈强；双子座的人总是替别人找借口安慰自己；双子座的人总是成全别人却废了自己；双子座的人总在爱情面前丢掉了尊严……

手机充了会儿电，我将电话打给了田歌，她已睡了，接到我的电话半天没反应过来，哼哼唧唧地终于醒了，很奇怪我这么晚给她打电话。她问怎么了。我说想请她吃饭。田歌问什么时候。我想了想，说就今天吧。她问哪里，几点。我说"非常泰国菜"，晚上六点我去接她。

我准备挂电话时，田歌一再地追问我凌晨三点给她电话，有没有其他的事。我说就是想见她。和田歌说完电话后我倒头就睡，手机在一旁充着电。

早晨，我的手机响了，我感觉刚刚才睡，似乎人还在梦中，大脑里模拟着很多的场景，拿电话、拿电话、拿电话……但手机还在不停地响着，很执着。我终于惊醒，抓起手机，是马芳芳打来的。我吓了一跳。

马芳芳的声音像是从远古地狱里传来的，她疲惫得如同刚刚经受了万里跋涉、百般折磨，她说："阿迪，我活不成了……"然后就是低沉的哭声，她连哭声都弱得不能再弱了，抽抽泣泣、歇歇停停。我彻底醒了。

我问马芳芳怎么了。她有气无力地说："阿迪，我求你帮帮我，"她依旧哭着，伴随抽泣声，"现在也只有你能帮我。"

"怎么了？你怎么了？"我恨自己怎么又心痛起她来了。

马芳芳求我给李浩诚打个电话，她说："阿迪，我求你告诉他我和你没什么，我和你只是好朋友……我和你早就没什么了……"

马芳芳告诉我她找了李浩诚一个晚上，李浩诚在成都出差，手机不接，酒店电话也不给她。她和我通完电话后又不断地打电话给李浩诚，他终于接电话了，但却提出来分手，原因是觉得马芳芳和我在一起。

我想都没想就答应了马芳芳："行，你把他手机号给我，我打给他。"

但最终马芳芳还是没将李浩诚的手机号给我，她说她再打打试试，于是挂了电话，那之后的这一天我感觉很糟。

放下马芳芳的电话时我看了看时间，五点四十五分，我又躺了一小会儿，但怎么也睡不着了。我拨打马芳芳的电话表示在通话中，我想她大概是和李浩诚通电话，如果她不再打给我就应该没事了。后来，我起床，下楼遛完朱家旺就上班去了。上午开例会，昏昏沉沉的，张台长说近期电台的广告投入在下降，希望主持人和编辑也能拉些广告。开完会已是中午，在单位附近吃了份照烧鸡肉饭。吃饭时接到李言的电话，他很兴奋地告诉我，有个朋友要两辆二手车，他已经通知肖华给这两辆车办手续。

吃完午饭回到单位，我实在是太困了，就趴在桌上睡着了。大约是两点的时候，马芳芳又打来电话，她喝醉了，语齿不清，但感觉头脑还清醒。

"我、我要去机场找这个王八蛋，我、我要当面问问他为什么要分手。"电话里马芳芳反反复复地说。

"你在哪里？告诉我你在哪里喝酒？是一个人？还是和朋友一

起？"我很着急。

"你能陪我去机场等他吗？我要当面问他，我要当面问这个王八蛋，我对他那么好……他却要和我分手……"马芳芳只是这么说。

"你在哪里？我去接你，我陪你去机场，他几点到北京？"我反复问马芳芳，她始终不说她在哪里，她只是说她要当面问李浩诚，她要问清楚他为什么要分手。

我发现，有些人在死胡同里跑的时候是怎么也拽不出来的，就好比马芳芳，加上她的影响，我也是这样。我当时就糊里糊涂，一根筋地被马芳芳牵着走，而她却傻乎乎地被李浩诚引着往沟里跳。我们谁都没有细想李浩诚为什么这个时候要分手，刚刚决定要和妻子离婚的人又提出要和曾在一起七年的情人分手。我不是现在才存在，也不是现在才出现在马芳芳的身边，我在她心里的某个小角落里缩了两年。李浩诚一直都知道，可为什么今天才要以我为借口分手呢？我和马芳芳都没有细想他要分手的真正原因。

两个悲摧的傻瓜！

马芳芳说李浩诚的飞机六点到京，她自己打车去机场，我们在机场碰头。再后来，打马芳芳的电话就无人接了，我怕她醉倒在哪里，我很担心她。

四点的时候，我请假离开了单位，我给车加满了油，然后将车停在了路边。我很犹豫。这个时候我冷静了些，我有些后悔答应陪马芳芳去机场等李浩诚。

我去机场干什么？我有病吧。我和马芳芳已经分手很久了，我们现在只是朋友关系。我去机场接马芳芳的男朋友？马芳芳和李浩诚闹情绪跟我有什么关系？可是马芳芳喝醉了，我答应陪她去机场等男朋友，我现在不去行吗？

有两支烟的工夫，我坐在车里，犹犹豫豫。我想找个人说说，找谁呢？最后我拨通了林俏的电话。我语无伦次地前颠后倒地说这件事，无法从头说起，想一段说一段。林俏很聪明，她听明白了。

"你说，我要去吗？"我问林俏。

林俏说如果是她就不会去，但我如果想去就去，不然会后悔的。所以，最后，我还是决定去，为了我曾经那样地爱过马芳芳。我到机场时五点半，我给马芳芳打电话，她一直不接，我就给她发短信：**我已到机场，但你在哪里？**

马芳芳回短信说，她在出租车上，她很累，不想说话，一会儿机场见。

李浩诚的飞机晚点一个小时。我太难受了，简直是煎熬，我在机场里走来走去，像只被追逐的兔子，更像热锅上的蚂蚁。我无法安静，我又给林俏打电话，告诉她我到机场了。我问林俏我是不是很傻。

林俏说反正都到了，就等着呗，见见也好。马芳芳七点到的机场，这期间的一个半小时，林俏一直陪着我说话，她不停地跟我说，从马芳芳谈到朱家旺，又谈到林美美，接着林俏告诉我晚上有大雨……

马芳芳终于来了，噢，老天，她像是从水里捞出来的，一身酒气，东倒西歪。眼睛肿了，鼻子红了，脸色煞白。马芳芳一看见我就哭，我很心疼地搂着她，说："你喝这么多酒干吗，至于吗？"

七点半李浩诚才出现在候机室，我从没有见过他的正面，在他出来前，马芳芳突然有些不好意思地说："你看到他会有些失望的，他不出众。"

我没有在意这句话，我只是想让马芳芳心宽一些，舒服一些，我来这里只是为了她。

我是第一次见李浩诚，如果马芳芳不介绍，我想象中的李浩诚肯定不会是这个样子。马芳芳在我心中就像一只挂在树上的仙桃一样，吃一口就会让我醉倒。我想象中那个她爱了七年的男人一定出类拔萃、风流倜傥，如果不是玉树临风，至少像座坚不可摧的山一样给她安全感。那个晚上，我见到了李浩诚，我至今很后悔见到他。李浩诚应该四十五岁左右，很黑，平头；他很瘦，个头只到我的肩膀；他从飞机上下来，看上去邋遢还有些疲惫，如果将他身旁的行李箱换成一个水果摊或平板车，那么跟他现在的样子是非常匹配的。我真不敢相信面前的这个男人，就是马芳芳百般纠结爱了七年的男人！我真的很吃惊。

我低估了爱情的力量。

李浩诚也很意外地看到马芳芳出现在机场，他不知道我是谁，但当他明白后，他有些忙乱地在行李箱里抓些什么。良久，我发现他拉出来的是一条烟，他想吸烟，只是机场里是不允许吸烟的。

我来机场前没有这样的想法，想立刻带走马芳芳。我来机场前只是想作为一个朋友给马芳芳助威，我怕她被欺负，我是来帮马芳芳得到她的爱情。但现在看到李浩诚后，我突然不想将马芳芳交给他，不想将马芳芳交给这样一个男人。我拉着马芳芳想让她跟我走，但马芳芳像中了魔一样随着李浩诚来到了一个角落，然后倒在了他的怀里，他们吻在了一起。

是的，马芳芳和李浩诚在我的眼前接吻了！

事情就是这样好笑，我真的就像个傻瓜。周围过来过往的人一定很奇怪地看着我们三个人。我不打算带马芳芳走了，我很受伤，我在这里很多余，我决定离开。我将车从机场地下车库开出来的时候，外面下起了雨，零零散散，但随后越来越大，天如同被刀划开了一般，倾盆大雨瞬间而至。

手机里有多个来电未接，有田歌的短信，她问我在哪里，还接她吃晚饭吗。刹那间，委屈和愤怒积聚在胸口。我厌恶和怨恨马芳芳，我不想和她再有任何的联系。只是，很过意不去的是，我将田歌的晚餐忘得一干二净。

那天晚上的雨很大，雨刷器来回不停地刷着，雨水就像我的眼泪一样哗哗地流着。从机场高速下来很快就到家了，看着激动的朱家旺，我真想骂自己。

"你是不是也觉得我特傻 ×。"我跟朱家旺说，"我真的就是一傻 ×。"

手机响了，我以为是马芳芳的电话。我不是期待她的电话，那时已经十点多了，我想哪怕是个普通朋友，我陪她去机场她至少应该打个电话来问候我一下，但那天晚上她没有打电话来。

电话是林俏打来的，她问我在哪里，怎样，我告诉她在家，我很好。

林俏问结果怎样，你见到她男朋友了，我说见到了，他们现在应该和好了。林俏还想说什么，我说要遛狗了，就挂了电话。

带朱家旺在地下车库里上了厕所，处理了它的屎尿，回到家，刚换好衣服就听到敲门声，林俏一手抱着林美美，一手拿着一瓶杰克·丹尼站在门口。

"要不要喝点酒，或许喝点酒会好些。"林俏轻声说。

那一刻，我的眼泪都要下来了。

朱家旺和林美美亲热地在房间里跑来跑去。我将林俏让到落地窗前，我们坐在棉垫子上，倒上两杯酒，我说："放心吧，我没什么，只是觉得自己特傻，很丢人……有点委屈罢了。"

"可是至少你没什么遗憾了。"林俏安慰我说，"马芳芳不选择你，她才是个傻瓜。"

我苦笑，拿起手机说："你看看，现在晚上十一点，马芳芳一个电话也没有打过来。"我看着林俏，"今晚我不后悔，至少我知道她不爱我！"我低下了头，同时长出了口气。

我和林俏喝着酒，我絮絮叨叨地有一搭没一搭地说着我和马芳芳的过往，她听我说。

"其实我现在状态好多了。"我说，"你知道去年我和她第二次分手时我是个什么状态吗？"

林俏摇头。

"你知道一只鸟儿，没有了脚还没有了翅膀会是个什么样的状态吗？"我问林俏。

林俏看着我还是摇头。

我告诉她，那是绝望！

林俏仍旧没有说话，突然她从棉垫子上起身，半爬地跪在了我的面前，她将我搂在了她的怀里……片刻，我有些喘不过气了。我轻轻地推开她，离开她的怀抱时，我看到她的眼睛红红的，她哭了，然后发现我在看她，她又不好意思地笑了……我也不好意思地笑了。

林俏清清嗓子，突然唱了起来：

我抬头一看满街都是单身的狗 / 我的感情有点坎坷又算得了什么 / 只要脚步不停歇的我一直往前走 / 将来必定会出现某人牵住我的手……（摘自花粥歌曲《我抬头一看满街都是单身的狗》）

我们又都笑了。

第 14 章　爱叫的朱家旺

早晨，睁眼就看到窗外天空湛蓝。光脚来到窗前，远处的楼宇在阳光照耀下层层叠叠，金光闪闪，一场大雨，让整个城市如同洗过一样地透彻清亮。看见我起床，朱家旺兴奋地围着我叫，往我身上跳，伴随着哼唧声。穿好衣服，带朱家旺下楼，发现花园里开了很多叫不出名字的花，红的黄的白的，煞是好看。

多么美丽的早晨，心情舒爽，所有的阴霾在此刻烟消云散。

亲爱的听众朋友，又是周五的晚上，又和大家相聚在今夜星光无限。FM66.8 兆赫，我是主持人阿迪……忘记一个人，并非不再想起，而是偶尔想起，心中不再有波澜。许多的事情，总是在经历过以后才会懂得。一如感情，痛过了，才会懂得如何保护自己；傻过了，才会懂得适时的坚持与放弃，在得到与失去中我们慢慢地认识自己。学会放弃，生活会更容易。

想得却不可得 / 你奈人生何 / 该舍的舍不得 / 只顾着跟往事瞎扯 / 等你发现时间是贼了 / 它早已偷光你的选择 / 爱恋不过是一场高烧 / 思念是紧跟着的好不了的咳 / 是不能原谅 / 却无法阻拦 / 恨（爱）意在夜里翻墙……

李宗盛的《给自己的歌》慢慢推送出去的时候，我放下耳麦，将玻璃茶壶泡开的铁观音倒了一杯，轻抿了一小口，重新戴上耳麦。歌声还未停止，我调低音调，清清嗓子，继续我的播音工作。

想得却不可得，你奈人生何。想得却不可得，情爱里无智者。这是李宗盛写给自己的歌，我认识的只有那合久的分了，没见过分久的合……人最寂寞的，并不是想等的人还没有来，而是这个人已从心里走了出去。FM66.8兆赫，今夜星光无限。学会放弃，在落泪以前转身离去，留下简单的背影；学会放弃，将昨天埋在心底，留下最美好的回忆；学会放弃，让彼此都能有个更轻松的开始，遍体鳞伤的爱并不一定就刻骨铭心。

哭到喉咙沙哑／还得拼命装傻／我故意视而不见／你外套上有她的发／她应该非常听你的话／她应该会顺着你的步伐……

这首梁咏琪用心唱的《短发》想说的是一个女子剪掉了长发，就是剪掉了和对方的那一段过去。有些东西你再喜欢也不属于你，有些人再留恋也注定要放弃。

我已剪短我的发／剪断了牵挂／剪一地不被爱的分岔／长长短短／短短长长／一寸一寸在挣扎……

我越听越伤感，这时，手机闪了一下，有短信进来，看到林俏的名字我便点开了，她发来的信息是这样写的：一村妇提一篮自家的鸡蛋去集市上卖，半路遇三个大汉将她强暴了，完事后三人跑掉。村妇起身后，一手拿着鸡蛋篮子，一手拍着身上的土，不屑地说："多大个事，我还以为要抢我鸡蛋呢！"

我一下子乐了。我正在抒情做广播，林俏竟然发来一个段子，还是荤的。我靠，这是个"坏女人"。

周六的早晨，我穿着黑衬衣、牛仔裤，黑色的板鞋、墨镜，出门前我将衬衣袖子卷到手肘处，露出手腕上新买的手表。我出现在李言的宝马 X5 旁边时，他愣住了，上下仔细地打量着我："什么情况？"

"什么什么情况？"我上了副驾驶座。

"不过是去扫墓，你穿这么漂亮。"李言抱怨着，并对着镜子看自己的脸，用手除去眼角的眼屎。

我其实穿得很普通，无非是将长发剪了，剪成了很短很短的板寸头。

"这换个发型也太好看了。"李言很不服气地问，"什么时候剪的？"

"今天早晨刚剪的。"我得意地笑了。

这是李言妈妈去世后的第一个清明节，我陪李言一起去扫墓。柳如的墓碑很干净，但李言还是不停地擦得更干净一些。

从进入墓地，李言就很沉默，到出来上车准备离开时，他的表情依旧黯然沮丧，他似乎又出了什么事。

"浙江车商约的是什么时候？"我问，"他们来几个人？"

"四个。下午三点到公司。"李言没有着急地开车，而是递给我一支烟。

点燃烟，吸了半截，我等着李言告诉我他出了什么事。言迪安二手车公司这边运营正常，餐厅那边，李言的舅舅一直都很贴心，和柳如一样对李言很宠爱。那么，李言如此失落惆怅只能是情感问题。想到这里，我扔掉半截烟头，问："和米米又闹矛盾了？"

李言一惊，随即说："你都知道了？"

"什么事？我知道什么了？"

"米米搬走了。"李言说。

本来米米是要陪李言一起来给柳如扫墓，但吃早餐的时候，说到柳如都不知道李言有个女朋友这事，李言就想起来，曾经要带米米见妈妈，但她临时变卦了。李言想着妈妈临死前都没看到他的女朋友，都不知道他有个女朋友，就有些怪米米，抱怨了几句。米米反驳，两人就吵了起来。

"一个被人包养过的女人，拽什么拽，我能要她就很给她面子了。"李言说着又气起来，"她让我滚蛋，那是我家……"

"吵架时你就说她是被人包养过的女人？"我不相信地看着李言，"田歌也说了，他们是因为彼此爱恋才在一起的，你不能说她是被人包养的，两人在一起有强有弱，一个有钱一个没钱就是包养了？"

李言双手一摊："吵架嘛，心一气嘴一松什么话都吵出来了。"然后看着我，"田歌告诉你的？"

"田歌？"我笑了，"我把她也彻底得罪了。"

"你们又怎么了？"李言问。

我就把马芳芳让我陪她去机场见她的男朋友，而我因此事放了田歌的鸽子，忘了和田歌吃晚饭的事说给李言听，说着说着自己都笑了起来。

"挺搞笑的，太他妈逗了，我竟然去见她的男朋友，去帮她追回她的男朋友……"我越想越觉得好笑。

李言一直奇怪地看着我，烟头都快烧着他的手了，他忙扔掉。

"你——你真成熟了。"李言摇着头，不相信地看着我，"这么大的事，又是马芳芳又是田歌的，你竟然一点也不着急，像说别人的事情一样，你以前可不是这样。"李言说，"上次马芳芳不理你，你丢魂失魄，整晚喝酒，现在是怎么了？"

"免疫了。"我拍拍胸脯，"已经有抵抗力了。"说着想到林俏早晨发来的一个段子，我就又笑了。

"又笑什么？"李言问。

"一个段子，走，边开车边说。"我系好安全带，"那现在你怎么办？要不要陪你去'FOOL'酒吧找回米米？"

"找什么找，走了就走了。"李言打着车子，"我和米米之间就是性，彼此需要，合就在一起，不合就分手呗。"

性？我看着李言，我一直认为他是喜欢米米的。

"咱俩又都是单身了，"李言边开车边嘀咕着，"爱我们的人也不知在哪条路上……"

下午，我和李言还有肖华接待了浙江车商一行四人，聊得挺好，南车北调，我们可以互补。晚上大家一起在"百姓人家"吃的晚饭，当然，也喝了不少酒。晚饭后，开车去酒吧听歌，车经过"FOOL"酒吧时，肖华正准备停车，李言喊一句"往前开，找家大的、能唱歌的地方"，最后我们去了钱柜。

李言要玩通宵，但我想到朱家旺没有遛，不知道给它留的水喝完了没有。十二点的时候，我看浙江车商那四个人也有些困意，我示意肖华把账结了，跟李言说早些送浙江车商回酒店，明天都有工作。李言挺不情愿的，但还是同意了。

肖华送浙江车商回酒店，我送李言回家，到了他家楼下，他又想要拉我上楼喝酒。我让他早点休息，他磨叽半天，我突然想到他没有一个人生活过，但每个人都应该学会独自生活，都会有第一天。我说朱家旺还没遛呢，我不能再陪他了。李言嘟嘟囔囔说不该把朱家旺给我就放我走了。打车回到家快两点了，也没下楼遛朱家旺，在厕所里放了张报纸后，倒头便睡。

早晨，电话铃响的时间，天已大亮。朱家旺见我醒了，趴在床边"咦咦"叫着要出门。是林俏的电话，她问我在家吗，她买了饺子皮，打算包饺子吃，问我要不要一起。我说光有饺子皮不行，还要有饺子馅啊。她说肉馅都调好了，包了就能吃。她问我是不是还没起床，我"嗯"了一声。她说快十一点了，让我先起床遛狗，一会儿她带林美美过来。我说还是我过去吧。她说行。

林俏的家是北京老小区，共六层的板楼，房间大，客厅小。林俏家在二层，一走进小区，朱家旺就轻车熟路奔向林俏家的那幢楼。我跟着朱家旺刚走上楼梯，林美美就奔出来迎接我们。走到门口，门虚掩着，门口就是厨房，透过窗户可以看到林俏在里面忙碌。听到我上楼的声音，她在里面喊了一句"你直接进来吧，门没关"。

我推开大门，一大束阳光穿过阳台照在客厅，朱家旺和林美美在我的脚边跑来跑去。"哇，你家太阳真好！"我将带来的一扎百威啤酒放在了客厅的餐桌上。

两室一厅的小房子收拾得很干净，有一辆新自行车靠在沙发旁。我上前捏捏自行车的手闸："你买了辆自行车。"沙发前方的电视里正在直播奥运圣火的传递。

林俏端着一大碗鸡汤粉丝过来放在餐桌上："我准备从下周开始骑车上下班。"然后，她看着我愣住了，"你——剪头了。"

"啊。"我不明白林俏的表情，是惊讶还是惊喜。我摸摸头，"看习惯就好了。"

林俏笑了："早都该剪了，这样多好看。"她递给我一双筷子，"先喝碗鸡汤。"

"哇……"我看看鸡汤，又看看林俏，坐在餐桌旁，吹吹鸡汤，喝了一口，大声说，"解大妈的真传啊——"

"我比我妈妈差远了。"林俏的声音从厨房传来。

女人还是比男人会照顾自己，我在北京这么多年，除了面包、酸奶、各种熟食速食，很少做饭。林俏包的饺子是南方的那种水饺，像个草帽一样，这种南方水饺和北方饺子不同的地方是皮薄馅大，一口下去全是馅，好吃极了。林俏还炒了两盘青菜，她说喝鸡汤就不要喝啤酒了。朱家旺和林美美闻到肉味，一左一右趴着我的脚边，林俏便弄了些鸡肉放在盆里给它们吃。

吃完午饭，我让林俏休息，我来收拾桌子洗碗。林俏很赞许地点点头，得到鼓励我也很卖力，顺便将厨房也给清理了。再从厨房出来，林俏已泡好一壶茶摆在阳台的小桌子上。

站在客厅，看着小桌旁慢慢倒茶的林俏，脚下的两条狗一个躺在窝里，一个躺在她脚边，阳光穿过树荫，洒向阳台的各个角落，此情此景犹如一道风景图画。我看着，心里不禁荡漾着别样的幸福和满足。

"朝南的房子就是好。"我说,"还是你会买房。"

"我爸的朋友帮忙挑的,"林俏指指她对面的椅子,"我们来玩一个游戏。"她打开笔记本电脑说,"我问你答。"

"什么呀?"我要看看是什么游戏,刚凑近笔记本,林俏就合上了电脑。

"不许偷看,我问你只管回答就行。"林俏说。

"不告诉我是什么游戏我就不回答。"

"一个智力游戏,听说很准的。"

"好吧。"我坐在林俏的对面,朱家旺跑过来,我便抱起了它。林美美见我抱着朱家旺,也要抱,我便又放下朱家旺,它俩就躺在了小桌子下。

林俏提问:"有一个小女孩的名字叫露西,她的家里很穷,所以露西的玩具只有一个,就是一个小熊玩偶。你认为露西是怎样得到这个玩偶的呢? A. 从垃圾场捡来的。B. 妈妈帮她做的。"

我想了想,选择 B。

林俏接着问:"有一天,露西的爸爸回家来,高兴地对家人说他赚到一大笔钱!你认为这笔钱的金额大约会是多少? A. 可以一辈子不工作,到处游山玩水。B. 可以五年不工作。"

我选择 B。

林俏问:"露西变成了有钱人家的小姐,爸爸妈妈买了很多玩具给她,不过其实她还有一个愿望。你想会是下面哪一个呢? A. 想买新衣服。B. 全家一起到高级餐厅用餐。"

这次我选 A。

林俏问:"有一天晚上,当露西正在漂亮的新家里睡得香甜的时候,房间角落里的熊宝宝突然站了起来,慢慢地走向露西,它摸了露西一下。你觉得它会摸哪个部位呢? A. 脸颊。B. 肩膀。"

我又选了 A。

林俏问:"当露西醒来时,熊宝宝已经不在了。之后你想露西会怎么做? A. 她并没发现,所以什么也没做。B. 赶紧跑出去找熊宝宝。"

我不假思索回答了 B，然后等着林俏接着问下去。林俏却不问了，看了电脑一会儿说："你很容易被诱惑。"

"什么意思？"我不明白，我走过去看林俏的笔记本电脑，原来是网上的一个检测花心程度的心理测试题。"这种测试题你也相信。"我说。

"很准噢，"林俏将电脑推向我，"你自己看啰。"

我看到上面写着：你很容易被诱惑。你的花心程度较高，你意志不够坚定，如果对方热情地邀请你，你一定会陷下去。不过，你会觉得有罪恶感，所以不会主动去勾引别人。你的理由就是"不好意思拒绝她"。

"瞎掰吧，这种游戏不靠谱的。"我根本不信。

"是吗？一点也不靠谱吗？"林俏表示怀疑地看着我。

靠谱吗？我思索着。自己会是那种容易受诱惑的男人吗？那也得看是谁在诱惑了。

"我真不是一个花心的男人，我没交几个女朋友的。"我数着指头给林俏听，"我的朋友李言才算是个花心的男人。"说到李言，我想到他昨天跟我说他和米米在一起只是性，我很疑惑。我告诉林俏，"米米很漂亮，开保时捷住别墅，李言一直把她当作富二代追求。后来发现米米只不过是前男友很有钱罢了，他就认为她是被人包养过的，就和她分手了，直到李言的母亲去世。"说到这里，我看了林俏一眼，"我一直以为李言和米米之间是有感情的，所以他母亲去世的那天晚上，我让米米去陪他，他们就又和好了。"我长呼出口气，"可现在我感觉自己弄错了，昨天李言告诉我，他和米米之间不谈感情，合就在一起，不合就分手。"我看着林俏，"意外吧，一个男人和一个女人会因为性在一起。"

"不意外啊，一个男人和一个女人会因为性在一起，但如果一直在一起就不仅仅是性了。"林俏也看着我。

我愣了片刻，突然觉得和林俏谈性有些过了，她毕竟是一个邻居，还是个女人，跟她说得太多了。我摆了摆手，站了起来："不谈这个，我和朱家旺又创造了一个新的游戏。"

我在家经常做俯卧撑，开始朱家旺不明白，会跑过来闻我的头，舔我的脸，弄得我没法做。后来，朱家旺发现我趴在地上一上一下的时候，它可以躺在我的肚子下边，看着我的身体慢慢地靠近它又慢慢地远离它，它觉得很好玩。但这样我很不方便，我往下做的时候与朱家旺靠得太近，它的爪子老是想踢我，我便将它扒拉出去。再后来，朱家旺又找到一个好玩的方法，就是缩成一小团趴在我的肚子下边，这样，倒是无意中监督我做俯卧撑了，我不敢不做好，因为腰部一旦塌下去必定会压着身下的朱家旺。现在，只要我一做俯卧撑朱家旺立刻就匍匐在我的身下。

我和朱家旺表演给林俏看，林俏乐得东倒西歪。其实我也是敏感的人，解大妈曾说过林俏的男朋友在加拿大，我也在超市里见过林俏的男朋友，戴个眼镜，看上去挺不错的一个男人。春节前林俏出国不就是看望她的男朋友吗？那她现在三番两次地约请我吃饭，什么意思？寂寞、无聊，还是因为狗狗。算了，经历过一次情感挫伤，不想再受伤。

"对了，帮忙想想怎么追回田歌。"我问林俏，"本来想求助米米的，可现在李言和米米也分手了。"

"问我干什么，我也不懂。"林俏说。

"女人最了解女人，至少你能帮我分析一下现在田歌的心里在想什么。"我冲林俏很真诚地点点头。她转动着眼睛，咬咬嘴唇。

李言没有米米原来是这般的无聊。林俏正在给我分析女人恋爱时的心理，李言的电话就打了进来，他的声音简直无聊透顶，像唱歌一样："哥们儿，一起喝酒哇……想你噢。"

今天凌晨才分开的，现在就说想我了，12个小时都没有，估计他这是刚睡醒。我看时间也不早了，便向林俏告辞。

将朱家旺送回家后，我就去找李言了。我正好也想劝他跟米米道歉，只要李言不提米米过去的事，米米对他几乎是百依百顺。而每一次他俩吵架，最终惹火米米的都是李言不知深浅地一定要说米米是被前男友包养过的。米米总说她不在乎别人知道，但我想她在乎李言提起这事。

和李言说好三点在蓝色港湾的酒吧街见，但直到四点他也没到。幸好太阳不错，躺在阳光下逐渐有了困意，便闭上了眼睛。突然被人拍了一下，惊得我摸摸手机和钱包，都在。这时，我看到一个大脸顶着一头黄毛眍着一对小眼睛正盯着我。

"昨晚干什么坏事了？"李言在我旁边坐下。

我看看手表，五点半，再看李言，正用手捋着他刚染的一头黄毛冲我嘚瑟着："帅吗？比你好看吧。"

"你要染发就别让我来这么早嘛。"我没好气地说。

"我怎么知道要这么长时间。"李言摊着双手。

我也是拿李言没办法。

"喝酒，我罚酒。"李言说。

我叫的是啤酒，李言觉得没劲，又叫了一瓶金酒和四罐汤力水加一壶冰，他这是想喝醉的节奏。

桌上很快摆了 12 个小酒杯，李言一杯杯倒满了调好的金汤力，他最喜欢这样喝酒，看着杯子小，但一排喝下来，人也就差不多迷糊了。李言先罚自己喝了三杯，很爽地"哈"了口气问我："你还没有评价我这头发呢，哥是不是年轻多了。"

"你本来也不老嘛。"我随口说，李言却很受用。

接着李言一杯，我一杯，碰杯后一饮而尽，12 杯喝完后，李言又倒满 12 个小酒杯，随后他开始胡说八道了。他说他打算找个女大学生，年轻的，有活力，最好不超过 20 岁……

"除了米米，你眼里还能有谁啊。"我说。

"走了一棵树，迎来一片森林。"李言打开手机，"你看，我的QQ签名都改了。"果然，他的 QQ 签名已改为"找有情人做快乐事"。

"本来还想帮你和米米修复关系的，好吧，这样也省事。"我说完看着李言，他的小眼睛转了又转，搓搓鼻子，"喝酒喝酒，说点开心的事。"我想他还是在意米米的。

一瓶金酒加四罐金汤力喝完后，我也有些燥热，呼着酒气，看了看表，六点了，天色渐渐暗下来，但酒吧街上的人却多了起来。街边有一块公益广告牌上写着奥运会倒计时还有多少天。一名年轻男子挨着桌发放着房地产的广告单，口口声声地一遍遍重复着奥运楼盘黄金地段升值潜力很大的某小区。

"再来一瓶。"李言说。

我点点头说："再喝慢一点。"

服务生又将一瓶金酒四罐汤力水放在我们的面前。在李言调配的时候，我点燃一支烟，也替李言点燃了一支烟。我让服务生冲两杯咖啡炸二十个鸡翅过来。

一个近70岁的老太太，骑着辆三轮车，车上有一些废报纸空塑料瓶还坐着一条小狗。小狗很乖，有行人逗它也一声不吭，只是看着老太太。老太太每经过一个垃圾桶，就会将车停下，去看垃圾桶里是否有矿泉水瓶易拉罐等，她去看的时候，那条狗老老实实地待在三轮车上。

"你看人家的狗，多乖。球球不可能这么听话。"我说。

"它又怎么了？"李言问。

"只要有人经过家门口，就汪汪乱叫，扯着嗓子喊。一到小区里，撒着欢边跑边叫，养过狗的知道它是开心，没养过的以为它凶。它怎么那么爱叫……"我还是忍不住说起朱家旺来。

"烦它了……"李言用手计算着，"养了四个多月了，也是该烦了，要不要我收回来？"

"人家小狗可以在超市门口等主人购物出来，可以在餐厅门口等主人吃饭出来……它可不行，我那天只是进稻香村买了包点心，噢哟，它在外叫得呼天喊地，就像它妈死了一样……"

李言哈哈大笑。服务生送咖啡过来时，我又点了两瓶矿泉水。

"它是很烦，但不会送回给你。"我扔掉烟，开始喝咖啡，"你想啊，这么不讨人喜欢的狗，怎敢随便送人，在我这里也罢了，烦就烦我一个。去别人家，一烦打了它，扔了它，怎么办？"

矿泉水和鸡翅都上来了，李言往我盘子里夹了两个，他自己也夹了两个，用手抓着吃着。

"虽然它很讨厌，但每天我回到家时，在门口满地打滚地热烈欢迎我，又让我好感动。其实细想想，我不过是每天早晨给它吃了个鸡蛋黄，晚上给它吃了些狗粮，有时，它会要求过分点，希望我在狗粮里掺点肉、肝什么的。"

我说到这里，吃着鸡翅的李言看着我抬抬眉毛。

"你上网打游戏，它会坐在一旁静静地看着你，等待着你有时间的时候关注一下它。当然，有时它也会寂寞，会叼着它的球放在你脚边，会用爪子挠挠你，希望你能闲下来陪它玩玩。"

"你知道吗？你比以前爱说了，特别是说起球球来你就没完没了……"李言说，"这是件好事。"

"我很啰唆吗？"我捂捂嘴，也笑了，"我感觉不到。"

"不是啰唆，是爱说，是愿意表达自己的想法。"

或许是吧。

"你知道我在家里放摄像头拍它的事吗？"我也开始吃鸡翅。

"都拍到什么了？"李言很感兴趣。

"我离开家时，它蹲在桌子底下，过了一会儿，它从桌下出来了，在房间里转转，玩了会儿球，然后躺在门口睡觉等我回家。"我说，"几乎每天都是这样，除了有一天，我回家后发现床上坑坑洼洼，怀疑它上床了……"

"床肯定比它的窝舒服。"李言说，"我有个朋友，开始养一条狗，怕它一个在家寂寞，又买了条小狗陪着它在家一起玩，结果有天回家发现两条狗合力将床单从中间撕开了……"

"呵呵。对了，还有天发现它进了厕所，将卫生纸叼到客厅……我一回家看到客厅地上全是被它咬得碎碎的纸，真想死揍它一顿……"我说。

李言哈哈大笑，说："阿迪，你这样下去，小心找不到女人的。"

我皱皱眉，看着他。

李言接着说："你这么爱它，有女人都会跑的。"

"会吗？"我不相信，"不过，我有时觉得和一个女人在一起，真不如养一条狗。狗对你永远是一心一意，它除了你不会有别人。它就爱你，你是它的唯一。"

接下来的几天，一到下班时间，李言就打电话来约我喝酒。随后，李言开始搜集各地的车展消息，上海车展、重庆车展、广州车展、厦门车展……此刻我才知道过去李言总是在出差，有很多都是他自己找的。李言说我们是开车行的，虽然是二手车，也应该了解各地的车市行情，车展是和各地车商建立关系的最好机会。

参加车展属于工作范畴，出差的报告打上去，张台长立刻就批了，并鼓励我多拉些广告回来。和李言首先去的是上海车展，活动是一周时间，但我觉得四天就够了。将朱家旺托付给林俏时，我还有些不好意思，毕竟这么长时间。林俏挺好，只是让我放心地去出差。李言跟这类车商很熟了，他将时间排得满满的，每晚都和车商们喝得天昏地暗，倒是结交了不少的车商。我还真拉了一笔小广告，张台长挺满意的。

从上海车展回来没几天，李言又要去重庆车展，于是我又将朱家旺交付给林俏三天时间。但广州车展，我说什么也不去了，这么出差我可受不了，我还有播音工作，周五的晚上还要直播。我让李言自己去，李言见我不去，觉得没劲，也不去了。春节后，本是二手车市场的淡季，又传闻国家将执行1.6排量的汽车购置税减半的消息，这样一来，二手车市场一下子滑坡进入到了一段长时间的低迷期。整个4月，一辆车也没有卖出去，有的车行开始打走私车的主意，我和李言坚持不触碰这些违法的车辆，但我们明白二手车公司需要高档紧俏的、国内没有引进的进口车才有可能继续生存。

第15章　朱家旺一岁生日

自从养了朱家旺后，邻里关系一下子近了，人也变得俗气和琐碎起来。小区里一位男士养了一条吉娃娃，几乎每天遛狗都会遇到他，他说话特娘们。后来，养着两条雪纳瑞的阿莲告诉我他是个Gay。阿莲在附近的IBM上班，开着一辆红色的SUV，她养的雪纳瑞一公一母，两岁了，她和她老公不打算要孩子就养狗了。这些是那个Gay告诉我的。我在这里住了六年，谁跟谁都不清楚，而这个Gay，搬进来两年，五幢楼的事没有他不知道的：谁谁买了什么股票；谁家老公的情人是个韩国娘们儿；一号楼六层的老外新交的女朋友是个中国大妈……我一直想再碰见我那一层养着小黑狗的女子，Gay跟我说她是位空姐，已经搬走了。看来，我错过了一个和空姐认识的机会。

朱家旺开始挑食，狗粮再不是倒进盆里就没有了，而是倒多少剩多少。宠物店的老板向我推荐了一种肉罐头，说用它拌狗粮给狗吃，很有营养。肉罐头有牛肉的鸡肉的，我每种试着买了一个。果然，拌了肉罐头的狗粮朱家旺一下子就吃完了。

宠物店的老板还推荐了一些零食，有磨牙的蔬菜棒，我隔一天给它吃一根，但它不是很爱吃蔬菜棒，它爱吃鸡肉条和牛肉条。每天出门上班前我都拿鸡肉条和牛肉条来安定朱家旺的情绪，它吃了，就是同意我出门上班了。

林俏经常到我的小区里来遛狗，她说她的小区太小，她从地下车库穿过来就到我的小区了。林俏最近骑自行车上下班，北京的"四月飞雪"，弄得她浑身痒痒，皮肤都过敏了。

每年春夏交替之际，北京的大街小巷就会飘扬着一种像雪一样但却不会融化的柳絮，一团团一把把在空中飞舞、在地上缠绵，有人就用"四月飞雪"来形容北京春天的柳絮。

天气暖和了，带朱家旺去护城河边散步的时间也长了。护城河两边就像两个大花园一样，种有各种花草树木，这里是散步聊天休息的好地方，有些老人会在护城河边放风筝、钓鱼。

有一天，在护城河边的草坪上，有一条很可爱的黄白色小狗奔向朱家旺，我没看到有主人跟着，但看小狗身上系着牵引带，就想它的主人应该就在附近。朱家旺和它玩得挺开心，经常把它弄翻在地，舔它亲它，而这条小狗也很喜欢朱家旺，它躺着让朱家旺亲它舔它。有一阵子，朱家旺不时地拿眼睛扫我，表情害羞腼腆。我没想太多，只是觉得朱家旺这个样子很可爱。远处，一只风筝放得好高，我多看了两眼，而就在此时，一个中年男子突然冲了过来，大声喊着"下来，会怀孕的"。我愣神的工夫，发现朱家旺准备骑在那条小狗身上，男子上前踢开朱家旺，冲我嚷着"你也不看着你的狗，我的狗闹狗呢"（闹狗指母狗发情期，此时容易受孕）。男子抱着那条黄白色小狗走了。我这才醒悟过来，原来那是条母狗。只是它在闹狗，你当主人的不跟着，你踢我的狗干吗。

回家的路上，看着朱家旺很失落惆怅的样子，我拍拍它的头安慰它："那条狗不适合你，我们找个和你同样漂亮的老婆好不好……"

一连几个晚上，客厅里都可以听到朱家旺来回走动的脚步声，偶尔地它还咬着玩具球发出"吱吱呀呀"的声音。李言说，朱家旺的这种状态应该是公狗发情期的状态，你要给它做绝育。

我记得朱家旺在我这里寄养的时候，那才几个月大，它偶尔就会有骑我小腿的冲动，我知道那是小狗性启蒙的过程。看来现在，快一岁的它，性应该成熟了，我要考虑给它绝育了。然而，我又从一本书上了解到，给公狗做绝育手术最好是在它两岁左右，不然，有可能会留下残疾。这样就可以理解小区里一条一岁的金毛为什么后腿站不直了，原因是它六个月大的时候它的主人就给它做了绝育手术。书上还说，如果将狗的年龄和人的年龄相换算的话，一岁的狗等于人十五岁，而六个月大的狗相当于人十岁。残忍啊，这才是残忍！

我是第一次买香水。连着两次出差，朱家旺都是林俏帮我带着，趁着这个周六有空，我中午请她吃日本料理自助餐。吃饭前我去了一趟商场，帮我带了这么长时间的朱家旺，仅仅请吃一顿饭太少了。这段时间为联系进口二手车的货源，跟着李言也学了不少送礼的本事。本想问问李言，给女性朋友送什么好，但一想他一定会误会。还好现在有网络，很方便，我上网搜了一下，有人为请女同事帮忙，会送她一盒巧克力或一瓶香水。可是买什么香水好呢？有印象田歌曾说她用的是香奈儿5号，于是我就买了一瓶香奈儿5号。买完香水走出商场的时候，想到自己认识马芳芳这么久，除了请她吃饭，和她一起逛商场买东西外，却从未主动要送她些什么，这是不是也是自己谈恋爱失败的原因。于是，又进商场买了一瓶香奈儿5号准备送给田歌，既是道歉也是修好。

这家日本料理离家不远，走路七八分钟，但我是第一次来这里吃饭。平时，一个人吃饭要么就在家楼下，多数是买些熟食在家里吃。林俏应该常来，有什么食物她都清楚。她挺喜欢吃日式烤鳗鱼，但去了几次都没拿到。后来我看到上新的鳗鱼后，就去排队帮她取。站在我前面的一位女子，一下子抄去了大半盘。太让我吃惊了，我冲林俏比画这女子的饭量，很夸张。轮到我时，我正准备帮林俏多拿些，可刚拿四片，她用眼睛瞟瞟后面排队的顾客说够了。可是排了这么久，想吃就多拿些呗。"尝尝就可以了。"林俏拉着我回座位了。

我觉得这个女子很知足，很有分寸，知道替别人着急。我拿出香水送给她，谢谢她帮我带朱家旺。林俏挺开心的，说她虽然不用香水，但有人送给她，她也不介意试试。

吃完自助餐，拍拍吃撑的肚子，和林俏边走边闲聊。我告诉她工作之余和朋友开了家小公司卖二手车，所以，近期出差多了些。林俏说没事，再出差就把朱家旺交给她。说着，林俏拿出那瓶香水，打开闻了闻，看来她很喜欢这瓶香水。

"我现在能喷点吗？"林俏问，"会不会觉得我没见过世面，有人送瓶香水还没回家就着急喷。"

"喷呗，想喷就喷。"我说，"不过，我是第一次买香水，也不太懂，不知道好不好，就买了两瓶。"

"两瓶？"林俏看着我。

"噢，"我拍拍双肩包，"我顺便也给田歌买了一瓶。"我有些不好意思，"还想请教你，我怎么能把田歌约出来？"

林俏好像突然有急事一样，将香水放入包中，快步往前走着。这时，我们已穿过护城河，前面的 X 路口处，往右是我住的小区，往左是林俏住的小区。

在路口处，林俏停住："谢谢你请我吃日本料理，下次我请你。"

"谢什么啊，你都帮我带了两次狗了。"我刚说完，林俏摆摆手向左往她住的小区走去。

她就这么回家了，可她还没有回答我的问题，我真的挺想约田歌的。可一打电话她就推，发短信问她能不能出来吃饭什么的，她也只是回复：**嗯，有时间吧**。但这也是过了好久才回复我的。

漠然地往家走，刚进小区，院子里就有人叫我，柔柔的声音："阿迪——"

是马芳芳，她正坐在院子里的椅子上。她怎么在这里？我忙看手机，也没有未接电话。

"你等了很久吧，怎么也不打电话？"我说。

马芳芳摇摇头站起，瘪瘪嘴，好像是刚哭过。她走过来围着我转了一圈，我知道她看什么，我留了八九年的长发，所有突然见到我剪寸头的人都会露出惊讶的表情。

"我剪头了。"我看着马芳芳，轻声问，"你怎么了？"

我这一问，马芳芳的眼睛立刻就红了，似有眼泪要流下来。我想制止她时，她已倒在我怀里哭了起来。

　　带马芳芳回家，开门的瞬间，朱家旺热烈欢迎我的同时，突然冲着马芳芳大声叫着，把她抵到了过道墙角处。

　　"你闭嘴。"我吼着朱家旺，"这是客人。"

　　朱家旺不叫了，但死死守着大门。

　　马芳芳吓得在门外冲我嚷着："你把它拴起来，我怕——"

　　我把朱家旺关进了卧室，马芳芳这才进屋。

　　原来李浩诚离婚了，但下个月又要结婚了，只是新娘不是马芳芳。马芳芳来找我是想让我帮她去找李浩诚，她说她要大闹婚礼现场。我很奇怪地看着马芳芳，爱情真的能让一个女人的智商归零吗？是否和马芳芳交往时，我的智商也归零了？

　　"你们不是和好了吗？"我说。

　　我记得半个多月前，我陪着喝醉的马芳芳在机场里去等李浩诚，我亲眼见他俩在我的面前肆无忌惮地接吻了。怎么，这难道不是和好了吗？

　　"呜——"马芳芳又哭了起来，"他就是个骗子——"

　　我真的无语了，我看着坐在沙发上不停抽泣的马芳芳，我第一次认真地看她，她究竟是个什么样的女人。朱家旺在卧室里挠门，它想出来，我走到门边，敲敲门警告它，它暂时安静了。

　　"你陪我去吧。"马芳芳拉住我的手，"你陪我去找他——"

　　我一直站在马芳芳的旁边，她拉着我时，我略弯了下腰，但还是没有坐下。我把她的手放回到她的腿上，我看着她："芳芳，你觉得这样有意思吗？去找他后他就能回心转意吗？你真的爱他吗？你睁眼好好地看过他吗？"

　　"不能回心转意，也不让他好过。"马芳芳虽说着狠话，但却是那样的无力。我叹了口气，她根本不知道自己到底想要什么？

　　"芳芳，"我很真诚地说，"放弃吧。找个真爱你的，真正对你好的。他配不上你。"

马芳芳泪眼蒙眬地看着我："放弃——不找他了？"

我点点头："不找他了。"

"呜呜呜呜呜——"马芳芳这下哭得更凶了，直接将头靠在了我的腿上。我想推开她，她干脆抱住了我的双腿。我也不知道，我怎么就能这么狠心地拉开了她，她疑惑地看着我，我又不忍心了。

"对了，对了。有礼物送给你。"我说着拿过双肩包，拿出那瓶香奈儿5号，放在她手上，"开心点，你这么漂亮，会有很多男人喜欢你的。"

马芳芳看看手里的香水，又看看我，我赶紧递给她一张纸巾，让她擦擦眼泪。

"你对我真好。"马芳芳说。

我笑了："你不是说过我是个好人吗？"

"你还爱我吗？"

我又奇怪地看着马芳芳。

"我以后能常来找你吗？"

顿了半天，我挤出一句话："你开心就好。"

马芳芳站起，走近我，她这是要抱我，我后退一步，轻轻扶住她的双肩："早点回去吧，回家睡一觉就好了。"

"你，你不想抱抱我吗？"

"芳芳，"我决定还是告诉她，我不能给她希望，"我祝福你过好，把自己的日子过好了，找一个真正爱你的人，但我——"我低下头，"我不是那个人。"

马芳芳明白了，她点点头，有些难堪，将那瓶香奈儿5号放在茶几上，然后走到门口，停住看着我，说："阿迪，谢谢你。"

"不客气。"

马芳芳走了，我将卧室门打开，朱家旺欢蹦乱跳地跑出来，在屋子里跑了一圈后要我抱它，我便抱起了它。

"你也不喜欢她是不是，所以你才冲她叫。"我问朱家旺。

朱家旺不停地舔我的手。

我给林俏发去了一个段子：一美女坐出租车，刚上车就"嘣"的一声放了一个巨响的屁，美女甚是尴尬。这时司机抽了一口烟，缓缓地说"屁是你所吃的食物不屈的亡魂的呐喊"。美女一笑尴尬尽消，说"师傅，你好文艺范儿啊"。师傅摇头说"可是这呐喊声也太大了，我特么以为爆胎了"！

这么好笑的段子，林俏也没有回复我，女人心海底针。算了，我还是找李言喝酒去。打李言的手机没人接听，李言的舅舅说他好几天都没去餐厅了。这可不行，难道李言又想把他舅舅累病了？

我在李言的家里找到了他，他的家已乱成一锅粥，看来他一个人过得很不好。我问李言是不是也抑郁了，他翻着小眼睛说他才不会抑郁，他又没有失恋，他也不可能失恋。

我和李言来到他家附近的一家烤肉店，叫了一扎啤酒和肉串，我给李言讲马芳芳下午来找我的事，我说我让马芳芳找一个真正爱她的人，但不是我。李言就点头，说我终于摆脱马芳芳了。

"对了，现在能说说你怎么认识马芳芳的了吧？"李言问。

"马台长介绍的。"我脱口而出。

"什么？"李言差点喷出一口酒，"为什么？凭什么？我比你差吗？"

"不差，但你当时不是单身啊。"我觉得这也不是什么事。

"我去！"李言说着又挥挥手，"算了，那接下来你打算怎么办呢？"

"追田歌。"我毫不犹豫地说。

李言看看我，似乎在琢磨着什么。电话响起，是林俏打来了，我赶紧接了。林俏说我如果要追田歌就直接去工作室找她，不要电话约了。我觉得这样是不是不太礼貌。林俏说男人有时就要脸皮厚些，她说田歌只要见到我，就不会再生气了。原来男女恋爱这么微妙。我欣喜地放下电话。

"谁的电话，你这么激动？"李言问。

"嗯……一个狗友。"

"狐朋狗友，叫出来一起玩啊。"

我笑了，突然想到一个好玩的段子，我对李言说："一个朋友有一个永远也长不大的小弟弟，猜一个医学名词。"

"你这个狗友啊？"李言不解。

"不是，我是让你猜个医学名词。"我又重复一遍，"一个朋友有一个永远也长不大的小弟弟。"

李言傻愣愣地摇摇头，我从没见过他这样。

"阳痿。"我告诉他。

李言皱着眉，转动着他的小眼睛，突然喘着气笑了起来："我靠，你，"李言看着我，"从没听过有人说个阳痿也能这么文雅的。"李言又不相信地说，"连你也能说荤段子了。"这时，他的小眼睛转来转去，不知道他又打什么主意。

"怎么了？"我问。

"开春了，狗都发情了，你家球球发情厉害吗？"李言突然问。

第二天是周日，按林俏说的，我直接去田歌的工作室找她。中途我怕她不在，给林俏打电话问如果田歌不在怎么办。林俏似乎有些不耐烦，她说今天不在明天不在，总有一天在吧，耐点心，别急躁。我又给李言打电话，我是怕李言晚上又找我喝酒打扰我和田歌，想提前告诉他我晚上有事，但是李言一直没接我的电话。

田歌在工作室里，就像林俏说的，见到我来，她虽有些意外，但并不生气，还给我泡了壶茶，问我吃饭了没有。我说没有。她就叫了外卖。我心里特感激林俏，还偷偷给她发去了短信，说她是像神一样的存在。

把香水送给了田歌，向她道歉，和她一起吃外卖，关系逐渐好起来。而就在这时，米米给我打来了电话，告诉我，李言喝醉了，在"FOOL"酒吧里耍酒疯，让我过去带走他。

我和田歌急急忙忙地赶到了"FOOL"酒吧，果然看到醉醺醺的李言躺在一个卡座上，一条腿在桌子上，一条腿在地上，"咦咦啊啊"正唱着什么歌。

"李言。"我闻闻李言身上的酒味，他似乎知道我要来，睁着一对小眼睛看着我。突然推开我，死皮赖脸地抱着米米不撒手，让米米跟她回家。

米米推着李言，掐他的脸，他也不松手。田歌让我上去拉开李言。我没动，我觉得李言是装的。

"松手，再不松手我报警了。"米米挣扎着大声说。

"今天我生日。"李言可怜兮兮地说。

我立刻想到今天是 4 月 27 日，李言 34 岁的生日，挺不好意思的，我天天和他一起喝酒，都没有想起今天是他的生日。

"米米——"李言说，"我错了，跟我回家吧，我想你，米米——"李言抱着米米，将脑袋搁在了她的肩上。

我没看过男人撒娇，更没想到李言还会撒娇，我也没想到此时米米竟然跟服务生小付说她先走了。我看着米米和李言走出了"FOOL"酒吧，我佩服，也生气，我有很大的挫败感。我知道在追女人方面，我和李言隔着千山万水。

"会哭的孩子有奶吃，撒娇的男人有女人疼。"我问田歌，我要是也像李言那样赖着她，她会不会讨厌我。田歌说会。我就明白，李言的招数只能李言用，并且只适合喜欢他的米米。

这件事以后，我和田歌的关系算是基本修复了，但和她的相处一直不温不火。

有一天，我将半罐宠物肉罐头从冰箱里拿出加热后发现是一摊说不清什么的水状物体后，我就不再给朱家旺买什么肉罐头了。Gay 说他的吉娃娃一直吃狗粮，就没吃过肉，很好养，每天早晨倒半盆狗粮，到了晚上狗盆肯定空了。阿莲说她的两条狗，经常抢着吃，她也基本以狗粮为主。我决定也让朱家旺以狗粮为主。

早晨，我在朱家旺的狗盆里倒上半盆狗粮，晚上下班回家，狗粮还在那里。Gay 说，狗三天不吃也不会饿死，饿极了，它就会吃狗粮。可是，朱家旺饿极了也只是将狗粮在嘴里转了一圈咬碎了又吐了出来。

狗粮有那么难吃吗？我看着朱家旺，小时候它可是什么烂东西都吃得有滋有味，这就是惯坏了。我摸摸朱家旺的头，拍拍它的背："你要好好吃饭，狗不吃狗粮吃什么。狗粮好，营养均衡，也会让你的毛发更漂亮。"

林俏说我懒，说一条小狗能吃多少肉，你就买点肉煮熟了给它拌狗粮吃嘛。于是，第二天，我去超市买了块鸡胸肉，切成丁状，和胡萝卜一起煮熟了，拌上狗粮。朱家旺真的都吃光了。

5 月 7 日是朱家旺 1 岁的生日，网上有家宠物店能订宠物生日蛋糕，我打算提前给它订一个。我甚至告诉林俏，请她带着林美美一起来给朱家旺过它的第一个生日。

五一假期前的一个下午，我正在录制广播，哥哥从武汉打来电话。我哥哥做警察多年，听说我开了家二手车公司，说他的同学在海关，刚查获了四辆违法走私的车，正准备拍卖，问我这边能不能帮着卖了。这简直是雪中送炭，我和李言立刻赶到哥哥同学那里验收了那批车，并办手续运回北京。

五一假期，我和李言就将那四辆车给卖了。我们很开心，如果能与各地海关长期合作，这对于言迪安二手车公司来说是个长久生存的大好机会。那天晚上，我和李言请公司所有的员工吃了顿饭算是庆贺。我记得我回家的时候，打包了一盒卤牛肉，我随手放在茶几上了，后来洗澡睡了也就忘。第二天我想起这盒卤牛肉的时候，只在沙发下看到了一个残破的塑料袋和一个餐盒。

一定是朱家旺偷吃了我的卤牛肉，只是一整盒，它怎么吃下去的。我审问朱家旺的时候，林俏拎着一个生日蛋糕抱着林美美来了。看着蛋糕我突然想起，今天是朱家旺的 1 岁生日，我还说要给它订蛋糕的，这些天一忙就忘了。

我告诉林俏，朱家旺偷吃了我的卤牛肉，并且一点也没有给我留，那盒卤牛肉就算它的生日礼物了。

林俏说这不能怪朱家旺，是我没放好地方。生日归生日，必须要有生日礼物。

林俏切蛋糕的时候，我给朱家旺写了一首诗，算作它的生日礼物了。

我将诗念给林俏听：

> 你总是幸福地看着我，笑眯眯。
>
> 你总是惦记着盆里的肉，想多吃两口。
>
> 你总是盼着我能早回，带你出去寻花问柳。
>
> 你总是想象着自己才是这个家的主人，任你东西！
>
> 你胆小脆弱好叫，你聪慧活泼敏感。
>
> 你从不伤害其他狗，也不希望其他狗伤害你。
>
> 你贪图享受，你好吃挑食。
>
> 你有好多的理想，你有好浪漫的追求。
>
> 无论你怎样，我都是那么地爱你。
>
> 你昨晚偷吃了我的卤牛肉，
>
> 我决定不惩罚你，
>
> 所以别梦想太多，不是你的不可以强求。
>
> 啊，朱家旺小球球。
>
> 执子之爪，铲屎到老！

我念完诗后林俏在地板上笑成了一团，突然她坐起，向前欠了欠身子，伸出手，摸着我的脸说："你真可爱！"

我皱皱眉头的工夫，林俏站了起来："吃蛋糕了——"她将蛋糕分给朱家旺和林美美，然后她又对我说，"林美美生日的时候，你也要为它写首诗。"

第 16 章　林美美死了

2008 年 5 月是不同寻常的一个月，这个月发生的事让我永生难忘。5 月 7 日，朱家旺 1 岁生日，我给它写了一首诗，那天，林俏摸着我的脸，很暧昧。这以后，我有了些遐想。我回忆和林俏相识的种种，她不发脾气的时候还是蛮温柔的，她做的饭还是可以吃的。我一直忽略了她。和她相识这么久了，从一开始的吵闹到现在几乎无话不说，我都没有仔细地介绍过她，她的身高身材长相，噢，我脑子一片空白，我竟然从来没有去关注她。

5 月 12 日，是个周一，一大早，我和李言飞往南宁。和李言去南宁是因为南宁海关有几辆没收的走私汽车，我跟张台长请假的时候，我没说是因为私事，我说对方有做广告的意图。张台长接管电台后，"劳动纪律"和"创收"是他常挂在嘴边的话，所以，一听说可能会有广告他就立刻准假了。我知道撒谎是不对的，但现在同事们之间相互猜疑，出现了一种特别诡异的状态。

比如：现在，同事们已习惯了打卡上班，然后去单位附近吃早餐，有个别女同事吃完早餐后洗脸化妆开始一天的工作。但是，很快，就可以看到一楼传达室贴出了警示，提醒那些打卡后吃早餐的同事和上班化妆的女同事要注意影响，有时，还会点一两个人的名字。谁告的状？被点名的同事会很生气地质问，上班吃早餐怎么了？化妆犯哪条法了？

我的办公室不算大，以前是我和李言一间，李言辞职后，陈大力搬了进来，但现在办公室调整，张台长又安排了两个夜班工作的主持人进来，这样一来，原本两个人刚刚好的办公室一下子拥挤不堪。

李晓涛一直负责夜间肝病的直播栏目，他偶尔会抱怨，觉得自己就像个药贩子。接下来，某一天，张台长找他谈话，说如果他不愿意做主持人可以给他换岗。现在张台长又给他加了一个小时的前列腺内容，他再也没有抱怨了，但看我们的眼神怪怪的。

我私下曾和陈大力说过，我和李言接盘了一家二手车公司，他还让我帮他留意寻一辆二手越野车。陈大力有天早晨帮我打卡，下午他因为接孩子提前半个小时离开电台，是我帮他打的卡。这么隐蔽的事，第二天，一楼小告示就贴出帮人打卡的同事，每人扣500元钱。陈大力气得说，做地下工作也没有这么憋屈的。可以想象，现在电台的氛围有多么紧张。

谁还跟谁说真话呢？有时庆幸李言辞职了，不然以他的小暴脾气得干掉几拨人了。

选择周一出发去南宁，是因为这样我们可以多待几天，和南宁海关处好了谈妥了再回北京，既不耽误电台的主持工作也不耽误二手车公司的工作。

飞机稍晚点了会儿，到达南宁时已是下午，我和李言刚出机场准备找个地方吃饭的时候，就接到林俏的电话。我以为是朱家旺出了什么事。林俏告诉我地震了，就在刚才，四川汶川发生了7.8级地震，她所工作的大楼都感觉到了震动，现在楼里所有的员工都出来了，在大楼外的空地上站着。林俏问我怎样，安全吗。我说没事，刚下飞机。林俏说没事就好，她让我注意安全，忙完工作就赶紧回北京。挂电话后，我有一种被人关心的感动。

李言见我半天没有说话，忙问我谁的电话，怎么了。我告诉他地震了。李言也吓了一跳，随后，我俩各自打电话向朋友们询问，听到的消息让我们很是震惊。到了酒店，第一件事就是打开电视，看来自四川汶川的消息，看得人忧心忡忡、惴惴不安。我和李言也没心思在南宁多待，草草地验了车就坐飞机回北京了。看到我回来，林俏大大地放下心，而我看到林俏、朱家旺、林美美都安好，心里也有一种无法言表的踏实感。

　　FM66.8 兆赫，今夜星光无限。亲爱的听众朋友，又是一个不眠的长夜……2008 年 5 月 12 日，对所有的中国人来说是个难忘的日子，下午 2 点 28 分，在我国四川省汶川县发生了 7.8 级特大地震灾难，强大的地震波震动全川，摇撼全国。顷刻间，昔日秀美的家园变成废墟，曾经鲜活的生命骤然消失……

　　你静静坐在教室 / 等着老师来上课 / 嘴角挂着微笑 / 听说考试得了满分 / 你抬头看看窗外 / 这个世界很美丽 / 没有太在意 / 一切和往常一样平静 / 突然发生的一切 / 你根本来不及反应 / 世界黑了 / 灾难来了 / 你也乘着风飞走了 / 我想你已经化成天使 / 张开双翅 / 是哭着离开的 / 有太多的不舍 / 太多不舍 / 永久成遗憾了 / 我想你已经化成天使 / 张开双翅 / 是笑着离开的 / 这短暂的旅程 / 温暖缤纷 / 梦里有爸妈疼你的样子……

　　许嵩的歌曲《天使》播出的时候，透过隔音玻璃我看到朱家旺，它也正看着我。生命如流水，活着真好。我和朱家旺像是心有灵犀一样，我这边刚说"亲爱的听众朋友，今晚的播音就要结束了，阿迪祝您睡个好觉……"我人还未离开座位，隔音室外朱家旺就激动地站了起来，摇晃着小尾巴，等着我出来带它回家。

　　我和朱家旺都习惯了那辆黑色的牧马人吉普车，我一打开车门，它立刻跳上车，并很自觉地坐到了副驾驶的位置上，然后我们一起回家。路上接到林俏的电话，她要我把 QQ 号告诉她，她和 Gay 刚建了一个"理智善养宠物"QQ群。这么晚了，他们就在我的小区人工湖边，商量为汶川灾区募捐的事情。到家停好车后，和朱家旺来到小区人工湖边，就看到七八个"狗爹狗妈"还在谈着汶川的灾情，一个个心情沉重、神色哀伤，而QQ群里的"狗爹狗妈"们也都没有休息，正在你一言我一语地说着捐款购买救灾物品的事。

我给李言打电话，虽然凌晨两点多了，我猜他还没有休息。我想和他商量一下，利用二手车公司的资源组织一个车队进川运送救灾物品。果然，李言和米米都还没睡，他们也在商量募捐的事，很快，"FOOL"酒吧、田歌工作室、"百姓人家"餐厅、"理智善养宠物"QQ群就达成了为汶川县灾区捐款的事宜。

早晨四点的时候，大家各自散去，回家休息。林俏带着林美美准备穿过地下车库回家，在电梯口往地下一层消防通道的门边，我在等电梯，林俏向我告辞准备下楼。我犹豫片刻，说："我送你吧。"

林俏愣了一下，说："不用，我穿过去就到家了。"但随后她又说，"好吧，你送我。"

于是，我和林俏一起下楼往地下车库走去。楼梯很黑，我按亮手机，先看着朱家旺和林美美一前一后跑下楼梯，然后林俏扶着墙向下走着，我们来到地下车库。

地下车库穿过一半我们都没有说话，只是看着两条小狗前前后后左左右右地跑来跑去，时而停下撒尿，时而闻闻墙角。准备顺着出口向上出地下车库时，林俏说："困了吧？你刚播音完很累的，还让你过来谈这些。"

"我不困，你肯定困了。"我说，"你很少这么熬夜吧？"

"嗯……我也不困。"林俏说。

出地下车库由下往上走时，出奇地黑和静，可以听到两条小狗"嗒嗒"的脚步声，还有我们的呼吸声，远远的天边有着一丝淡淡的灰白色，好似有人用手在黑布上抹了一下。

我跟着林俏进到她的小区，快到楼前的时候，我说："估计睡醒就是中午了，我请你去吃日本料理吧。"

"你回去多睡会儿，睡醒了给我发条短信。"林俏说。

"嗯。"

"那你回去吧。"林俏在楼前站住，先抱起朱家旺递给我，又抱起林美美，"再见，朱家旺。"

"再见。"

林俏抱着林美美上楼了，我抱着朱家旺往回走。

睡醒时下午一点，第一件事是打开电视，看来自汶川的新闻，然后刷牙洗脸告诉林俏我起床了。"理智善养宠物"QQ群里有位"狗妈"提醒大家开春了，狗狗容易感染犬细小病毒，尤其幼犬，狗狗感染上70%有生命危险。这位"狗妈"还提供了防御方法、消毒液、犬驱虫药名。我想起该给朱家旺打疫苗了。

我正准备带朱家旺下楼的时候，林俏带着林美美来了。"中午我们吃酸菜鱼吧，我都买好了。"林俏的手上有一个大塑料袋，一大早她就去菜市场了。

"真的。"我有些欣喜，林俏略打开塑料袋给我看，我闻到了鱼腥味。

"你也把林美美带出去吧，多玩会儿。"林俏说。

"哎。"下楼的时候，心里美滋滋的，又泛起很多不切实际的联想。

我带着两条狗回家的时候，林俏的酸菜鱼已经做好了。热气腾腾，满满一大锅，放在阳台的小桌子上，红椒绿菜白肉，她得意地向我展示："我这个酸菜鱼是真正天然没有任何添加剂的，我连鸡精都没放，就油、盐、葱、姜、蒜……你尝尝，鲜不鲜？"

我喝了口汤："嗯……鲜。你会比你妈妈还了不起，将来……"我本想说将来一定能拴住你男朋友的胃，但我突然很希望这个人不存在。"你也可以开餐厅了。"我说。

"开什么餐厅啊，自己做饭香，想吃什么做什么，还卫生。"林俏说。

我们相对坐了下来，朱家旺和林美美伸着脑袋想靠近鱼盆，林俏赶着它们，我也冲朱家旺吼着"把你的臭鼻子拿远一点"。朱家旺就"哼哼"着趴在了我的脚下。

林俏的酸菜鱼里还放了粉条，和鲜白的鱼肉及酸菜配起来油而不腻、香甜软糯，拿起筷子大快朵颐。刚吃了一会儿，躺在我脚边的朱家旺突然叫了起来，林美美也跟着叫了起来，两条小狗一前一后冲向大门，接着，听到了敲门的声音。

谁会来？我疑惑地看看林俏，起身去打开大门，竟然是李言，他一见我就说："你怎么关机了？"

朱家旺激动地往李言怀里跳着，林美美见朱家旺跳，它也跟着跳了一下然后回身往林俏的身边跑去。李言抱起朱家旺亲着，奇怪地发现家里多了一条狗，正要问时就看到坐在阳台的林俏。

"什么情况？"李言那双别具慧眼的小眼睛顷刻间滴溜地乱转起来，他那为情所生的绝顶大脑也立刻如充足了电般，还没等我反应过来，他已脱了鞋，穿着袜子向林俏走去。

"你好，我叫李言，阿迪的死党好朋友，你是……"

林俏大概也没见过李言这样的，她放下筷子用手指轻轻碰碰李言伸过来的手："林俏，阿迪的邻居。"林俏本有些不自在，但说完这些后看了看我，突然笑了。

李言也笑了，这是他第一次亲眼看到有女人来我家，他很兴奋，像采到钻石一样，抱着朱家旺，看着还有大半锅的酸菜鱼。我傻傻地拿着手机站在客厅中央，脑袋里想的是手机没电了要充电，但双眼混沌却不知在找什么，而就在这时，李言已坐在我的位置上，拿起筷子吃了起来。

"嗯，味道不错。"李言冲林俏说，"好手艺。"

林俏笑着，看看李言又看看我。我看看林俏，又看看李言。李言看看林俏，冲还傻站在客厅的我说："添双筷子啊。"我这才反应过来，去厨房拿筷子，而此时，李言又跟林俏说："我和阿迪从大学就在一起，我们像兄弟一样。"

林俏点头，表示听懂了。但李言却从林俏的表情中读懂了自己在林俏这里并不陌生，于是他也点头，已胸有成竹。所以，待到我拿副碗筷再向阳台走去时就听到李言问："林小姐多大了？"

太没礼貌了，我正想阻止，林俏却回答了。

"31 岁。"

"北京户口？"

"李言！"我叫了一下，"这是查户口呢？"

"是的。"

李言像个家长一样地询问，林俏竟然一五一十地认真回答。我一下子有些不知所措，拿着碗筷坐在了两人的中间。

"这是你的狗？"李言又指着林美美问，"几岁了？"

"一岁半了。"

"买的还是……"

"我男朋友买的。"

林俏第一次谈到林美美的来历，也是第一次在我面前谈到她的男朋友。顿时，气氛紧张起来，我有些失落。李言却相当镇静，他"噢"了一声，侧头看了我一眼。大意我读懂了，人家有男朋友，你瞎折腾什么！

我觉得李言好讨厌，怕林俏尴尬，我说每次出差都是林俏帮我带朱家旺，昨晚大家聊募捐聊晚了，所以今天在家里吃。我又轻轻对林俏说："再找个时间，我请你出去吃。"那话的意思就好像说今天和她一起吃午饭是谢谢她帮我带朱家旺的缘由。

我没说鱼是林俏做的，食材也是她买来的，我想李言应该都猜出来了，后面吃饭就较安静了，有一搭没一搭看着电视说着来自汶川的消息。电视机离阳台有些距离，有时根本看不清画面，只能听声音，但我想谁都没有听进去。

吃完饭，林俏就带着林美美走了。李言这才说他来的目的，他刚又和米米吵架了，原因是米米想跟车队一起送救灾物品去汶川。李言当然不同意，两人就吵了起来。李言给我打电话，手机关机了，他就来找我了。说到这里，我才想起手机还没有充电。

林俏走后，李言就没再提她的事，这会儿见我这样，又叨叨起来："心神不宁的。"李言说，"一会儿跟我去'FOOL'酒吧啊，商量一下车队的事，"李言拿出手机，"我让米米把田歌也叫来，人家把刚卖画的钱给捐了。"

我点点头。

李言拿着手机还未拨号就又想起什么来："你刚才说你出门都是她帮你带的狗，"李言看着我，"狗友？你说的狗友就是她啊。"

"啊，怎么了？"我说。

李言语重心长地说："人家有男朋友，你还想做备胎吗？"

"瞎猜什么，本来就是一、"我没好气地说，"一个邻居。"

"好，好。邻居。"李言竟然迁就我。

三天的时间，我们凑齐了四辆货车的救灾物品。李言领队，肖华随行，两人各开一辆吉普车，另外派两名有经验的修车师傅跟随，一共六辆车。其实我也想去，但也知道家里必须有人做后援。李言还是拗不过米米，让她负责随行的医药护理，只是我没想到的是田歌和王星星及她的法国男朋友也要跟车队一起出发。我极力反对，我们是支援救灾，不是自驾旅行。并且，看电视新闻和预告，汶川周边还会有余震，很多道路塌陷，危险无处不在。但王星星和田歌都有极强的使命感，一个摄影家一个画家，最后，我只能叮嘱肖华，不要给当地政府添乱，服从当地救援组织的安排，注意安全，随时沟通。临行前，李言将头发染回了黑色，也剪了板寸。肖华见此景，也将头发剪成了板寸，于是，同行的男士们都剪成了板寸，乍一看，像"敢死队"一般。

自从知道林美美是林俏的男朋友送的后，我有意避开了林俏。Gay在"理智善养宠物"QQ群里问林俏怎么好几天没来我们小区了，他帮林俏买好了宠物驱虫药，我这才知道林俏也在避着我。人就是这样，当知道对方心里也很在意这件事，也因这件事在回避自己的时候，心里便有些过意不去了。我们本来也没什么，我们只是"狗友"，我帮她带过林美美的，她帮我带过朱家旺。我想下次她有事出门，Gay 也会愿意帮她带林美美的。看来，是自己想多了，何况在追求田歌这件事上她一直在帮自己出主意。

李言和车队出发一天后，到达绵阳平武县。他告诉我到处是开裂的路面、坍塌的墙体，有些公路的路基已松懈，随时有塌陷的可能。发来的照片看得我胆战心惊。车队到达响岩镇时，已是军管区，任何人和车辆不能再往里去了，也不能拍照，李言和肖华便决定在此将四辆货车的救灾物品交接给当地的救援中心。

这些天，电台的编辑记者主持人全部扑到了地震的新闻上，张台长本人也亲自安排了一组新闻直播，我做主持人。职业使命和责任感促使同事们没日没夜地抢新闻，但在这种工作强度下，还要去朝九晚五地打卡上班挺不人性的。趁着和张台长一起做新闻直播的机会，我向他提了提打卡制度并不适合新闻媒体单位。张台长表示会考虑，其实上任半年，他自己也感觉到有些规定存在着不合理性。

待李言的车队往回开的时候，我稍安心了些。早晨，带朱家旺去洗澡，顺便打了疫苗。回家后，在小区里遛弯，朱家旺突然在一块草地上打滚，有意用它的背去蹭着地面，随后还在那块草地上撒了泡尿。一开始，我没有在意朱家旺的异常举动，直到它跑回我的身边，我闻到了一股浓烈的臭味，才发现它刚才在草地上蹭了一背的屎。我气坏了，冲它骂着："刚给你洗的澡，有你这么当狗的吗？玩什么不好玩屎。"

一位有经验的狗主人告诉我，那堆屎应该是条母狗拉的，朱家旺大概是看上那条母狗了。我一听更气，牵着朱家旺边走边骂着："你以为蹭了人家的屎，人家就会跟你好吗？"

朱家旺身上的屎实在太臭，它刚打完针不能洗澡，宠物店的老板建议把它身上的毛全剃光。我想马上夏天了，剃光了凉快，但没想到这样就惹了祸。

剃光了毛的朱家旺回到家后习惯性地抖抖身子，大概是觉得不对，它扭头看着自己能看到的地方，然后又去照镜子，接下来的事让我很意外。它没有冲我大叫，它呜咽起来，钻到了沙发下面。朱家旺已是成年狗了，沙发下那么矮，多难受啊。我让它出来，它不理我。

"你把自己弄那么臭，不剃光能行吗？刚打了针又不能洗澡。"那个时候我还没有考虑到要尊重朱家旺，不过一条狗嘛，你不高兴，我还不高兴呢。

晚上下班回到家，朱家旺没有在门口迎接我，它趴在窝里。我煮了泡面，也给朱家旺煮了块鸡肝。以往，煮的时候，朱家旺就会围着炉子转，一副等不及要吃的样子，可是今天我用鸡肝拌好了狗粮，它还躺在窝里。这时，我就有些担心了。我看着没有毛的朱家旺，的确很丑，光秃秃的，可是也不能因此不吃不喝绝食吧。

"好吧，对不起。"我摸着朱家旺，"我知道错了。"

真正感觉到惹祸了是饭后准备带朱家旺出去遛弯的时候。以往，只要我想着带朱家旺出去，人还没行动，它就立刻感应到了，然后疯跳地跑到我身边，激动得不行。可是今天，我把牵引绳都搁在地上了，搁在门口了，搁在朱家旺眼前了，它不仅不跳着要出去，甚至在我抱它的时候往后缩，又躲进了沙发下，意思很明显，它不想出去。我意识到事情的严重，朱家旺是觉得毛剃光了，很丑。我从沙发下拖出朱家旺，我说毛很快会长出来，没有毛它也很漂亮等等，但是无论我怎么说，它就是不想出门。

我在"理智善养宠物"QQ群里说了朱家旺被剃光了毛，不愿意出门的事情。群里的"狗爹狗妈"们你一言我一语，有人说泰迪熊怎么也要剃光几次，这样毛发才能长得好；有人说给朱家旺穿件衣服。林俏私信我说，她一会儿带林美美过来。

林俏主动和我说话，有些小激动。洗了把脸，换了件新T恤，不一会儿林俏就带着林美美来了。狗跟狗之间是靠气味相互喜欢的，朱家旺和林美美就是气味相投，一见面，两条狗立刻相互亲热地嗅了起来，朱家旺似乎也忘了自己光着身子没有毛了，高兴地和林美美一前一后出门了。

路上，我拼命找着话，把李言带领的募捐车队在路上看到的、遇到的、QQ群里没有说的事，我都说给林俏听。林俏很少搭话，这不像她。她一直和我保持着距离，半个小时后，她要带林美美回家去。

"要不要一起喝一杯？"我第一次发出了邀请。

"改天吧，"林俏说，"等车队平安回家。"

车队是周五的晚上出事的，距离北京一千多公里的西安近郊。当时是晚上七点多，我正在电台准备晚上的播音工作。李言打来电话：肖华的车在避让时掉进沟里，三元催化器坏了，需要马上更换。我让李言说详细些，有没有人受伤。既然快到西安了，那应该是在高速上行走，怎么会掉沟里磕到汽车底部？李言这时才说，车队到达绵阳的当天大家都有些拉肚子，应该是水土不服，也不排除吃了不干净的东西。四辆货车是租来的，在响岩镇卸完货后，货车去成都拉货和他们分开了。李言和肖华各开一辆车回北京，但途中两个修车师傅越来越严重，又吐又拉，有些脱水了，所以大家临时决定去西安找家医院看看。结果，跟着导航到了一个农田，掉进沟里，底盘磕在一块大石头上，肖华的腿受伤。李言说，现在，他们八个人都在医院输液，车在修理厂，但西安没有三元催化器的现货，需要从其他4S店调货。

"你明天从公司带个新的三元催化器赶过来，这样晚上就能修好，周日就可以将车开回北京。"李言说，"这是最快捷的法子。"

第二天一早，林俏就来接朱家旺。我本来是打算将朱家旺送到宠物店里的，但在QQ群里说了车队出事后，林俏就说将朱家旺交给她。我虽然有些过意不去，老是麻烦林俏，但说实话，朱家旺交给林俏，我放心多了。

我带着新的三元催化器赶到西安时，在医院看到他们八个人疲惫不堪、劳形苦心的样子，不过几天时间，又黑又瘦。看着好心疼，尤其是肖华，脚内踝裂隙性骨折，他还得在医院待几天。

修好车已是晚上，和李言商量，留下一个师傅陪着肖华，米米、田歌、王星星及她的男朋友先飞回北京，我和李言带着一个修车师傅，我们三个人轮换着将两辆越野车开回北京，但米米说要和李言一起来一起回去。看来，李言和米米通过这次自驾远行，两个人的情感突飞猛进、如影随形了。接下来都是高速路，只要安全驾驶应该没有大的问题。于是，让王星星及她的男朋友和一个修车师傅先飞回北京，我和李言带着米米和田歌开车回京。

周日的早晨，安排好大家后，八点我们就出发了。西安到北京一千多公里的高速路，四个人换着开车，人歇车不歇，正常晚上十点左右应该能够到达北京。出发前，我在 QQ 群里留言，也给林俏发了短信，告知晚上可以赶回北京。林俏回复得很快，让我注意安全。上路后，我和田歌一辆车，李言和米米一辆车。一路上，有说有笑的，细想想，还真像自驾旅行一样。几乎每个高速服务区，李言都要停下来，上个厕所，吃个水果，抽根烟，聊会儿天。所以，下午五点多，我们才进入山西省。

在临近平遥的服务区，从卫生间出来，米米和田歌去给车加油，李言拉着我到一边吸烟，他说别太赶了，晚上就到平遥找家酒店歇一晚，明天再回北京。我想也行，这样也安全一些。我给林俏打电话，想告诉她今晚赶不回北京了，但她没接。这个时候，李言又说晚上他就和米米一个房间。说完他看着我，眼神里很多含蓄的暗示。我觉得他多此一举，他不和米米一间屋子，谁和米米一间屋子，但同时，我突然醒悟过来，李言和米米一间屋子，不就意味着我要和田歌一个房间吗？不妥不妥，无论我是和田歌一个房间还是我和她各自单独开一间房都会让人多想。和田歌一间房，我们的关系还没到那一步；各自单独开一间房，田歌会误会我不愿意和她一间房。

"好好地歇一晚，明天还要开车呢。"我说，"你就和我一个房间吧，都累了。"

"真是个土鳖干部。"李言气不打一处来，"白操了你一路的心。"

这个时候，我才领悟到李言的用意。要说，李言真的是情商很高，他说两个人是否合适，出门旅行一次就知道了。就好比他和米米，现在俩人比之前更如胶似漆、难舍难分了。其实一路上李言还在想另外一个问题，如果这次募捐车队，他、我、米米、田歌，四个人能同行，那么估计此次回京的路上，我和田歌的情感也会与日俱增、情投意合了。所以，当车坏了的时候，他立刻就想到让我带零件飞到西安，和他们一起开车回京。

"这是最好的机会，一路上开车相谈甚欢，晚上情至深处、笃定相许，多好的事。"李言说。

亏他还用了"笃定"这么文雅的词，没直接说上床。这时，米米和田歌加好油过来，我便向车走去，李言"哎、哎"地在身后叫我等等他。我没理。

到平遥已是晚上八点多，我又给林俏打电话，她还是没接，我便在 QQ 群里留言说今晚赶不回北京了，又给林俏发短信，告诉她明天才能赶回北京，辛苦她再帮着带一天朱家旺。

我们在高速附近找了一家能停车的酒店。和李言去订房间的时候，我看到 QQ 群里有 Gay 的留言，他说朱家旺现在他那里。这时，我才知道，下午林俏和 Gay 一起在小区遛狗的时候，有两条未拴绳的哈士奇突然冲过来，把林美美给咬了。林俏带林美美去医院了，临时把朱家旺交给了 Gay。我吃了一惊，不好意思直接问朱家旺怎样，但Gay 没说，想必没事。

我告诉李言林美美被大狗咬了。"林美美？"李言一时没反应过来，我说邻居家的狗。李言就明白了，他看我心事重重的样子，就没再提让我和田歌一个房间的事。

晚上，终于打通了林俏的电话，我问林美美怎样了。林俏低声说，在医院，刚做完手术。我问伤到哪儿了，林俏让我早些休息，就挂了电话。

李言说又不是朱家旺被咬了，你着什么急啊？再说狗之间咬来咬去的，我们还打来打去呢，没事的。我也希望没事，躺在床上，又给林俏发短信说林美美一定不会有事的。林俏没有回复。李言见我一直在看手机，又叨叨说以后再出差就将朱家旺放在"FOOL"酒吧里，自己人，既安全又放心。

我没有理李言，想着明天就回北京了，昏昏沉沉半梦半醒间睡了一晚。早晨醒来第一件事就是给林俏打电话，她还是没接，接着看到"理智善养宠物"QQ 群里阿莲的留言说，凌晨四点多的时候，林俏的狗林美美死了。

我大吃一惊，忙问阿莲，林美美伤到哪里了，怎么会死了呢。阿莲回复说哈士奇扑过来的时候，林俏先抱起了朱家旺，然后又去抱林美美，但同时抱两条狗有些吃力，所以林美美又掉了下来，被扑上来的哈士奇一口咬住了肚子。阿莲说，肚子都被咬穿了。刹那间，我特别难过和自责，如果我不把朱家旺交给林俏带，林美美就不会死。

李言说林美美死了和我没关系，如果心不忍就赔点钱，算是心意吧。

下午三点多到达北京，一回到家就去 Gay 家里接了朱家旺，然后带着它去林俏家。刚到她家楼下，就看到林俏背着一个双肩包下楼来，手里拿着一把小铁锹。

"你这是要去那里？"我问。

林俏没有说话，朱家旺不停地往她身上扑，要扑那个黑色的双肩包。

"林美美呢？"我走近了些，林俏的眼睛红红的，她看着我，眼泪止不住地流了下来，她用手指指后背上的双肩包。

我立刻就明白了："给我吧，我和你一起去。"

林俏点点头，把双肩包给我，我们一起出了小区往护城河的方向走去。天空不知何时飘起了小雨，我背着黑色的双肩包，牵着朱家旺，林俏拿着小铁锹，我们停在了护城河边的桥下。在这里，远处可以看到我住的小区楼顶，近处，左手边是护城河，右手边是草坪，草坪过去就是通往回家的路。并且在这里，不会有人去惊动它，没有人会在桥下种花种果翻土挖沟，所以，林美美应该能很安静地待在这里。

有些微风吹过桥洞，我用铁锹挖坑的时候，朱家旺出奇地乖，和林俏一声不吭地站着看我。我挖了一个足够能放进林美美的坑，准备打开双肩包时，林俏说"别拿出来，一起埋了吧"。于是，我将林美美连同那个黑色的双肩包一起埋进了坑里，填好土。我们站了片刻，从桥洞里出来时，一股冷风吹过，我闭了闭眼，抬头望天，蒙蒙的细雨扑洒下来，淋湿一脸。

回家的路上，我牵着朱家旺，和林俏默默走着。我突然松了口气，心里也没那么内疚了。在林俏家楼下时我停住了，我说"你早点休息吧，我带朱家旺回家了"。林俏点点头，她转身准备走的时候，我叫住她，将事先准备好的一个信封递给她。

"抱歉，我也有责任的。"我说，"如果不是因为带朱家旺，美美也不会死。"

信封里装的是五千元钱，我想林美美死了我赔她五千元钱应该是负责任的吧，但我没想到的是，林俏看到信封里的钱后，似乎一下子给了她发怒的理由。她突然将信封扔向我，接着冲过来劈头盖脸地打在我的胸前肩上背上。我忘了，她一直是个坏脾气的女人。

"你给钱是什么意思？我的狗死了跟你有什么关系？你以为美美在我心里就值这点钱吗？我讨厌你，我再也不想见到你！"林俏说完气呼呼地上楼回家了。

我被打得有些蒙，幸好小区不大，没几个人看到，不然大家肯定要误会了。我捡起信封，我很委屈，都是李言出的鬼主意，他说林美美的死虽然和我没关系，但人家不是因为要保护朱家旺才让自己的狗被咬死的嘛，给点钱双方的心里就都舒服了。

我牵着朱家旺往回走，很窝火，我是好意，至于发那么大的脾气吗？我刚帮她埋了林美美。回到家，朱家旺呆呆地趴在门边，似乎还想出门。我突然想到林美美是朱家旺最好的朋友，便把它抱在怀里说："你还有我知道吗？我才是你生命中最重要的那个。"

朱家旺回头看我，摆动着脑袋，似懂非懂。

给朱家旺盆里倒满狗粮，我洗澡去了。等我洗了澡出来，狗粮一点也没有动。我叹了口气，把朱家旺抱到狗盆边，说："生存中，每个人都会有很多的不如意，但不能因为一点点不如意，就抛弃自己……"我递给朱家旺一根肉条，接着说，"你如果不吃东西，伤害的不是别人，是你自己。快乐是自己找的，没有人会给你，人家自己的快乐也不多，所以，遇到任何事一定要坚强。美美虽然死了，可你要活下去……"

我话还未说完朱家旺已迫不及待地吃了肉条，我不敢相信地看着朱家旺，又拿出一根肉条来，它很快就吃了，还顺便去水盆喝了口水。

"你怎么这样，美美刚刚去世，没心没肺的家伙。"我站了起来，望着窗外，我想林美美不在了，林俏现在也是一个人了。

我带着朱家旺拿着一瓶杰克·丹尼来到林俏的家，她刚洗过澡，头发还是湿的。"我想，喝点酒或许会好些。"我说着晃了晃手中的杰克·丹尼。

或许是因为悲伤过去了一小会儿，也或许是洗了澡的缘故，林俏的脸色看上去好多了。我们在桌前坐了下来，她找出两个杯子，我倒了两杯酒，递给林俏一杯。

喝了酒后，气氛好了许多。林俏说："我一个人到北京读大学，然后到现在这家公司工作。在北京我没什么朋友，男朋友是我最亲的人……他是北京人。我们交往的时候他父母不同意。他父母希望他找个北京女孩，后来他从家里搬出来，我们住在了一起……我们很相爱，我们真的很相爱。"林俏的眼里有泪，"他很勤奋，总说要买套大房子给我。他母亲一直瞧不上我，觉得我是个外地人。我爸妈一着急，就凑钱给我买了这套房。两年前，他公司有个去加拿大工作的机会，说是两年就可以回来……"林俏说到这里哭了起来，我想她是因为林美美想她男朋友了。

我给林俏加了些酒，我想安慰她，可想了半天也没找出一句话。

林俏又说："去年初，就满两年了，他说还要再待一年，说是他妈妈的意思……他怕我一个人寂寞，就买了条小狗送给我。"

"泰迪熊可聪明了，心眼可多了。"说到狗，我终于想到了一句话。

"是。"林俏说，"美美买回来时，才一个多月大。刚开始我好烦它，随地大小便，还特别黏人。"

"小狗都是这样，球球也是的，还爱咬拖鞋，我还打过它。"我说。

"不过，幸亏有美美，我才会有机会下楼，遛它的时候我也散步了。男朋友出国后，我都不爱出门了。"林俏说，"很烦的时候，我就和美美说话，我说的一些话它能听懂，什么'出去玩儿，吃饭，不要瞎跑，回家……'这小狗喜欢干净漂亮的地方。"林俏突然有些兴奋地说，"它六个月大的时候，有一天我带它出去散步。我们经过一家意大利餐厅，这家餐厅在露天草坪上摆有餐桌，我看到有个外国女人在一张餐桌旁吃着比萨和烤肉，她脚边的草地上蹲着一条拉布拉多，外国女人吃饭的时候，偶尔会塞给拉布拉多一小块肉吃。看到这里，我一下子饿了，我和美美也进去找了张桌子坐下。美美开始有些紧张，总想让我抱它坐在腿上。我提醒它，要想吃肉就得乖乖地蹲在地上。那天晚饭，我和美美吃得都很开心，我吃比萨，偶尔给美美点肉吃。我们在那里待了好久，听音乐，喝啤酒，吃沙拉，吃肉。我告诉美美，'如果不乖会被撵出去的'，它听懂了，一直很乖、一声不吭……后来，一看到这类的餐厅，它就想跑进去……"

酒的确是个好东西，听林俏说林美美的事，一会儿哭，一会儿笑。

"早晨它死后，我一直抱着它坐到天亮，医生说有专门的地方可以帮着处理死亡的狗狗，但我想亲自来做。"说到这里，林俏又开始流泪，"后来，我抱着美美回来了，我替它清洗，用吹风机吹干它的毛发，一根根梳着吹着。吹干后，给它穿上了最漂亮的那件黄色外衣，然后将它放在一张白色的床单里裹好，用白色的绷带绑紧，放进了那个黑色的双肩包里。"林俏擦着眼泪，"生死有命，也可能它就只是来陪我这么长时间，到时间了，它就走了。"

我又给林俏倒了些酒，拍拍她的肩。"它除了不会说话，心里什么都明白。"我说，"虽然它陪你的时间很短，但你对它的关爱它都懂。"

林俏冲我点头，朱家旺这时很懂事地过来偎在林俏的怀里。

第二天下午下班后，我早早地回到了家。我去肯德基买了汉堡、鸡翅，又去超市买了啤酒，然后带着朱家旺来到了林俏家。

林俏像是知道我要来似的，她洗了澡，还吹干了头发。我把吃的放在桌上，打开啤酒说："啤酒配鸡翅，越吃越开心。"

"又来听我唠叨，"林俏拿了块鸡翅递给我，"不烦吗？"

"唠叨唠叨就好了。"我说。

我们喝着啤酒，吃着鸡翅。朱家旺在桌下着急地想吃，林俏就拿了块鸡肉喂它。

"别看它这么丁点小东西，可有心眼了。"我说，"那天我带它去打针，一路上它哼哼唧唧，见人就叫，见狗就扑，烦死我了。到了宠物医院，不让量体温，谁靠近它都不行。后来，我只好抓着它量了体温，结果三次都是三十九度以上。医生建议我们改天在家里量好了体温，直接抱来打针，后来我们就离开了。唉，离开宠物医院后，它就一声不吭了，乖得跟孙子似的。我就明白这小家伙刚才是故意的，知道要打针故意找碴。我抱着它又回到宠物医院，再进去，它又要闹，我说'臭狗，这一针你躲不了的，早晚都得打'。后来，它就没闹了，乖乖地让医生给它打针。可针刚一打完，它就冲医生狂叫，不准医生再靠近它。"

林俏笑了起来："你真有耐心。我以前很不喜欢你，看见你打狗，觉得你对狗狗不好。"林俏的心情好了许多。

"以前朱家旺并不是我的狗，只是朋友寄养在我这里的。"我说，"但后来我收养了它。"

"为什么后来你会收养它呢？"林俏问。

"为什么？"我问自己，什么原因呢？我想不仅仅简单地理解为注定、缘分，那也是一种需要，彼此的需要。我看着林俏，她微张着嘴，她的眼睛柔柔的，她在等着我回答。

为什么会收养朱家旺这件事，我没有告诉过别人，但不知道为什么，此刻，我想说给林俏听。

"你见过狗忧郁的眼神吗？"我问林俏。

"忧郁的眼神？"林俏不解地看着我。

"是的。忧郁而无助，对未来的不明……"我说，"我一辈子也不可能忘掉那个夜晚，孤冷而幽静。"

我说着去年冬天的晚上，感染了犬细小病毒的朱家旺在我家里的情形。我说的时候，林俏就看着我，她的眼睛湿湿的，接着，她缓缓地凑近我，她亲了我一下，亲在我的嘴唇上，很轻，很快，就是两个人的嘴相互碰了一下。我看着她，没有特别地惊讶。她又亲了我一下，有些重，时间有点长，依旧是嘴唇，然后她说："你的嘴唇真软。"

我"嗯哼"了一声。林俏又过来亲我，这次亲的时间更长了，我能感觉到她的舌头在我的嘴里，我很清醒，她也是。她的舌尖小心地一粒粒经过我的牙齿。我眯着眼睛看她，有一阵子眼睛差点闭上了，但马上又睁开了。我不敢闭上我的嘴，我感觉到有一只手进入到我的T恤里，我深吸了口气，她的手好温暖，在我的胸口游离……然后向下探去……

第 17 章　纠结的情绪

　　早晨，我醒了，很静。蒙眬中，看到一只奇黑的蜘蛛伸展着八只爪子扑过来，吓得我睁大眼睛，这才看清楚是一个半裸的后背上一个蜘蛛图案的文身。我平喘了口气，发现自己的半个身子裸露在毛毯外，毛毯里还裹着一个人，她背对着我。

　　我稍微动了一下，移开身子下了床。朱家旺见我醒来，"咦咦"叫着想出门。我冲它"嘘"了一声，穿好衣服。出门的时候，我又犹豫地看了一眼床上的林俏，感觉她动了一下，我知道她也醒了。

　　护城河边，好多早锻炼的人，也有跟着主人出来散步的小狗。我在河边的草坪旁坐下，朱家旺自顾自地在一边玩耍，有些小风吹过，很舒爽。昨晚发生的事我一点也不意外，林俏，31 岁，有一个男朋友在加拿大。我撇撇嘴，如果不是在超市里见过一次，我根本不相信林俏有男朋友。

　　手机突然响起，吓了我一跳，我以为是林俏打来的，接电话说什么好呢，昨晚之前我们几乎无话不说，而现在呢？我拿出手机，是办公室主任郭小彤打来的，通知我早晨十点会议室开会，张台长有重要事情公布。挂了郭小彤的电话后，我又有些失落。我想刚才离开时林俏一定是醒着的，昨晚是她主动的，她是寂寞还是悲伤过度想她男朋友了呢？昨晚我们喝得并不多。难道我又是个替代品？又是个备胎？

　　"是不是？"我问朱家旺。朱家旺以为要回家了，抖了两下身子，我就站了起来，带着它往家走。这时，我又有些自责，我怎么就这样离开林俏家了呢？我是个男人，起码的担当还是要有的。

和朱家旺回到家，给它擦了脚，朱家旺习惯地在家里各个角落跑了一圈后，回到我的身边，它饿了。冰箱里什么吃的也没有，我很抱歉地看着它："鸡蛋也没了。"朱家旺站在冰箱前摆动着脑袋，估计是听懂了，它不干，干脆蹲下了，示威地看着我，希望我能从冰箱里找出个鸡蛋来煮给它吃。

"一次不吃也饿不死吧，不要这么看着我。"我从冰箱里拿出一罐饮料冲朱家旺晃晃，"看看，我也只能喝饮料。"

我在朱家旺的食盆里倒了些狗粮，它看也不看，继续跟着我，看我会吃什么。

"我什么吃的也没有。"我坐在沙发上，朱家旺就趴在我的前面，看着我喝饮料。

桌上的塑料袋里有半块面包，我打开闻了闻，朱家旺也过来闻了闻，然后舔着它的黑鼻头。

"我吃东西的时候，你不要舔你的臭鼻子。"我说，"这是甜的，你不能吃。"

朱家旺依旧不依不饶地看着我手中的面包，舔着它的黑鼻头。

"好吧。"我被看得过意不去了，揪了一小块放在朱家旺面前，它闻了闻，但没吃。"看看，你又不吃，浪费粮食。"我故意去抢地上的那块面包，我的动作很明显，但并不真抢，我知道只要我一抢朱家旺就会比我更快地将面包抢着吃了。果然它中招，一口将面包叼进嘴里吃了。我也暗自得意，这一招，屡试不爽。

吃着面包，我想林俏现在应该起床了吧，她家里有吃的吗？我要不要给她买份早点？她在做什么呢？她现在也不需要遛狗了。她会后悔昨晚的事？她会来找我吗？

我在想林俏的时候，林俏也正在家里想我。这是她后来说给我听的。她说我走后，她就坐在床上，喝着昨晚剩下的啤酒。早晨很早她就醒了。她看到我裸露的身体抱着她，她给我盖上毛毯，然后她自己也裹上毛毯，她将背对着我。她不确定醒来后我们会怎样。她不是随便的女人，但昨晚她是有意的，她想要和我在一起，所以，借着酒精她和我在一起了。只是天亮后，现实就像白昼一样警醒，她想，我会怎么想她？我会爱她吗？我要是不爱她怎么办？我在追求田歌，田歌是个画家，比她年轻漂亮。我要是只把她当朋友怎么办？我早晨走的时候一定是知道她醒了，可我还是走了。我一直没有打电话来……或者昨晚我只是安慰她，现在我也后悔了……

这真是个很纠结的早晨。林俏喝完一罐啤酒后又打开一罐。她坐在床上，抱着双膝。她想要不要来找我，可找到我后说什么呢？人在胡思乱想时，一会儿会往好的方面想，安慰自己，但更多会往坏的方面想，尤其女人。林俏想她喜欢我，曾经很多次暗示过我，我都没有回应她。看来我只是把她当作一个聊天的对象，一个普通朋友。想到这里，林俏喝完剩下的啤酒，躺回到床上。这个时候，她对昨晚的事有些后悔了，没有昨晚的事，现在至少她和我还能一起聊天、吃饭、喝酒。

张台长会议的重要事情首先就是取消编辑和主持人打卡上班的考勤制度，改为和过去一样不坐班。这是个让人很激动的消息，参会者一下子觉得张台长特别体恤民情，是个很人性的领导，大家都有种劫后余生的感动，整个会议室竟然响起了掌声。只是大家都忘记了，张台长没有做台长前，电台的主持人和编辑就是不打卡不坐班的。其次，张台长公布从现在开始，电台每个节目中都要加插广告，请各位主持人积极配合。跟恢复不坐班制度相比，在播音内容里加插广告就不算什么了，并且张台长也说了，凡是加插广告的节目里，主持人都有广告提成。所以，我也和同事们一样，对张台长的这个决定给予了热烈的掌声。此次会议很圆满，在一种开心祥和的氛围中结束了。

回到办公室，陈大力正和李晓涛在茶水间吸烟，见我过来，递给我一支烟，同事们似乎又回到了从前宽松的日子。我今天本没有工作，吸完那支烟后，便离开电台去了言迪安二手车公司。

接手这家二手车公司半年多，第一个季度挣了些钱，但第二季度的财务报表只是持平。在市场经济下，公司有盈有亏很正常，但李言不这么想，他总认为是他说服我投资这家公司的，如果亏损了就有些对不住我了。所以，现在，李言每天上午都来公司守着，随后，他又嫌公司附近的快餐不卫生，便安排"百姓人家"每天中午送餐到公司。我到公司的时候，正赶上"百姓人家"的服务生送盒饭过来。

自从电台打卡上班后我上午一般不在公司，这会儿见我过来，李言很稀奇，嘴里说着没准备我的饭，但手上却递给我一双筷子，饭菜已摆在了茶几上，标准的四菜一汤。

"怎么了，心事重重的？"李言吃着饭问。

我打开一盒饭，说："应该是开心，现在又不用坐班了。"

李言的小眼睛睁了睁："那太好了，广东有批车，我正打算去看看。"

"好哇，什么时候动身？"我突然好想出差。

"嗯……"李言犹豫地看着我，"能不能再带一个人？"

带个人？我学李言的样子转了转眼睛，我明白了："带啊，必须带上。"

李言笑了："米米想去香港买点衣服。"然后，他停住筷子，似乎又想起什么，"要不叫上田歌，我们四个人一起去。"李言对自己的这个想法很满意，"女人都喜欢购物，香港的奢侈品牌多还比内地便宜。"

"噢，"我突然想和李言说说林俏，想听听他这个情感专家的建议，"田歌，大画家，我总觉得配不上她。"

"开什么玩笑！"李言用手从头向下扫着我，"看看你，年轻，有魅力，英俊潇洒，性情温和，你就一暖男。"李言点点头，肯定地，"田歌喜欢你。"

"她说的？"我又不想和李言说林俏的事了。

"不是她，是她们。"李言强调着，"'暖男'是田歌和米米私下对你的评语。"

我笑了，我想林俏会不会也认为我是个暖男呢。

"瞧你得意的，那就说定了，这个周六出发，我们一起去广东看车，然后去香港。"

"哎，不不不。"我忙阻止，我现在不能走，我得先把林俏的事弄明白了。"要不，你和米米去吧，我想……"我夹了块牛肉吃了，"我们……在家里先培养一下感情，下次一起去。"

"下次？"李言吃着饭，沉默了一小会儿，大概也想不出什么更好的方法，或者他也正想和米米单独去。"也好，下次找个时间我们一起去度假。"李言说着眼神有些散了，茫然地说，"哎，阿迪，会不会是天意啊，让我们一直打光棍，然后派给我一个米米，派给你一个田歌……"

"一直打光棍的是我。"我说，"看来，没有一个女人能取代米米了，什么时候能喝到你们的喜酒啊？"

"喜酒？结婚啊。"李言停住筷子，睁大他的一双小眼睛，同时转动着脑袋，"嗯……嗯，这是个大事，"又停了片刻，李言接着说，"我和米米吧，很舒服、很和谐，现在还真没有一个女人能取代……"说到这里，他摆摆手中的筷子，看着我，一脸焦虑，"我得赶紧把你的事解决了，瞧我这心又操碎了。"

李言把我逗乐了。

吃完午饭，李言就走了。下午，我给哥哥在海关工作的同学打电话，打听准备拍卖的物品中有没有进口汽车，随后到修理车间转了转。临到下班时，我突然有些心神不宁。以往，这个时候，林俏会发个信息来问我晚上想不想一起去哪里吃饭或者她晚上做什么吃的问我要不要一起吃。偶尔地，会有笑死人的荤段子发过来，可今天这一天，什么信息也没有，也不知道她在忙什么。

唐燕进来收拾办公室，将沙发上的茶壶茶杯拿出去清洗，她准备下班了。我看着电脑，其实什么也没有看进去，我想林俏昨晚为什么主动呢，仅仅是需要安慰吗。我想到她以前其实有很多过于暧昧的动作，朱家旺过生日那天她摸了我的脸，我告诉她和马芳芳分手时我像一只没有脚还没有翅膀的鸟儿时她把我搂在怀里，这些能证明她对我是有意的吧？我叹着气，觉得自己又像个屌货。我怎么就不能打个电话问问林俏呢？约她吃个饭？即使她拒绝了也没什么丢脸的，再说我又不是没有被她骂过。想到这里，我拿出手机，正准备拨的时候，手机突然就响了，屏幕上跳出李言的名字，我愣神了一小会儿，才接通电话。

"吓了我一跳，"我说，"怎么突然打电话过来？"

"吓了你一跳？"李言反问着，"想谁呢？"

"没有，说事。"

"赶紧过来，一起吃晚饭。"李言说，"晚上有事。"

"什么事，我正准备回家遛狗呢。"

"狗晚点遛不会憋死的。赶紧了！"

李言的口气不容拒绝，我以为有什么紧要的事，忙开车赶到"百姓人家"，到了发现米米和田歌也在。李言冲我得意地笑着："意不意外，惊不惊喜！"

的确很意外，但不惊喜，不知道李言又整什么幺蛾子。我冲田歌和米米打着招呼。李言低声说："帮你把美女都约出来了，晚上一起看电影，《加勒比海盗2》，培养感情。"说着，李言又得意地笑了，"VIP 包厢噢。"

"包？"我顿了一下，没往下说。田歌就坐在旁边，她今天将头发扎了个马尾，看上去很清爽。和田歌聊了聊她的画展，一顿饭就很快吃完了。随后，我和李言各开一辆车奔电影院而去。

电影院的 VIP 包厢其实很别扭，如果想亲热，位置又小了点，还不能弄出大动静来；要是不亲热吧，又何苦多花钱订这 VIP 包厢呢？坐进包厢后，我就有些不自在，除了前方的大屏幕和黑黑的小脑袋，其他一律看不见，都藏在一个个小格子里。李言和米米也不知道在哪里，我也不敢随便说话。田歌倒是很随意，很专心地看电影，我偶尔会动动。田歌感觉到了，侧头看我，我便问她："你觉得挤吗？"

她撞了我一下："专心看电影。"

我知道她误会了，便不敢动了。不久，身子就僵硬了，很累。

总算看完电影了，出电影院的时候，一身轻松。李言和米米都不知道什么时候走的，我想想，摇头笑了。

"你笑什么？"田歌突然上来挽着我的胳膊，其实很简单的动作，我又紧张起来。

"没什么，我送你回家。"

看看手表，十点多了，没有林俏的任何信息，我突然着急起来，她不会有什么事吧？

"你是有什么事吗？"田歌问。

我摸摸脸："就是突然想到球球还没有遛。"

"那赶紧回家，遛球球。"田歌说。

开车上路后，我又想到一个问题。我得先把田歌送回家，才能回家遛狗，我不能带着田歌一起回家，不然，遛狗后是让她留下还是送她回家？想到这里，我对田歌说："我先送你回家，狗晚点遛没事。"

田歌没说什么，汽车一路到了她的工作室。田歌下了车，我想出于礼貌也应该下车和她说几句话，但田歌阻止了我。

"赶紧回去吧，别让球球等急了。"

"嗯，嗯。"我点头，"那你早点休息，我先走了。"

话音刚落，车子已启动，我着急地往家里赶。路上，我想给林俏打个电话，但想了想还是罢了，我决定直接去找她，直接问清楚我们以后究竟要怎么相处。

林俏不在家，房间是黑的，我有些疑惑，晚上十一点了，她不在家会去哪里呢？还是有什么事？我想给她打电话，但还是没有拨出去。或许，她不想见我，她怕我来找她，她躲了起来。我一下子特别落寞，她后悔了。她觉得对不起她的男朋友，她并不喜欢我。

我垂头丧气地走回家，朱家旺一如既往地欢迎我，我却没精打采地带着它下楼。我想不通，我真有那么差吗？都让人害怕地躲了起来。

夜里有些凉，小区里空荡荡的，我放开朱家旺，让它自己奔跑，它快速地往人工湖边而去。湖边椅子上坐着一个人，朱家旺欢快地奔过去，她抱起了它，回头来看着我。

看到她，我愣住了："你怎么坐在这里？"

"你怎么现在才遛朱家旺。"林俏冲我大声吼着，"你在外面疯玩时有想过它吗？它憋了一天，它等了你一天。"

耶，这个坏脾气女人，又冲我发火，凭什么呀。

"我在外面疯玩当然记得它了，它是我的狗。"我看着林俏，"干你屁事啊！"

听到我的话，林俏的眼睛立刻红了，她起身就走，我拉住她，她推开我，我又抓住她的胳膊，她站住了，侧着身子不看我。我将嘴移到她的耳边，小声地问："你不会是在等我吧？"

林俏特别不屑地"哼"了一声。

我笑了，又说："我刚去你家找你了，你不在家。"

听到我的话，林俏回过脸来看我，似乎有些怀疑，但我却不再迟疑地吻在她的唇上。

每个男人心中都有个贱人，每个女人心中都有个混蛋。没有性生活就没有幸福生活，×牌成人用品，让你寻找最初的快乐。FM66.8兆赫，今夜星光无限由×牌成人用品独家赞助。我是主持人阿迪。

世上有两种可以称之为浪漫的感情：一种叫相濡以沫，另一种叫相忘于江湖。我们要和最爱的人相濡以沫，和次爱的人相忘于江湖。不是不曾心动，不是没有可能，只是有缘无分。能牵手的时候请别肩并肩，能拥抱的时候请别手牵手，能相爱的时候请别说分开，拥有了爱情请别去碰暧昧。×牌成人用品，快感无处不在。

当你爱我的时候，我就拼命地爱你。爱情这种事情，是你情我愿的，两个人相爱才叫爱情，只有一个人贴上去，那还不如趁早相忘江湖。平凡人有平凡人的浪漫，不需要惊天动地，而是天长日久。FM66.8兆赫，今夜星光无限，有了×牌成人用品，每天都是幸福生活。

我成功地在《今夜星光无限》节目里加入了广告。陈大力说我的广告加得太顺溜了，只是苦了那些听广播的单身了。

凡事不能两全，我遵从了领导的意思就顾不上听众了。这期夹杂着广告的《今夜星光无限》播完后，我没有丝毫的不爽，我知道，林俏在家里等我。

一切都是真实的，在楼下就可以看到灯光。走到门口，听到朱家旺着急的扒门声。门开了，身子被林俏紧紧地搂住，嘴唇和嘴唇贴在一起，腿被朱家旺抱着，什么时候，身心有过这样的温暖呵护。

"其实有好多次，我都想亲你。"柔软的嘴唇，灵巧的舌头，她是怎么做到的，一边亲吻一边喃喃细语，"知道我从什么时候喜欢上你的吗？"

"嗯，哼，嗯……"我说不出话来。有一条温凉的小蛇在后背上游走，划过颈椎一点点向下，在脊椎中心停留又向两边滑去。我整个人都放空了，飘了起来。从没有一个女人这样吻过我，也从没有一个女人跟我说过这样的情话，我真的好爱听。

"你那天骑着车带着朱家旺从我身边经过时，我就喜欢上你了。"说话间她还在挑逗我的舌头，"你有孩子气的一面，有善良专情的一面，你一点点地诱惑着我。"

"嗯哼。"我轻轻咬着她的下巴，听她继续说。

"你跟我说马芳芳的事，你在情感上的受伤，让我好心痛，"她捧着我的脸，仔细看着，"我喜欢听你说话，我想做饭给你吃，也不知道为什么，我特别心疼你……"

"林俏……林俏……"我呼唤着她的名字，我不知如何才能回报她的呵护和爱。

六天后，李言和米米回到北京，他打电话让我去机场接他。这是个周四，下午我要录音，晚上约了林俏吃泰国菜。电话里我说工作太多，根本走不开，让公司其他人去接他，但李言一定要我去接，说特别重要特别重要，还让我叫上田歌。难道这两人决定要携手一生了？

这的确是重大事件，我就依了他。挂电话前，李言叮嘱我把公司七座的商务车开来。

我和林俏说晚上不能和她一起吃饭了，我要去机场接李言。林俏让我将朱家旺交给她，说这样我可以安心忙自己的。恍惚觉得和林俏就像一家人，请她帮什么忙都很随意，没有一丝不好意思。

李言和米米乘坐的航班下午五点三十分到达北京，看到他们的行李时，我吓了一跳，这是把百货公司搬回家了？六个大箱子。

李言给了我一个大大的拥抱，身子累得几乎趴在我身上了，但还要兴奋地告诉我这次签了17辆豪华二手车，性价比极高。这个我已在电话里知道了。

"这么多箱子怎么过安检的？"我真的低估了他们的购买力。

"哪里多了。"李言递给我一支烟，我摆摆手，他便自己吸上了。

我把行李车推到商务车前，米米要帮忙，我让她上车休息。"不就是去了一趟香港吗？搞得像个乡下佬，这让香港人民多瞧不起咱内地的啊——"六个箱子我很快就搬上车了。

"凭什么瞧不起，我是帮他们搞活经济。"李言说着前后左右地打量着我，"充电了，瞧你这精神饱满的样子。"然后一脸坏笑地问，"怎么就你一个人来，田歌呢？"

"我一个人就够了。"

我示意李言上车，他掐灭烟，走到垃圾桶边扔掉烟头，然后又回来坐在了副驾驶的座位上。李言指着其中一个银色箱子说："那个箱子里的东西是给你和田歌的，都是米米挑的。"

"太多了。"

我发动车子后，听到身后的米米说："不多，我叫田歌晚上一起吃饭吧。"

"要不……"我想说他俩累了，今晚就不要一起吃饭了，但米米已经拨通了田歌的电话。我一下子有些心虚，那晚和田歌看完电影后，我就没有联系过她，而李言和米米误以为他们离开北京的这六天我和田歌在一起了。

幸好田歌晚上有事不能过来，米米挂了电话后就没有再说话，从后视镜里，我看米米抱着手包闭着眼睛打起盹来。到了李言家楼下，米米打着哈欠下了车，看她一脸疲惫的样子，李言让她先上楼去休息。

"看来真是累着了。"我说，"要不今晚别一起吃饭了，你们先好好休息。"

李言也打着哈欠点头应允："那就明天？明天周五。"他又想起什么，"干脆周日，正好你生日。"

我生日？噢，已经进入 6 月了，我的 34 岁生日就要到了。

我把六个箱子都拿下了车，李言叮嘱银色箱子不用拿下来，让我给田歌送去。我打开箱子，里面有包、西装、鞋子……李言又从一个小包里拿出两个盒子。

"刚上市的 iPod touch，给你们俩各买了一个。"

李言这次真花了不少钱，我接过 iPod touch，看了看，递回给李言一个："田歌的，你们自己给她吧。"我又指着银色箱子，"那太贵重了，我帮你拿上去。"

李言按住我的手："这是给你和田歌的。"

我晃晃手中的 iPod touch："这个就很好，我一直想买一个。"李言不松手，我又说，"不是还有田歌的吗？先让她挑。"

李言看着我，松了手，没再说话，我便一手提一个箱子进入楼里。我和李言将六个箱子搬进他家里，我就准备走了。我在门口大叫一声："米——米，我先走了，你们俩好好休息。"

"好的，谢谢啦——"米米在房间里回复。

我等电梯的时候，李言又跟了过来，他吞吞吐吐、哼哼唧唧半天，小心地问我："她拒绝你了？"

"啊——"我一愣，马上又明白了李言的意思，"也不是，那个，你好好休息吧。"

李言"啧"了一声，摸了一下脑袋："那说好了，周日一起吃饭，给你过生日。"

第 18 章　朱家旺有很多的名字

它的小名叫球球，我有时叫它朱小球或朱球球，骂它的时候叫它败家狗、王八狗、吃屎的家伙……跟它讲道理的时候，我会严肃认真地叫它"朱家旺"。

"朱家旺，下午我带你去'FOOL'酒吧玩，今天人很多，一定要乖，不乖会挨打的。"虽然这么说，但其实收养朱家旺后我就没有再打过它。

今天是 6 月 8 日，周日，我的 34 岁生日。早晨接到妈妈的电话，让我自己吃点好的，不想做就出去吃，然后和以往一样，安安静静地，没有电话也没有祝福的短信过了一个上午。

中午煮了方便面，搁了两个鸡蛋，吃完后就带着朱家旺出门了，下午两点"FOOL"酒吧有一个聚会。本来李言和米米约着我去"百姓人家"吃饭，说是给我过生日，而"理智善养宠物"QQ 群的"狗爹狗妈"们想在周末聚一聚，再加上肖华回来了，这意味着此次汶川捐款的车队平安完成任务回京。我想那干脆就一起聚吧。和李言、米米商量后就定在了"FOOL"酒吧里，下午两点。

刚到地下车库，就看到阿莲和她老公带着她家的两条雪纳瑞坐在一辆红色的 SUV 车里。阿莲夸朱家旺越来越漂亮了，其实她的两条雪纳瑞那才是收拾得干净、漂亮，脖子上还打着领结，一个大红色一个柠檬黄色，很有参加聚会的范儿。当然，最可爱的还是 Gay 的吉娃娃，竟然穿了一条粉色的连衣裙，看到别人的狗，感觉朱家旺就像一个糙爷们儿。

没带狗的"狗爹狗妈"们先开车走了，阿莲的车跟着我的车，我载着 Gay 和他的吉娃娃还有林俏一起去"FOOL"酒吧。

在"FOOL"酒吧门口，我刚停住车，李言便迎了出来，大叫着"Happy birthday"，我以为他要和我拥抱，他却蹲下抱起跑向他的朱家旺。林俏看了我一眼，她没想到今天是我的生日。李言看到林俏，张大嘴巴，估计是一时半会儿没想起她的名字，便有些夸张地说"你……好"。李言真是个人精，抱着朱家旺也没忘和林俏来了个拥抱，转头，看到 Gay 左手抱着吉娃娃右手向他伸出手臂要拥抱时，便上前击了一下 Gay 的右掌，嘴里说着"欢迎欢迎"，手下还调戏地拍了下 Gay 的屁股。Gay 很受用地进了"FOOL"酒吧。

今天来的人不少，这次参加汶川灾区捐款的人都在邀请范围内。"FOOL"酒吧也稍微布置了一下，中间是用四张桌子拼成的大餐桌，上面摆着各类酒水点心，而从旁边的烤翅吧预订的各种烤串也源源不断地送了进来。

肖华拄着拐杖过来打招呼，他的腿恢复得不错，但伤筋动骨一百天，我让他在家好好养着，不用着急上班。肖华说在家闷得慌，到公司也就是说话，又不用干体力活。Gay 扭着腰在肖华的胳膊上捏了一把，肖华惊恐地看着我，我忙相互介绍他们认识。随后，大家各自找地方坐下吃东西喝酒聊天。

林俏悄悄地问我："你今天生日啊，怎么不告诉我？"

我从没觉得生日和其他日子有什么不一样的，我拿了个盘子，装了些烤串，递给林俏，"别听李言的，我从来都不过生日。"

林俏接过盘子，拿起一串肉递给我："我给你过。"说完轻撞了我一下。我退让的时候，发现李言正在一旁看着我，那贼贼的小眼睛乱转。

没看到米米，李言说她一会儿就到。我和李言给在场所有的人敬了酒，说了些客气话后，很自然地，我和邻居"狗爹狗妈"们一起，李言和公司的员工们在一起。朱家旺来"FOOL"酒吧多次了，它像个熟客一样，在每个人的腿间穿来穿去，时不时地混些吃的。阿莲的两条雪纳瑞，开始有些紧张，但一会儿就好了，紧紧跟着朱家旺也跑来跑去。最害怕的当数 Gay 的吉娃娃了，它时不时地尖叫，一定要 Gay 抱着它才觉得安全。今天帅哥不少，Gay 抱怨不该带它来。

阿莲组局玩"杀人游戏"，盘逻辑推理，大家围观时，林俏不自觉地挽着我的胳膊还靠在了我的肩上。我正准备加入"杀人游戏"，李言却将我拉到了吧台边。

"你那个邻居啊——"李言顿了顿，"我记得她的狗死了，你给她送钱，后来怎样了，我也忘问你了。"

"嗯……钱——她没要。"

"然后呢？"

"什么然后？"

"然后你就把自己给她了。"

"什么话，什么叫把自己给她了。"我说着笑了，压低声音，"回头说。"

"你真的？"李言有些急了，"田歌和王星星马上到。"

"噢。"我不以为然，田歌和王星星都是朋友，又都给汶川捐款了，来参加聚会不是很正常吗。

李言的表情很为难，这不像他的性格。

"怎么了？"我问，"我们不能在一起啊，"我想了想又说，"米米生气了？"

"她有什么可生气的？"李言没好气地说，"谈情说爱，合不合适只有自己知道。"然后又说，"只是，田歌人挺好的。"

"她是挺好的，知名画家，有魅力，我觉得我配不上她。"

李言"啧"了下嘴，接着又吞吞吐吐起来："你和那个邻居现在什么关系？她和她男朋友分手了吗？"

"啊！"

"啊什么啊！"李言"噼噼啪啪"地说了起来，"男人和女人在一起那是生理需要，是可以理解的。但你不同，你一个人在北京，你需要一个家，你是奔着婚姻去的。如果只是偶尔来那么一下，那激情过后就要回归正常生活，你选择适合你的，她回到她男朋友身边。"

李言语速太快，我有些蒙，但也听清了。沉默了一会儿，我明白了李言的意思。是啊，林俏有男朋友，这一周我和她缠绵亲昵，却忽略了她是一个有男朋友的人。

"你也知道，田歌对你是有意的。这件事情就当没发生过，单身男人嘛，我肯定不会跟任何人说这事，包括米米。"李言说。

我一下子很沮丧，就好像在香甜的睡梦中被人强拉出被窝又扔在了冰天雪地里。"我认为……"我想说，我认为林俏是喜欢我的，不然她不会那么关心我，这段时间我享受着她的呵护和关爱，我沉溺其中。

"你认为什么？"李言问，"你认为她会和男朋友分手？她和男朋友分手了吗？"李言强调一句，"如果和你在一起，她就必须和她男朋友分手。不然——"李言顿了一下，"阿迪，哥们儿，这种事一定要果断一些，并且——要自私一些。"

正说着，透过玻璃窗一前一后两辆车停在"FOOL"酒吧门口，前面一辆车下来的是王星星和她的法国男朋友，后面那辆车下来的是田歌和米米，田歌手里拎着一个大蛋糕。

李言推推我说："看看，给你买的生日蛋糕。"

以前在武汉老家，我过生日，妈妈会给我做一碗放了两个荷包蛋的面条。来北京后，就没有再过过生日了，也没有觉得有必要要过生日。但突然一下子，这么多人围着我，让我许愿吹蜡烛，唱生日歌，我竟然感动得半天说不出话来。还好，李言明白我，拍拍我的肩，对大家说："今天聚会也是阿迪的生日，蜡烛吹了，生日歌也唱了，生日祝贺就到此为止。大家接着玩，喝好吃好，开心就好。"

大家就继续玩自己的，二手车公司的员工也加入到阿莲的"杀人游戏"中，林俏问我玩不玩，我让她去玩，我、李言、田歌、米米、王星星及她的男朋友一起坐到了一个卡座上。朱家旺时刻跟着我走，我坐下后，它就跳上了我旁边的座位，枕着我的大腿躺下了。

王星星跟我和李言很随便了，所以也不顾忌米米和田歌在场，不时地给大家撒几把狗粮，和她男朋友不是十指相扣，就是玩亲亲。对李言和米米发狗粮我还习惯，但王星星发狗粮，我就有些不自在了，再看田歌，她也红着脸，偶尔会看着我发笑。

"你俩怎样？相处时间够长的了。"李言突然冲着我和田歌发话，我稍愣神的工夫，李言又指着我对着田歌说，"我跟阿迪认识15年，就没见他主动追求过女人。"

"怎么没有？"我反驳。

王星星也说："他追求过我。"

"他那哪是追求你，他那是看我追求你，他不甘心，跟着起哄。"李言对王星星说。

"我当然追过。"我说。

"你追过谁？"李言追问。

"嗯……"

米米替我救场说："追求谁并不重要，但阿迪是我们当中最踏实、最让人放心的那个。"

"对，没准最早结婚的就是他。"王星星应和着。

"和谁结婚？"李言问，又转向田歌，"田歌，如果是你，你愿意嫁给他这样特没情商的男人吗？"

"他怎么没情商？"田歌突然用胳膊肘搭在我的肩上，"他智商高啊。"

我一听这话，惨笑着："这么说，我还是没情商。"

"情商是可以培养的。"田歌又补了一句，大家都笑了。

我也笑了，并私下偷瞄了一下林俏那边，她正好也往这边看，碰到我的眼睛时，她立刻转头继续观战"杀人游戏"。

"行，行，我情商差，我活该单身。"我给大家倒酒。

我明白李言的好意，他还是想撮合我和田歌。大家都明白他的意思，你一言我一语，闲聊的同时，尽量把我和田歌凑在一起，恨不得我现在就带着田歌去领证结婚。

正聊着喝着，李言突然低声问我："你觉得你的女邻居接的这个电话会是谁打来的？"

听到李言的话我侧头望去，林俏正一手捂着耳朵一手拿着手机在和人通电话。

"不知道。"

"打个赌怎样？"李言说，"我打赌这个电话一定是她的男朋友从国外打来的。"

我皱皱眉，去看林俏打电话的表情，专心、听着很仔细，大概是嫌周围的人太吵，她不断往人少的地方移动，后来她干脆出了酒吧。看来，这个电话很重要，打电话的这个人也很重要。他们说了很久。

手机闪了一下，我看到一条短信，是马芳芳发来的，她祝我生日快乐。我烦躁地将手机倒扣到桌上，说："无所谓，这是她的自由。"

"是吗？"李言说着诡黠地冲我抬抬酒杯，"自由万岁！"

我看了李言一眼，和他碰碰杯，我知道他的意思。

我真是从没有在意过林俏的男朋友，我认为那就不是个问题。林俏从没有跟我提过她的男朋友，我也一直当这个人不存在，但是今天，我知道这个人一直都存在的。

五点多钟的时候，聚会的人陆陆续续地走了，王星星和她的男朋友也走了。林俏过来问我走吗，如果我还要玩会儿，她和 Gay 打车回家。林俏说话的时候，手不经意地抓着我的胳膊肘，这个动作看似没有什么，细心的人就会发现她的这个小动作有很多的暗示。米米最先明白，她看了我和林俏一眼，又迅速扫了田歌一眼。我立刻看向李言，我了解他就跟他了解我一样，我知道他什么都跟米米说了。

李言干咳了一声，假惺惺地说："再玩会儿吗，现在打车……"李言看了看手表，"噢，快六点了，应该也好打车。"

"我跟你们一起走吧。"我不是为林俏才这么做，我只是觉得一起来的就一起回去吧，何况 Gay 还带着一条狗。

李言又干咳了一声，我没理他，冲田歌说："你再玩会儿，回头我给你打电话。"

田歌点点头。

朱家旺见我们要走了，它比谁都快地从座位上跳下，跑出"FOOL"酒吧，在我的车前，摇着尾等我过去开门。

告别李言等人，我带着林俏和 Gay 及他的吉娃娃回家，在地下车库停下车，Gay 抱着吉娃娃道了声谢就回家去了。林俏抱着朱家旺也下了车，她说："一起去小区里遛遛球球吧？"

我锁好车，把朱家旺接过来放在地上："累了一天了，你好好休息吧。"

我转身要走，林俏追问了一句："一会儿是你过来，还是我过去找你？"

停了片刻，我懒懒地说："算了，明天都要上班的。"

说完我就走了，我累了，我带着朱家旺回家。洗了澡，坐在沙发上想刚才对林俏态度冷淡了些，我们彼此是自愿的，谁也不欠谁的，就不应该有埋怨。想着还是给林俏打个电话，但她的手机一直占线。我的心情又沉重起来，我来到落地窗前坐下，朱家旺紧挨着我。

"她一定又在和她男朋友通电话。"我看着朱家旺，"女人都是三心二意的，这边和你在一起，回头又和她的男朋友在一起了。"

朱家旺在我说话的时候偏着脑袋看我，似乎想弄明白我在说什么。我摸摸它的头："有时觉得喜欢一个女人不如好好地爱你。"

朱家旺摆摆头向后退了一步，又坐下，"哼哼"地看着我。

我笑了："你是想说对，是吧？"

朱家旺又"哼哼"两声趴下了。

我叹了口气，靠在垫子上："女人真是太复杂。"我又试着打林俏的手机，还是在通话中，更加失落，干脆躺在了地板上。

林俏有男朋友，可是还要借着酒精和我在一起。我怎么这么倒霉，先是一个马芳芳，现在又是林俏。这时，电话铃响了，是马芳芳打来的，我突然想起，下午聚会时曾收到过她的短信，便接通了电话。

马芳芳说："生日快乐，阿迪，好久没联系了。"

真的是好久没联系了，我说："谢谢，你好吗？"

"还记得问我好不好？"马芳芳又开始撒娇了，"我想你了，晚上出来玩吧，我给你过生日。"

过生日？虽然下午许了愿吹了蜡烛也吃了生日蛋糕，但我讨厌过生日。"谢谢，"我不假思索地说，"真不凑巧，晚上约了朋友。"

"是给你过生日吗？"马芳芳不甘心地说，"那就一起呗。"

"哈——"我笑了，"真对不起，芳芳，我改天约你吧。"

我的生日，第一次拒绝了马芳芳的见面。放下电话，突然感觉心里好舒服，原有对林俏的怨气也烟消云散去了。罢了，我跟朱家旺说："让一切过去吧，我们把自己的日子过好。"

说到做到，带朱家旺出门上厕所，顺便去音像店买了几张最新的 DVD 碟片，还买了啤酒和花生，回到家准备和朱家旺一起看电影，这时，朱家旺叫了起来，并冲向大门。我打开门，林俏嬉皮笑脸地拎着一瓶红酒拿着一个蛋糕站在门口。

"我来给你过生日。"林俏不等我说话，推开我进了屋，脱了鞋，光脚就走到沙发前，"哟，准备看电影啊，"她看到我打开的电视上露出的影像，把红酒和蛋糕放在我的啤酒和花生旁边说，"正好。"

我看着林俏进厨房，轻车熟路地拿了两个酒杯过来，切好蛋糕，倒好酒，她递给我一杯酒，然后也举起一杯酒，说："生日快乐！"

林俏冲我微笑着，她刚洗过澡，发间有洗发水的香味，身上有女人的体香，我想什么呢？是想李言的劝告"在情感上面，人有时要自私一点"，还是想她在加拿大有一个男朋友呢？管他什么呢？我想不了那么多。

"有礼物吗？"我沙哑着嗓子问。

林俏半张着嘴，点点头，用手指指自己，一脸媚态。我放下酒杯，直接吻了上去。动作太大，林俏手中的酒洒在了地板上，她"呀"了一声，我接过酒杯，将酒一饮而尽，随手将酒杯扔在茶几上。就在沙发上，我放倒了林俏……

天已经黑了，我和林俏半裸着身子相拥在沙发上看电视，DVD机里放着电影《斯巴达300勇士》，朱家旺四仰八叉地睡在沙发边。电影里斯巴达的女人对斯巴达说，"我爱你，我永远是你的女人……"

林俏突然从我怀里抬起头说："阿迪，我是你的女人，永远都是。"

"我的？"我问。

"是的，你的，你一个人的。"林俏说。

我有些不相信："真的？"

林俏点点头，说："我想告诉你一件事，我刚和男朋友分手了。"

"真的？"我还是不相信。

"我等了他两年多，我不欠他什么，我没有对不起他。"林俏看着我，"我不管你怎么想，我都要和你在一起，我喜欢你。从和你一起遛狗开始，我想做饭给你吃，我喜欢听你说话，我心疼你……我爱你。"

我有些不好意思起来，不知道该说些什么，这个时候我的嘴挺笨的，我还在傻乎乎地问："真的？"

"真的，一切都是真实的。"林俏说。

"我——我们再来吧……"我亲着她，不再去想什么李言的话，她爱我就够了，她不是马芳芳，马芳芳从没有那样亲过我。

再次醒来的时候，我们在床上，我又看到了那只黑色的大蜘蛛。蜘蛛，五毒之一，危险的狩猎者。

"我是你的猎物吗？"我亲着那只黑蜘蛛问。

林俏轻"哼"了一声，转过头来看我，又看看一旁的闹钟，晚上十一点多，但我们似乎睡了好几觉了。我轻轻抚摸着林俏，她渐渐有了精神，看着我。

"你刚才说什么？"

"黑蜘蛛，危险的狩猎者。"我亲着她，"心理叛逆者才会文它。"

林俏撑着身子窝进我的怀里，我便抱着她，让她更舒服些。

"蜘蛛，知足的意思，能找到一个自己爱的又爱自己的人就会很知足。"林俏的手指在我的胸前轻轻划拨着，"要知道织网是个很艰辛的过程，即使半途网被风吹被雨打，蜘蛛从未放弃织网，它会一遍一遍重新开始，从头再来。"

原来蜘蛛还是个励志的青年。这天是我 34 岁的生日，晚上我和林俏，我们在一起相拥、做爱、聊天。

"我爱你。"林俏再次说这三个字的时候，我依旧不知道如何回答她。

"那、那……我们再来。"

第 19 章　我是你的混蛋

　　早晨，看到我翻身，朱家旺便在床边哼哼唧唧的，我拿出一个枕头做出要打它的动作，它迅速钻进床底下，安静了。想再睡会儿，但总能听到朱家旺"嗒嗒"的脚步声在床的周围徘徊，偶尔还能感觉到它将爪子搭在床沿上看着我。我突然睁开眼睛，想到了什么，看床上，只有我一个人，林俏呢？

　　看看时间，十二点多了。手机里有四个来电显示，三个是李言打来的，一个是肖华打来的，起身下床。窗外，天空湛蓝，阳光灿烂。

　　朱家旺见我起床，欢天喜地，四脚朝天地躺在地板上，露出它的肚子。我不想弄脏手，便用脚随便挠挠它的肚子，往客厅里走，但朱家旺似乎并不满足这点抚爱，它站起直接抱住我的小腿祈求地看着我。我只好蹲下，摸摸它的头，撸撸它的背，搂着它的身子，亲亲它的小脑袋。这是每日起床后的功课，一个动作也不能落下。

　　客厅里空荡荡的，也不知道林俏什么时候走的，我还是有些困意。从卫生间里出来后，先给李言回电话，他阴阳怪气的声音从电话里传来："这么晚回电话，干什么坏事呢？"

　　"嗯……说吧，什么事？"

　　"叫你过来吃午饭啊——"李言似乎很不满意的样子，"你现在能动吗？能下床吗？"

　　我"靠"了一下，没好气地问："你在哪儿？"

"公司啊，等着你这个老板过来安排工作呢。"

我就笑了："行，我马上过来。"

"那给你留饭吗？"

"当然要留。"

挂了李言的电话，我又给肖华去了电话。肖华说店里的二手车卖得很快，展厅里的车最多半个月就能卖完。进入夏季，二手车市场回暖，公司也忙碌起来，现在言迪安二手车公司翻新认证的二手车性能稳定，已经得到整个二手车市场的认可。车好，销售员卖得也舒心。

"李总不是在公司吗？跟他说一下，他主要负责货源。"我说。

"说了，李哥说等您来了和您商量一下。"

肖华腿受伤回公司后，就称我和李言为"朱哥""李哥"，其实我们差不多大，但叫上"哥"后，彼此亲密了许多。

准备找点吃的时，看到冰箱上贴着林俏留的字条：**亲爱的，球球我遛过了，本想给你买早餐，但我也要迟到了，冰箱里有蛋糕，你自己吃点吧。另外，我用了你的钥匙，现放在茶几上了。俏。**

回头看，钥匙果然在茶几上。我将字条取下搁厨房桌上，我也不想吃蛋糕，喝了些水，冲了个澡，就带着朱家旺出门了。

我现在上班都会带着朱家旺，它大了，越来越懂事了。我开车时，它会安静地坐在副驾驶或去后座，从不打扰我。它非常聪明，小小的脑袋很识时务，它能分清我在电台和公司工作的性质和区别。在电台里，它明显乖巧许多，四处逢迎，谁也不得罪。尤其是进入办公室后，它就在我的座位下，绝不乱走，也不骚扰其他同事，安静得旁人都不知道办公室里有条狗。如果我离开办公室，它就会跳到我的座位上等我回来，有人觉得它好玩逗它，它也不急不恼。但在言迪安二手车公司里，朱家旺就完全放飞了自我，展示厅、停车场、办公室……跑进跑出，有时还会弄出各种噪音，它好像知道，在公司里，它怎样胡闹都不会影响到我。

我的黑色牧马人刚进入北京二手车交易市场的大门，朱家旺就激动起来，爪子搭着车把手站直身子往窗外看。保安都认识它了，向它招手，它"汪汪"叫着回应。停车时，朱家旺在副驾驶座上转了两圈，着急起来。"等着，我停好车。"我吼道。朱家旺就乖乖地蹲在副驾驶座上等着。我停好车，下车打开副驾驶的车门，朱家旺跳下车，抖抖毛，就往言迪安二手车公司奔去，但跑的过程中还不忘回头看我是否跟上了。"看着车……"我在它身后叫着。

走进办公室，李言正抱着朱家旺亲热，看到我进来，便放下了它，但朱家旺还在他脚边纠缠，希望他再抱抱。

"朱总可算是来了。"李言一见到我先是上下打量一番，然后挖苦着，"一脸淫相，看这身子虚的。"并用手背拍了我的肚子一下。

我捂捂肚子，说："饭呢？"

李言用嘴努努茶几，那上面摆着碗筷和六个带盖的饭盒。我真是饿了，将手中的包放在办公桌上就奔向沙发，但朱家旺比我更快地跳上沙发，鼻子嗅着茶几上的饭盒。

"拿开你的臭鼻子。"我和李言同时吼着，朱家旺就趴到旁边去了。

这间办公室和我们以前在电台里的办公室一样，放着两张办公桌，我和李言各一张。靠窗的地方是一圈长沙发和茶几，我们休息谈生意吃饭都在这里。

我打开那六个带盖的饭盒，一股浓厚的饭菜香立刻在空气中飘荡，一边的朱家旺又忍不住站起伸直脑袋使劲嗅着。是四菜一汤及一盒饭，我拿起筷子吃了口菜，真香。李言过来给我盛了一碗饭，又给我盛了一碗汤，然后又盛了一碗饭和一碗汤，他也吃了起来。

"怎么你也没吃啊？"我问。

"等你啊。"李言说。

"嗯、嗯。"我点头，三口两口就吃完了一碗饭，喝汤的时候，我很满足地舒了口气，放松身子，"'百姓人家'的饭菜就是好吃。"

李言又要给我盛饭，我摆摆手："一碗就够了。"

李言就不盛了，我继续喝汤，喝了三碗汤后，我就彻底饱了。李言一直没有说话，这时他也吃完了，倒了一碗开水，将几片牛肉放进水里涮涮，朱家旺像是知道那是给它吃的，立刻跳下沙发，等在饭盆前。李言将涮洗过的牛肉在嘴边试了试温度，然后放在了朱家旺的饭盆里。朱家旺立刻吃了，回头又到茶几前，还要吃。李言说："不能喂你了，这肉盐味重了些。"说完将饭盆重新盖上，推到茶几的一边。

"说说吧。"李言开始倒茶，茶是他提前泡好的。

"噢，"我就开始说了，"一、二手车最近销量不错，肖华应该也跟你说了，货源一直是你负责的，所以，你不能让我们断货。二、二手车网站的雏形已策划完成，我找了几家投资公司希望能融资，但种子期有些困难，我计划我们自己先投资，预算12至15万。这个，咱俩得好好谋划一下，这关系到言迪安公司的未来发展。"

李言听完点点头，看看手表说："现在是中午休息时间，我没让你说工作。说说你那狗友邻居，她叫什么来着？"

"林俏。"

"对，林俏，说说你和她怎样了。"李言说，"她和她男朋友分手了吗？"

"分手了。"听到我的话，李言一愣，我接着说，"昨天分的。"

李言"自嘲"地笑了一下，说："看我这心，又白操了。"

李言拿起茶几上的烟，抽出一根，我忙拿起火机替他点燃了，说："没有白操心，李哥，"我表情讨好地说，"我俩都脱单了，可以安心地投入到我们伟大的事业中了。"李言看了我一眼，很受用地深吸了口烟，我也点燃了一支烟，表情认真地等他"训话"。李言也就真的清清嗓子咳了一下，开始发言：

"田歌品学兼优，漂亮、画家，一直喜欢你，你犯了那么多的错误，人家都原谅了你。"

我挺想反驳李言的，我犯了什么错误，需要田歌原谅？但想想，还是让他说完吧。可是，李言看了我一眼，撑不下去了，又恢复到那个抓乖卖俏、目达耳通的李言。"不过，林俏可能更适应你。哎，说说，你俩怎么苟且一起的？"

"什么叫苟且？"我不服气地说，"那是情投意合、情到深处自然浓。"

"耶耶，瞧你这有了奶忘了哥的重色轻友相，"李言说，"你小子变得也太快了，移情别恋，我和米米还一直以为你和田歌在一起呢。"

"我可没有移情别恋。"我说，"我和田歌什么事也没有，大家还是好朋友。"

"你什么事没有，"李言说，"我怎么跟米米交代？"

"你交代什么呀？"我不解地问。

"也没什么，谈情说爱，找自己喜欢的人，很正常。"李言说，"哪天叫上你的娘子，一起吃个饭，正式认识一下。"

"不用特别约，都不是外人，也不远，碰到就吃呗。"

我知道李言的意思，无非是让米米和林俏认识一下，我想大概因为田歌的事，米米对我还心有芥蒂。

朱家旺不知从哪里叼来一个空酸奶盒子，在那里又啃又舔，弄出好多的噪音。我看了它一眼，骂道："臭狗，出去玩。"唐燕听到声音，进来将朱家旺带了出去。朱家旺不肯出去，但知道自己讨人厌了，便悻悻地过来趴在了我的脚边。

"她真和男朋友分手了？"李言问。

"当然，不过。"我说，"我从来没觉得她男朋友是个问题。"

"你们现在住一起了？"

"离得很近，去她家来我家都行。"

李言"噢"了一下，小眼睛转了转，我知道李言洞察女人的心思远远在我之上，便给他续了些茶水。"有什么话您就直说吧。"

"阿迪，女人远远比你想象的要狡猾得多，也自私得多。"李言说，"所以，爽就在一起，腻了就分开。别太认真了……"

我不赞成这个观点，我觉得林俏对我很好，她认真，我当然也要认真。"她是……"我想说"她是真爱我，她才会那样地亲我"，但一想，虽然和李言无话不说，哥们儿之间也从不忌讳床笫之事，可是，这个女人既然和我在一起，不管将来怎样，我都应该保护和她的隐私。"她是我的，她说她是我一个人的。"这么说时，心里一阵甜蜜，不由得舔了舔嘴唇。

李言却大笑起来，说："女人对每个和她上床的男人都是这么说的，不信你换个女人试试。'我是你一个人的，我是你的。'女人都喜欢说这句话，男人也喜欢问，女人就满足男人。"李言喝了口茶，"我是你的，你一个人的，"他似乎在回忆着什么，"没有哪个男人听了这句话不感动、不死命地爱着怀里的这个女人。"

我无言可辩，我挑不出李言话语的毛病，也挑不出林俏的毛病，何况，现在和林俏正在如胶似漆中。

"行了，祝你们早生贵子。"李言站起，从他的办公桌下拿出一个黑色旅行袋，"田歌的都给她了，这剩下我给你带来了。"

我打开那个黑色旅行袋，里面是钱包、西装、包……还是李言从香港带回的礼物。说实话，太多了。我看着礼物："谢谢了，唯有拼命地工作来回报你了。"李言撇撇嘴，又从他的包里拿出一个盒子，我认出那是他从香港带回来的 iPod touch，上次去机场接他的时候，他送给了我一个，这一个我记得是要给田歌的。

"把这个送给林俏吧，你的朋友，也是我的朋友。"

"有一个就可以了，"我说，"这个还是给田歌吧。"

"这个，"李言将盒子放在我的手上，"是送给你女朋友的，你选择了林俏，就是给她的。"

我有些感动，接过 iPod touch，说："那我替林俏谢谢你。"

"先别谢。"李言打了一个响指，"明天我们一起去趟东莞，那儿有批二手车我们验验，如果可以就收下。"

"明天？"周二到周五电台里都有工作。进入 6 月，离奥运会越来越近，电台白天的节目几乎都换成了奥运的内容，记者跑进跑出，抢新闻发稿直播，6 月底北京地铁将执行安检，张台长让我组一期关于地铁安检的节目。这个节骨眼上，要出差，我有些犹豫。

"这就是你回报我的时候，"李言突然靠近我，"我一个人去，那帮广东佬就会欺负我灌我酒，"李言直起身子拍拍我，"你一身正气一定能震慑他们。"

我有些不好意思，我也不能老是让李言一个人跑来跑去，应付车商。

"好吧。"我痛快地答应了，"但我只能腾出一天时间。"

和李言去东莞看车，前期李言和车商通过网络传图传资料聊了很多天了，所以我们去了后看车没问题就定了下来，然后和车商"花天酒地"后就坐飞机回北京了，来去就一天时间。肖华来机场接我们，我家离机场近，先送我回家，然后送李言回家。

我到家时，凌晨一点。朱家旺在林俏家里，我没有去打扰他们。洗了澡，给林俏发了短信说我回家了，便睡了。

早晨，是在林俏的敲门声惊醒的，我坐起，半天没回过神，当明白是有人敲门时，我立刻下床，走到客厅，想起自己只穿着内裤便又回到卧室穿了短裤才去开门。门外早已翘首盼了很久的朱家旺欢快地摇着尾匍匐在地上，我按惯例摸摸它的头、背和肚子时，它又往我身上扑，我便抱起它。

"我去上班了，朱家旺遛过了。"林俏说着要走。

"哎，我送你吧。"我说。今天是周四，早晨要开例会，我也得马上走。

林俏犹豫片刻，看看表："算了，一大早多堵啊，也不是很顺路。"

"那晚上我去接你下班，今天我没什么事，一起吃饭吧。"我说。

林俏摸摸我的脸，点点头："好，我走了。"

周四早晨的选题会，张台长又出么蛾子，将原栏目《中国原创音乐》改为《流行音乐快讯》，每期推荐一名歌手，收费10万元。他还挺得意地说改版初期打三折只收3万，很划算的。《中国原创音乐》的主持人李响是电台资格很老的主持人了，说话很冲，一点也不客气，当着面就撑张台长："为什么电台能收广告费，不都是这些老节目打的知名度吗？现在把这些老节目一点点改版，以后谁还听这个电台的节目，没人听也不会有人投广告了……"

张台长的脸立刻就拉长了，说："这不是在跟你们商量吗？我这样做也是想提高大家的收入，不光你的节目改版，《读书快讯》也要改版收费，凭什么我们免费帮人家宣传图书。"

《读书快讯》的主持人宁小菲也是个老主持人，她双手紧紧地捏握着，但什么也没说。当然，也有不少主持人附和着张台长，大肆赞美他的想法和创新。

这时，我庆幸跟着李言做二手车的生意，不用去为电台的事烦心。如果在电台里实现不了自我，那就去我的"后花园"耕耘吧。现在，我把言迪安二手车公司当作我的后花园。

早晨我开车的时候，一坐上座位明显感觉不对，座位窄了许多，调整座位后又发现手刹没有拉起，思索片刻，我就明白怎么回事了。

林俏说晚上想吃新疆菜，三里屯有一家新疆餐厅，吃饭时还有歌艺表演，我们就去了这家餐厅。吃完饭回到地下车库，停好车后，我对林俏说："我跟你玩个魔术游戏。"

林俏疑惑地看着我，问："怎么玩？"

我示意林俏起来，趴在座背上，她皱着眉眯着眼睛看着我，说："搞什么呢？"

我忙解释说这个魔术要求人反应要快，最多只有两秒钟的工夫，主要是测人的反应。林俏这才同意趴在椅背上，她刚一趴上，我便快速地在她屁股上拍打了两下，她惊得回身看着我："干吗呢？"她有些生气。

"打你是要你记住，偷开了人家的车，移动了座位一定要还原，停车时记住拉手刹。"我说。

林俏一下子明白了，她飞快地还击我，在我的胸前捶着："你这个混蛋！"

"骂谁'混蛋'呢？"我一下子放倒车椅将林俏压在椅背上。

"你要干吗？你这个混蛋！"

我没想干吗，但林俏紧张的表情，让我体内一阵发热，一股"恶流"从腹部升起，我将她的双手向上扣在了一起，她慌乱地看看车窗外："你这个混蛋……"

我突然发现我很喜欢"混蛋"这个称号："我就是你的'混蛋'。"

"你有被骂过'混蛋'吗？"

有一天，在办公室里，我突然问李言。李言先是一愣，而后立刻明白过来："你——"半天，他也没"你"出什么，很生气，很难看到李言这副落败的表情。我笑了。

我的笑容激怒了李言："能低调点吗？这才美几天。"李言不屑地说，"哥们儿和女人卿卿我我、花前月下的时候，某位单身狗还在借酒浇愁、郁郁寡欢呢。"

我扔了个纸团打在李言身上，他捡起纸团又扔了回来："女人铭记的是第一段爱情，男人总以为后面那个最好……哪天被抛弃了别在我面前哭啊。"

"哭？我才不会，我相信林俏爱我，我一定是她觉得最好的那一个。"

"你，你就是个混蛋。"李言说。

"我喜欢这个外号。"我说。

"我去！这脸皮咋这么厚了呢？这男人有女人就变坏了。"

变坏就变坏了。我下班直接带着朱家旺去了林俏家，她正在做饭，见我便问："球球遛了？"

"来的路上顺便遛了。"

我抱着林俏要亲，她推开我："快洗手，我烧鱼呢，一身的油烟。"

"你还会烧鱼？"我不信，但林俏真的是在烧鱼。

"照着菜谱烧的，味道不知咋样，但肯定是熟了。"林俏将鱼端上桌子，朱家旺站直了身子，它闻到了鱼肉香。

"狗不吃鱼的。"我用脚拨拉着朱家旺，"走远一点。"

林俏说："谁说狗不吃鱼，只要是肉都吃。"

"是吗？"我不信。林俏就用筷子挑了块鱼肚子上白白的肉放在朱家旺的盆里，它闻了闻立刻吃了。

"还真是吃鱼肉，我第一次见它吃鱼。"我说。

林俏又去厨房炒菜了，我跟进厨房从后面抱住了她的腰在她的脖子上亲着，林俏很不方便炒菜，她突然笑着说："你怎么这么黏人，像小狗一样。"

我有些不好意思，就出去了。看我出了厨房，林俏又有些过意不去，她将炒好的西红柿鸡蛋拿到桌子上时主动亲了我一下："帮我摆摆筷子，我们马上吃饭。"

"嗯。"

我摆好筷子，林俏将一碟凉菜端上了桌子，问我："喝啤酒吗？"

"都行。"我将米饭放在桌上。

"你先吃吧，冰箱里有啤酒。"林俏说，"我先冲个澡，一身的汗还有油烟。"

林俏进了卫生间，我打开冰箱看着里面的啤酒有一会儿，然后关上冰箱，脱去上衣，推开卫生间的门进去了。"啊——"卫生间里传来林俏的尖叫声，"你怎么进来了，不是让你先吃饭吗？"

"我，我也一身的汗。"我说。

"你这个混蛋——"

晚上，躺在床上，林俏过来拉我："做完不许马上睡要陪我说话，混蛋。"

看来这个"混蛋"称号我是摆脱不了了。

"说什么呢？"我问。

"马芳芳和田歌，你还想她们吗？"林俏问。

"谁啊？我都不明白你说什么。"我装糊涂。

"别装了，是我好还是马芳芳和田歌好？"

"这问题多弱智啊。"

"那——马芳芳和田歌你较喜欢谁一些？"

这个狡猾的女人。我想这个问题不能随便回答，最好是不回答，装睡，本来也累了困了，但林俏的手在身上摸来摸去。

"不要摸来摸去好吗？"我说，"我真要睡了，明天上班好多事呢。"

"回答问题。"林俏说，"我没睡着前，没有人是可以睡着的。"

"什么问题啊？"我问。

"在我之前你和几个女人上过床？"林俏说，"想清楚再回答啊，我都知道的。"

我真后悔，跟她诉说过太多自己的隐私。男人记住，任何时候都不要随便把女人当作知己来倾吐你的隐私。

"说啊——"林俏问。

我把林俏抱在怀里，亲她，亲晕了或许她就不想这些了。

"睡吧，亲爱的……"我说。

"那以后，我不喜欢的，你也要跟着讨厌噢。"林俏说。

"行，我都听你的。"

"那你说：'我讨厌马芳芳，我讨厌田歌！'"

我想了想，说："我最讨厌她们俩了。"接着点头，"肯定的了。"

"混蛋！"林俏说。

"嗯，我就是你的'混蛋'。"我从后面抱住林俏，"我们睡吧……"

第20章　林俏怀孕了

有了爱情有了事业，生活一下子进入到正轨，时间也过得飞快，转眼到了8月，奥运会就要开始了。大家像过节一样，很多事业单位和国有企业都放假和发奖金以示祝贺。张台长给每个员工发了一千元钱，电台所有的栏目都停下了，全面报道奥运会。林俏的公司放假一周，那天，她说她有几个同事准备利用这个奥运假期出国旅行。

那是个周一，离奥运会开始还有五天时间，我正准备出门见一个上海升华基金的投资人。我当初给言迪安二手车网站很随意地起名为"换换"，意为"换一辆车"，但没想到，一周前上线公测，注册用户已达到2000多人。网站建设期间，我找了很多家投资公司，最有意向投资的就是这家上海升华基金。我洗了澡，换上了正式的衬衣和西裤。林俏告诉我她到家了，我就将朱家旺送了过去。林俏是这个时候告诉我她的公司奥运期间要放假，她有几个同事准备出国旅行。我问她几号放假，她说8月8号到15日，有一周的时间，再加上两个大礼拜正好十天，她说完看着我。我有些不好意思，我们在一起两个多月了，我哪里也没有带她去过。每天去电台播音去车行卖车，头一个月我还经常请她出去吃饭，第二个月就习惯了回家吃她做的饭，并且，有空闲时间就待在车行里，不方便带朱家旺时就交给她，好像理所当然一样。只是奥运期间，我每天都要和同事轮换着直播《奥运直通车》，临时还会有突发的采访任务。

见我没说话，林俏轻轻碰碰我的头说："我发现你越来越帅了，我越来越喜欢你了。"

我摸了摸头，刚剪的头发，因为经常要见客户，我开始注意衣品和外形。

"其实在家看奥运会比旅行好。"林俏又说，"中国难得办一次奥运会，旅行什么时候都能去。"

"十一。"我向林俏承诺，"十一假期我们去旅行，你想去哪里都行，我还可以请几天假。"

"好哇，"林俏愉快地答应了，"我想去欧洲。"

我点头。只是之后发生的事情始料未及，也让我措手不及。

对于建网站，我一直认为，高度发展的网络时代，网站会是一条新的创业之路。李言开始的态度是无所谓，反正预算不高，他就任我折腾。但现在，看到"换换"二手车网站公测一周后反响如此好，他也很激动。他和我一样很重视今天和升华基金的约见，我们俩亲自去机场接升华基金的联合创始人之一徐强总经理。

飞机晚点了，我和李言在候机室等着，李言给我一张请柬，是米米和田歌的画展。米米已经很多年没有展示自己的作品了，这一次是在李言的支持和田歌的鼓励下，她重新拿出了自己的作品。

"这么正式。"我看看请柬，"开幕酒会。"时间是周四下午两点，近段时间很忙，画展有 15 天时间，我想哪天闲下来再去。

可还没等我说，李言就强调说："一定来啊，捧捧场。"又说，"本来也不想和奥运会开幕式相撞，但这次画展是在商场里，就这段时间可以给我们开画展。对了，带上林俏。"李言说，"也该正式介绍给我们了。"

带上林俏？我突然想，刚才还内疚不能带她去旅行，带她出来见见我的朋友也不错。只是，画展田歌也会去，让林俏见田歌有些尴尬，毕竟她知道我曾经想追求田歌。但又一想，我和田歌也没发生什么事，而她是米米的朋友，大家见面是迟早的事。

"行，我打电话告诉林俏，她一定会很开心的。"

我走到一旁给林俏打电话，果然，她挺开心的，问我这种画展开幕酒会她要穿什么。我说穿什么都行，但马上又建议她去逛商场，多买几套好看的衣服，钱算我的。林俏说不用，她自己有钱。

挂了林俏的电话后，我心里舒服了好多。我将之前林俏跟说我她同事去旅行的事告诉了李言，我说我挺不好意思的，没有更多的时间陪她。李言的小眼睛转了几转，说干脆周五大家一起在"FOOL"酒吧看奥运会开幕式吧。我觉得这个提议不错。

徐强总经理一行人在北京待了两天，实地考察了言迪安二手车公司，而就这两天，"换换"二手车网站的注册客户又增加了500多人，这还是在奥运会期间。我们预测奥运会结束后，会有更多的人注册"换换"二手车网站。

林俏还真的去商场狂购了一番，有裙子、外套、T恤、鞋还有包。对于包，我是用坏一个扔一个，再买新的，而她一口气买了三个。

"我真不明白，不过是参加一个画展，需要三个包吗？"我说。

"当然需要。"林俏一肩挂一个包，背上背一包，左右晃着，"怎样？好看吧。"

她穿着白底黑色小碎花连衣裙，白色高跟鞋。她的头发很浓密，像黑色锦缎般光滑柔软。我走过去，从她身上拿下两个包，只留着一个白色的单肩小包："很漂亮。"我说着用手将她的长发拢到一边，然后将一条珍珠项链戴在了她的脖子上，"看看，脖子上有串项链是不是更好看些。"

林俏有些惊喜："真漂亮，送给我的？"

"借你戴戴，回头还给我。"

"我发现你现在变坏了——"林俏窝进怀里掐着我的腰，"什么时候买的？"

我怕痒，闪躲着身子笑着说："网上买的，5块钱还包邮。"

昨天送走徐强后，李言说米米的画展想送点什么东西给米米庆祝一下。我说买束花呗，但李言却说要买个有纪念意义的礼物。要说，李言这点真是讨女人喜欢，他时刻记得各种大小节日，时不时地给米米来个惊喜，所以，我随着李言去了商场，也顺便给林俏买了这串珍珠项链。

林俏又掐了我的腰一下，我后退一步："昨天买的。"

"咦——"林俏搂着我的腰，仰着脸。她的样子很讨喜、很让人来情绪，我搂紧她，正准备亲时，她却推开我："刚化的妆。"

我和林俏打扮好准备出门的时候，朱家旺"嗖"地就堵在了门口，拦住了我们的去路。

"哟，怎么把你给忘了。"我看着朱家旺。

"要带它吗？"林俏问。

朱家旺不停地晃着尾巴，一会儿跑向林俏，一会儿祈求地看着我。我抱起朱家旺："宝贝，今天的画展是在商场里，不能带你去的。"我将朱家旺放进窝里，给它拿了两根肉条，"明天晚上，我带你去'FOOL'酒吧，我们一起看奥运会开幕式。"

朱家旺不吃肉条，也不出窝，一脸的委屈，但它没有再跟过来。

米米和田歌的画展在商场的 5 层，占据了半层楼的面积，不得不佩服李言的关系网很强大。我和林俏到的时候，展厅里已聚满了各种各样的人，拿着饮料或者香槟酒，三五成群地交流、移动，那种氛围不像是个画展，更像是一个明星走秀的场所。我至少看到三个穿着拖地晚礼服的女士，在人群中穿梭。林俏拉拉我说："我怎么感觉自己像个乡巴佬。"

我笑了，说："不要自卑，你是正常人。"

"你才自卑。"林俏突然挽紧我的胳膊，"我知道这些女人，来钓金龟婿的。"

我拍拍林俏挽在胳膊里的手："放松些，我肯定不是目标。"

"怎么不是，你是个潜力股，你的公司都开始拉投资了，万一将来上市了，我可就是富商太太。"说着，林俏的手挽得更紧了。

富商太太？我站住了，看着林俏。她脸红了，松开我的胳膊：

"哎，行了行了，瞧你那小心眼相。"然后向水吧台望去，"渴死了，你也不帮我拿杯水。"

正说着，一个人影从侧面而来，接着听到李言那骚气的声音："林——俏，可是见到你了。"李言张大手臂，和林俏拥抱了一下，指着我说，"金屋藏娇，说了多少次，就不肯带你来见我们。"

我顺便将林俏刚才说我的话转手送给了李言："行了行了，瞧你这小心眼相。"说着，我看着李言，他看着我，气都不打一处来。我和李言竟然穿着一模一样的黑色衬衣，他的那件是从香港买的，我的这件是他从香港带回给我的礼物中的一件。只是让我意外的是，他竟然送给我和他一模一样的衬衣。

"你能不能出门前给我通个电话，问问我穿什么衣服。"李言埋怨着。

"你能不能出门前给我打个电话，问问我穿什么衣服。"我说。

林俏看着也笑了，说："你俩太可爱了。幸亏你俩都喜欢女人，不然我还以为——"林俏说到这里停住了。

"以为什么？"我问。

"那不一定噢，"李言将手搭在我肩上，挑衅地看到林俏，"配吗？"

"有病啊。"我将李言的手从肩上甩下。

李言也不生气，指着我说："离我远点哈，本来我就比你帅，免得把你比下去了。"

"我不介意当你的陪衬。"我说。

米米和田歌走过来时，我感觉人群中主动闪出了一条道，米米穿着一条黑色无袖长裙，却很随意地扎了个马尾；而田歌穿着一条纯白色抹胸长裙，长卷发上戴着一顶黑边小草帽。她俩一个魅惑动人、风情万种；一个白璧无瑕、如月如花。

"真是一对香艳夺目的美人。"

旁边不知哪个男人说了这么一句，李言不满地瞪了一眼，然后笑着迎上去，牵着米米的手。说实话，两人真的很美，我也不禁多看了两眼，而这时听到耳旁有个声音说："幸亏我先下手了。"

"什么？"我没听清，看向林俏，却发现她的眼睛正直视着田歌。再看时，发现田歌也在打量着林俏。说实话，再看到田歌，还是有些不自在，毕竟曾经追求过她。田歌倒还自然，很热情地和林俏打着招呼，我给她们相互介绍后，五个人沿着展厅走着欣赏画作。

开始，我和林俏走在中间，两边是米米和田歌，李言站在米米的身边。我们边走，米米和田歌边介绍画展的内容和她们的画。米米和田歌的画分批挂在墙上，每幅画旁都有标签写着画作的作者、标题、创作时间、价格。走了一会儿后，渐渐地是米米、林俏、田歌走在前边，我和李言走在后面。再看了一会儿，我、李言就和她们三个拉开了距离。随后，我干脆拉着李言来到一张小吧台前，边喝香槟边远远地看着她们三个。

"怎么不过去了？"李言问。

"远远看着，不好吗？"

"一条白裙子，一条黑裙子，中间一条黑白小碎花裙子，"李言说，"这三个美女站在那里，千娇百媚、顾盼生辉，场上的男人都不淡定了。你看你看……总有胆大者蠢蠢欲动。"

的确，有几个男子情不自禁地向她们身边靠拢搭讪。

"你不过去护花？"李言问我。

我摇头："心静自听花落声，静赏花落静赏景。难得有机会能这样静静地看着美女。"我看向李言，"这三个女人，哪个是省油的，你认为谁能搭讪上？"

"那倒是。"李言附和。

这时，林俏回头找我，看到我在小吧台边喝酒，冲我招招手，一笑，露出她洁白的牙齿，她的憨态竟让人生出一种说不出的情思。我放下酒杯，走了过去，来到林俏的身旁，轻搂着她的腰。

"李言呢？"米米问我，我这才发现李言没有跟过来。他什么时候离开我的，我都不知道。

"刚才和我一起的。"我全场搜索着李言的身影，就看到他和一个穿着白色西装的50多岁男子向我们走来。

"米米，这位张先生刚买了你的四幅画。"

张先生向米米冲出手："好久没见了，米米。"

米米顿了一下，看看李言，又看看张先生："您好。"米米的手向前伸出一半，似乎在打一个飞虫般向右拨了一下又收了回去。"谢谢，您随意——"

米米挽着李言回身招呼我、林俏和田歌，我们五个人又沿着展厅向休息厅而去，但是我看到，李言的脸色一下子难看起来，看来，这位张先生和米米之间有故事。

转天是奥运会开幕式，单位放假了，电台只留了值班人员转播中央电视台奥运会开幕式的直播。晚上，我早早地就带林俏和朱家旺去了"FOOL"酒吧，酒吧里的座位几乎坐满了，四台大电视都在等着奥运会的开幕式。我以为自己是来得早的，结果发现，大家都比我积极，来得都很早。田歌、李言、米米、王星星和她的法国男朋友，还有两位男士是米米和田歌的大学同学，七个人围坐在一个大卡座上，桌上摆着比萨、薯条、啤酒、饮料等食物。

大家打着招呼，熟悉不熟悉的相互介绍着，朱家旺看到李言半个身子都在摇摆，那讨好的媚态让人心疼。李言抱起它，使劲地亲了两下："唉，有时候真不如养条狗。"

李言话中有话，米米推了他一下，说："去烤翅吧买些肉串过来。"

王星星指着桌上的食物说够了吧。田歌立刻喊着要吃烤翅和肉串，说要烤得焦焦的辣辣的。李言就站起走到我身边，我正在咬一块比萨，李言已把我拉了起来。

"和我一起去。"李言说。

我嘴里嚼着比萨，示意林俏看着朱家旺，林俏刚要抱朱家旺的时候，它已跑到我的脚边，我就带着它和李言一起出了"FOOL"酒吧。

刚出酒吧，李言就迫不及待地说："阿迪，我要分手，我他妈才不做冤大头！"

我知道他一定是因为昨天画展开幕酒会上的、那个花了300万买米米四幅画的张先生。

"你别激动，慢慢说。"

"怎么能不激动，他俩肯定有一腿。"李言说，"她那画，怎么可能值300万？"

"你问她了吗？"

"她不承认，我们又吵了一架，我怎么这么倒霉。"看李言强压怒火的样子，我想怎么安慰一下他呢。

"你爱她吗？"我问。

李言看着我，这时我们已走到了烤翅吧，李言就找了张桌子坐了下来。"两回事。"李言有些颤抖地晃着手说，"她不肯见我妈妈，我妈妈临死前都没见到我的女朋友。"说到妈妈，李言的眼里泛出了泪花，"她被人包养过，至今还拿着前任的别墅和车，我要和她分手。"

我知道李言说分手，一定还没有下定决心，但凡他真的不想和一个女人在一起了，一定是分手后告诉我，他和女朋友分手了。

"李言，你怎么老是咬着'包养'两个字不放呢？都说了不是包养。"我说，"我觉得米米说没有就可能真的没有。再说，那也是过去的事了。现在你们在一起了，如果你爱她，就接受她的过去；如果不爱她，那就分手。"

李言看着我，手指在额头上敲着，我知道他在犹豫在琢磨，他还是舍不得，他还是爱着米米。"你的意思是说我有些小心眼——"李言说。

"你看啊，"我说，"张先生一下子掏出300万买了四幅画，觍着脸跑来向她献殷勤，她能当着你的面给人甩脸子，挽着你的手走了，可见她对他很不屑的。"

听了我的分析，李言点点头，想了一会儿，又叹了口气，然后挥挥手："有些蒙圈了，想不通，买烤翅吧。"

我和李言买好烤翅和肉串回到"FOOL"酒吧时，开幕式已开始了，酒吧里的人比刚才又多了一倍，但还有人陆陆续续地进来，站着或直接坐在地上看电视。米米拿了几个托盘装肉串，又特地摸摸李言的头说他辛苦了。我故意不服气地问米米我不辛苦啊。米米说都辛苦，并给我和李言一人拿了一串鸡翅。我买肉串时特地烤了三串不放盐的，我把从竹签上取下的肉放在一次性纸盘上给朱家旺吃，它很快就吃完了，扒着我的腿还要吃，我不理它，它就跳到我旁边的座位上挨着我坐，时不时搞点小动作抓抓我的胳膊或弄出点噪音，无非是想多吃点肉。大家看会儿电视吃根肉串喝口啤酒逗会儿朱家旺，气氛也很融合。林俏估计是吃累了，不自觉地窝进了我的怀里。突然我感觉有人在盯着我，是李言，我不解地看着他。他依旧看着我和林俏，我也看看自己和林俏，不明白李言看什么。

"我突然发现，你俩是特别合适的一对。"李言说，"阿迪，你找对人了。"说着拿起啤酒和我碰了碰。

米米抱着李言的腰揉了揉他："你也找对了人，今天好日子，开心些。"

"但愿吧。"李言的神情比之前已柔和多了。

谁的手机在振动，振得我都感觉到了，我准备找我的手机时，林俏从我怀里起身，原来是她的手机在响。林俏拿着手机出去了。这时奥运圣火进入会场，原本嘈杂的酒吧渐渐安静下来，当李宁被吊起奔跑的时候，酒吧里静得能听到彼此紧张的呼吸声。在火被点燃的那一刻，掌声响起，一片欢呼声，大家相互击掌拥抱。我顺手去抱林俏，才发现她不在，便将朱家旺抱在了怀里。一会儿，林俏进来了，我没有注意到她的表情，仍旧伸手将她抱在怀里。

开幕式结束后，大家又坐了一会儿，谈论刚刚结束的开幕式。凌晨一点，酒吧里的人渐渐散去，我们也告别大家准备回家。李言突然兴致很高，约大家明天晚上再来看比赛，说一起看会更好玩些。

我带着林俏和朱家旺回家，在地下车库刚停好车，林俏说今晚她要回自己家。我说好啊，让她先回家，我遛了朱家旺就来。林俏想了想又说今晚都累了，各回各家吧。其实我今晚挺想干点什么的，我搂着她故意地问："奥运会开幕式这么成功，不庆祝一下？"手在她肩上捏了捏。

林俏摸摸我的脸，笑着："真累了，我先回去了，你也早点休息。"说完她就真的走了。朱家旺追着她，她俯身哄它，摸摸它的头。朱家旺就站住看着离开的她，又回头看我。我没有动，直到林俏的身影消失在地下车库的出口，才叫回朱家旺，我们回家了。

早晨，在一股燥热中醒来，微睁开眼瞟向窗外，一片蓝天，万里无云。夏季天亮得早，也热得早。下床将电扇打开，调到一挡，接着睡。朱家旺很早就醒了，围着床来回"咦咦"叫着，两只爪子搭在床沿上，毛茸茸的脑袋凑近我。我睁开眼睛看着它，它一点点挪到床头，学着我的样子将头躺放在床上，爪子却尽量向前伸着，想够着我。我故意将身子向后退，不让它碰着，它够不着，有些着急，"咦，咦"叫得更响了些，又往前够着，见还是够不着，于是它妥协了，回到地上，坐着看着我。突然手机响了，我拿起手机，李言打来的。

"起床了吗？"李言的心情听起来很好。

"躺着呢。"

"哎，跟你说个事。"李言的声音又鬼鬼祟祟起来，我立刻警醒。

"昨晚啊，米米跟我坦白了。"李言说，"那个张先生在她和前任分手后曾追求过她，本来她对他有些好感，结果有次吃饭，他在米米上卫生间的时候在她酒里下了药，被服务生看到了，趁他不注意将酒换了。后来米米从卫生间出来，继续喝酒，结果那位张先生一会儿倒在桌上了，她吓坏了。这时，服务生过来告诉她实情，问她准备怎么办，她让服务生把张先生扔马路上了。"说到这里李言笑了起来，"要是我一定会将他扔厕所里，浇上大粪臭死他。"

我也笑了："那张先生脸皮够厚的，还敢再来买画？"

"是啊。"李言说，"估计他不知道米米已交男朋友了，得知米米开画展又屁颠屁颠地跑来，还花了 300 万买了四幅画。我让米米把钱退给他，米米说正常买卖，不退。刚吧？"

"够刚的。"我说，"那你现在心情好多了吧？"

李言又笑了："我觉得她对我是认真的。她洗澡呢，我一会儿带她出去买几个包，算是赔礼道歉。"

"女人真爱买包噢。"我觉得李言这样的男人值得一个女人好好爱他。挂电话前，李言叮嘱我晚上早点到"FOOL"酒吧，一起看比赛。

朱家旺又扒在床边冲我"咦咦"叫着，十点多了，我便起床带朱家旺出门了。在楼下小吃店吃了两根油条一份豆浆，临走前又打包了一份，准备给林俏送去。这是我第一次给她送早餐，她一定会很惊喜。

林俏不在家，我很意外，一大早她去哪里了？买菜？有可能，也可能是去我家了，没准也替我买了早餐。想到这里，心里美滋滋的，又带着朱家旺往回走，到了家，林俏没有来过。打她的手机，没有接。她去哪里了？

我好久没有听电影了。我将碟片《肖申克的救赎》放进DVD机里，打开电视，让电影自己放着，而我在屋里走来走去。我走到哪里，朱家旺就跟到哪里。它大概好久没有看到我这样了，感觉它又有些焦虑。我抱起它，摸摸它的头，安慰它也安慰自己。"没事的。我们都成长了不是吗？"给林俏打过四个电话，发了五条短信，她没有接也没有回复，我不好意思再打电话、再发短信了。

电视里，瑞德说："希望是危险的，希望能把人弄疯，你最好认命……"我看着手机，现在是下午四点。我打开一瓶杰克·丹尼，倒上一杯，来到落地窗前，看看时间又看看天空。安迪说："希望是好事，也是人间至善，而美好的事永不消逝……"我喝光了杯中的酒，又倒了一杯。我猜测所有的可能，可是我什么也不知道。安迪又说："她像一本合起来的书……她很漂亮。我多么爱她呀，我只是不善于表达……"李言打来电话，催我去"FOOL"酒吧看奥运比赛，他说好多朋友都来了。我跟他说今天去不了了。他问为什么。我只是说有点事走不开。李言调侃地说"造娃呢"，就挂了电话。

天黑后，我没有开灯，坐在落地窗前，看风景。朱家旺很乖，它经历了我一路的情路波折，只要我一喝酒一坐在落地窗前，它就会担心地看着我，坐在我的对面，就像现在这样，一直看着我。

终于，天快黑透的时候，林俏来了。她从冰箱里拿出半个西瓜，拿勺子挖着吃。"渴死我了。"她说。我就给她倒了一杯冰水。她接过冲我笑笑。

终于，林俏喝好了吃好了，她吐出一口气，然后靠在沙发上看着我，说："特别想知道我去哪里了吧？"

我点点头，站在她的对面，没有说话。

"我前男友回来了，我昨晚接到了他的电话。"

我立刻想到昨晚看奥运会开幕式时，林俏接了个很长的电话。我皱起眉头，仔细看林俏，她接下来要跟我说什么呢？

"他约我中午见面，然后告诉我他妈妈得了绝症。"林俏又看着我。我半张着嘴，我开始琢磨林俏后面要说的话。

"下午我就和他一起去医院见他妈妈了。"说到这里林俏突然笑了起来，见到她的笑容，我有些放松了，挨着她坐下。

"她妈妈想在她临终前看到她儿子成家结婚？"我帮林俏续着故事。

"你还真是聪明。"林俏说，"她妈妈向我道歉，说她以前心胸狭隘，希望我能不计前嫌原谅她，她说她儿子真的爱我，不能没有我。"

我深吸了口气，坐直身子，问："然后……"

"然后我就侍候她吃晚饭，陪她说了很久的话。"林俏看着我，"我以前不喜欢他妈妈，他妈妈以前也不喜欢我……"停了片刻，林俏接着说，"陪了她一天，算是对过去做一个了结吧。"

听了林俏的话，我舒畅了不少，说："我以为你想甩我。"

林俏抱着我的腰："我是蜘蛛，我会缠着你一辈子的。"

我彻底放松了，搂着她的肩说："最后，你很遗憾地告诉她，你爱上了别人，你非常非常爱这个男人。对吧？"我得意地看着林俏。

她却摇摇头，看了我好久，看得我有些发毛了，她才说："我告诉他和他妈妈，我怀孕了。"林俏用手指指我，"孩子的爸爸叫朱家迪。"

"啊！"

第21章　多余的朱家旺

我叫朱家迪，34岁。

18岁时，我来到北京读书，而后工作，一个人生活了16年。我一直想拥有一个家，想有人关心我、陪着我一起吃饭、和我说话，家再也不是走时啥样，回家时啥样。现在，这一切就这样不经意间实现了。

我睡眼惺忪地走出机舱，望着封闭的过道，匆忙行走的人流，感叹人生恍如梦般，我竟然结婚了。冷不丁被人推了一把，接着就听到林俏的声音"走啊，别堵门口"。我"噢"了一声，便顺着人流往接机出口走去。

20多天，我走完了人生的一次质的飞跃，由单身变成已婚，从城外进入城里。我先是和林俏回了趟苏州见了她的父母，然后又带着她回武汉见了我妈妈和哥哥一家人，现在我们又回到了北京。

"胖了啊。"这是李言见到我说的第一句话。他和米米来机场接我们，他接过我手中的行李车。

"有吗？"我看着自己的身体。

"还好了，没什么变化。"米米说。

林俏在我的肚子上摸了一把，说："有点小肚子，你要减肥，我可不喜欢胖子。"

"真是结了婚啊，感觉都不一样了。"李言打量着我和林俏，语气里满含羡慕嫉妒。

"有什么不一样啊。"我要帮着李言一起推车，他说他一个人行。我和林俏随着李言和米米向他的车走去，还未靠近，就听到有狗的叫声，循声而望，我看见朱家旺正扶着车门趴在窗前冲我们大声地叫着。

"球球——"

我没想到李言也将朱家旺带了来，他很细心，还给车窗留了条缝。打开车门，朱家旺欢快地跳下，急速冲向我，在快靠近我的刹那，它一下子跃起，扑到我怀里，我便接住了它。

"瘦了没有，有没有受虐待？"我揉着朱家旺的小身子，它在我怀里翻腾着，亲我舔我，欢喜得不行。

"虐待？白天吃肉喝汤，晚上混迹酒吧，能找出第二条这样幸福的狗狗吗？"李言边说边将行李放进后备厢。

朱家旺又想扑到林俏的怀里，她后退一步摆摆手："我不能抱你。阿迪，你抱球球坐前面。"

"噢噢，好的。"林俏的父母和我妈妈都一再地叮嘱我们，孕妇不能和狗接触太多，对胎儿不好。妈妈还说有孩子就别养狗了，给朱家旺找个好人家吧。

我抱着朱家旺坐在了副驾驶的位置上，林俏和米米坐进了后座。李言边系安全带边说："阿迪，要不，我把球球带回去养一阵子……"

我摸摸朱家旺的头，二十多天没见，还真想它。"你那么忙，哪里能养狗。"我说，"我会注意卫生的。"

"知道你舍不得，我也舍不得。"林俏说，"等我爸妈来了，让我爸妈带它吧，你每天也可以去看它。"

"你父母要过来吗？"米米问林俏。

"嗯，我父母都退休了，过来可以帮着带孩子。"

"唉——"李言突然长叹了口气说，"你竟然要当爹了，比我先当爹。"

"你赶紧啊。"我说，"给我们家宝贝生个弟弟或者妹妹。"

我刚说完，开着车的李言打了我一下："我怎么就让你先当爹了呢。"

我摸摸被打痛的手臂，回头冲米米说："赶紧啊——"

米米不好意思地看着林俏笑了。

一年多以前，李言将朱家旺带进了我的生活里，他曾戏言这是一条能带来桃花运的狗狗，接着他认识了刘米米，我结识了林俏。李言和刘米米成了恋人，我和林俏成了夫妻。然而，就是这样一条给我们彼此带来了桃花运的狗狗，在我婚后却成了家里多余的。

最先提出让我将朱家旺送走的是我的妈妈。回到北京后，妈妈的电话比过去多了一些，以前是担心我一个人不会照顾自己，现在是担心我不会照顾林俏和未来的孩子。每次电话里妈妈都会提到朱家旺，一再劝我将朱家旺寄养或最好是送人，说狗身体里有寄生虫，对胎儿不好，对将来孩子的成长也不好。母亲不仅给我打电话还给林俏打电话让她注意躲开朱家旺，说狗狗的体内寄生虫——弓形虫，是导致孕妇胎儿畸形或死胎的罪魁祸首。

每次我都跟妈妈解释：猫猫和狗狗的体内寄生虫"弓形虫"不可能导致怀孕的妇女胎儿畸形或死胎，因为猫咪和狗狗被弓形虫感染后，一生中只有一次机会将带有弓形虫的粪便排出体外，而这些虫子要在24小时后才有传染能力，并且经过科学一再地研究确定家庭饲养的宠物一生也不会感染弓形虫。

但妈妈仍不厌其烦地给我举了很多例子，还让林俏督促我尽快处理好朱家旺，林俏从此不准朱家旺进卧室。我让妈妈和林俏放心，我会注意卫生，定期给朱家旺洗澡和驱虫。

有老婆和单身汉还是不一样的，林俏很关心我，衣食住行，面面俱到。她习惯了朝九晚五的工作，所以每天都起得比我早。有时她下楼买回豆浆和油条，更多的时候她在厨房里煮燕麦粥。我如果早晨没有什么特别的事，都会睡到自然醒，但做好了早餐的人，总是希望尽快吃掉，所以林俏会叫我起床。其实就算她不叫我，家里多了一个窸窸窣窣、走来走去的声音，我也醒了。只是人虽然醒了，还是想再多睡一会儿，于是林俏会用各种手段诱惑我起床。咬耳朵，做人工呼吸，在耳边轻轻地说"我要强暴你"——每次听到这五个字，我瞬间兴奋地醒来。被人吵醒还被强制起床，本是件很闹心的事，但在林俏的各种手段下，我竟也接受而后习惯了。

吃完早餐后，林俏就上班去了，中午她会发来短信或打来电话，问我吃什么。开始我还很认真地回复她"回锅肉、水煮鱼，李言家餐厅送来的"。后来发现，她只是问问。于是我也就简单地回答"和李言一起吃""在外面陪客户"等等。晚餐，林俏是问得很认真的，大约下午四点，她就会问我晚上想吃什么。我对吃没那么多讲究，有人做哪还敢挑剔？当然是她做什么我就跟着吃什么。不过，我也告诉林俏不用天天在家里做晚饭，我们可以出去吃，但婚后的林俏比过去更爱做饭了，她还增加了不少炊具。我感觉两个人生活在一起，似乎就是吃，一日三餐，吃完早餐是中餐，吃完中餐吃晚餐。很快，一日三餐就成了生活中的一种常态。

林俏的父亲12月份退休，解大妈跟林俏说他们办完退休手续就来北京。林俏是很希望自己的父母来北京的，所以一回京就请人将她的二居室重新粉刷了一遍。我也希望林俏的父母能来陪着我一起等待林俏生产，但没想到的是，十一国庆长假刚过，在我和林俏因一件小事发生争吵后的第二天，林俏的父母就来北京了。

或许是因为怀孕的原因，林俏变得比过去啰唆，还特别喜欢买东西。回京不过两周的时间，家里彻底变了样。双人沙发换成三人的了，卧室里多了块大地毯，卫生间门口买了个小衣柜放毛巾、浴巾、浴衣、睡衣……我的一室一厅一下子变得拥挤不堪，但她还在往家里买东西。开始她还和我商量，后来干脆自己做主了。

这段时间，我很忙碌。电台里，张台长逐渐适应了台长的职务，也知道怎么运用手中的权力，在他的鼓动下，电台里分成年轻改革派和坚守老员工派，我将自己归为中立求稳派。言迪安二手车公司现在运营得很不错，"换换"二手车网站的注册用户也日渐增加，和升华基金通过几轮洽谈也基本敲定了融资方案。我和李言又租了四间办公室，聘请了人专门负责网站，同时将二手车展厅也扩大了。电台和二手车公司两份工，每天忙得脚不沾地，所以家里很多事情都是林俏在打理。这周是林俏怀孕的第十二周，和医院约着周三去孕检。周二，我早早地下了班，准备带林俏出去吃点好的。

因林俏怀孕，我一直带着朱家旺上下班。朱家旺是条很乖的狗狗，它越来越懂事，它似乎知道林俏怀有小宝宝了，所以，也没有像过去那样黏着林俏，每天跟着我进进出出，还是蛮开心的。和朱家旺从地下车库坐电梯回家，首先发现家里多了道浅灰色的防盗门。林俏解释说家里有狗，装个防盗门可以通风透气。这都 10 月份了，天气渐凉了，哪里还需要开门透气。虽然这么想着，但我什么也没说，换拖鞋，给朱家旺擦脚，再进屋就发现电视机大了不少。林俏得意地说，她将 34 英寸等离子电视机换成了 47 英寸的索尼液晶电视机，以后看碟会舒服得多。我"噢"了一声，这台 34 英寸等离子电视机我用了五六年了，换个 47 英寸的液晶电视机也是应该的。我将包放在沙发上的时候，又发现阳台多了张电脑桌。我和林俏用的都是笔记本电脑，家里是无线 Wi-Fi，抱在哪里都能用，大可不需要买张电脑桌，但林俏说要把餐桌腾出来吃饭用。这也是应该的。接着，我准备进厨房拿个杯子喝水，却发现厨房门只能开一条小小的缝，我侧着身子进入厨房就看到门后竖立着一台消毒柜，灶台上还有一台新的电磁炉，厨房一下子小得连身子都转不过来了，我真不懂，这小小的家里哪里需要消毒柜和电磁炉呢。

我随口说了一句"家里买什么东西能不能先和我商量一下，这可是我的家啊"。我就说了这么一句，林俏就叨叨个没完，说这也是她的家，她又没给自己买东西，她买的都是家里需要的，她持家理家很辛苦的……我知道说错了，忙解释说的确这也是她的家，她可以买东西，但两个人吃饭，有多少碗需要消毒，家里是天然气，哪里用得着电磁炉。她说电磁炉是买消毒柜时送的。我就问"是不是因为送台电磁炉才买消毒柜的"。她没回答。我就有些生气地说"我把工资卡交给你也不用这么花钱吧，持家理家也要有计划吧"。刚说完，林俏就很生气地说她怎么没有计划，她把钟点工辞了，现在每天都是她在收拾屋子做饭洗衣服，她这么辛苦我不体谅还嫌她花钱多了。我说"钟点工这个钱是可以花的，有计划是要清楚哪些钱该花，哪些钱不该花"。估计这句话又说错了，林俏从抽屉里找出我的工资卡扔给了我，说买东西都是花的她自己的钱，她不请钟点工是为了省钱换套大房子，她不想让她的孩子以后挤在这小小的空间里。见她生气了，我忙哄她说"这房子不小了，楼下五口之家也就住这么大的房子"。林俏说以后她父母也要过来，家里还有狗，这么多人难道不需要一套大点的房子吗？我刚要辩解，她又抢着说我从不管家里的事，结婚以来，都是她忙前忙后，说我也不关心她，她每天吐得死去活来，说我就知道照顾狗，从不想要照顾她。我说"你父母来不是住在你的房子里吗？为什么要和我住在一起……"我话还没有说完，林俏就打断我说她的父母怎么就不能和她一起住了。都结婚了，你你我我分那么清楚，说我一直就把她当外人……然后又说朱家旺，说我为什么还不买狗笼子，说狗在地下跑的，身上有不少细菌，对孕妇不好难道我不知道吗。

　　结婚以来，或者说林俏怀孕以来，围绕朱家旺的话题从来就没断过。我的妈妈明着说让我将狗送走，林俏的父母暗着说家里有孕妇不适合养狗，这会儿又说到朱家旺我也烦透了，便生气地说"你是嫌狗脏是吧，你现在嫌狗脏了。没有这条狗我们会认识吗？饮水思源。如果是林美美你也会这么嫌弃吗"。估计是说到林美美刺激到了林俏，她睁大眼睛大声说她什么时候嫌狗脏了，林美美怎么了，这和林美美有什么关系。说着林俏突然歇斯底里地"啊——"了一声，她的表情特别凶，像是要打我的样子，我有些害怕，慌忙中打开门就往外跑。到电梯口见电梯没来，又感觉到林俏也出来了，便顺着楼梯一口气下到了17层。喘着气休息的时候，才发现朱家旺一直紧紧地跟着我，这会儿见我停下来，它也在我的脚边停下，哈着嘴吐着舌头。

　　人生气的时候，想的全是对方的不好，所以，此刻，和朱家旺坐在小区里的长条椅上，想着林俏刚刚吵架的样子，浮现在眼前的就是刚认识林俏时她种种恶劣的形象，一下子特别落寞。以前，家是我唯一的避风港，而现在，出了家门后我竟然无处可去。难道这就是我一直想要的婚姻生活吗？坐了一会儿，我冷静了些，又发现手机钱包都没带，只有一把车钥匙在裤兜里，一下子又很伤感，原来单身的快乐和自由自在是真的。

到"FOOL"酒吧的时候，米米正忙得不亦乐乎。奥运会后，"FOOL"酒吧的生意好得出奇，每晚都座无虚席。随后，米米又请了几支地下乐队来助唱，自此，"FOOL"酒吧更是门庭若市。

李言不在"FOOL"酒吧，问米米，她吞吞吐吐地，欲言又止，最后让我去李言家里找他，说他肯定在家。

李言果然在家，他开心地抱起朱家旺，然后对我说："你老婆打了几个电话找你，你们怎么了？"

我摆摆手，去冰箱里找了瓶水，一口气灌了大半瓶后，长叹了口气。朱家旺也想喝水，它站起冲着我手中的矿泉水瓶张着嘴。李言立刻找了个小碗来，从冰箱里拿出一瓶水给它倒了大半碗，朱家旺也一口气喝了小半碗水。

"你们兄弟俩这……像被——赶出来了？"李言看着我笑了，"瞧这狼狈的样子。"

我摇摇头，不知从何说起，起因不过是件鸡毛蒜皮的小事，竟也吵得鸡飞狗跳的。

"没什么，争了几句。"我说，"可能是……家里突然多了一个人有些不习惯吧。"

"哼！"李言冷冷笑着，"婚姻就是单身的坟墓，是吧？我才不要结婚。"

"单身的坟墓？"我想想，"也不全是，结婚还是有好处的。"

"好处？什么好处？"

我一时还真想不出结婚有什么好处。

"自从你结婚后，米米现在都不准我戴套了。"

"为什么？"我马上又明白过来，就笑了，看着李言，"奉子成婚，这招挺好使的。你看我……"我冲李言摊开双手。

"我和米米现在和结婚有什么区别，不就是差一张纸嘛。"李言咬牙切齿地说，"女人啊，就是贪心不足。"

我这才注意到李言的神情怪怪的。他一个人在家，没去"FOOL"酒吧，电视关闭，但DVD机是暂停的状态，茶几上有半瓶开封的红酒，一旁的酒杯里还有浅浅的红酒。

"你们也吵架了。"我说。

李言又倒了些红酒到酒杯里："她搬回去两天了。"然后将红酒一口饮尽，"她想要个孩子。"

"早晚都是要结婚的，你妈妈也一直希望你早点成家。"我说。

李言摸摸下巴，叹了口气。我知道结婚这种事，得自己想结。我作为朋友不能盲目地劝，这是一辈子的事，男人挑选妻子在人生中是很重要的一件事。

"你看什么电影呢？"我随手拿起茶几上的遥控器，李言"哎"了一声，但我已经点开了电视，屏幕上立刻出现了一对正在"战斗"中的裸体男女。

"我去——一个人在家很会过啊。"我挖苦着李言，他不好意思地要抢我手中的遥控器，我躲开，让电视里的A片继续放映。

李言也不再说什么，一个人喝酒，我喝矿泉水。突然，李言说："打马赛克的都是耍流氓。"

我接着说："应该报警，告诉警察叔叔，A片打码得枪毙。"

我和李言都笑了。

"都已经结婚了，就好好过吧，何况现在还有了孩子。"要说，李言也是聪明通透的人，他接着抱起朱家旺说，"我还挺想养条狗的，要不，球球我养着，这本来就是我的狗。"

看着李言，我很感动，他有六家餐厅要打理，为了言迪安二手车公司的货源几乎每周都要出差，现在又有米米在逼婚，他的烦事并不比我少。朱家旺似乎听懂了我们的谈话，从李言的怀里挣扎出来，跑回我身边，紧紧地贴着我的腿。

"看看，这是谁的狗。"我说，"你就别养狗了，先处理好自己的事吧。"

"我养不了，可以给它找个好人家嘛。"李言说，"不过一条狗而已，犯不着因为它闹得家庭不和。"

"我既然收养了它，就会养它一辈子。"我摇着头说，"我要给它养老送终。"

"切！你有对你妈说过这句话吗？"李言说。

"两回事啊。"我说，"我妈她老人家会长命百岁的。"

李言笑了，说："行，那我给你叫点东西吃吧。林俏一再地跟我说你没有带钱，也没吃饭，她蛮关心你的。"

李言的话，又把我感动了一把，一下子有些自责。林俏是个怀孕的女人，我怎么跟她较真吵架，多大点事儿，她不就是往家里买了点东西吗？能花多少钱？我什么时候变得这般小心眼了。想到这里，我有些坐不住了。

"出来好久了，我也该回去了。"我关了电视，将遥控器放回茶几。旁边的朱家旺立刻听懂了，它摇着尾巴站起，准备跟我回家。

"行，我也不留你。"李言抱起朱家旺，送我们出去。

回到家，林俏打开门，一言不发。我也没说话，常规换拖鞋，给朱家旺擦脚，进卫生间洗朱家旺的擦脚布。再出来时，林俏已放了两盘饺子在桌上，然后一言不发地回卧室关上了门。

饺子的温度正好，看来是我到家前煮好的。我默默地吃着饺子，也顺便给朱家旺的食盆里放了两个。吃完饺子，我把锅碗都给洗了，清洁好了厨房，来到卧室推开门。林俏正侧身躺在床上，面朝向门，见我进来，翻了个身，将背对着我。我在床边坐下，朱家旺也跟着进了卧室，我将它抱起，放在卧室外的窝里。林俏怀孕后是不准它进卧室的，但刚把它放进窝，它就跑出又进了卧室，蹲在床边，像是要见证什么似的。

我轻轻拍拍林俏的肩，她没有抵触我便抚摸着她的背。"都是我的错。"见林俏没说话，我便又往床里坐了些，"说实在话，这段时间你每天忙进忙出、忙上忙下的，又怀着孩子，很辛苦，我都没有多陪你，还叽叽歪歪地瞎抱怨。"

林俏转过身来，但眼睛还在瞪着我。我忙赔笑地说："你想怎么骂我都行，本来怀孕就有压力，我应该多关心你。"

林俏的脸色温和了些，我便将工资卡放在她的手上，她扔回，我又拿起放在她的手上："在我们南方都是老婆管钱的。"我按按她的手，"你随便花，想买什么就买什么。"

"是吗？"林俏坐了起来，"老婆管钱是吧，"她向我伸出手来，"把钱都拿出来。"

"什么呀？"

"工资卡，奖金卡，存折还有……"林俏顿了一下，"二手车公司每月应该有不少盈利吧？"

我很意外，"啧"了一下，但也没想好要说什么。

"怎么？舍不得了？"林俏又将工资卡扔给我，"和你结婚，我什么都没要，就这么裸结了。而现在，我不过是买了些家用电器和家具，你就嫌我花钱了。"说着她又躺下了。

"奖金是年底才发，存折里的钱这次结婚花了不少，也就剩一二万了，二手车公司我只是小股东……"我叨叨的，还是有些心虚，挨着林俏躺下，再次将工资卡塞进她的手中，怕她还给我便抱住她，握紧她的手。突然，她尖叫一声，原来是手指上的戒指和工资卡被我一握弄痛了。

"哟哟，对不起，弄痛了吧。"我揉着她的手指。

"这个戒指有些大。"林俏说。

这个钻戒是我买着准备向马芳芳求婚的那个钻戒，一直没退，知道林俏怀孕后，我便拿着它向林俏求婚。现在看到这个戒指，我顿时内疚卑陬。

"明天孕检完，我们去买个新戒指。"我说。

"为什么？"林俏不解，"这个戒指挺好的。"

"刚才不是惹你生气了吗，算是赔罪。"

"赔罪买什么戒指啊，既不能当饭吃，又不实用。"林俏说，"戒指有这一个就可以了。"

"那怎么行，一定要买个新的。"

"难道这个不是新的？"林俏反问我。

"当然，这个当然是新的。"我说得有些急了，要坐起，林俏拉住我，我只好又躺下，她就势枕在了我的胸前。

"我妈刚才也说我了，家里买什么东西应该和你商量一下。"林俏说。

我知道解大妈每天晚上都会和林俏通电话，询问她的身体和孩子的情况，想必是我走后她们母女俩通了电话。

"不用商量，以后家里的事都你做主。"

我说完，林俏抬头看着我："阿迪，我没有嫌弃球球，我爱你，也爱这条狗，我们是一家人。"

"嗯。"我点头。

"我真的很爱你。"林俏接着说，"以后吵架不许跑出去，我说完就好了，你跑出去，我特别担心。"

我赶紧说："我刚去李言那里了。"

"我知道，你一离开他就给我打电话了。"

"噢，"我明白了，"所以你就先煮好了饺子。"

"我还担心你又去了别的地方，李言说不会，说你的性格跑不远。"

"呵——"我笑了，这个李言，出卖我一套一套的。"明天是第一次孕检，需要我准备什么？"我问。

"不需要。"林俏顿了片刻，轻轻地说，"阿迪，对我好一点，我现在怀孕了。"

"那必须的！"

不知道为什么，林俏的语气里竟然有点淡淡的失望，我想一定是刚才吵架的余气还未消，但我也没有细想，折腾了一晚上，我也累了。只是没想到，第二天下午，林俏的父母来北京了。

第 22 章　林俏的父母来了

金秋十月，北京最美好的季节。

早晨，我陪林俏去孕检，这是第一次孕检，我们都有些紧张，尤其是林俏。在 B 超室里，她紧紧地抓着我的手，当听到宝宝心跳的声音时，她激动地大叫："听到了吗，听到了吗？"当看到宝宝的四个小爪爪在显示器上动了一下时，她兴奋得眼泪都流了下来，看着我又哭又笑的。

开车回家的路上，林俏的嘴就没停："阿迪，医生说宝宝很健康……他会长得像你还是像我，我希望像我们俩，可以像你多一点……是不是要给他准备东西了，婴儿车，他的小床、被子、小衣服……哟，奶粉事件太可怕了，我还是直接给宝宝喂奶吧……以后上什么学校好呢……"

"上学的事想太早了吧。"我也很开心，第一次有了要做父亲的期待。我侧头看看林俏的肚子，现在还不太显。我想，林俏是对的，该给孩子准备一套大点的房子了。

"有空去看房子吧。"我轻轻地说，"奥运村、东四环、北四环新开了不少楼盘，你时间比我宽裕，上网搜搜，到时我们一起去看房。"

"真的，你决定买大房子了。"林俏又激动起来，也不顾我开车，过来抱住我，"你真好。"然后放开我说，"你有一套房子，我有一套房，如果你舍不得你的房子，可以把我的房子卖了，再加一点钱，支付首付，以后我们一起还房贷。"

"你的房子卖了，你的父母住哪里？"我问。

"可以给他们租房子，等我们的新房子盖起来了，他们可以住在你这套房子里。"林俏说，"你觉得这样可以吗？"

"先看房子吧。"我说。

就在这个时候，林俏的手机响了，是解大妈打来的，她和林俏的父亲已经到了北京，到了林俏的家里。看来岳父岳母大人很担心自己的女儿和外孙，也不等岳父退休就来了。

我先送林俏回了家，见了林俏的父母，然后我上班去了。晚上，我把朱家旺送到了林俏父母那里。林俏的父亲林大海是名户籍民警，话不多。我说养狗其实很累，尤其是到了户外，它撒欢儿地玩自己的，而我在照顾它的时候，还要关注到周围别人对它的反应，不能让它吓着小朋友和老人，不能让它被大狗欺负，也不能让它欺负别的狗，还要随时清理它的便便。我说这些话的意思是想提醒林父带朱家旺出去的时候不仅要保护好自家的狗狗，也要注意别让它影响到其他人。

"你以为当一个铲屎官容易啊。"林俏见到父母来了，心情和心态都放松了许多。

解大妈是个心思缜密的女人，她立刻明白了我的意思："阿迪，放心吧，你爸爸年轻时养过警犬，那可是大狼狗。再说还有我，你们俩就放心地工作，忙自己的事。"

"就是。"林父很不屑地对我说，"一条小泰迪而已，你好好地照顾我女儿就行，别再惹她生气了。"

我"噢"了一声低下头，余光中看见解大妈戳了林父一下。

朱家旺看到它的窝和饭盆、水盆都搬到了这里，它感觉到了什么，在我和林俏要离开时，它死活要跟着我们走，并发出撕心裂肺的叫声。林父抱起它，将它锁在了厕所里。我感觉林父的动作粗暴了些，便小声提醒说哄哄它。林父让我们赶紧走，说小狗不能惯着，它习惯就好了，林俏拉着我就走了。

到了楼下，我还能听到朱家旺的叫声，有些心不忍地说："它会不会觉得我抛弃它了？"

"不会的了，你明天早点过来遛它。"林俏说。

"可它还在叫。"

"我让爸爸安抚它一下。"林俏说着给林父打电话，随后，朱家旺的叫声渐渐小了。

一回到家，林俏就去洗澡了，我想给解大妈打电话询问朱家旺的情况，但又怕误会我多事，连条狗都不放心。正踯躅不下的时候，解大妈打来电话，她直接打的我的手机，告诉我，我们走后，她就把朱家旺从厕所里放了出来，说它一直趴在门边，也不到屋里去。

"妈，辛苦你们了。"我说，"球球要待在门口就把它的窝放门口吧。"

"好的。"解大妈说，"我带过美美，一定也不会让球球受委屈。天冷，你们明天还要上班，早点睡觉。"

"谢谢妈，你们奔波了一天，也早点休息。"

放下电话，我踏实了许多。这时，我的脖子被人搂住了，接着听到林俏湿乎乎的声音："怎么，在我父母那里还不放心吗？"

回头看到林俏只是穿着短裤背心，便说她："你怎么不穿浴衣，想感冒啊。"

"我忘拿了，刚叫你帮我拿，你没理我。"林俏傻傻地在我的嘴上亲了一下说，"终于可以过二人世界了。"

"二人世界？"我在她的屁股上拍了一下，"还不滚上床去。"

"不了，不冷了。"林俏扭着身子，我一把抱起她，进到卧室将她放在床上，给她盖上被子。

"乖乖躺着，我一会儿来收拾你。"说着，我洗澡去了。

早晨很早突然就醒了，看着一旁熟睡的林俏，听着她微微的喘息声，下床来到客厅，没有朱家旺围在脚边的起床欢迎竟然无所事事。穿好衣服准备出门的时候，林俏醒了。

"这么早？"林俏说。

"嗯，我去遛球球，你再睡会儿。"我说着就出门了。

赶到林俏父母那里，解大妈正将刚煮好的一锅红豆粥从电饭锅里拿出放凉，看到我便说："阿迪啊，你爸爸一大早就带球球去护城河了，估计也快回来了。你就别管狗了，回去叫俏俏过来吃早饭吧。"

"啊。"我答应地离开，但还是去护城河找了一圈，没看到林父和朱家旺，便先回家了。和林俏洗漱收拾好再来到林俏父母这里时，林父正在喂朱家旺吃鸡蛋黄。朱家旺看到我，就什么也不顾地扑过来，我抱起它，亲亲它的额头，对林父说："爸，辛苦了。它还乖吧？"

"你这狗好带，寸步不离地跟着我，像害怕我抛弃它似的。"林父说，"护城河那么大的地方，它边玩儿还想着回头找我，蛮乖的。"

解大妈接过话头说："你也不能大意了，护城河边遛狗的人多，尤其是大狗，你得跟着它，别让它被大狗咬了。"

"大狗敢咬它，我打死它！"林父说完我们大家都笑了。

我看林父挺喜欢朱家旺的样子，便放心了些。解大妈让我放心把狗交给他们，早晨也不用过来遛狗，在家多睡会儿。如果想朱家旺了，就晚上过来陪它玩玩。

说话间，林俏和解大妈已将四碗红豆粥摆放在桌上，桌上还有油条、煮鸡蛋和饼。解大妈又说，她刚来，家里没什么食材就只准备了红豆粥和煮鸡蛋，油条和饼都是林父刚买回来的。

"挺好的，以后早餐我去买回来。"我说。

"要你买什么？"林父说，"你妈做的早餐比外面卖的还好吃。"林父说着拍拍肚子，"看看我的肚子，就是你妈喂的。"

"吃饭也堵不住你的嘴。"解大妈嗔怪地说着，夹了一根油条给林父，也给我夹了一根。

"阿迪，你晚上想吃什么？"解大妈问我，"一会儿我和你爸爸去超市买。"

吃什么？我愣住了，看着林俏，问她想吃什么，林俏说，妈问你呢。

"你是孕妇，你吃什么我跟着吃什么。"我说。

“我都行啊。”林俏说着冲我噘起了嘴，又冲着她的父母歪头笑了，“妈妈做的我都想吃。”林俏父母的到来让她彻底放松了，吃着东西有时会故意吧唧着嘴，很香的样子。

开车送林俏上班的途中，我握着她的手，感觉时间和空间一下子都回到了身边：“最近我可能会忙一些，二手车公司的前景很好，我和李言一直在找融资，希望这次能够成功。”

“我父母在，你就放心忙你的，只要记得有空回家吃饭。”林俏又说，“我父母来了是不是特别好？”

“嗯。”我也觉得有林俏的父母在轻松了不少，好像我和林俏的感情也增进了。林俏下车的时候，我还亲了亲她：“别在电脑前待太久，要穿防辐射的背心啊。”

“我知道了，你开车慢一些。”林俏说。

周四早晨依旧是电台的选题会。今天到得有些早，我第一个进的会议室。随后宁小菲来了，她直接挨着我坐下。

“知道改版的事吗？”宁小菲问我。

“改版，年初不是改过了嘛，又要改？”说实话，我没太关心电台里的事，我觉得做好自己的工作就行。

宁小菲顿了顿，似乎在犹豫要不要说，但终究还是没忍住，说：“听说要将我的《读书快讯》停了，把这个时间段转包给一家文化公司。”

“噢——”我还真没听说，“那你就少了一档节目了。”

“这是我们的品牌节目。”宁小菲非常激动，“这个节目我做了十年，十年啊——”

“小菲，小菲……”我看到有其他同事进到会议室了，便示意给她。

宁小菲并不领我的情，依旧说：“这样下去电台会毁掉了。”

“电台不会毁掉的。”我小声安慰着宁小菲，“这是国家单位，国家会保护它的。”

宁小菲看了我一眼："你倒是很宽心。"

我使劲地冲宁小菲点头，因为我看到张台长正走进会议室。宁小菲也看到了，她不再说话，低着头，看了看手机，又打开手中的记事本。我也打开记事本，准备开会。

各个编辑和主持人陆陆续续地报完了选题后，张台长总结发言，说大家所报的选题都不错，然后说了电台近期的发展和危机，最后说从明年元月份开始，《读书快讯》和《经典老歌》将停播改版。

《经典老歌》也是电台主打的老牌栏目了，没想到这个也要停了。我回头看看坐在身后的李响，上次他的《中国原创音乐》改版为收费的《流行音乐快讯》，他和张台长在办公室里大吵了一架，随后《流行音乐快讯》换了刚来电台两年的张晓梅做主持人。李响见我回头，息怒停嗔，竟然咧嘴笑了，一副若无其事的样子。再看宁小菲，她正忧伤地看着我。我冲她轻轻点头，表示我的理解和同情，但他们却不知，我内心里是多么希望能将《今夜星光无限》给停了，这样周五的晚上就是自己的时间了。

选题会后回到办公室，很多同事聚集在我这里聊着电台改版的事。陈大力提议要联名上书反对将电台某些时间段转包给文化公司。我看快到中午了，找了个理由便离开了电台。

李言在二手车公司里等着我吃午饭，他的脸是肿的，眼睛也眍了，看我进来也不说话，坐在沙发上吸烟。

我放下包，走到他对面："怎么了，还一个人天天在家看 A 片呢？"李言翻了我一眼，我又说，"闹几天得了，赔个礼道个歉，要不要我帮你约米米出来？"

李言"哼"了一声。

"两个人哪有不吵架的，越吵越亲热，越吵越和谐。"我把茶几上的饭盒打开，"鱼香肉丝，我爱吃。"我将所有的饭盒都打开，然后，打开一次性筷子递给李言一双。

"你看上去心情很好，不再为球球吵架了。"李言吃着饭说。

"球球没事了，林俏的父母来了。"

"这么早就来了，不是说等你岳父办完退休手续再过来吗？"

"心疼女儿呗！不过，他们过来我倒是轻松了不少，林俏也没那么大压力了，挺好。"

"别说，你还真是个有福的人。有林俏的父母在这里，能帮很大的忙。"

"是的。"我耸耸肩说，"一下子觉得肩上空了，如释重负一般。"

李言笑了："正好，升华基金的融资你抓紧点。"

"那必须的。"

吃了会儿饭，我看着李言说："你和米米谁也离不开谁，赶紧和好吧。"

"嗯。"李言若有所思地拿起手机，"我这就给米米打电话，向她道歉。"说着又停了下来，"今天下午没什么事吧？"

"怎么了？"我问。

"吃完饭，我们买包去。"

"买包？给米米道歉啊。"我说，"你自己去就行了。"

"你也买一个送给林俏，我们年底会很忙，先做好慰问工作。"

我想了想："也行，不过，买什么样的包呢？"

"赶名牌、贵的、限量的买就是了。"

"那你买什么样的，我就买什么样的。"

"别。"李言说，"我俩可以穿一样的衣服，但我的米米是不愿意和你家的林俏背一款包包的。"

"我去！谁愿意和你穿一样的衣服。"我说，"一起去买包，帮我推荐一款，但不能比米米的差。"

李言咬吸着下嘴唇，突然笑了。

晚上回到家，把包送给林俏，她果然很开心，我还是老实坦白了是在李言的建议下买的。果然，林俏立刻说："不会和米米一款吧，我才不要和她背一样的包。"

"不一样，牌子不一样。"但我马上又说，"档次是一样的。"

看来李言比我更了解女人心。

那天晚上，我和林俏在她父母那里吃的晚饭，餐桌上有我爱吃的东坡肘子、糖醋排骨、山药鸡汤。我说这样吃我会长胖的。林父说解大妈怀林俏的时候他也长胖了不少，男人结婚后都会胖。他还说以后林俏坐月子，她吃不了的东西都得我吃。

"啊——噢。"我看看林俏，又看看林父。

解大妈忙说林父："你别吓唬阿迪，现在的年轻人都很注意身材的，俏俏剩下的还是你吃。"

"我吃啊——"林父很不情愿地说。

"当然了。"林俏说着将碗里的半块鸡肉夹起放到林父的碗里，"家里我第一，妈妈第二，爸爸第三。"又冲我说，"以后你这里我也要第一，球球第二。"

"噢。"

晚上离开林俏父母家时，朱家旺依旧不依不饶的，一直在叫，林父将它关进了厕所，它还发出狼嚎的叫声，"呜呜呜"的，气得我回身冲进厕所使劲地吼了它几句，它才安静下来。第二天一早，我本想起早去遛它，结果睡了个懒觉，晚上回家很晚，也没有去林俏父母那里。此后，忙忙碌碌，除了过去吃饭，也就没有更多的时间陪朱家旺。

第 23 章　朱家旺丢了

　　这个秋天很短暂，风也刮得勤，坐在屋内经常能听到呼啸的北风如狮吼般在窗外旋转。暖气来后，室内的温暖让人一下子有了幸福的感觉。小雪这天是个周六，风和日丽，有个广东的客户到北京来出差，想去香山看红叶。其实这个时候已过了看红叶的最佳时期，但李言兴致很高，问我要不要一起去。林俏的肚子已显怀，我想在家陪陪她，李言便带米米一起陪着客户去爬香山。李言和米米这次和好后，米米虽然没有再逼婚，但和李言两个人都小心翼翼的，生怕触及心里的底线。

　　因为我在家吃午饭，解大妈多烧了几个菜。林俏曾偷偷地告诉我，解大妈常跟人说：她的这个女婿是她替女儿挑选的。"我妈妈认识你后就说你善良、负责，跟她没见几次面，就开车带她和林美美去宠物医院看病，说你是个可以依托的好男人。"我听了有些得意。

　　解大妈知道我喜欢吃她做的菜，做饭前总是会问我想吃什么。开始我不好意思，毕竟家里还有林父和林俏，但后来我也习惯了。如果我说好久没吃松鼠鳜鱼和苏州卤鸭，那么第二天餐桌上一定会有松鼠鳜鱼和苏州卤鸭。当然，全家人主要还是关心林俏吃什么，她现在怀着孩子，并且她一直是家里的重点。林父是个敦厚本分的人，解大妈做什么他就吃什么。林父爱下象棋，有时我会陪他下几盘。林俏的父母来后，我真正有了家的感觉。

这天中午吃饭的时候，我发现朱家旺不停地舔自己的腿部，舔了好久，对我给它的红烧肉也不在意。吃完饭，我忍不住扒开朱家旺的大腿一看，腿上红肿乌青了一大片。

这是被大狗咬了，还是怎么着了？林父告诉我，昨天他带朱家旺去医院抽血化验了，那医生动作太慢，而朱家旺又一直在闹，拔针的时候划了一下。

"为什么抽血啊？"我不明白。

"查它有没有寄生虫。"林父说。

"怎么会有寄生虫？它体内体外都做了驱虫，每年定期还会打疫苗。"

"那也得检查一下，万一它有其他的传染病怎么办？"

我不再说什么，给朱家旺套上牵引绳准备带它出去。

"晚上再遛吧。"林父说，"好不容易休息一天。"

解大妈也说："一会儿我和你爸爸带它去护城河边逛逛，你和俏俏回家休息吧，晚上再过来吃晚饭。"

"没事的，我也好久没带它出去了。"我坚持要带朱家旺出去，林俏要和我一起去，我让她在家里陪她父母。朱家旺见要和我出去，激动地往我身上蹦着。

"你别抱它，让它自己走。"解大妈提醒说。

我就让朱家旺自己出了家门，但一出林俏的家，我就把它抱了起来，仔细看它的大腿。"抽血很痛吧？"我轻轻地抚摸着朱家旺的伤处，它"哼哼唧唧"地窝在我怀里，委屈极了。我有多久没有遛朱家旺了。

下午阳光很好，晒得人暖洋洋的，我带着朱家旺在护城河边玩了好久。有条大狗过来，我抱起了朱家旺。等大狗走过了，我要放下它时，它却用两个前爪环抱着我的胳膊，并轻吼我，不准我放下它。

"该回家了，球球。"我还是放下了朱家旺，牵它往家的方向走着。当走到三岔路口时，它突然不走了，往右是我的家，往左是林俏父母住的地方。朱家旺的身体明显地朝向右边，两只黑黑的眼睛看着我，它是想跟我回家，回我们的家。我一下子特别难过，抱着朱家旺在路边的台阶上坐下。我说："球球，我没有抛弃你，只是暂时分开一段时间，等孩子出生了，我就接你回家。"

那天我和林俏离开她父母家时，朱家旺送到门口就没有再追着我了，它只是站在门口看着我，一脸忧郁。我的心一颤，我想第二天早些起床去遛它，结果第二天，我又睡了个懒觉。

FM66.8 兆赫，今夜星光无限。亲爱的听众朋友，我是主持人阿迪，今天是周五，今天的最后一个小时，明天的第一个小时，阿迪会陪着你一起度过这无限美好的夜晚……

我有一条小狗叫朱家旺，它七个月时我收养了它，我答应过它，我的家就是它的家。但现在，我的妻子怀孕了，它暂时去了我岳父岳母那里，它似乎很不愿意，它会不会以为我已经抛弃了它……朱家旺，小球球，我骂过你，打过你，但收养你后，从未想过要抛弃你。我只是想让你等等，等孩子出生后，我就会接你回家……下面这首陈奕迅的《等待》我想送给朱家旺，请它相信，我真的没有抛弃它……

我守候在你家的门外 / 整个晚上都不离开 / 回想你靠在我的胸怀 / 我要将感觉留到 every night/ 走在吵闹拥挤的人海 / 我想要好好感觉你的存在 / 望着遥远灰色的星海 / 一个人孤独地发呆……

这天夜里，做完节目从电台回到家已近两点，在地下车库刚停好车就看到了 Gay，他也是刚回家。他看到我夸张地"哇"了一声："阿迪啊，看到你太开心了——"

"好久没见了，忙什么呢？"我和 Gay 往电梯口走去。

"忙工作啊，对了，你家球球呢？送人了？"Gay 问。

"没有啊，在我岳父母那里，"我说，"我老婆怀孕了。"

"恭喜你啊。"Gay 说，"对了，你知道吗，四号楼有一家，媳妇要生孩子了，那家老人将养了 11 年的狗给安乐死了……"

"安乐死？"我不明白。

"就是喂狗吃了大量的安眠药，狗就睡过去了。"Gay 说，"这还是好的。我前几天在网上看到一则消息，女主人怀孕了，男主人的父母趁着女主人出差将狗从楼上扔下摔死了，然后告诉女主人狗病死了。"

"真的？"我一下子有些喘不过气来，我想起了朱家旺那忧郁的眼神。

"当然是真的。"Gay 还是那么八卦，"听我一个同事说，有个人养了条拉布拉多，都 14 岁了，因为白内障双目失明，主人就把它给扔了……你看这大冷天的，那狗差点冻死，幸亏被人救了……哎，你说这主人缺不缺德？"

我怎么感觉像是在骂我，顿时有些恍惚。

"就应该定一条法律制裁一下这种人。"Gay 越说越气愤，"你说养了十几年狗说让它死就让它死，说扔就扔，这都什么人啊！为了自己的利益就不顾狗的死活，那狗也是条生命吧。"

"啊。"我点头。

"电梯来了。"Gay 提醒我说。

"噢。"我专心听 Gay 说话，都没有注意到电梯来了。

回到家，林俏早已睡下。我坐在落地窗前，想着刚刚 Gay 说的话，莫名地有些担心。收养朱家旺的这一年，发生了好多的事。我失恋了，酗酒、抑郁，每天回到家是朱家旺欢天喜地、热情洋溢地迎接我，用它的小身体温暖我。后来我认识了林俏，她怀孕了，我们结婚了。这才几个月，我就忘记了朱家旺跑来跑去的小身影，我似乎已经习惯了家里没有它的生活。我真的抛弃它了。

"你什么时候回来的？"身后突然传来林俏的声音，"你怎么不睡觉？"

"啊，刚回，我坐会儿。"

林俏过来，摸着我的头："怎么了？有什么事吗？"

"没有，就是想坐会儿。"林俏想挨着我坐下，我忙拿了个棉垫子垫在地上，她就坐在了垫子上。

"不会是工作不顺吧？"林俏问。

"我就是想坐会儿。"我看了看表，三点了，"走，睡觉去。"我要扶林俏起来，她拉住了我。

"真没什么事吗？"林俏有些紧张地问。

"嗯……"我想了想说，"我想球球了，我们……要不把它接回家吧？"

听见是这事，林俏放下心来，说："阿迪，从这里到我父母那里，走快点就五分钟，对吧？先不说我现在怀孕了，就说你要工作，每天忙进忙出，根本没有时间照顾狗。而我父母长年在家里，每天都能陪它，它是跟着他们快乐好还是和你一起寂寞好？"林俏看着我，"扶我起来。"

我便扶她起来。

"另外，"林俏说，"你的孩子重要还是球球重要？"

"啊……都很重要。"

"阿迪……"林俏说，"它有它的生活，你有你的生活。你不能因为一条狗毁了自己的生活。它不是你的全部，你有我，将来还有我们的孩子。"

我扶着林俏往卧室走，她接着说："再过几个月我们的孩子就要出生了，你现在应该考虑的是孩子出生后住哪里，上哪所幼儿园，学钢琴还是绘画……"林俏看着我，"对吧？"

"嗯。"我点点头。

"别纠结了，球球在我父母那里有什么不放心的。"林俏说，"快去洗洗，来抱着我睡觉。"

"好。"我想明天早晨再说这事吧。

第二天醒来，已是下午一点多了，林俏不在家，客厅里空荡荡的，感觉很怪。突然我停在了一面墙前，我的照片呢？这面墙上曾经贴满了我和朱家旺的照片，这是我们的"照片墙"，此刻却光秃秃的，只留下贴过照片的痕迹。

林俏拿着一个保温饭盒推门进来："外面风可大了，脸都冻木了。"她换鞋进屋，"看你睡得香就没有叫你。"她将饭盒放在餐桌上，"这是午饭，有你爱吃的糖醋排骨。"

"这墙上的照片呢？"我问。

"我都取下来了。"林俏说。

"贴着照片怎么了？很难看吗？"

林俏拉着我到桌前坐下："以后这里要贴我和孩子的，当然，我也会挑一些你和球球的贴上，总之，要贴我们全家人的照片。"

林俏将饭盒打开，里面果然有糖醋排骨，还有我爱吃的煎带鱼和蒜蓉西蓝花，我看着饭菜叹了口气站起来。

"你怎么不吃啊？"

"我刷牙！"我不耐烦地说。

再从卫生间里出来时，林俏已放了一杯凉白开和一杯牛奶在桌上，她说："早起先喝一杯温水，再吃饭。"

看到她这样，我又不由得心一暖，上前抱住她："不用对我这么好，会把我宠坏的。"

"宠坏就宠坏了呗。"林俏想了想又说，"你也可以宠宠我嘛，相互就宠不坏了。"

我笑了，坐下吃饭。林俏想起什么又说："对了，早晨李言打来电话，我接的，你一会儿回个电话给他。"

李言早晨打电话一定是有重要的事。我忙回电话过去，刚接通就听到李言兴奋的声音，说深圳的孙总从香港弄了一批进口二手车，货好量大，让我们赶紧过去挑选我们需要的车。这真是个好消息，我告诉李言吃完午饭我就到公司来。

吃完午饭，冲了个澡，打开衣柜准备换衣服的时候我愣住了。我的衣柜是三门的，其中两门的上面挂着我的西装、衬衣、T恤、夹克等，下面是裤子、皮带，顶上的格子里放着冬衣、棉被；单门里挂着大衣、风衣，下面是三格抽屉，一格是内衣内裤、一格领带围巾手套、一格是袜子。别看我是个男人，但我的衣柜收拾得井井有条。

结婚后，我也替林俏考虑了。家里房间不大，再买个衣柜没地方放，我便买了个五斗柜，将自己能叠起来的衣服放进了五斗柜里，将衣柜腾出一半来装林俏的衣物。可是，不知不觉，就像蚂蚁搬家一样，三个门的衣柜里挂的全是林俏的裙子、外套、衬衣……抽屉里她的内衣内裤东一件西一条……我的西装、衬衣都被挤得不知去向。

"林俏——"我有些烦了，"跟你说了多少遍，能不能尽可能将衣柜整理得顺一点。"

"怎么了？"林俏走过来看着衣柜，不以为然地说，"你要找什么？"

"我那件黑色的羊绒短大衣呢？"

"黑色……羊绒短大衣，"林俏嘴里说着，整个身子就埋进了衣堆里，不一会儿，一件皱巴巴的衣服被她从角落里拎了出来。

"是有些皱噢，不过，熨一下就好了。"林俏说，"收拾衣柜本来就是我的弱项，谁规定女人一定要会收拾衣柜。"

"算了。"我拿上另一件棉外套，出门了。

外面的风真的很大，在地下车库都能感觉到飕飕的冷风。今天周六，路上车并不多。从护城河过去有条小路可以直接插到四环，我每次去公司都走这条路，但今天，护城河边有辆接客的大巴卡在了路口，挪了半天也未动，前后两边的车都等着这辆大巴开走。

护城河边有个男子拖着一辆三轮车，车上是一个大铁桶改装的烤红薯的炉子，男子坐在三轮车上，边烤边吆喝着卖红薯，呼啸的北风吹得他眯起了眼。突然，铁桶旁边的一条小狗引起了我的注意。它一身的乱毛，打着卷、脏脏的，蜷缩在铁桶边取暖，它就像条流浪狗，没有人跟着它。烤红薯的男子偶尔踢它一下，撵它走，但它转了一圈，又缩回到铁桶边。

我越看那条狗越眼熟。在大巴车挪走后，我将车停在了护城河边，然后去找那条狗。可还未等我走近那个大铁桶，我就听到了一阵熟悉的"汪汪汪"声，那条脏兮兮的卷毛狗毫不顾忌地向我冲了过来，一下子跳进了我的怀里。

是朱家旺，我不敢相信自己的眼睛，它怎么自己在这里？有人见我抱着狗，以为是找主人便说这几天经常看到这条狗，好像是从旁边老人活动中心跑出来的。护城河的小路边有一座带院子的平房，这里就是社区的老人活动中心。

屋里，两个约 60 岁的男子正在下象棋，见我抱着狗进来，其中的一个男子就站了起来："阿迪，你怎么来了？"

"我上班路过。"是林俏的爸爸，"爸，您出门也不给它穿件衣服。"

"它一身的毛，没事的了。"林父伸手去接朱家旺，朱家旺冲着他大声叫着，很凶的样子，我只好吼它。

"爸，你应该给它拴着，它要是跑丢了怎么办？"我说。

"放心吧，你这条狗丢不了，它认人，不会瞎跟人走的。"林父将朱家旺拴在脚边，"你上班去吧，我要把这盘棋下完。"

林父接着去下棋，朱家旺在他脚边不干，林父踢了它一脚，有些重，我想说什么但还是走了。出门上了车，还能听到朱家旺不干的叫声和林父的责骂声。车快到四环的时候，三条流浪狗突然从坡道上下来，我赶紧刹车，让三条狗过去。我看到其中有条很脏但仍能看出白色的狗拖着很长的毛在我的车前停了一下，那条狗抬起头，长毛挡住了它的眼睛，但很明显，它对车很熟悉。它流连在我的车左右，它或许是与主人走散了，它的主人过去也一定开着车带它出去游玩过。

那条很脏毛很长的狗最终跟着那两条流浪狗走了，跑进了护城河边的林子里，跑到了哪里我不清楚，但我将车开了回去。我从林父手里接过朱家旺，我说，带它去洗澡做个美容再送回来。

我带朱家旺去宠物店做了个美容，给它买了新棉服。看着它那么安静而自然地坐在汽车的副驾驶座上，那样留恋地依偎在我的腿边，我没有将它送回去，我把它带到了公司。

李言每次看到朱家旺都是抱着就亲："球球就是漂亮，看了那么多的泰迪熊狗，就数它最漂亮了。"他递给我一支烟，我拒绝了。

"戒了？"李言说，"孩子都怀了，还担心什么？"

"不想抽。"我说。

李言就自己点上了："怎么今天带球球过来，岳父岳母有事？"

"哪里。"我就跟李言说了在街上碰到朱家旺的情景，"你都不知道它当时就像一条无人看管的流浪狗，它这样会丢的。"

"你的狗吧，我带过它。"李言吸着烟说，"一出门，它紧紧地盯着我，生怕我把它扔下不管了。"

"我想把它接回家。"我看着趴在腿边的朱家旺，轻轻地抚摸着它的头，"它都跟我这么久了，我们彼此都习惯了。"

李言看着我："这怀孕期还是注意点好。"

"中国人就是事多，那么多外国女人怀孕了家里不一样养着狗吗？"

"人家外国人住的是别墅，你家，"李言说，"刚六十平米吧。"

"它才多大，八斤不到，能占多大的地方？"

"你得平常心，它有它的生活，你有你的生活。"

"的确，我有我的生活。我的生活丰富多彩，我有妻子、有家、有你、有妈妈、有哥哥，我可以去任何一个地方，这就是我的生活。但对于它来说，我带它去哪里，它才能去哪里，它的生活里只有我，我就是它生活中的一切。"我看着李言，"世界之大，它只有我！"

听完我的一席话，李言愣了半天，他掐灭手中的烟又点燃一支，才说："要不，把球球还给我吧。我是说真的。"

"不，我要接它回家。"

我的妈妈大概是因为我很早出来读书，她没能像照顾我哥哥那样照顾我的缘故，总想找机会弥补。林俏的怀孕让她觉得这是个很好的时机。她除了经常快递些养生补品外，就是打电话嘘寒问暖，当然聊天内容主要是孩子。

这天晚上，我带着朱家旺和李言在"百姓人家"吃的晚饭。吃饭前，接到林俏的电话，我告诉她说我不回家吃晚饭了，她没有多说什么，只是让我早点回家。李言让厨房用胡萝卜和肥牛拌了饭给朱家旺吃。小家伙今天特别乖，不叫不闹，在公司里也安安静静地跟着我进进出出，这会儿，将晚饭吃得一粒米也没剩，还将盆舔得干干净净。

李言劝我不要那么冲动，接朱家旺回家这事再想想，而且我和李言已决定明天一早就去深圳，现在接朱家旺回家，我出差不是还得林俏的父母带它。我和李言正聊着时，妈妈打来电话。她一上来就说有一个好消息要告诉我，她有个病人的亲戚在北京，想养一条狗，妈妈就想到了朱家旺，跟人家一说，人家非常想收养。妈妈说这家人住在北京郊外的一幢别墅里，条件好，朱家旺跟着他们会很幸福。妈妈还说我有了孩子，她也帮不上忙，但有林俏的父母在，她很放心。林俏的父亲毕竟是个男人，有时会粗心一些，他们就林俏一个女儿，我是他们的女婿，半个儿子，要领他们的情，记他们的好。电话里，妈妈叨叨地说了好久，我知道一定是林俏跟她说了家里下午发生的事，我也明白了她的意思，她认为我和林俏发生的不愉快都是因为朱家旺，而她帮我解决掉朱家旺这个麻烦是为了我好。

和妈妈通完电话，李言看着我说："老妈下指示了？"

"她给朱家旺找了户人家。"我淡淡地说。

"嗯。"李言也猜到了。

"我妈说我不懂事，说朱家旺和我与林俏父母的关系是两件事，我不能因为一条狗影响家庭的和谐。结婚以来，林俏的父母对我很好我当然知道。"我说，"这其实是一件事，他们对我好是因为林俏，嫌弃朱家旺因为这是我的狗。看上去，我们是一家人，但又对我太客气，从而也没有把朱家旺看成是家人。当然，我也没有权利要求他们把朱家旺看成是家人，对于他们我还只是个外人。"见李言睁大眼睛看着我，我又说，"好像我挺不知足的样子，碰到这样通情达理的一家，省了我多少事，少操多少心。话说回来，我与林俏父母的关系和朱家旺看似一件事，其实是两件事，看似两件事，其实还是一件事。"

"你丫深刻起来，也是一套一套的，糊涂一点吧。"李言说。

"是，我一会儿送朱家旺回去，给岳父岳母大人赔罪。"

"想通了？"

"难不成我明天带着它一起出差去深圳？"我说，"家庭和睦最重要。"

"这就对了。"

"这件事看似简单，处理好了是一辈子的事，处理不好，也是一辈子的伤害。"我低头看了看趴在我脚边的朱家旺，它似乎很理解地将头枕在我的脚面上。

晚上，我将朱家旺送到了林俏父母那里，我很抱歉地说因为公司里有些事情，所以回家晚了。林父没有露面，解大妈说他已经睡了。

回到家，林俏还没有睡，我告诉她明天一早和李言去深圳，另外我也跟她说了我妈妈帮朱家旺找了户人家的事。林俏没有说话，想必她早已从我妈妈那里知道了。我告诉林俏，我不是不愿意将朱家旺送人，是真的舍不得，养了这么久了，在我最落寞的时候是它在陪伴我。看上去似乎是我收养了它，在照顾它，其实，它给我带来的温暖远远大于我给它的。所以，我打算从深圳回来后，就接朱家旺回家，我说我一定会注意卫生，我会对我的孩子负责，我也会对朱家旺负责。

让我意外的是，这一次，林俏点头同意了，她说她会帮我一起带朱家旺，我的责任就是她的责任。只是，没想到的是，我从深圳回家那天，朱家旺丢了。

我和李言去深圳就待了一天时间，周日早晨去的，看车订车，和深圳的孙总吃了晚饭，周一中午就回到了北京。我先去了电台，李言去了"百姓人家"。"百姓人家"第七家分店准备开在东直门，店面刚刚装修完，正在后期开业的筹备中。下午四点，我们在言迪安二手车公司开会，交代了工作，六点我回家，李言又去了"百姓人家"。因为是从机场直接去的公司，所以，我坐地铁回的家。路上我给林俏打电话，想告诉她不用等我吃晚饭，但她没有接，我就给她发了短信。

早晨天气预报说今天雨夹雪，中午接到手机蓝色大风预警，晚上快八点的时候走出地铁，迎面刺骨的寒风中细雨像小刀般划过脸颊，生痛生痛的。林俏在家，我告诉她外面很冷，她没理会，只是在抽屉里翻弄着一沓她从照片墙上揭下的朱家旺的照片。

"你拿球球的照片干什么？"我问。

"啊。"林俏看了我一眼，依旧在那沓照片中翻找着。

"怎么了？"我放下行李，走了过去。

林俏手里拿着一张找好的照片，看着我，有些不好意思地说："抱歉啊，阿迪，球球不见了。"

"什么？"我大声问，"怎么不见了？"

"我也是刚刚才知道。"林俏说，"你不要着急，我回来拿它的照片，我们马上打印个寻狗启事，一定会找到的。"

"还要打印寻狗启事？没先去找找吗？"我问。

"我父母都找了一天了。"

"找了一天？"我愣住了，"不见了这么长时间，现在才告诉我。"我突然好生气，"你们——你们太过分了，球球什么时候不见的，它怎么丢的？"

昨天吃完晚饭，林父出去遛朱家旺，回家的途中遇到了一条泰迪熊母狗，朱家旺就围着那条母狗转，林父说他拽着朱家旺回了。刚进门，解大妈让他下楼扔垃圾，林父就又出门了，回家后发现朱家旺没了。

朱家旺当时有没有跟林父回家，还是回家后又跟着林父出去了，林父也说不清楚，他甚至不记得自己有没有用绳子牵着它。当晚，林父就和解大妈满大街地找，他们没有告诉林俏，想找到了朱家旺这件事情就瞒过去了。早晨，林俏过来吃早餐，解大妈也没有说这事，林俏没看到父亲以为他带朱家旺出去了。晚上，林俏下班回来，解大妈才告诉她朱家旺丢了。林俏一听就急了，这才回家找朱家旺的照片准备写个寻狗启事贴出去。

晚上的风更大了，吹得人东倒西歪，我在护城河边、林子里、附近的小区里……挨家挨户地叫着"朱家旺、球球……"我想朱家旺听到我的声音会大声地叫，它熟悉我的声音，我也熟悉它的声音……后来，林俏给我打电话，说她打印好了寻狗启事，让我先回家吃晚饭，吃完饭后她和我一起去贴寻狗启事。我就去了林俏的家，在门口换鞋的时候，林父说："你不用再去找了，我们都找过好几遍了。"

我没有说话，换上拖鞋进屋。解大妈和林俏端了饭菜，我准备吃饭的时候，林父又说："吃完饭你俩先回家休息，这么晚了，贴寻狗启事谁看啊。"

解大妈说林父："你少说两句，让阿迪先吃饭。"

"狗丢了也不早说，我可以在宠物 QQ 群里问一下嘛。"林俏也说林父，"你肯定没有牵绳子。"

"哎，哎。"林父不干了，"你怀孕了，"又指着我，"他出差了。我也找了一整天了，丢了就丢了，不过一条狗嘛，不管谁收留了，都不会亏待它……"

"你住嘴可以吗？"解大妈制止着林父，"你就别添乱了。"

"我怎么添乱了？"林父大概因为这件事受了太多的埋怨，"又不是我的狗，每天去哪里都得带着它，现在丢了怪我，我早就想丢了它。"

我吃不下去了，放下筷子对林父说："我没有求您带，您不愿意带您早说啊。"

"你瞎说什么！"解大妈呵斥着林父，"你赶紧回苏州办你的退休手续去，这里不需要你，你走哪儿添乱到哪儿。"又对我说，"阿迪，你爸爸是找了一天找累了，说气话呢。你吃饭吧，吃完了，我跟你一起去贴寻狗启事。"

"你找什么！他的狗，他自己找。"林父冲我大声说，"我们一家人还对你不好吗，还对不起你的狗吗？不过一条狗丢了，你还想怎么着？"

"那就是说，您是存心弄丢的了。"我说。

"是，怎么样吧！"林父也火冒三丈。

我"噌"地站了起来，还没等我说话，林俏拽住了我："你要干什么，朱家迪！我爸爸是说气话！"

"气话？"我冷笑着，"你们嫌弃这条狗也不是一天两天了，这个不能让它碰，那个它碰了不卫生，抽血化验，干脆直接给它安乐死好了！"

"你说什么呀，"林俏说，"我父母挺疼球球的。"

我更生气了："我怎么知道它是真丢了还是你们赶走了它。"

"你这个臭小子，我今天就要教训你。"林父是警察，身体也壮，他冲过来要打我的时候，没想到林俏比他更快地推了他一把，林父一下子失去平衡跌倒在沙发上，顿时觉得很丢面子，站起来看看我又看看林俏，大概没想到林俏会来推他，他气得刚要说什么，解大妈突然冲他吼着："你能不能消停会儿！"

林父有些不服气，指着我说："他，他……"却气得说不下去。

"你明天就回苏州，再也不要过来了。"解大妈生气地说。

林父一下子蔫了："那——退休手续办完了也不能过来？"

解大妈真是气不打一处来，将打印好的寻狗启事扔给林父："找狗去！"

林父抱着那摞寻狗启事，狠狠地瞪了我一眼，去拿羽绒服准备出门。

"那是我的狗，不用你去找。"我说着要从林父手中拿过那摞寻狗启事，但没想到的是，他突然将手中的寻狗启事扔向我，然后向我冲过来。

"你这个欠揍的臭小子……"随着林父的骂声，我感觉鼻子一酸、一麻，一股血腥味伴随着浓痰在嗓子里滚动，接着有血从鼻子向嘴边流去。我用手摸了一把，满手的血，他竟然真打我，我父母都没舍得打我，我一阵难过，眼泪都要流下来了。

"爸……你干什么你？"林俏尖叫着推开她父亲，要帮我擦鼻子上的血。

我躲开林俏的手，略仰仰头，用手向上推了推鼻子上的血，也顺便将快要流下的泪顶了回去。然后，我冷冷地说："我的狗丢了，我还没说什么，你们倒先打人了。"

"对不起，阿迪，我们真的不是有意的。"林俏说，"我们没有嫌弃球球，更不会抛弃它。"

我摆摆手，依旧不让林俏靠近我，依旧声音很冷淡："如果连一条跟了我这么久的狗都能抛弃，我还有谁不能抛弃的。"我看着林俏说，"我们离婚！"

"你说什么？"林俏很吃惊。解大妈和林父在一旁也愣住了，不敢说话。

"我要跟你离婚！"我又重复了一遍。

"是吗？"林俏问。

"是的。"我说。

"你要离婚，是吧？为了一条狗你要和我离婚！"林俏说着扑向我，我再次领教了什么叫劈头盖脸，林俏的手快又猛，我都没有还手的机会，那真是一顿胖揍。她被解大妈扯开时，一脸的眼泪，再看我时，衬衣也被撕破了，脖子也被划伤了，疼痛中我想起林俏一直就是一个不讲道理的泼妇，我还跟她谈情说爱。突然，林俏抓起地上的寻狗启事，指着我大声说："我这就出去找狗，找不着我就不回来了，你他妈一个人过！"

林俏出门了，林父张着嘴看着我，不知所措。解大妈推着他，让他赶紧跟上林俏，然后看我。我摸摸被抓伤的脖子，又擦擦鼻子上的血，拿起外套也出了门。

回到家，我换了件衬衣，洗了把脸，环视四周，这是我的家，现在拥挤而狭小，短短数月，我竟然想不起它曾经的模样。站在落地窗前，可以听到风声，可以看到细小的雪花。这么冷的天气，朱家旺会在哪里呢？在谁的家里还是躲在某个避风的角落里瑟瑟发抖？我想到那天脏兮兮蜷缩在铁桶边取暖的朱家旺，想到那条被主人抛弃的双目失明的拉布拉多，想到在我车前跑过的那条毛长得连眼睛都看不到的狗，越想越生气。这是怎样的一家人，话不投机就动手，太暴力了，我要离婚，我不能和这样的一家人过一辈子。还有林俏，我摸着脖子后面的那三道指甲血印，我想她怎么就下得了手，这泼妇、母夜叉，我要躲着她远远的。

书上说一条狗的平均寿命只有15年，那人能不能善待它们，让它们平安地度过这15年呢？

快十二点了，林俏没有回家，也没有电话来，她一定是回她父母那里了。"理智善养宠物"QQ群里有阿莲的留言，她说下午在四环边看到有条狗像朱家旺。我套上棉服，拿了个手电筒就出了门。

外面的风小了些，但温度比白天降了许多。从小区往护城河的路上，我惊讶地看着马路两边贴着的寻狗启事，墙上、电线杆子上、树上、报亭……20米一个寻狗启事，20米又是一个寻狗启事。接着，我看到前面不远处有三个人影，挺着大肚子的林俏打开一张寻狗启事，解大妈抹上胶水，林父接过贴到墙上。他们隔20米贴一张，隔20米再贴一张，左一张右一张。瞬间，我双眼模糊，觉得自己过分了些，便冲了过去："妈、林俏，这么冷的天，你们回家吧，我来贴……"

解大妈说："我们快贴完了，明天一早大家都会看到……"

林俏没有说话，林父横了我一眼，继续贴。我要去接林俏手中的寻狗启事，她躲开，递给林父，林父贴在墙上。

"我来贴嘛，我的狗……"话未说完，林俏的眼睛狠戳了过来，我悻悻地躲开，绕到解大妈的身边，"妈，太晚了，回家吧。"

解大妈看了看林俏的肚子，也是心痛："阿迪，你带俏俏回家吧，我和你爸爸贴就行，你们明天一早还要上班呢。"

"你们都回家吧，我来贴。"我说，"我正准备去四环边找找，刚才QQ群里有人说下午在那里看到过球球。"

"我和你一起去吧。"林父搓搓冻坏的脸，对解大妈和林俏说，"你们先回家。"

解大妈和林俏就回家了，我和林父先将手中的寻狗启事贴完后，又一起去了四环边。四环边黑灯瞎火，天寒地冻，哪里看得见活物。林父拿出一盒烟递给我一支，我本不想抽，但还是接了。林父又替我点燃香烟，深吸了一大口后，就听到林父说："我真不是有意弄丢的，我记得它一直跟着我的。"

我没有说话，沿着护城河，我和林父深一脚浅一脚地往回走，

"嗒嗒"的脚步声敲击着柏油路面，手中的香烟忽暗忽明。

林父又说："如果真找不回来了，日子总还是要过下去吧……要不，我给你再弄条狗？"

我站住看着林父，这是个 60 岁的老人，折腾了一天一夜，已是疲惫不堪。我紧紧他的衣领，这么冷的天，他出门也不戴个帽子。

"爸，"我说，"回家洗个热水澡，好好睡一觉。"

两天后的中午，我在电台接到了林俏的电话，她激动地告诉我，朱家旺找到了。原来，那天它跟着一条发情的小母狗回家了，因为天冷，小母狗的主人也不知道往哪里送，就暂时收留了它。今天出门遛狗，看到寻狗启事，就按启事上的电话打了过来……

回家的途中我买了一个狗笼子，我想和林俏商量，接朱家旺回家。没想到的是，回家时，朱家旺已被林俏接了回来，它的窝和饭盆、水盆都放在了原来的位置，它的衣物在鞋柜里。我抱着朱家旺环视着收拾得干干净净的家："照片墙"上贴着我、林俏、朱家旺的照片，笔记本电脑在客厅的餐桌上，衣柜里一个个收纳盒将我的毛衣、袜子、内裤、围巾、手套、T恤、牛仔裤分类装着，大衣、羽绒服、衬衣、西装、领带整齐地挂在一边，同时，衣柜里整整齐齐摆放着女式的裙子、衬衣、大衣、羽绒服……

林俏问："怎样？还满意吧？"

"你收拾的？"

"怎么了，不像？"

"钟点工收拾的吧？"

"那也是我指挥的。"

我左手抱着朱家旺，右手搂住了林俏："早就应该这样了，自己忙不过来请个人帮忙，也给人家份工作嘛。"

"嗯。"林俏说，"以后都听你的。"

"别逗了，不家暴我就感恩了。"我看着林俏，她不好意思地笑了。

林俏摸了摸朱家旺，说："它不是我们的全部，但我们是它的全部。以后我和你一起照顾它，家里孩子第一，球球第二，嗯……你第三，我第四，可以吧？"

"以后孩子第一，你第二，球球第三，我第四。这样公平吧？"

"嗯。你得说到做到。"

"必须的。"

"还有，不要随便说'离婚'这两个字。"

"我知道了。"我说，"你以后也要改改脾气，不能随便动手打人。"

"当然，打人是不对的。"林俏笑得好假。

后来，我将朱家旺的狗笼子装好了，将水和食物放进笼子里，回头看朱家旺，它向后退着，不愿意进笼子里。我就抱着它，坐在了地板上。

"球球，你要知道，生存中，要学会退让和妥协。你喜欢这个家，你觉得这是你的家，你想留在这里，但这个家的大环境在改变。怎么办呢？就要学着适应改变，要妥协。为了留下来，为了生存，我们都在努力，创造一个共享谐和的环境……"我摸摸朱家旺的头，依旧劝说着它，"我这样做，希望你能理解。你也要明白，这个世界是很残酷的。有很多狗，成了一锅肉，也有很多狗，到处流浪，朝不保夕，未来不明，生死未卜，所以，退让只为了活下去，妥协为了更好地生存，达到自己的目的……"我看着朱家旺，"说说，你这一生最想做的是什么？最想达到的目的是什么？"

朱家旺看着我，大概是不明白我怎么这么多废话，但它就是不想进笼子里。

我接着说："你这一生最想做的无非是舒舒服服地待在一个家里，跟着一个主人，多吃点肉，多泡几条小母狗，你最大的目的就是待在我身边，对不对？"

我将朱家旺轻轻地放进了笼子："你玩了一次失踪，重新混进了这个家，现在无非是让你偶尔进笼子里待会儿，有什么不能退让和妥协的呢？"

我关好笼子，看着里面的朱家旺："欢迎你回家。"

第 24 章　我们的日子

朱家旺回家后，我每天早晨起来遛它，然后和林俏一起去她父母那里吃早饭。我和林俏上班后，朱家旺就待在林俏父母那里，晚上，我会去接它回家。林父真的被解大妈赶回了苏州，我还挺想他的。我告诉解大妈，我要是出差，估计还得麻烦林父帮着带朱家旺。

解大妈笑了，说："你爸爸回去办退休手续，办完就来北京了。跟着一起还犯错，留他一个人在苏州，不定出什么大娄子。"

"是、是，"我忙附和，"绝不能留他一个人在苏州。"

因朱家旺的丢失和林俏家人争吵后，我们彼此的关系比以往亲密多了。林俏又做了两次孕检，都很好。她悄悄地告诉我，是个女孩，问我喜欢吗。自己的孩子，男孩女孩我都喜欢。我们开始准备一些婴儿出生后要用的东西，也看了几处新开盘的楼房。最终，我和林俏选中了东四环边的一处楼盘，我们在四室二厅和三室二厅之间犹豫不决。我想定四室二厅的，但林俏怕还房贷经济压力太大了。

"就定四室二厅的吧。"我说，"一间我俩住，一间你父母住，一间给孩子住，一间做客房和书房，四间正好。"

"你愿意和我的父母一起住啊？"林俏问。

"为什么不愿意？"我笑了，"你妈做饭可比你做的好吃。"

"可是首付快一百万了，即使我把房子卖了也不够啊。"林俏不怀好意地看着我，"你有钱吗？"看我不动声色，她又说，"你要是没有钱，我可以向我父母借点，只是四室二厅的房子，以后每月还贷会很紧张。当然，我父母两个人的退休金也够我们全家生活的了。"

"这样——也行啊。"我话还没说完，林俏就掐住了我的脖子。

"你好意思吗？你是个男人，你得养家。"林俏挺喜欢打人的，时不时总想对我动手，我想家庭暴力就是这样慢慢形成的。

"不可以使用暴力啊，我会还手的。"我越这么说，她似乎越来劲，挺着肚子都能把我摁倒在床上，其实是我让着她的。

"我跟你开玩笑呢。"我们并排躺在床上，"我怎么能让你卖房子呢？更不可能花你父母的退休金啊。"我拿出一张卡递给她，"这是公司从接手到今年上半年的红利，有 50 多万。"我立刻又分辩，"刚发的啊，不是隐藏的。"

"想你也不敢。"林俏拿过卡说，"但这也不够啊。"

我又拿出一张卡递给她，说："这是结婚时，我妈妈给我的 20 万。"

林俏抢过卡："你妈妈结婚给的钱，为什么现在才交出来？"

"我妈给我的钱，我凭什么交出来。"我说，"你妈给你的钱，你会拿出来吗？"

"会。"林俏做出特痴情的样子，"我什么都会给你，我什么都是你的。"说着，她的嘴就凑了上来，还伸出了舌头。

"行了，行了。"我躲开她的嘴，"我就这么多钱了，剩下的你补充了。"

"嗯……"林俏琢磨着，大概是在计算她的钱，接着她又提了个莫名的问题，"那房子会写我的名字吗？"

我奇怪地看着林俏，我发现这类凶悍的女汉子，其实内心是很脆弱和不自信的。"那，我得问你一下，你是因为怀孕了才要嫁给我的，还是因为爱我才嫁给我的？"

"你是因为我怀孕了才娶我的，还是因为爱我才娶我的？"林俏反问我。

"房子，当然得写我们俩的名字了。"我说，"法律规定，婚后财产是夫妻共同拥有的。"

"你还没有回答我的问题，"林俏问，"你是因为我怀孕了才娶我的，还是因为爱我才娶我的？"

我发现，自己给自己挖了一个坑。我说："当然，这还用说吗，当然是爱你才娶你的。"

"那你说'你爱我'。"林俏不依不饶。

我看着林俏，她冲我挑挑下巴，不想放过我。

"我……"

我正要说，林俏却冲我张嘴做出龇牙的样子："呃……你不爱我，我会揍你的。"

林俏起身移动着她已有些笨重的身子走了，看着她的背影，我突然明白过来，这个跋扈的女人，原来对我们的爱是这样的不确定。只是"我爱你"这三字，我为什么这么难对她说出口？

林俏是个生活很有规律的人，即使怀孕了，她也睡得早起得早。早晨五六点，她的生物钟"噔"的一下就亮了，整个神经都活了，如果她不下床收拾屋子，她就在床上一点点地骚扰我。真心话，我喜欢她的骚扰。

"还早呢。"我是个习惯睡懒觉的人，要知道，睡觉的时候，特别是熟睡的时候真是讨厌有人在耳边叫，恨不得一巴掌甩过去。

"能不能让我多睡会儿？"我恳求着。

"你要起床遛球球了。"林俏的手胳肢着我，"还赖床，等着被强奸吗？"

我一下子就有了点意识："噢，强奸，好哇，好哇！"刹那间，兴奋起来，"来啊，来啊！"

"混蛋！"屁股上重重地挨了一巴掌。

男人结婚后真的会长胖，我的小肚子一天比一天突出，腰也比过去粗了些。其实这也没什么，穿衣服也看不出来，但林俏老拿一些内地男星和港台男星相比较，说内地男星就是缺乏锻炼显得老。所以，每天晚上只要我准备上床，她就会提醒我："一百个俯卧撑还没做吧。"

"老天啊——"我恳求说,"明天早晨做行吗?"

"不行,看看你的肚子,都长'游泳圈'了。"林俏真是个很严格的人,婚前我应该仔细考察一下,就像升华基金现在考察"换换"网站一样,反反复复,今天财务审核,明天税收统计。林俏掐着我的腰说:"男人一发福身体就变形,接着就是掉发秃顶……"

"别说了,我做。"我刚趴下,林俏就叫来了朱家旺,这"坏狗"现在在林俏的指使下跳到我的背上,增加了我做俯卧撑的难度。我刚做了40个就趴下了:"不行了,我以前腹肌很漂亮的,就是你老让我陪你躺着,腹肌也没了。"

"我同事的老公每天也是这样在家里陪她,腹部上就有腹肌,你看你睡的,肉都松了。"林俏说。

"那当然了,你同事没有怀孕吧?"我反问。

"对啊。"林俏说。

"就是啊,自古以来,很多夫妻都证明,床上运动是最好的健身运动。"我站起,"我有很多动作可以练腹肌的,问题是你现在的状态不可能配合我呀。"我上了床,"所以,不要强迫我了,等你生完孩子,我们一起练——哈!"

"混蛋!你现在越来越贫嘴了。"林俏真的有暴力倾向,尤其喜欢打我的屁股。

我喜欢抱着林俏睡觉,我睡在床的右边,侧着身子从后面抱着她。右手越过林俏的头顶,抓着她的右手,左手和她的左手一起握在林俏的胸前。抱着林俏的时候,我感觉特别踏实,很温暖,不仅仅是身体,还有心。林俏也喜欢我这样抱着她睡觉,她喜欢睡梦中抓着我的手,她喜欢身后有我。

我还喜欢将脸埋进林俏的胸前,我说:"晚上就这样睡觉好了。"

林俏笑着把我拉起:"你会闷死的,傻小子。"

"可我想这么待一辈子。"我说。

"一辈子都是你的。"林俏说。

还真是闷,我从胸前抬起头来,不禁有些遐想。"你说,如果孩子出生了，我再这么着会不会无意中吃掉些孩子的晚餐。"我问林俏。

林俏想了想，很认真地说："肯定会的了，但是你可以不吃嘛。"

"可是到了嘴边不吃你觉得可能吗？"我问林俏，"会是什么味道？"

"你小时候没吃过啊？"林俏说。

"吃过，但一是不记得了，二估计被我爹偷吃了不少。"

"混蛋！"我的屁股又被狠狠地拍了一下。

单身时，我常常凌晨一两点才睡觉。现在结婚了，林俏睡得早，有时我会陪她睡一会儿，有时也会让她先睡，自己上会儿网，和网友聊会儿天，偶尔地我也会找个碟片看看。有时看到一半的时候，林俏就来了，我急忙暂停了片子。

"这么晚不睡，跟谁聊天呢？"林俏是去厨房拿水喝。

"啊，普通的聊天，你放心睡吧。"我说。

"我当然放心了。"林俏故意从我的身后穿过，走到房门口时，她突然停下说，"看 A 片可以，但要多学点技巧啊！"

我一下子窘到家了，默默地回到床上，我说："俏，和你商量一下，有些事知道了能不能不要拆穿啊？"

她也说："迪，和你商量一下，看 A 片的时候能不能叫上我，你不希望我也学学吗？"

我去，这个厚脸皮的"坏"女人，我真拿她没有办法。

陈大力等人的联名上书还是起到作用了，李响的《经典老歌》和宁小菲的《读书快讯》都保住了，但我的《今夜星光无限》却停了。事先也没有和我商量，周四上午选题会张台长就宣布了这件事。张台长说从明年元月份开始，每周五晚的《今夜星光无限》改为《肿瘤之家》的专栏，并请了肿瘤医院的专家来主持，还设有患者热线，广告挺多，明年大家的年终奖金会有大幅度提高。张台长说到这里意味深长地看着我说："朱家迪，这次改版变化很大，是电台反复研究决定的，你是主任，要理解和支持电台的工作……"我看看张台长，又看看其他同事，我发现今天同事们都坐得离我好远，尤其是宁小菲。李言辞职后，她每次开会都是和我坐在一起，有时她来晚了，还让我帮她留个座。可是此时此刻，他们不仅坐得离我远，眼睛都不敢往我这里瞟。

"当然，当然了……"虽然我一直不想在周五的晚上工作，但创建并主持《今夜星光无限》的播音工作有六年了，突然停了，心里难免有些伤感和不舍。人就是这样，自己的东西搁在角落里不用它甚至想不起，但突然有人喜欢并拿走了，就会又感觉那是自己相依为命、割舍不下的东西。

晚上回家和林俏说这件事时，她让我找张台长谈谈，毕竟《今夜星光无限》的收听率一直不错。我没有找张台长谈这件事，但一周后他却找我谈了。

    FM66.8 兆赫，今夜星光无限，我是主持人阿迪。亲爱的听众朋友，《今夜星光无限》是六年前开创的。阿迪还记得第一次播音时的情景，那也是个冬天，天气也很好。那天晚上，阿迪很紧张，特别害怕听众朋友不喜欢这个栏目，但没想到的是，《今夜星光无限》一播就是六年……前段时期，我的狗朱家旺丢了，我和我妻子、岳父岳母、朋友找了它三天三夜，终于找回了它……这件事让我明白，家人和朋友才是最重要的，过好自己的日子才是最重要的。亲爱的听众朋友，今天是今年的最后一期《今夜星光无限》，也是《今夜星光无限》的最后一期。明年元月开始，每周五晚的这个时间段将改为《肿瘤之家》，有肿瘤专家亲自为您服务……天下没有不散的宴席，一首许巍的《蓝莲花》送给大家，送给陪伴了我们六年的《今夜星光无限》……工作是无限的，生命是有限的。珍惜生命，珍爱自己，珍爱家人和朋友。

没有什么能够阻挡 / 你对自由的向往 / 天马行空的生涯 / 你的心了无牵挂 / 穿过幽暗的岁月 / 也曾感到彷徨 / 当你低

头的瞬间 / 才发觉脚下的路 / 心中那自由的世界 / 如此的清澈高远 / 盛开着永不凋零 / 蓝莲花……

凌晨一点，节目完毕，陈大力端着一杯咖啡进来，神情踌躇，面有愧色。"阿迪，一起去喝一杯，我请客。"陈大力说。

"你不赶着回家啊。"我笑了，我知道他想说什么，联名上书是他的建议，但他肯定没有想到领导会将《今夜星光无限》这个栏目停了，更没想到我竟然没有抗议。"回家吧，老婆孩子都等着呢。"我说。

"六年了，这个栏目真的很好，这么停了，太可惜了。"

"这六年也感谢你的合作和陪伴。你不是总抱怨没时间陪女儿吗？现在可以好好地陪陪她了。"

说到这里，突然想到家里有个女人在等我，被窝里会暖暖的，我莞尔一笑，心也跟着如沐春风般温暖。

林俏竟然没有睡觉，她在等我，还做了我最爱吃的米酒汤圆。朱家旺再次回家后，比以前乖多了。以前，我回到家时，它是激动地大喊大叫，围着我转、跳上跳下。现在，它也会围着我转，但不再大喊大叫，而是满地打滚、匍匐地要我抱它。林俏说我一出电梯，朱家旺感觉到了，就站在门口不停地摇着尾巴等着我进屋。

我问林俏怎么不睡觉，她说本来是躺床上睡觉的，结果听我的广播，听着听着就没再睡了。知道我快到家后，就干脆起床帮我煮了米酒汤圆。

"《今夜星光无限》停播了，一定很难过吧？"林俏说。

"肯定会有些遗憾。"我想喂林俏吃一个汤圆，她说她吃过了。

"还是找领导谈谈吧。"林俏说。

"下午，张台长找我谈了。"

"真的。"林俏忙问，"怎么说？"

"呵——有时候吧，就是这样，你越不想要的，人家越要强塞给你。"我笑了，"大概是我不吵不闹感动了张台长，他要升我做总编辑主任。"

林俏半张着嘴，有片刻工夫，才反应过来："那就是说工资也会跟着涨了。"

女人啊，就是这样，老公升职首先想到的就是工资涨了，就是没想到，升职了，责任也会跟着涨。

"不仅仅是工资跟着涨，这意味着将来有可能会做台长噢。"我调侃着看林俏的反应，果然，她听后激动地站了起来，走了两圈，大概是想着以后做台长夫人的样子。

林俏重新坐下后，却说出让我惊掉下巴的话："我旺夫，从小就有人这么说，看，娶我以后，你的事业蒸蒸日上，往后会越来越好的。"

"好吧。"我忍住笑，"我知道你旺夫，所以我做了一个大胆的决定。"

"什么？"林俏看着我。

"我打算辞去电台的工作。"

"什么！！！"这下是林俏惊掉了下巴，"为什么呀？这好好的为什么要辞职啊？"

"因为我想把言迪安二手车公司做好，想一心一意地做好'换换'网站，而电台和公司两份工作都这么忙，如果再兼着做，哪一样都做不好。"

"孩子出生后要花好多的钱，二手公司垮了怎么办？电台再怎样那是国家单位，旱涝保收，何况还是当领导，多好的未来。"林俏一下子愁眉苦脸的，"还有房贷，早知道就不买那么大的房子了。"

"你不是旺夫吗？"我说。

"别冲动。"林俏摸摸我的额头，"你肯定是累了，说了一晚上的话，早点睡吧。"林俏站了起来，"那碗明天再洗吧，睡吧，明天早晨就清醒了。"林俏说着回卧室了。我吃完汤圆，还是把碗洗了。

第二天早晨，睁眼时看到林俏靠在床上，一动也不动，我估计她一晚上没好好睡，但这件事，迟早是要告诉她的，只想她能理解。

"我想了一晚上。"林俏见我醒了便说，"男人有时候是要有些野心，我不能困着你，无论你是想辞职还是不辞职，我都支持你。养孩子你不用操心，我父母就我一个孩子，怎么也不会让我们饿死。"

"我也不会让你们饿死的。"我说。

"你怎么折腾都行。"林俏看着我委屈又肯定地说，"家里有我吃的就有你吃的，但有一点要说明，我的工资收入是你坚强的后盾，你不能碰的。挣了钱可以拿回来，但失败了你得自己想办法再站起来，我在精神上绝对支持你。"

我看着林俏，她虽然脾气不好，但也绝对是一个善解人意的女人。"谢谢。"我亲了亲林俏，抱住她，"你再睡会儿，你怀着孩子呢，要多休息。"我说着下了床。

"不睡了，我也得好好工作，我可不能失业。"林俏也下了床。

见我下床了，朱家旺摇着尾巴就过来，还是像过去那样，翻身躺在地板上，我便用脚挠挠它的肚子，说："球球，你是旺财的狗狗，得让朱家旺旺的。"

"是的。"林俏少有地半蹲着去挠朱家旺的肚子，"你要让我们多赚钱了，我顿顿给你吃肉。"

周一上班的时候，我就跟张台长提出了辞职。张台长当然是不同意，以为我有情绪，派人事主任来调解，又说《今夜星光无限》不用停播了，但我很坚持，我答应张台长工作到春节后。

新年前夕，林父办好退休手续后又来北京了，我、林俏和解大妈一起去火车站接的他。林父很有些受宠若惊，张嘴结舌地问我们怎么一起来接他，他一个人坐地铁回去就行了。林俏告诉林父，接他是因为一家人准备去看房子。

看房子其实看的是我们买的那四室两厅的户型图和楼盘沙盘，但大家都很开心，随后我们去吃了日本料理。我和林俏没有告诉她的父母我要辞去电台工作的事，我们不想让他们担心。

李言的"百姓人家"第七家餐厅——东直门店定在 12 月 31 日这天开业，深圳的孙总也来了。孙总 40 多岁，是个离异的胖子，原是做汽车零配件和汽车改装的，后通过一个香港的亲戚做起了二手进口车的生意，不到三年时间，做得风生水起，逐渐扩大到东南亚。孙总不是个要阴谋诡计的人，买卖上也仗义，但就是好色，每次见面，聊了两句生意后必定转到女人的话题。在深圳，晚饭后，他也不管我已结婚李言有女朋友就要带我们去东莞逛夜店，因我拦着没去成。这次到了北京，饭桌上，大概是看到了林俏和米米，他那张嘴"噼噼啪啪"不停地说着他近期接触的各种女人、各种八卦。

林俏不喜欢他，略吃了会儿，就悄悄跟我说她想出去转转。林俏刚扶着肚子站起，孙总就叫住她说："弟妹，几月份生啊？别忘了请我来喝满月酒噢。"

孙总对我和李言一直客气地叫着李总、朱总，但却冲着林俏和米米左一个"弟妹"右一个"妹子"地叫着。林俏还算给他面子："孙总，您慢慢吃。"

米米一看林俏要走了，她也不想待了，便和林俏一起去餐厅的休息室了。

米米和林俏一走，孙总又开始说了："我有好几个客户，50多岁了，在内地就找那17、20岁的女孩子结婚，年轻、干净、好调教，安心在家里生孩子、养孩子，他在外面怎么玩都不管。所以，李总、朱总，你们俩年轻又有钱，要充分利用这大好时光。"他又说李言，"男人不怕，多大年龄都能找个年轻的女人传宗接代……"

我庆幸林俏和米米走了，不然，这俩女人有可能一起把孙总给撕了。饭快吃完的时候，孙总提议晚上去逛夜店，明目张胆地说要找几个女人陪着唱唱歌什么的。李言让肖华去张罗，肖华有些为难，我们平时接待客户从来不涉及风月之事。

趁着李言去办公室接电话，我提醒他，我们和孙总是生意伙伴，关系要理清。李言不以为然，认为男人之间的话题当然就是生意和女人了，又说孙总给了我们很好的二手进口车货源，他来北京我们也应该好好地招待一下。李言建议让米米送林俏回家，让我也留下来陪孙总。

"今天是跨年夜，回家陪米米吧。"我是打算和林俏回家的，并且，我也不想让李言去逛什么夜店。"你别听孙总瞎说八道，什么年龄大了再找个年轻女人生个继承人……这话太混蛋。李言，米米人不错，如果爱她，就娶她。"

我在李言的恋爱婚姻上从来没有如此明确地说出让他娶谁的话，这是他自己的事，我最多是建议，但今天，我是听了孙总的话很生气，一不留神就说出了心里话。

只是没想到，李言听了我的话，特别不屑地说："开玩笑，我会爱上一个别人的情妇，娶一个曾被包养过的女人？"

我一下子愣住了。

李言又说："我是谁？我要找什么样的女人没有。阿迪，"李言看着我认真地说，"我的老婆，一定是单纯的、干净的，并且，我必须是她唯一的男人——"

"单纯、干净……唯一……你自己是吗？"我反问李言，我从没有这么直接地撑过他。

李言有些慌乱，翻动着他的小眼睛："我、我是男人！"又自觉理亏，"反正了，我不急，我要找个 20 岁的女孩子结婚生孩子。"

"你被洗脑了，你和一个女人在一起只是为了传宗接代吗？"我生气了，"你怎么跟那些车商一样无知？你李言是谁？一个有文化有品位有原则的男人，跟他们就不是一个频道上的人……"

"他们也没说错啊，男人都希望自己的老婆单纯、干净，自己是她唯一的男人……"李言有些不服气，"你不是为了孩子才结婚的吗？"

"你真混蛋！"我打开李言办公室的大门，却发现站在门口的米米，她一定是听到了李言说的那句"单纯、干净的，我必须是她唯一的男人……"，她走进李言的办公室。

李言瞠目结舌："米、米……米。"

"既然你肯定不会娶我，那何必还在这里浪费大家的时间呢？"米米从口袋中拿出那串宝马 Z4 的车钥匙，"我不退还别人的别墅和车，但你送的东西我一定会退给你。这是车钥匙，还有包和衣服首饰，回头我清好了给你。"米米说完离开了，留下不知所措的李言。

第25章 又是新的一天

冬日的阳光和煦、明亮，我和林俏偎在沙发上看电视。电视里播放着一些无关痛痒的新闻，我根本就没听没看，大脑混沌，我喜欢和林俏这样相拥的感觉。

"今天什么日子？"闭眼的林俏突然问。

"好日子。"我说。

我觉得每天都是个好日子。朱家旺趴在地板上，脑袋枕着交叉的两只前爪，两眼一直盯着我们。因为它很乖，我也没将它关进狗笼子里，现在钟点工隔一天打扫一次屋子，家里也很干净。

"你说球球怎么能一直盯着我们看呢，它不累吗？它完全可以闭着眼睛躺会儿嘛。"林俏说。

"从我收养它，它就这样，以前我还吼过它，现在——习惯了。"我懒洋洋地说，"它累了会闭眼的，不闭眼说明不累，没准它还奇怪我们怎么一直坐在沙发上看这无聊的新闻。"

我拿过遥控器准备换个台，林俏拦住我："就让它播吧，看什么不都一样嘛。"又看看手机，"一会儿就要过去吃饭了。"

朱家旺突然站起冲着门口叫着，又回身看看我和林俏，接着又冲到门口。林俏说："球球，是不是又有人往门上贴小广告了？"朱家旺又叫了两声。

"使劲骂他。"林俏说。朱家旺真的站在门口冲大门外大叫了几声。

"想喝水吗？"我问。

"嗯……给我冲杯蜂蜜柚子茶吧。"林俏说。

"好咧。"我将林俏轻轻移到沙发背上，穿上拖鞋走到门口，打开大门，果然门把手上有人插着某餐厅新开业的宣传单。我将宣传单拿进屋，冲林俏晃晃，表示她说对了。

我端着一杯蜂蜜柚子茶回到沙发边时，就听到电视里正在播放"国务院常务会议部署重庆改革同意启动3G牌照发放"的新闻，我站住了。林俏拉了我一下，我将蜂蜜柚子茶递给她，然后继续听新闻。

"3G牌照发放，这是个好消息。"我说，"智能手机时代来临，未来手机移动市场的空间很大。"

"什么好消息，又要换手机，又要花钱。"林俏发着牢骚。

我坐回沙发，林俏又靠了过来。我说："当然是好事，这意味着'换换'网站谁先投资谁就先抢占商机。"

"那就是说很快会有人投资'换换'网站了？"林俏问。

"应该是会抢着投资。"我拿起手机又停住了，我是想给李言打电话，但是两天前，在跨年夜那天我们刚吵过一架。

"怎么了？"林俏说，"朋友是朋友，生意是生意。"

"就是因为我们是朋友，所以最开始他提议合伙做这家二手车公司时，我并没有同意。"我说，"那天……我话重了些。"

跨年夜，米米扔下宝马Z4的钥匙走后，李言大概是觉得有些丢面子便说："什么玩意儿，被人包养过的女人还这么拽。我要她是给她面子，她跟我在一起不就是为了钱吗？"然后，又列出他每次和米米吵架时挂在嘴边的三大罪状：一、不肯见他的妈妈。二、被人包养过。三、分手了不退还别人的别墅和车。

我当时忍不住脱口而出："爱钱有什么错，只有没有钱、无能的男人才会谴责女人爱钱。你能爱她的年轻美丽，她怎么就不能爱你的钱了？"

李言愣住了，以往，在对待女人方面，我是很崇拜他的，可是今天，我一直在捅他。

"很多男人，无论穿得多么光鲜，心里还是小农思想，觉得女人应该三从四德，应该服从男人，应该坚守贞操，最好是处女……"

"我没想过。"李言大声辩解着，"我没那么封建。"

"我以为你们是因为相爱才在一起的。"

"我才不会爱她，爱一个被人包……"李言说到一半看看我，没有往下说。

"即使她上一段爱情定性为被人包养，那她也有再追求爱的权利。"我说，"两个人即使不爱了，也应该互相尊重。"

"朱——家——迪！"李言看着我大声说，"我们是朋友，是生意伙伴，你确定要为别人伤了我们十几年的友谊吗？"

"别人全部都不对，那就是自己的错。"我说完后，李言就摔门而去，这两天我没有联系李言，即使去公司也和他错开了。

一个人一生只谈一次恋爱是最好的，经历太多了，会麻木；分离多了，会习惯；换恋人多了，会比较；到最后，不会再相信爱情。

我还是给李言打了电话，他接得很快，但声音很硬："谁啊，什么事啊？"

我简单地跟李言说了一下我刚看到的电视新闻，直觉告诉我"换换"二手车网站很快会获得投资。李言立刻兴奋起来："那赶紧、赶紧催催升华基金。"

"不，上赶子不是买卖，我们和升华基金就融资方案已谈了快一年了，现在该是他们拿主意的时候。"我说，"如果升华基金还确定不了，我相信会有新的投资公司对我们的网站感兴趣的。"

"你办事我放心。"李言的语气又恢复到往日调侃的兄弟情，"一起吃饭呗，几天没见了。"

"咱俩几天没见有什么事啊。"我看到林俏跟我示意要去她父母那里吃饭了，便说，"明天公司见吧。"

两天后，我接到升华基金徐强总经理的电话，"换换"二手车网站将获得升华基金 600 万元人民币的天使轮投资。比预期的投资额多了两倍多，这证明"换换"二手车网站未来的前景。然而，两周后，我们和升华基金在北京签约的时候，徐总让我和李言做好半年后进行A轮融资的准备。送走徐总后，李言兴趣雀跃，竟然在办公室里跳起了恰恰，他的舞步特别骚，真是吓了我一跳。

"以后，我们的公司会上市，我俩就是创始人，是上市公司老板，想想都开心。"李言志骄意满，"办网站是我想都没想过的事。谢谢你，阿迪，是你的坚持才有了今天的'换换'网站，是你沉稳的性格才有了现在的言迪安二手车公司。"

"没有你的支持我什么都办不成。"我是很诚意地说这句话的，但李言的表情好像我在恭维他。我笑了，我的确也是在恭维他。

"下班后，我们去庆祝，叫上所有的员工，你叫上林俏，我……"说到这里，李言停下了，摇摇头咬咬嘴唇笑了。

"还没和好啊。"我说，"没去找她？"

"切。"李言大概又想说什么"米米曾被人包养"的话，这似乎是他内心中的一个梗，但我却意外地听到他说，"我有时候嘴比较坏。"

"这分手和道歉一样，拖得越久越被动。"我说。

"这次伤筋动骨了，不是买几个包能解决的。"看来李言心里是很明白的。

"阿迪，我还想请你帮个忙。"李言说。

"说，找她谈，给她送礼物都行，只要你们能和好。"我说。

"不是这个。"李言说，"这次'换换'二手车网站融资成功给了我些启示，我想给'百姓人家'也做个网站。"

"我早有这个想法。"我说，"'百姓点评网'如何？"

"那太好了。"李言又说，"我舅舅年龄大了，两个表弟都在国外，半年前，舅舅跟我说想提前退休去国外陪着孩子。所以，"李言看着我，"我想请你和我一起管理'百姓人家'。"

这很意外，我看着李言。

"你看啊，衣食住行，咱占了两个，食和行，都有实体店，又都会有网站，将来'百姓人家'和言迪安二手车公司将在全国联网开实体店，"李言说，"怎样？一起干？"

"行啊，反正都是给你打工。"我说。

"又来了，打工你愿意啊。"李言斜了我一眼，"你还是我的合伙人，你占多少股份咱俩都想想，"李言戳戳我的肚子，"不要太狠了啊。"

"我知道怎么向人要价，升华基金不就是这么谈下来的嘛。"

那天，奥巴马总统在白宫前宣誓就任第44任美国总统，他是美国历史上第一位黑人总统。世界突飞猛进地改变向前，每一天都是一个新的开始。

有了升华基金的投资，我们的工作效率倍道而进。"换换"网站升级换血的同时开始A轮融资，"百姓点评网"的融资计划也很快引起了几个投资公司的注意。言迪安二手车公司在丰台花乡开了第二家门店，而"百姓人家"计划新的一年将在全国六个城市开分店。一个月不到，我和李言就像打了鸡血一样，有条不紊地扩张着我们的商业版图。

电子城办公楼是我和李言新租下的，据说这里是中国互联网公司的"百慕大"。办公楼是一座三层小楼，李言说要在进门的地方搭个小狗窝给朱家旺。这我就不理解了，我不觉得朱家旺和公司未来有什么关系。

李言挤着他的那对小眼睛笑着说："你不觉得有了它后，我们的事业蒸蒸日上吗？"李言说，"我以前一直以为球球是条能带来桃花运的狗狗，现在才知道，它还能带来财运。朱家旺，汪汪，我们的公司会越来越旺。"

此刻，我和李言站在刚刚租下的新办公楼前，门口有一个铺满草坪的小院子，院子用铁栅栏围着，栅栏外是一条大马路。要过春节了，车水马龙，人来人往。

"那应该在门口给球球搭个金像、铜像什么的，前面放个香炉，下面放个功德箱，每天进门拜拜，还能收些狗粮钱。"我说完李言哈哈大笑。

"对了，一直没有问你。对你辞职，林俏当时是什么态度？"李言问。

"家有贤妻夫兴旺，林俏说她旺夫。"我说，"她那么专横跋扈、任性刚烈的女人，谁敢惹她？穷都怕她……她一直很支持我的工作。"

"她很烈吗？你是说床上还是床下？"李言什么时候都不忘调侃我一下。

我摸摸脖子，仿佛那里还有三道指甲划痕般："都烈。"

"看来你很适合结婚。"

"其实结婚没什么不好。有人等你回家，睡觉时旁边有个暖暖的身体，在外面忙的时候有人会打电话问候你……"我正说着，栅栏外，一个男人将一个一两岁男孩挂在胸前的婴儿包里，男人边走边跟男孩说着什么，应该是讲一个有趣的故事，男孩听着会和男人一起呵呵地笑。看着那对父子，想着不久后我也能像这个男人一样将一个孩子挂在胸前的婴儿包里一起行走，我心甜意洽。"我曾经想过，如果你也结婚了，也有了孩子，以后两个孩子一定也会成为好朋友，一起玩耍……"我看着李言，"后天就是大年三十，忙了一个月，晚上约着一起吃个饭吧，我来约米米。"

李言的表情立刻阴沉下来，半晌才说："米米……明天去欧洲。"

"啊？怎么了？"我没明白。

"两天前，她把我送给她的包、首饰都还给了我。"李言说，"我才知道她把酒吧转让了，把别墅和车都卖了。"

"为什么呀？"

"我也是这么问她。"李言看着马路边过往的人流淡淡地说，"她说她想好好地画画，想认认真真地做些自己喜欢的事。"

"你没有挽留她？"

"没有。"

我突然很内疚，这段时间太忙，没有关心李言，没有早一点帮李言解决这件事。

"林俏曾对我说，"我看着李言，他的眼睛一直望着栅栏外，"女人是柔弱而又善良的群体，再坚强刚硬的女人，你只要温柔真心地去对待她，即使你错了，你真心道歉，她会原谅你的。当然，前提是她心里得有你，而你必须是真诚的。"

李言从栅栏外收回目光望向我："我妈妈跟我说，阿迪你是个特别稳当的人。有你跟我合作，她很放心把公司交给我。"李言摊开双手，"瞧，妈妈的话都是对的。"

"去找她，恳求她留下。"我看着李言，"你们是相爱的。你忘了你第一次见到她的情景，你说你要找的老婆就是她……"

李言摆摆手说："我吧，现在突然觉得一个人很好。以前都不知道一个人的快乐，现在终于有机会体验到了。"

有些人，其实很孤单，却说一个人很好，这大概也是生活。

晚上，我和林俏躺在床上。她枕着我的胳膊，她的肚子已经很大了，白色睡裙顶起一个圆圆的鼓包，还有两个多月就要生了。

"米米走了，李言就是一个人了。"我说。

"如果你去找米米，她会留下吗？"林俏问。

"我想过，但这件事得李言亲自去做，谁帮忙都不行。"

床边的笼子里，朱家旺坐在里面，用爪子时不时扒一下笼子门，提醒床上的我们放它出来。"你再弄出动静来我就打你啊。"我指着朱家旺很凶地说，它"哼哼"两声趴下了。

"那他为什么不留下她？"

"留下米米得拿出诚意。"我看着林俏，"诚意，李言还没想好。"

"没想好什么？"林俏问。

"结婚。"

林俏"噢"了一声。朱家旺又在扒门。林俏说："还是把它放出来吧，现在它很乖了。"

"不行，要惩罚它，要让它记住，不可以咬人，哪怕是咬人的动作也不可以有。"我说。

"它那是护食。"林俏说，"它吃饭的时候，尤其是吃肉的时候，你不招惹它，它就不会吼你要咬你了。"

"我是看它咬不开那个骨头，我只是想帮它弄开，它就吼我还要咬我。"

"那你也不至于打它，打得它都不敢吃了。"

"我就拍了一下脑袋。"

"你的手很重知道吗？"

"行了，行了，我这就放它出来。"我下了床，走到笼子边，朱家旺立刻站起冲我不停地摇着尾。"要记住教训，我为什么打你。"我指着朱家旺说，"再不许有咬人的动作，即使不是真咬也不行，会让人误会，就会打你。"

朱家旺只是摇尾，我便打开笼子，它一下子钻了出来，先抖抖毛，又到客厅里转了一圈，然后回到我身边，用嘴拱我的手，我便摸了摸它。

洗了手重新上床，朱家旺已趴进床边的棉窝里，舔它的鸡鸡和肚子。

"我上次给你的卡还在吧？"我问林俏。

"什么卡？"

"就是中国银行的那张卡，买房前给你的。"我说，"公司发奖金会打到这张卡里。"

"又要发奖金了，这次有多少？"林俏激动地欠起身子，我将她拉回，没出息样。我们继续躺着。

"具体数字不知道，就这两天，你查查。"我说，"如果到账了，你给点你父母吧，多少你看着办。总是在他们那里吃饭。另外，有空给你父母买些新衣服，我看你爸爸穿的羽绒服好多年了。"

"买衣服可以，钱就算了，他们有退休金的。"林俏说。

"有退休金是他们自己的，我们老这么白吃也不行，又不是没钱。再说，我能够放心地在外面工作，你父母给了很大的帮助。"

"行。"林俏高兴地答应着，然后说，"买房时也用了你妈妈给的20万，要不等有了钱还给她吧。"

"那20万是我结婚时,我妈妈给的,那是她的祝福和心意,怎么能退还回去呢?"

"那、那……"林俏一时语塞,"那不是想着她一个人攒点钱不容易嘛。"

"不退回去,但是可以孝敬她啊。"我说,"妈妈是长辈,长辈给的钱是心意,我们必须收下不能退还,但我们做晚辈的可以拿钱孝敬他们。"

林俏摸了一下我的脑袋:"花花肠子,那不是一样的吗?"

"那怎么一样。"

林俏又摸了我一下,突然说:"阿迪,你真好。"

"我,我当然好了。"我看着林俏,"你也好。"

米米就这样走了,去欧洲追求她的艺术梦。我没有问李言是否去机场送她,我知道他想做的一定都做过了。

大年三十这天,解大妈做了很多菜,我邀请李言一起吃年饭,他说他和舅舅一家人一起过年,他还说他和舅舅一起去看了他妈妈,我感觉李言也比过去成熟多了。

大年初一,我和林俏飞回武汉给妈妈拜年,解大妈和林父在家带朱家旺。大年初四,我和林俏回到了北京,解大妈和林父得空也回了趟苏州。春节后,李言的舅舅去国外和孩子们一起享受天伦之乐,我交接完电台的工作正式加盟"百姓人家"连锁餐厅。我和李言同龄同窗同事现在又同时管理着公司,很多想法能很快达成共识并付之于行动,所以,在业界,我俩成了完美商业组合的典范。

日子一天天过去,我每天早晨遛狗,然后带着朱家旺去林俏父母那里吃早饭。林俏见我工作顺遂,收入也足够她偷懒,再加上她身怀六甲、即将临盆,所以,去上班的次数也越来越少。晚上,无论多晚回家,我都会带朱家旺出去玩一会儿,然后陪林俏在床上躺着说话。我越来越恋家了,越来越喜欢和林俏偎在一起,张家长李家短,我们给孩子取了不下十个名字,想象着未来的美好,我的生活充裕富足。

只是李言还是一个人，他似乎真的很享受一个人的生活。

时间飞逝，很快到了4月，林俏的预产期就要到了。这天晚上，下班去林俏父母那里接朱家旺的时候，林俏已带它回家。我提醒林俏，朱家旺等我回来再带它回家，这样，我也可以顺便带它在外面玩会儿。但林俏说朱家旺现在很乖了，一路上跟着她，他们穿过地下车库就回家了。

"还是小心点好。现在又到了满天飞絮的季节，你也不要经常出门，免得过敏了。"我洗了澡，上了床，像往日那样陪林俏说会儿话。

"嗯。"林俏跟我说在网上看到了一个新闻，说有一个女子生孩子前塞给医生一张字条，上面写如果生产有难度涉及保大还是保小的时候，请不要听任何人的，一定救大人。然后林俏问我："如果真发生这种情况，你是要救大人还是孩子？"

我笑了："什么年代了，不可能有救大人还是救孩子的事发生。现在，只要定期产检，就不会有危险。如果真有什么异常，还有剖腹产。"我说，"放心吧，一定没事的。"我安慰着林俏，她今天有些乏，很快就睡了。

看林俏睡了，我悄悄下床，我已经连着四个晚上都是这样，待林俏睡觉后，我继续工作。因为我白天要巡店，尤其餐厅的事务很琐碎，要一件件处理，没法静心做融资方案，我只能晚上工作。

凌晨四点，我终于做好了融资方案，检查两遍存盘并发给了李言一份，这才上床睡觉。早晨七点，闹钟响时，我想起床却发现腰部以下竟然痛得动不了。我推醒林俏，告诉她我动不了，一动就痛，她吓了一跳，赶紧打电话给解大妈。

林父和解大妈立刻赶来了，幸亏林父很结实，他半抱半扛着把我塞进了车里，但他不会开车，于是林俏挺着大肚子开车，一家三口狼狈地把我送进了医院急症室。筋膜炎，我第一次听说这种病，因为长期一个姿势坐了太久的缘故，也因为我一连四个晚上只睡了三个小时。医生开了药，让多休息，不要长时间坐在电脑前不动，至少一个小时站起活动一次。

回家吃了药后躺在床上，我很紧张地按摩着全身，冷不丁林俏突然问："小弟弟能动吗？"

"啊？"我一愣。

"我听说发生车祸，女人醒来第一反应是问家人怎样，男人醒来第一件事是看自己的小弟弟还行不行。"

"我都这样了，你还调侃我，你这个'坏女人'。"

"换换"网站的注册用户与日俱增，很多车主直接在网上交流自己换车的需求，并将车开到公司来鉴定估价。言迪安二手车公司一下子由被动求货，到主动验货，业务量突飞猛进，一些车商也在"换换"网站上寻求货源，希望能和"换换"网站合作，深圳的孙总就是其中的一个。

其实和孙总做生意还是蛮踏实的，他从不在价格上斤斤计较，提供的二手车也实在，不会隐瞒欺诈，所以，我还是很愿意和他合作的。但是，自从米米走后，李言和孙总就疏远了，孙总那里有二手车，他也不想去看，还好，公司聘请了专业的汽车评估师和检测师，我会带他们一起去。

这周，我又要去孙总那里看车，我跟林俏说，两天时间，我速去速回，因为她要生产了，也因为4月8日是她的生日。林俏说她父母都在北京，不会有什么事的，让我放心工作。

"多挣些钱回来，我们母女俩等着享受呢。"林俏躺在床上，她的肚子真的像刚吹起的气球，胀鼓鼓的，她的脸也圆了。

我在林俏的肚子边躺下，小心地亲着肚子，突然我感觉脸被踢了一下，我惊喜地叫了起来："哎，她踢我了，呵呵，她知道我在亲她。"

林俏摸着我的头说："她喜欢爸爸。"

"那肯定了。"我看着林俏说，"我要陪她吃饭，陪她做游戏，陪她上学……"我笑了，又亲了亲林俏的肚子，"爸爸等你回家。"

"几点的飞机，是不是要走了？"林俏问。我看了看一旁的闹钟，向上挪了挪身子，头靠着林俏的肩。

"再躺会儿。"我说。

"洗澡换衣服吧。"林俏推着我，"你走了，我好安心地睡一会儿。"

"好吧。"

孙总见我带队来看车，知道我有家室，也没有安排什么夜店娱乐，正常的业务交际后，定好车，办好手续，我就准备回北京。回京这天是周三，4月8日，林俏的生日，我订了中午的机票。林俏在电话里告诉我，她妈妈包了虾馅饺子。

去机场前，我看到一枚钻戒，非常漂亮，我想都没想就买了下来。我打电话向林俏汇报说我要送给她一份生日礼物。林俏问是什么，我让她猜。我拿着电话边走边说，一辆疾驶的宝马轿车从我身边擦肩而过，我吃了一惊。林俏问怎么了，我说没事。

飞机起飞前，林俏又问我到底给她买了什么礼物，我就忍不住告诉了她。林俏说我乱花钱，说她有钻戒，但我听出她的声音美滋滋的。林俏说她要下楼买瓶醋，让我关手机睡一会儿。我乘坐的飞机11点35分从深圳宝安机场准点起飞，很顺利，很准时，三个小时后停了在北京机场，我给林俏发短信报平安。取行李出来我又给林俏打电话，想告诉她我一会儿到家，但电话却是解大妈接的，她半晌才说："阿迪，你在哪里？你快来吧……"解大妈的声音怪怪的，我很疑惑，这时，我看到出口处焦虑不安的李言。我皱了皱眉，一种不祥的预感冲来，我捂住胸口，李言一把抱住我："阿迪，你要镇定些，林俏她、她给车撞了……"

这天是林俏的生日，她的心情很好，她穿着粉白色的孕妇裙，她的肚子已经好大了，她很费劲地往下看也很难看到自己的脚尖。她下楼去买瓶醋，她妈妈给她包了虾馅饺子。稻香村就在街对面，林俏进去买了瓶醋，顺便买了包核桃仁。从稻香村里出来时，林俏听到了狗的叫声，抬头就看到前方有条白色的蝴蝶犬，接着朱家旺从她身后跑出，奔向那条白色的蝴蝶犬。林俏吃了一惊，朱家旺跟着她一起出门，她竟然没有察觉。她招呼着朱家旺，让它回到她的身边，可那条白色的蝴蝶犬还在和朱家旺卿卿我我，她就站住看着它们。这时，一辆黑色的别克轿车从左前方斜插过来，先是撞倒一个骑车的路人，又撞了两辆车后冲向她。她看到了，潜意识地想往一边跳开，但她的身体太笨重……那是一个喝了酒的司机，林俏被撞倒在地。

"她不就是下楼买瓶醋吗？她不就是下楼买瓶醋吗？她不就是下楼买瓶醋吗……"我一直在重复着这句话。

我坐在急救室门外的地上，双手抱拳放在嘴边，牙齿咬着大拇指。解大妈站在我旁边，身体僵直着，双手握拳紧紧地贴着两边的裤腿。李言一会儿劝我，一会儿劝解大妈，他让我们坐在旁边的靠椅上，但我们谁都没理会他。李言只好站在我们旁边，一会儿想拉我起来，一会儿又让解大妈去旁边的靠椅坐下。靠椅离急救室的大门有两米远，我想离着林俏近一点。

急救室上的灯还亮着，林俏进去很久了，进进出出的医生、护士我都问遍了，都只是让我等着，没有其他的话。所以，后来，我们就都不说话了。

林俏，你不可以死去，你听得见我说话吗？我突然在心里说：林俏，我爱你，我花了33年的时间才找到你。你是我下半辈子唯一想要的女人，所以，你不可以死去。我爱你，我真的不能没有你……

我的肩被人按住了，抬头看是解大妈，她的眼睛红红的，一直有泪，急救室里是她唯一的女儿，她和我一样害怕她死去，但此刻她却来安慰我，我的眼泪一下子就流了下来："妈……"

"没事的，一定不会有事的。阿迪，你和阿姨放宽心，在椅子上坐会儿吧。"李言又要拉我起来。

急救室的门突然打开了，有推车从里面出来，我忙站起，不是林俏。一旁也有其他家属冲过来围住推车，我才注意到急救室外还有别人的家属。

"我老婆叫林俏，她进去很久了，她怎样？"我冲领头的护士嚷了起来。

"等着。"护士推着车走了。李言借机拉我到靠椅上坐下，解大妈也过来坐在了我的身边。

"林俏是个有福的人，她和孩子肯定不会有事的，阿迪，你要振作一些。"李言说，"你坐会儿，我帮你去问问。"

我和解大妈坐在靠椅上等着，我们谁都不想说话，一会儿，李言就回来了，他似乎带来了好消息。

"我问了，说是在做剖腹产的准备。"李言说。

"可是都进去这么久了。"

"我也问了，医生说，从送进来到现在五个多小时，这也是正常的。"

只有五个多小时，我怎么感觉过了几天几夜。

"你问了是车祸送来的，车祸……"解大妈想问什么，但又不敢说，其实我也想问，但也不敢问。李言低下眼睑，没有再说，我们也没有再问。

林父抱着羽绒服匆匆而来，喘着粗气，一头的汗。"怎样？怎么样了？"他着急地问。

我都没有注意到林父不在，这会儿见到他我有些蒙。

"球球也被车撞了，在宠物医院，刚做完手术。"林父看着我有些愧疚，"都怪我，没看着它，它就跟着俏俏出门了。"

噢，朱家旺？我现在才想起来朱家旺。我茫然地看着林父，点点头，示意他坐下休息。

突然，急救室上的红灯闪了起来，我们四个人冲向急救室的大门，旁边也有其他家属围了上来，立刻，急救室的大门被我们给堵住了。

护士推着车出来，不客气地叫着："闪开，闪开！病人林惠娟要送进 ICU 观察，家属先去交费。"

不是林俏，我、李言、林父和解大妈都松了口气，既失望又盼望地坐回到靠椅。我想，病人要送进 ICU 观察那一定是很危险了，林俏现在不知道怎样。突然，我又想到了一件事，我快速冲到急救室门口，用力拍打着急救室的大门，大声叫着："医生，医生，救大的啊，救大的——"

急救室的门一下子打开了，一个护士抱着一个孩子出来，冲我吼道："瞎嚷嚷什么，什么救大的救小的。"一脸嫌弃地看着我，"你是林俏的家属？看看孩子，母女平安。你们家属派一个人去交费，爸爸不要走开啊。"

护士抱着孩子又进去了，我一下子不知所措，看着解大妈、林父和李言不知道该哭还是笑："平安，呵呵，母女平安……"我擦了擦眼睛上的泪。

解大妈和林父去交费了，我和李言又被安排回到了病房里等着，现在我有种劫后余生的放松。"母女平安，我当爸爸了。"我一直冲李言傻乐着。

"恭喜你，我早就说过林俏福大命大。"李言又说，"真羡慕你，遇到这样一个家庭，遇到这样一个爱你的女人。"

"其实爱我们的人一直在我们身边。"我说。

李言微张着嘴，半晌，他说："我一直想问你，为什么你知道林俏怀孕的第二天就决定和她结婚。"

"不是第二天，是当时就决定和她结婚。第二天是告诉你，我要结婚了。"

李言不解地笑了。

"因为她让我感觉到温暖。"我看着李言，"生存中，每个人都在寻找温暖。温暖是黑夜里的一盏明灯，温暖是寒冬里的一团篝火。"想着刚刚为我生完孩子的林俏，我的眼睛又湿润了，"两个人在一起，与其说是为了爱情，不如说是一起寻找温暖的过程。"

这时，病房的门推开了，林俏被推了出来，我冲上前，抓住她的手："林俏，俏……"我上下打量着林俏，"你吓死我了，你知道吗？你把我吓死了。"

林俏的眼睛半眯着，冲我微微笑着，没有说话。

"她刚生完孩子，很疲惫，麻药过去后她会痛一段时间。"跟进来的医生说，"来的时候她身上有血，我以为她受伤了，后来，知道是狗血。她很幸运，车子应该撞到狗后就刹住了，她应该是吓倒的。"

"狗血？"我想，那朱家旺一定受伤很重。

"是那条白色的蝴蝶犬。"林俏轻声说，"它撞到了我身上。"

"噢。"我一直没有再松开林俏的手，"回头，我们好好谢谢那条狗的主人。"

"还有球球，如果不是看到它我站住了，就会被车撞上。"

解大妈和林父也交完费回来了，现在，他们的脸上满是笑容。解大妈问林俏想吃什么，她马上回去做。后来，李言送解大妈和林父回去了，我留下来陪林俏。

"不可以再这么吓我了。"我轻轻地吻着林俏，然后说，"世界之大，我只有你！"

"不，还有我们的女儿。"林俏说，"还有朱家旺。"

那一夜，守着林俏很踏实，满满都是幸福，世界上什么事都不重要了，唯有家人。

林俏在医院的日子，晚上都是我陪着，白天解大妈和林父会送饭过来，替我回去梳洗，然后我再过来替换解大妈和林父。其间，妈妈打了很多电话，说要来京看孙女。我让她不要过来，家里一切都好，等孩子再大些我带回去给她看。第五天的时候，林俏好多了，上厕所已经不需要人陪了，也开始给孩子喂奶了。

"以后，给你和女儿过生日方便了，一天搞定。"我看着林俏怀里的女儿说，"以后你第一，孩子第二，朱家旺第三，我第四。"

"不，家里你最辛苦。你第一，孩子第二，朱家旺第三，我第四。"

"我俩并列第三吧。"我说，"走过千山万水，只想睡在一个人的身边，我爱你。"

"我也爱你。"林俏说。

我正要亲林俏的时候，解大妈和林父推门进来了。解大妈手里拿着饭盒，林父手中却拿着一个奇怪的大箱子。我正要问时，林父咧嘴冲我笑了，然后关上房门，打开箱子，原来是朱家旺。

"宝贝……"我抱起朱家旺，它的腿还打着绑带，"看上去精神不错。"

"这家伙可精了，知道医院里不准狗进，一路上，一声不吭。"林父说。

"谢谢你，爸爸。"我说着又转向解大妈，"谢谢妈。"

"一家人谢什么。"解大妈说。

"来，看看家里的新成员。"我抱着朱家旺，让它看看林俏怀里的孩子。

这时，门口又出现了一个人，手里拿着一个旅行箱。"李言，"我说，"要出差啊？"

李言笑了，冲解大妈和林父打着招呼，又看看林俏："要出院了吧？"

"再观察两天就可以出院了。"

"朱家旺，球球——"李言惊喜地抱过球球，"你也混进来了，看小宝贝来了？"

"好漂亮的女孩。"李言说林俏怀里的孩子。

"要不要抱抱？"我问李言。

李言想放下朱家旺，但马上又说："等我回来抱吧。"

"你要去哪里？"我问。

李言没有说话，将朱家旺还给林父，拎起箱子，我便随着李言出了病房门。

"我来向你请假的，半个月或一个月。"李言说，"我要去欧洲。"

"欧洲？"

李言拿出一枚钻戒："男人没有想不想结婚，只有想和谁结婚。"李言笑了，"不知道是否来得及。"

我明白了。

"我不想某一天回想某件事时，会后悔，觉得我当时应该这么做，不该那样做。我希望有一天离去的时候，后悔的事越少越好。"李言看着我，"我也想去寻找我的温暖。"

"几点的飞机？"我问。

李言看看手表："还有五个小时。"

"我送你。"

我进病房和解大妈、林父说我先走，林俏让我把朱家旺带回去。

我带着朱家旺送李言去机场，一路上，我俩说着公司的未来，说着我们的将来，我自信满满，李言也斗志昂扬，但下车后，他突然有些局促不安、犹豫不前了。

"阿迪，你说我会成功吗？其实她走之前，我都给她跪下了，可她还是走了。"

这不像过去那个意气风发、傲睨一世的李言，我说："你知道吗，你的自信一直感染着我，我记得我们第一次见到米米的那个凌晨。"我说着左手抱起朱家旺，右手做了个向上托起的动作，"我叫李言，告诉你你的名字，它就归你了——"我冲李言笑着，"在我眼里，没有你李言搞不定的女人，你一定能成功的。"

李言点点头，咬咬牙，似乎做了个强硬的决心，然后他抱住我，拍拍我的肩："谢谢。"

"不客气。"我说着李言笑了。

"李言，"我又说，"没有人是完美的。人生就是一件件不完美的小事组成的，我们等到了温暖我们的人，一定会有一个幸福的将来。"

"谢谢，我一定会成功，一定会。"李言握紧拳头挥了挥，走了。

看着李言的背影，我亲亲朱家旺，抬头看着蓝蓝的天，多好的日子。

又是新的一天。

朱旺和朱家旺（后记）

朱旺是一条泰迪熊狗狗，香槟色，2007 年 5 月 7 日出生，球球是它的小名。

朱旺第一次来我家的时候是 2007 年 8 月 1 日，当时它是深咖啡色。养朱旺时我并没有过多的经验，我都不知道这种泰迪熊狗要经常修毛，所以，朱旺的毛发一直长一直长，长到好长时，经人提醒我才知道要给它修毛做美容。这时，我发现朱旺里面新长出的毛发比外面的毛发浅了许多。做完美容后，朱旺就成了现在的香槟色。

《朱家旺》是一部关于都市爱情的长篇小说，小说内容是虚构的，但里面关于朱家旺这条泰迪熊狗狗的所有细节都是来源于现实中的朱旺，包括它的挨打和挨骂，都曾在朱旺身上发生过。

《朱家旺》定稿于 2019 年 10 月 29 日，本来小说名想就叫"朱旺"，但又一想，毕竟这是小说，还是区别一下，就起名"朱家旺"。

事事有因果，万物皆有缘。朱旺如何闯入我的生活，《朱家旺》如何进入我的小说创作，冥冥之中一定都规划好了。养朱旺的这些年，有一点是肯定的，它带给我的温暖远远大于我给它的。

2020 年 5 月 7 日是朱旺 13 岁的生日,《朱家旺》是我送给它的生日礼物,这是我能为它做的最好的事。今生是它选择了我,还是我选择了它,都不重要。彼此相伴,便是美好。

朱燕

2020 年 6 月 21 日于北京家中

图书在版编目（CIP）数据

朱家旺 / 朱燕著. -- 北京：作家出版社，2020.10
ISBN 978-7-5212-1068-2

Ⅰ . ①朱… Ⅱ . ①朱… Ⅲ . ①长篇小说 – 中国 – 当代
Ⅳ . ①I247.5

中国版本图书馆CIP数据核字（2020）第136510号

朱家旺

作　　者：朱　燕
出版统筹策划：汉　睿
责任编辑：翟婧婧
编辑助理：周思源
装帧设计：天行云翼·宋晓亮
出版发行：作家出版社有限公司
社　　址：北京农展馆南里10号　　邮　编：100125
电话传真：86-10-65067186（发行中心及邮购部）
　　　　　86-10-65004079（总编室）
E-mail:zuojia@zuojia.net.cn
http://www.zuojiachubanshe.com
印　　刷：河北鹏润印刷有限公司
成品尺寸：142×210
字　　数：230千
印　　张：10.625
版　　次：2020年10月第1版
印　　次：2020年10月第1次印刷
ISBN　978-7-5212-1068-2
定　　价：48.00元